河北省社会科学基金项目

邯郸学院学术著作出版基金资助出版

清中叶文人传奇研究

樊兰
崔志博 著

人民出版社

责任编辑：王怡石

图书在版编目（CIP）数据

清中叶文人传奇研究／樊兰，崔志博 著 . —北京：人民出版社，2020.2

ISBN 978－7－01－021560－0

I.①清…　Ⅱ.①樊…②崔…　Ⅲ.①传奇剧（戏曲）-戏剧文学-

文学研究-中国-清代　Ⅳ.① I207.37

中国版本图书馆 CIP 数据核字（2019）第 275398 号

清中叶文人传奇研究

QINGZHONGYE WENREN CHUANQI YANJIU

樊 兰　崔志博　著

人民出版社 出版发行

（100706　北京市东城区隆福寺街 99 号）

北京汇林印务有限公司印刷　新华书店经销

2020 年 2 月第 1 版　2020 年 2 月北京第 1 次印刷

开本：710 毫米 ×1000 毫米 1/16　印张：17.75

字数：230 千字

ISBN 978－7－01－021560－0　定价：79.00 元

邮购地址 100706　北京市东城区隆福寺街 99 号

人民东方图书销售中心　电话（010）65250042　65289539

目　录

前　言 1

第一章　清中叶文人传奇创作概况 1

　　第一节　清中叶思想文化背景 1

　　第二节　清中叶戏曲文化环境 13

　　第三节　作家作品概述 27

第二章　文人传奇的创作道路：戏曲观念与花雅抉择 59

　　第一节　崇雅抑俗——坚持昆曲剧本创作，抵制花部流俗 60

　　第二节　融俗入雅——借鉴花部戏曲优长，探索昆曲新发展 66

　　第三节　变雅为俗——选取流行声腔，改编雅部剧本 91

第三章　文人传奇的思想内容：社会思潮与情理斗争 115

　　第一节　社会教化与儒家伦理 117

　　第二节　情理统一与名教风流 138

　　第三节　宗教书写与儒家内核 148

第四章　文人传奇的传播衍变：案头场上与改编新生.........................188

　　第一节　文人传奇的案头流传：作家中心与小众传播.................189
　　第二节　文人传奇的舞台传播：舞台艺术与搬演流传.................201
　　第三节　文人传奇的移植改编：延续与新生.........................223

参考文献...254

后　记...264

前　言

　　胡忌等认为，从康熙后期到乾隆末叶的百年间"虽然昆剧创作仍然为数众多，但按其实质，成就较少，大都是舍本逐末之作，脱离生活，脱离时代，脱离群众"①。邓涛、刘立文在《中国古代戏剧文学史》中谈及雍正至道光时期的雅部创作时说"它毕竟已趋向没落了，因此有成就者寥寥无几"②，认为只有杨潮观、蒋士铨成就较高。囿于既有观念的影响，戏曲研究者往往将研究重点投向明代万历至清初的昆曲鼎盛时期，或者清代乾隆末的花部勃兴时期，对于康熙中后期至乾隆末的文人传奇发展关注甚少，评价也较低。然而实事却是，清中叶虽然缺乏像汤显祖、南洪北孔之类的耀眼巨星，但也有不少在戏曲史上有着较为重要地位的作家，剧作数量也颇丰，在整个戏曲发展史中占据颇为重要的地位。陆萼庭曾说："声名烜赫的大作家，在戏曲史上占有相当重要地位的作家，两者加起来，仍属少数。大多数的明清曲家，一直被冷落着。个别的来看，说他重要性不够，可以；但谁也无法否认，他们是明清戏曲整体的组成部分，不摸清他们的情况，整体

---

　　①　胡忌、刘致中：《昆剧发展史》，中国戏剧出版社 1989 年版，第 404 页。
　　②　邓涛、刘立文编著：《中国古代戏剧文学史》，北京广播学院出版社 1994 年版，第 163 页。

的面貌也将是模糊的。"① 的确如此，要对一个时期的戏曲发展情况进行全面反映，仅凭对几位声名烜赫的大作家的研究是远远不够的，因此，将清中叶文人传奇作为一个整体进行研究，对完善戏曲发展史多有裨益。本书明确提出"清中叶文人传奇"的概念，确定了其体制范畴与时间范畴；明确提出了"花雅融合"的概念，深入辨析清中叶戏曲花雅两部发展中以融合为主要态势的问题，在花雅融合的视域下，审视清中叶文人传奇作家的创作之路，探析清中叶文人传奇作品的流传与衍变。

一、厘清概念——关于清中叶文人传奇的研究范畴

本书将清中叶文人传奇作为一个整体进行研究，首先明确两个范畴，一是清中叶文人传奇的体制范畴，一是清中叶文人传奇的时间范畴。

先来谈体制范畴。中国古典戏曲史上，随着文人阶层的参与和构建，文人剧作成为戏曲文化的重要一翼。文人剧作可以指称由文人创作，贯注文人意识，体现文人情趣，具有文人品格的剧作，以文人为审美主体与叙事主体。文人剧作根据音乐体制和文学体制的不同，划分为杂剧和传奇两类。关于文人传奇的体制特征，本书采用了郭英德先生在《明清文人传奇研究》中的论述。他首先从文学体制的角度将传奇与杂剧、戏文等进行区分，提出传奇之概念："传奇是一种文学体制规范化和音乐体制格律化的长篇戏曲剧本。"② 之后，他从传奇的审美对象和创作主体出发，将宫廷传奇、民间传奇与文人传奇进行区分，指出文人传奇在"明清传奇创作中占据着主导地位"，文人是明清传奇创作的主体，

---

① 邓长风：《明清戏曲家考略全编》，上海古籍出版社 2009 年版，第 3 页。
② 郭英德：《明清文人传奇研究》，北京师范大学出版社 1992 年版，第 4 页。

出自文人之手的传奇数量最多，流传最广，影响最大。郭英德先生进而提出文人传奇的基本要素有三：一是规范化的长篇文学体制，二是格律化的戏曲音乐体制，三是文人化的艺术审美趣味。本书采用郭英德先生对于文人传奇的概念界定，从这三要素出发，明确研究对象为由文人创作的具有规范的文学体制和音乐体制的长篇戏曲剧本。①

具体而言，文人传奇的文学体制大概定型于明代嘉靖中后期。主要有以下特点：一是篇幅较长，分出标目。一般情况下为一本两卷，二十出以上，最短不少于八出。二是角色众多，均可演唱。不同于杂剧的表演形式，一出之中可有多个角色进行演唱。三是结构形式固定。开场第一出为家门，一般情况下由副末或末登场，以一曲一词，概述作剧意图及全剧的主要情节。之后各个角色陆续登场，一般是生旦戏交错进行，文武戏交错进行，以平衡演员登场时间和调节舞台冷热程度。每出戏一般由引子、过曲、尾声、下场诗构成，采用多曲牌联唱的形式，下场诗一般为集句诗。文人传奇的音乐体制经过明代魏良辅、梁辰鱼、沈璟、王骥德、沈宠绥、凌濛初、沈自晋、纽格、张彝宣等曲学家的不断努力，逐渐建立并于明末清初趋于完善。《南九宫十三调曲谱》《曲律》《度曲须知》《南音三籁》《重定南词全谱》《南曲九宫正始》《寒山堂曲谱》等曲学著作使文人传奇的创作有律可循，走向规范化和格律化。文人传奇以昆山腔为主要声腔，采用二十三宫调、南北曲合套的音乐形式，追求文辞与声律的完美结合。文人传奇的文人化审美趣味是其最为突出的特点。从思想内容来看，它发扬了古代文学作品关注现实、注重教化、抒怀言志的艺术传统，具有时代性、伦理性和文人意识；从语言文辞来看，它注重文采，典雅庄重。

关于清中叶文人传奇的时间范畴，本书参考了日本戏曲学家青木正

---

① 参见郭英德：《明清文人传奇研究》，北京师范大学出版社 1992 年版，第 4 页。

儿《中国近世戏曲史》对昆曲的分期方法。青木正儿立足于昆曲的兴衰，将其分为"昆曲极盛时代（后期）之戏曲（自明天启至清康熙初年）""昆曲余势时代之戏曲（自康熙中叶至乾隆末叶）""昆曲衰落时代之戏曲（自嘉庆至清末）"。文人传奇的体制决定其与昆曲有着紧密联系，文人传奇的发展与昆曲发展有着一致性。青木正儿所言"昆曲余势时代"也是明清文人传奇的余势时代，即清康熙中期至乾隆末期，这个时期正是本书要探讨的清中叶文人传奇的时间范畴，更准确地讲，这个时期的起讫年份为清康熙三十九年（1700）至乾隆五十五年（1790）。

将康熙三十九年（1700）定为清中叶文人传奇的上限，主要依据是传奇发展史上具有划时代意义的作品《桃花扇》在前一年创作完成。《桃花扇》从创作思想和艺术成就等方面代表了上一个戏曲发展高潮的终结。戴不凡曾说："孔尚任事实上是在实践中，对前人的编剧方法做了一次'总结'。"① 自此之后的文人传奇创作进入了另一个发展时期，无论从思想内容、艺术追求还是创作方法上都发生了较为明显的变化。思想内容方面，从总结历史、饱含国家兴亡之叹转向借史抒怀、寄寓个人身世遭际之慨。艺术追求方面，由强调历史真实到追求艺术真实。创作方法方面，由坚持征实求信到重视艺术虚构。

《桃花扇》表面写侯方域与李香君的爱恨离合，实际却是借此来写南明兴亡。传奇开篇《试一出》曰："昨在太平园中，看一出新出传奇，名为《桃花扇》，就是明朝末年南京近事。借离合之情，写兴亡之感，实事实人，有凭有据。"《桃花扇》此出实为传奇之家门，即由末或副末登场，总括故事梗概，介绍作者创作意图。从中可以清晰地看到故事绝非个人情爱离合那么简单，而是重在写兴亡之感，并且所写均为真实的历史人

---

① 戴不凡：《〈桃花扇〉笔法杂书》，《戴不凡戏曲研究论文集》，浙江人民出版社1982年版，第25页。

物和事件。《桃花扇》的立意之旨还通过剧前的"小引"讲得十分清楚："场上歌舞，局外指点，知三百年之基业，隳于何人？败于何事？消于何年？歇于何地？不独令观者感慨涕零，亦可惩创人心，为末世之一救矣。"① 可见，表现南明王朝兴亡过程，总结南明失败教训，正是作者创作传奇的目的。《桃花扇》的创作，坚持征实求信的原则，作者孔尚任在"凡例"中已然明确："朝政得失，文人聚散，皆确考时地，全无假借。至于儿女钟情，宾客解嘲，虽稍有点染，亦非乌有子虚之比。"② 大到国家朝政，小到文人聚散，都会确考时间地点，保证其与实事相符，甚至穿插其中的爱情情节、插科打诨，虽有虚构，但亦不脱离真实事件。

　　纵观传奇发展史，《桃花扇》是最接近历史真实的历史剧，在历史真实与艺术真实的统一、结构布局和艺术表现的融合上，取得了前所未有的成就。《桃花扇》之后的历史剧，更加注重文人自身思想情感的抒发，往往借古抒怀，偏重追求艺术真实，在创作方法上更加强调对历史事件的艺术化剪裁。比如创作于雍正年间的《怀沙记》，就已经体现出偏重文人自身情感体验的创作特点。《怀沙记》是张坚以传奇的形式为屈原写怨，更是借屈原故事抒怀才不遇之慨。而这个意图在《怀沙记》第一出《述原》中表现得尤为明确："半世浮沉，饶他白发儒冠逐。刘蕡下第叹年年，枉说三冬足。日共长安非远，竟难闻履音空谷。花前低唱、醉后狂歌，吴骚一曲。自幸微生，遭逢尧舜重熙祝。文明济济尽登朝，窃耻泥土辱。最怕宵长酒醒，起挑灯楚词细读。愿与不遇，千古才人，同声痛哭。"③ 一首《玉宇琼楼》写尽了张坚的半生浮沉。张坚焚稿出游时已年过不惑，可谓"白发儒冠"；自康熙四十九年（1710）考得秀才，

———————

① （清）孔尚任：《桃花扇》，岳麓书社 2002 年版，第 1 页。

② （清）孔尚任：《桃花扇凡例》，《历代曲话汇编》清代编第 1 集，黄山书社 2008 年版，第 665 页。

③ （清）张坚：《怀沙记》，《玉燕堂四种曲》，清乾隆刻本。

至雍正四年（1726）穷困出游，其间历经多次乡试，每每落第而归，正是"刘蕡下第叹年年"；空有才华，无门入仕，无奈穷困出游，然而张坚性格孤傲，不阿时趋尚，"交游日益广而穷困如故"，故"难闻履音空谷"；穷愁寂寥之际，惟有酒歌相伴。因此，张坚将自己的半世经历与人生体验都融入《怀沙记》的创作中，与不遇千古才人同声痛哭。而在故事情节的设置、人物性格塑造上，张坚采取了艺术真实高于历史真实的创作方法，对历史事件进行裁剪。比如《怀掳》一出将历史上楚怀王之秦受辱的一段悉数删去，改写为其遇伏兵、走投无路之时，追悔未听屈原忠告而悲愤捐生，以突显剧作"慰屈子之灵"的主旨。

高度的历史真实性，从侧面反映出当时社会思想领域较为宽松的政策。康熙当政前期对知识分子采取怀柔和宽容政策，还没有将控制文人思想作为一种有意识的政策。自康熙后期开始，统治者对于思想文化领域的控制不断加强，使得很多文人在著书立说时愈加谨慎，戏曲创作也不例外。康熙五十七年（1718），陈震为《梦中缘》撰写的序里，特意指明："盖以幻笔写空境，而终无姓氏之可指，读其自叙一篇，则与传僧孺事者，其用心固已别矣。吾恐后人误认漱石之梦，且感余梦脱祸于机先，怀数十年未敢告人者，微此书无以发吾之覆也。"①《梦中缘》创作于康熙三十八年（1699），但在时隔近二十年后，陈震写序时又不厌其烦地解释漱石之梦和其自叙，生怕别有用心之人误解。可见，此时的思想文化气氛较二十年前已经紧张许多。乾隆十五年（1750），《梦中缘》刊刻付梓之时，芮宾王又在《梦中缘跋》中重申："作者意中止写一生二美，并带写一解事小环之数人者，又皆斡空凿虚，而姓氏里居悉成乌有，况其余乎？至胪列贤奸，以寓劝惩，不过镜花水月，涉笔成文。作者既自谓非真，读者亦当视为幻。若定索影寻声、折白道字，

---

① （清）张坚：《梦中缘》，《玉燕堂四种曲》，清乾隆刻本。

势必讹以传讹，何啻梦中说梦？"①《梦中缘》本就不是历史剧，其序跋者却一次次强调"斡空凿虚""悉成乌有""非真""为幻"，与《桃花扇》"全无假借""亦非乌有子虚"的创作思想完全不同，恰恰体现出康、雍、乾三朝思想统治和文化专制的日趋严重。在这种局面下，文人普遍怀着忧谗畏讥、惴惴不安的心情，小心翼翼地进行文学创作，形成了"避席畏闻文字狱，著书都为稻粱谋"的情况。

康熙三十八年（1699），《桃花扇》的完稿，代表着文人传奇对社会历史变迁最深最广的哲学思考和审美感受，可以视为明清传奇中划时代的作品。之后的传奇作品，无论从思想内容的深度和广度，还是艺术水平上，都没有达到《桃花扇》的高度。《桃花扇》成为文人传奇发展的最后一座高峰，亦可以视为清代传奇发展的重要转折点。因此，康熙三十八年则成为清前期文人传奇极盛时代和清中叶文人传奇余势时代的分界点，自此之后文人传奇的发展进入余势期。

清中叶文人传奇的时间下限，当在乾隆五十五年（1790）。吴梅在《中国戏曲概论》中以传奇与昆曲结合的视角审视戏曲发展，将其分为"乾隆以上，有戏有曲""嘉道之际，有曲无戏""咸同以后，无戏无曲"三个时期。胡忌、刘致中在《昆剧发展史》中又将"有曲无戏"的时间提前至"乾隆后期"。郭英德在《明清文人传奇研究》中提到："从嘉庆八年（1803）至清末的文人传奇创作，充其量只能称为文人传奇的蜕变期。"② 这些都与青木正儿在《中国近世戏曲史》中提出的"昆曲衰落时代之戏曲（自嘉庆至清末）"的论断基本一致。可以看到文人传奇与昆曲自乾隆后期至嘉、道之际再到咸、同以后，每况愈下，日渐衰微。将清中叶文人传奇的时间下限定在乾隆五十五年，主要依据是四大

---

① （清）张坚：《梦中缘》，《玉燕堂四种曲》，清乾隆刻本。

② 郭英德：《明清文人传奇研究》，北京师范大学出版社 1992 年版，第 29 页。

徽班在这年相继入京，推动京师的戏曲格局发生重大变化，各地戏曲形势随之发生变化，普遍形成昆乱同台，花雅融合的局面。第一，徽班在进京途中，广泛传播其艺术，对各地戏曲声腔发展产生直接影响，促进了地方声腔之间的交流。乾隆五十五年，皇帝八旬万寿，闽浙总督伍拉纳组织徽班进京祝寿。《随园诗话》卷三的批语中记载了这一事件："迨至五十五年，举行万寿，浙江盐务承办皇会，先大人命带三庆班入京。"该批语的作者为舒仲山，即伍拉纳之子，他记录了伍拉纳命三庆班入京祝寿献艺的事件。这个三庆班是扬州盐商江鹤亭在安庆组织的以唱二黄调为主，兼唱昆曲、吹腔、梆子等诸腔并奏的戏班，由艺人高朗亭率领进京参加祝寿演出。三庆班从扬州出发至京，沿途在各大重要城市均有演出，因此，三庆班的进京不仅将二黄、吹腔、梆子等声腔带进京城，而且在其沿途传播的过程中，已经与各地声腔进行了融合交流，其本身即成为花雅融合、声腔共唱的典型代表。

第二，徽班进京后，演出获得极大成功，迅速占领京师戏曲市场。三庆班进京祝寿演出成功后，并没有立即返回故乡，而是留在北京继续进行民间演出。之后四喜、春台等徽班班社陆续进京，至嘉庆初，徽班在北京戏曲舞台上已取得主导地位。蕊珠旧史在《梦华琐簿》中写道："戏庄演剧必'徽班'。戏园之大者，如'广德楼''广和楼''三庆园''庆乐园'，亦必以'徽班'为主。"[1]《长安看花记》亦载"嘉庆以还，梨园子弟多皖人，吴儿渐少"[2]。可见，到嘉庆初年，规模较大的戏园必有徽班，演艺人员中皖人数量已远超吴人，徽班已经成为北京戏曲市场的主导力量。

第三，徽班以其极具融合力的特点，吸纳各种声腔之优长，吸引各戏班名伶，形成各种声腔汇集的融合局面。在班社的组织结构上，打破

---

① 张次溪编纂：《清代燕都梨园史料》，中国戏剧出版社 1988 年版，第 349 页。

② 张次溪编纂：《清代燕都梨园史料》，中国戏剧出版社 1988 年版，第 310 页。

声腔壁垒，广罗人才，这无疑壮大了徽班的人才队伍，更好地促进了各种声腔的融合发展。在徽班的冲击下，有些戏班无力与之竞争，转而归附徽班，这就带来各种声腔名伶汇集徽班的局面，比如湖北汉戏名优米喜子后入春台班，湖南乱弹名优韩小玉后入四喜班，北京籍京腔演员王全福后入三庆班，等等。这些多种声腔名伶的加入，使得各种声腔剧种荟萃徽班，极大地激发了戏曲的艺术创造力，从声腔、念白到表演，各种声腔互相借鉴学习，融合发展。小铁笛道人在《日下看花记自序》中提到："迩来徽部迭兴，踵事增华，人浮于剧，联络五方之音，合为一致。舞衣歌扇，风调又非卅年前矣。"① 此序作于嘉庆癸亥九月，即嘉庆八年（1803）。从中可以看出，徽部不是固守自身声腔，而是以开放的态度，兼收并蓄，联络五方之音，合为一致。

乾隆五十五年（1790）以后，昆曲的主导地位已不复存在，戏曲声腔逐渐形成昆乱同台、交融汇集的发展局面，文人传奇的创作背景和生态环境已发生了根本性的变化。昆曲出现明显衰势，与之相表里的文人传奇创作也随之衰落，在数量和质量上都大不如前。从传播的角度来看，文人传奇案头化越来越严重，传播范围愈加狭窄，影响力愈加减弱。虽然部分文人传奇作家在创作中积极寻求新的发展路径，比如融俗入雅、化雅为俗等，但并没有形成普遍性的影响，文人并没有大范围地投入到地方声腔剧本的创作中，文人传奇创作依然以昆曲为主要阵地，因此，随着昆曲的衰落，文人传奇逐渐走向没落。

二、明确视角——关于"花雅之争"抑或"花雅融合"的辨析

在清中叶戏曲发展史中，最值得关注的现象，就是雅部与花部的消

---

① 张次溪编纂：《清代燕都梨园史料》，中国戏剧出版社 1988 年版，第 55 页。

长。自有花雅之分以来，戏曲评论家更多地着眼于两者的对立和争胜，"花雅之争"一词，也逐渐成为清中叶戏曲发展的关键词。然而，事实上，花雅之间的交叉错综、融合发展才是真正的戏曲发展途径。关注二者融合对于认清戏曲发展轨迹、特征等有着更为重要的意义。在戏曲发展长河中，雅部与花部的融合发展远大于两者的对立争胜。正是在一次次的竞争中，两者互相学习，不断融合，促进了清中叶戏曲的持续发展。传承至今的戏曲没有哪一个剧种是纯粹的雅部，也没有哪一个剧种是纯粹的花部。在历史发展长河中，二者已经经过了多次交汇融合，逐渐形成具有艺术生命力和吸引力的剧种，并流传至今。

　　花部和雅部之称，最早见于李斗《扬州画舫录》卷五记载："两淮盐务例蓄花、雅两部，以备大戏：雅部即昆山腔。花部为京腔、秦腔、弋阳腔、梆子腔、罗罗腔、二黄调，统谓之'乱弹'。"① 可见，自乾隆朝就已经有了花雅之分，雅部就是盛行于明代至清中前期的昆山腔，花部成为各种地方声腔的统称，并且花部已经进入到官方备演大戏的范畴，与昆腔同时出现在戏台之上。自乾隆朝就开始了花雅并存、消长融合的局面。然而，对于这段戏曲发展史，学界的普遍性认识可以归结为四个字，即"花雅之争"，而忽视了二者的融合发展。"花雅之争"的提法，最早见于张庚、郭汉城主编的《中国戏曲通史》，书中提到："正是因为有这种分法，所以一般戏曲史家称'乱弹'诸腔与昆曲争胜这段历史为'花雅之争'。"② 张庚、郭汉城的这个论断为论述花雅两部发展定了基调，即对峙与竞争，并且影响了之后的研究方向。1983 年出版的《中国大百科全书戏曲·曲艺卷》延续了这种说法，在谈到清代地方戏的时候，称"清政府甚至不惜动用行政手段来扶持昆曲，排斥、禁毁花部戏

---

　　① （清）李斗：《扬州画舫录》，中华书局 1960 年版，第 107 页。

　　② 张庚、郭汉城主编：《中国戏曲通史》（下），上海文艺出版社 1989 年版，第 10 页。

的演出，从而酿成了一场持续将近百年的'花雅之争'"①。之后，胡忌、刘致中在《昆剧发展史》中提出"'花部'和'雅部'之争是我国戏曲史上的一个大题目"②。经过现代研究者的不断强化，"花雅之争"已成为戏曲研究中的常用术语，也成为清中叶戏曲史发展的代名词。

　　然而，统观整个戏曲发展史，以"花雅之争"来笼统概括清代中叶以后的戏曲发展状况，是不合适的。其实早在 20 世纪 80 年代，陆萼庭就在《昆剧演出史稿》中提到过昆、弋融合的情况。21 世纪初，胡忌也曾通过对剧本的考察谈论"花雅同本"的现象。近些年来，不少研究者越来越多地关注花雅融合的问题。2013 年，拙作《论清中叶戏曲的"花雅"融合——以《弥勒笑》对《梦中缘》的改编为考察中心》关注花雅融合的现象，通过花部戏曲对昆曲剧本的改编来探讨、说明花雅的融合发展。2014 年，时俊静在《"花雅之争"研究中的歧见与困境》一文中，对这个问题进行了系统梳理和详细阐述，认为"花雅之争"的提法不但存在名实不符的问题，而且遮蔽了花、雅之间的融合以及花部之间远为激烈的竞争关系。"花雅之争"不足以概括当时全国戏曲发展的多面相。③这个论断具有划时代的意义，它重新定位了戏曲发展史上的花雅关系。事实上，花雅竞胜、融合发展才是清中叶以后剧坛的真正状态。

　　从乾隆三十九年（1774）秦腔进京到乾隆五十五年（1790）徽班进京，两次戏曲史重大事件，几十年的戏曲发展，很好地诠释了"争"与"合"，展示了花雅之间的真实关系。乾隆三十九年，魏长生带领秦腔戏班进京，轰动一时，风头无两。昭梿在《啸亭杂录》中记述了魏长生在京受到追捧的情形："魏长生，四川金堂人。行三，秦腔之花旦也。甲

---

　　①　中国大百科全书编辑委员会编：《中国大百科全书·戏曲曲艺卷》，中国大百科全书出版社 1983 年版，第 292 页。

　　②　胡忌、刘致中：《昆剧发展史》，中国戏剧出版社 1989 年版，第 221 页。

　　③　参见时俊静：《"花雅之争"研究中的歧见与困境》，《戏剧艺术》2014 年第 6 期。

午夏入都，年已逾三旬外。时京中盛行弋腔，诸士大夫厌其嚣杂，殊乏声色之娱，长生因之变为秦腔。词虽鄙猥，然其繁音促节，呜呜动人，兼之演诸淫亵之状，皆人所罕见者，故名动京师。凡王公贵位以至词垣粉署，无不倾掷缠头数千百，一时不得识交魏三者，无以为人。"①上至皇室贵胄下到平民百姓，都为秦腔所倾倒，这个来自西部的地方声腔用它的高亢、奔放、泼辣征服了京师观众，成为当时声腔竞争中的胜利者。然而，从魏长生成名的舞台演出情况来看，他之所以成名，显然是受益于秦腔带给观众的新奇感官体验，其一秦腔之声腔节奏快，"繁音促节，呜呜动人"，其二"演诸淫亵之状，皆人所罕见者"，满足人们的声色之娱。所谓的"淫亵之状"在当时被称为"粉戏"，戏中演员动作大胆露骨，甚至多有令人瞠目结舌的色情裸体戏。②小铁笛道人在《日下看花记》中说道："长生于乾隆三十九年始于都，习见其《滚楼》，举国若狂。予独不乐观之。"③《滚楼》正是魏长生拿手的"粉戏"之一，其中的色情成分，正是举国若狂的原因，也是像小铁笛道人这样的文人所"不乐观之"的地方。这些带有色情表演的"粉戏"尽管博得了一些观众，成为一时之好，但缺乏艺术的长久生命力，只能暂时满足观众的新奇之心，不能成为秦腔安身立命的根本所在。秦腔"粉戏"公然张扬色情，不仅严重破坏了戏曲文化环境，而且冲击了社会伦理观念和政府的社会意识形态体系，屡遭朝廷禁演，并且是在短短数年间连续多次遭到禁演。如此看来，秦腔虽然一时风头无两，但是这个表面的"胜利者"最终难逃被驱逐的命运，这显然于秦腔发展无益。秦腔真正的发展则是在魏长生几经磨炼之后。摒弃色情，保留精华，魏长生的秦腔艺术不断

---

① （清）昭梿：《啸亭杂录》，中华书局1980年版，第237—238页。

② 关于魏长生"粉戏"，魏和冰在《乾隆京腔消歇及魏长生秦腔色情戏兴盛的原因》（《文化艺术研究》2009年第1期）一文中有深入探讨。

③ 张次溪编纂：《清代燕都梨园史料》，中国戏剧出版社1988年版，第103页。

成熟发展。《日下看花记》中记录了这个转变:"迨乙未至都,见其《铁莲花》,使心折焉。庚申冬复至,频见其《香联串》,小技也,而近乎道矣。其志愈高,其心愈苦;其自律愈严,其爱名之念愈笃。故声容如旧,风韵弥佳。"①小铁笛道人曾在朝为官,其审美观念和戏曲思想在文人士大夫阶层具有一定的普遍性。在文人士大夫眼中,魏长生的"粉戏"《滚楼》并无可观,而秦腔真正的艺术魅力则在于唱腔本身的优势和演员技艺的高超。这里乙未是指乾隆四十年(1775),庚申是指嘉庆五年(1800),在这二十五年的时间里,魏长生的秦腔艺术已有了脱胎换骨式的提升。乾隆四十七年(1782)是魏长生艺术生涯的分界线,他由双庆部转入永庆部,由"粉戏"博得时好转入精研戏曲技巧和艺术精神,其代表作为《铁莲花》、《香联串》之类思想主旨健康、有益社会风化的剧目,加之老而弥笃的演艺技巧和纯净的艺术追求,使得他的秦腔艺术达到近乎道的高度。而对于秦腔来说,经历多年与众多声腔的争胜发展,此时已与徽调、楚调合流,它不是胜利者,而是被融合者。从当时戏曲的发展进程来看,曾经竞争激烈的秦、徽(楚)、京三家谁也没有战胜谁,谁也没有走向真正的"衰败",而是融汇发展,推动了新的戏剧声腔——京剧的产生。

乾隆五十五年(1790)的徽班进京,更明显地体现了花雅的融合发展。舒仲山在《随园诗话》批语中提到:"迨至五十五年,举行万寿,浙江盐务承办皇会,先大人命带三庆班入京。自此继来者,又有四喜、启秀、霓翠、和春、春台等班。各班小旦不下百人,大半见诸士夫歌咏。"②乾隆皇帝素爱戏曲,两次南巡,已带来花雅两部同台竞演、交流融合的局面,乾隆五十五年的八旬万寿,三庆徽班进京,成为各种声腔

---

①　张次溪编纂:《清代燕都梨园史料》,中国戏剧出版社1988年版,第104页。
②　(清)袁枚:《随园诗话》,人民文学出版社1982年版,第859页。

在京师融合发展的先声，继此多个徽班进京，打破京师戏曲格局，带来
戏曲艺术融合发展的新局面。徽班进京后的演出情况，蕊珠旧史在《梦
华琐簿》中有所提及：

> 四徽班各擅胜场。四喜曰"曲子"。先辈风流，饩羊尚存，
> 不为淫哇，春牍应雅。世有周郎，能无三顾？古称清歌妙舞，
> 又曰"丝不如竹，竹不如肉"。为其渐近自然，故至今堂会终
> 无以易之也。三庆曰"轴子"。每日撤帘以后，公中人各奏尔
> 能。所演皆新排近事，连日接演，博人叫好，全在乎此。所谓
> 巴人下里，举国和之。未能免俗，聊复尔尔。乐乐其所自生，
> 亦乌可少？和春日"把子"。每日亭午，必演《三国》《水浒》
> 诸小说，名"中轴子"。工技击者，各出其技。病瘘丈人承蜩
> 弄丸，公孙大娘舞剑器浑脱，浏漓顿挫，发扬蹈厉，总干山
> 立，亦何可一日无此？春台曰"孩子"。云里帝城如锦绣，万
> 花谷春日迟迟，万紫千红，都非凡艳。而春台，则诸郎之天
> 天，少好咸萃焉。①

四喜的曲子，是指四喜班以唱昆曲见长，保留了昆曲重视唱腔之精
妙、风格典雅庄重的特点，并且发扬其优势，直到道光年间仍是堂会的
重要表演项目。三庆的轴子，是指三庆班以演出连本大戏见长，"所演
皆新排近事，连日接演"，三庆班是徽班中最早进京并成名的，班主高
朗亭在三庆班的发展中起到了至关重要的作用。据《扬州画舫录》称
"高朗亭入京师，以安庆花部合京秦两腔"，高朗亭不仅是戏曲大师，而
且以极其先进和开放的眼光谋取戏班发展。他在演出过程中主动吸收京

---

① 张次溪编纂：《清代燕都梨园史料》，中国戏剧出版社1988年版，第352页。

腔、秦腔之优长，丰富发展演出方式。和春的"把子"，是指和春班以演武戏和各种杂技见长，演出《三国》、《水浒》等武戏，表演"承蜩弄丸"的传统杂技等，深得观众喜爱。春台的"孩子"，是指春台班以童伶著称。可见，四大徽班的演出特色鲜明，而这些特色绝不仅是固守徽戏二黄调形成的，恰恰是兼收并蓄，吸纳各种声腔之优长的结果。徽班进京，历来作为普遍意义上的花部崛起、雅部衰落的标志，然而事实上，四大徽班的演出就是花雅融合的最好例证，将它视为花雅融合发展的标志更为恰切。

花雅唯有融合，才能发展。任何唯我独尊、故步自封的做法都会将声腔发展引入歧途。秦腔甫进京师时的"粉戏"如此，道光年间的"集芳班"固守昆曲亦如此。《梦华琐簿》中记载了集芳班由盛而衰的历程：

> 吴中旧有集秀班。其中皆梨园父老，切究南北曲，字字精审。识者叹其声容之妙，以为魏良辅、梁伯龙之传未坠，不屑与后生子弟争朝华夕秀。而过集秀班之门者，但觉天桃郁李，斗妍竞艳，蒹葭倚玉，惟惭形秽矣。道光初，京师有仿此例者，合诸名辈为一部，曰"集芳班"。皆一时教师、故老，大半四喜部中旧人。约非南北曲不得登场般演。庶几力返雅声，复追正始。先期遍张帖子，告都人士。都人士亦莫不延颈翘首，争先听睹为快。登场之日，座上客常以千计。听者凝神摄虑，虽池中育育群鱼，寂然无敢哗者。盖有订约，四五日不得与坐者矣。于时名誉声价，无过"集芳班"。不半载，"集芳班"子弟散尽。张乐于洞庭，鸟高翔，鱼深藏、又曰西子骇麋。岂诳语哉？①

---

① 张次溪编纂：《清代燕都梨园史料》，中国戏剧出版社1988年版，第373页。

根据《梦华琐簿》的记载，道光年间集芳班，仿吴中集秀班，聚集昆曲表演名家，"皆一时教师、故老，大半四喜部中旧人"。其演出特点为"非南北曲不得登场般演"，大有"力返雅声，复追正始"之势。这种表演形式，受到当时"都人士"的追捧，名誉声价极高。然而这种盛演的局面不过维持了半年，集芳班就不得不解散了。集芳班昙花一现的原因，在于其故步自封，脱离现实。其演员皆为旧人，演出剧目皆为昆曲，标举雅声，固守雅部之域。而早在乾隆末年，昭梿就曾指出乱弹诸曲的流行已成社会习尚："近日有秦腔、宜黄腔，乱弹诸曲名，其词淫亵猥鄙，皆街谈巷议之语，易入市人之耳。又其音靡靡可听，有时可以节尤，故趋附日众。虽屡经明旨禁之，而其调终不能止，亦一时习尚然也。"①昭梿指出秦腔、宜黄腔等乱弹诸曲，词虽淫亵猥鄙，但贴近百姓日常生活，易入市人之耳；唱腔亦有可取之处，欣赏者日益增多。朝廷屡次明旨禁演，但仍不能阻止其成为民间习尚。因此，当集芳班不顾当时戏曲发展形势，固守雅声之时，其已经成为花雅融合大潮中的逆流，虽有观众一时追捧，但缺乏长久的艺术生命力，不过半载，难以为继，弟子散尽。

综上可见，争胜不过是一时风光，融合才是发展王道。在戏曲发展的历史长河中，花雅之争是短暂的，花雅融合是长久的；花雅之争是表象，花雅融合是内质。清中叶是戏曲发展的重要阶段，其真实情况是各种声腔在竞胜过程中，不断渗透、融合、演变、发展。花雅融合是清中叶文人传奇研究的重要历史文化背景。文人传奇是昆曲剧本的主要来源，在花雅融合的戏曲发展大潮中，文人的创作道路出现了十分明显的分野。文人阶层是清代传奇创作的主要力量。他们的戏剧创作，无疑受到当时戏曲环境的影响，从而表露出与之相适应的发展轨迹和特点。

---

① （清）昭梿：《啸亭杂录》，中华书局1980年版，第236页。

第一章　清中叶文人传奇创作概况

康熙中后期以降，清政府的思想专制越来越强化，通过尊儒文治、儒学复古、文字狱等一系列文化政策，加强对思想文化领域的控制。思想文化专制体现在戏曲领域，即是规范戏曲声腔，推崇昆腔为雅部正音，编撰曲谱，官方促进昆曲演出。然而，戏曲的发展并没有完全按照官方意愿进行，地方声腔以其泼辣生新的特点赢得广大百姓的喜爱，在民间得到迅速发展，文人士大夫阶层对其也从最初的无比厌恶到逐渐接受。在思想文化控制愈加严重的形势下，在花部与雅部的交融发展中，清中叶文人创作出数量颇丰的传奇作品。

第一节　清中叶思想文化背景

康熙、雍正、乾隆三朝，是清朝历史上最强盛的时期，同时也是封建专制主义不断加强，思想控制和文化专制加强的时期。封建统治者通过尊儒文治逐渐收拢汉族士子文人；通过全面倡导以程朱理学为正宗的儒学复古运动，加强思想控制；通过大兴文字狱，形成文化专制。在封建统治者一系列的文化政策之下，晚明思想解放余波逐渐得以肃清，整

1

个社会思潮由晚明的人性论、至情论开始向传统儒家思想回归。清中叶的文人传奇创作就是在这种文化复古、思想控制加强的背景下展开的。

一、尊儒文治

清代统治者早在大金时期就善于利用汉族文人学士为政权的扩张和发展出谋划策，在入关之前就意识到汉族文化和汉族文人的重要性，顺治时期就制定了尊儒文治的基本策略。文治的全面开展在康熙朝，并经过雍正朝的巩固发展，至乾隆时期达到极致。康、雍、乾三朝统治者通过推崇儒学来笼络汉族士人，其中最重要的手段就是尊崇孔子以展现尊儒姿态。除了每年二月、八月的例行遣官祭祀外，康、雍、乾三朝统治者都举行过隆重的释奠大礼。康熙八年（1669）四月，康熙帝在太学举行了隆重的释奠孔子大典，"上至太学棂星门外，降辇，由大成中门步进先师位前，行二跪六叩头礼"，并在彝伦堂听满汉祭酒和司业讲经，后敕谕国子监祭酒司业等官，曰："朕惟圣人之道，高明广大，昭垂万世，所以兴道致治，敦伦善俗，莫能外也。朕缵承丕业，文治诞敷，景仰先圣至德，今行辟雍释奠之典，将以鼓舞人才，宣布教化，尔等当严督诸生，潜心肄业，诸生亦宜身体力行，朝夕勤励。"① 圣祖的此次释奠巧妙地将尊儒与文治联系在了一起，将对先师孔子的尊崇之意转化为"鼓舞人才、宣布教化"的实际行动，从而开启了全面文治的时代。康熙二十三年（1684），圣祖首次南巡返京之时，特幸曲阜，祭祀孔子，行三跪九叩之大礼，并御制祝文曰："朕丕御鸿图，缅怀至道，宪章往哲，矩矱前模，夕惕朝乾，覃精思于六籍，居今稽古，期雅化于万方。

---

① 《清实录》第4册，中华书局1985年版，第393页。

繄惟典训之功，实睹乂安之效。"① 在这篇祝文中，可以看到圣祖对先贤至道的崇敬和缅怀，但更为突出的是通过实行儒家学说以达到长治久安的政治抱负和雄心。清世宗即位，继承了康熙时期的尊儒文治策略，于雍正二年（1724）三月举行视学释奠大典；三年（1725）十二月颁谕避孔子名讳，四年（1726）八月的例行祭祀时，亲祭行礼；跪献帛进酒；五年（1727）二月定孔子生辰八月二十七日为圣诞之期，并称"尤当加谨以展恪恭思慕之诚"，并命该日"致斋一日，不理刑名，禁止屠宰"②，七月谕礼部大肆表彰孔子之道之大，功之隆；六年二月的例行祭祀，亲祭行礼，并作《仲丁诣祭文庙》诗。乾隆时期，对孔子的祭祀更加重视，乾隆帝多次亲自释奠。乾隆三年（1738）三月，高宗视太学祭祀孔子，行释奠礼，听国子监祭酒等讲官讲《中庸》"天命之谓性"一章，并发表自己的见解。乾隆帝曾经五次专程前往山东曲阜祭祀孔子，又在南巡时三次绕道曲阜进行祭祀。乾隆帝于乾隆十二年时曾表达过亲自祭祀孔子的意愿，他说"朕幼诵简编，心仪先圣，一言一动，无不奉圣训为法程。御极以来，觉世牖民，式型至道，愿学之切，如见羹墙，辟雍钟鼓，躬亲殷荐，而未登阙里之堂，观车服礼器，心甚歉焉。……思以来年春孟月，东巡狩，因溯洙泗，陟杏坛，瞻仰宫墙，申景行之夙志。"③ 次年二月，乾隆帝首次赴曲阜祭祀孔子，行三跪九叩大礼，"御制阙里孔庙碑文，勒石大成门外"④。

清朝统治者对孔子的尊崇，对儒学的推重，是以其政治目的为旨归的，雍正皇帝曾明确说道："孔子之教在明伦纪，辨名分，正人心，端风俗，亦知伦纪既明，名分既辨，人心既正，风俗既端，而受其益者之

---

① 《清实录》第 5 册，中华书局 1985 年版，第 232 页。
② 《清实录》第 7 册，中华书局 1985 年版，第 800 页。
③ 《清实录》第 12 册，中华书局 1985 年版，第 821—822 页。
④ 《清实录》第 13 册，中华书局 1985 年版，第 52 页。

尤在君上也哉。朕故表而出之,以见孔子之道之大,而孔子之功之隆也。"①可见他之所以对孔子之教倍加推崇,就是因为孔子之教符合政权统治的要求,能够为统治阶级带来益处。除了祭奠孔子外,康、雍、乾三朝统治者都通过不断加封孔子后裔以示对其尊崇,而这种尊崇行为更多地带有政治色彩,成为清朝统治者笼络文人、加固政权的手段。雍正二年(1724),释奠孔子礼毕后,雍正皇帝召孔继溥等人入见,教诲曰:"尔等是圣贤后裔,与众不同,必心为圣贤后裔之心,恪守先圣先贤之训,方为不愧……尔等慎修厥德,以继家声。"②并赐其墨及貂皮以示恩宠。从世宗对孔继溥等人的训示中可以很明显地看出其将先贤后裔树为世之楷模的用意,用他们的行为号召、引领广大文人士子,成为恪守先圣先贤之训的清廷拥护者。清初大学士范文程曾说,"治天下在得民心,士为秀民,士心得则民心得",招揽士子文人是清朝统治者控制思想、巩固统治的重点,而尊儒文治的策略恰恰切中了知识分子阶层的要害。

二、儒学复古

清朝是中国历史上第二个由少数民族建立的统一政权,异族入主中原,迫切需要招抚民心,加强思想控制以巩固政权。而晚明以来"王学左派"倡导人性,张扬个性的论调显然不符合时代要求。于是,清圣祖康熙皇帝倡导了以"程朱理学"为正宗的儒学复古运动,奠定了清朝"复古用今"的总体文化格局。这样的文化格局是非汉族政权得以稳固的关键。康熙九年(1670),颁布了以儒家伦理道德为核心的"圣谕十六条":"敦孝弟以重人伦,笃宗族以昭雍睦,和乡党以息争讼,重农桑以足衣

---

① 《清实录》第7册,中华书局1985年版,第906页。
② 《清实录》第7册,中华书局1985年版,第284页。

食，尚节俭以惜财用，隆学校以端士习，黜异端以崇正学，讲法律以儆愚顽，明礼让以厚风俗，务本业以定民志，训子弟以禁非为，息诬告以全良善，诫窝逃以免株连，完钱粮以省催科，联保甲以弭盗贼，解仇忿以重身命。"① 这十六条圣谕的核心就是用儒家伦理道德来整饬风俗，教化世民，奠定了清朝尊崇儒学的文治格局，随之而来的即是思想领域以"程朱理学"为正宗的儒学复古运动。雍正二年（1724），雍正皇帝在全国范围内推行康熙圣谕十六条，称"圣祖仁皇帝御制上谕十六条，颁示八旗及直省兵民人等，自纲常名教之际，以至耕桑作息之间，本末精粗，公私巨细，各举要领，垂训万世"。不仅如此，雍正皇帝虑及上谕推行日久，民或生怠惰之意，遂"寻绎其义，推衍其文，共得万言，名曰《圣谕广训》，并制序文，刊刻成编，颁行天下"。② 雍正朝，将圣祖的十六条圣谕详加训注，编成《圣谕广训》，在全国范围内颁布推行，极大地推进了儒学复古运动的深入发展。

康、雍、乾三朝统治者崇儒好学，躬行实践，对儒学复古运动的开展具有重要的引导作用。清圣祖康熙帝勤勉好学，形成了崇尚实学、孜孜求治的良好传统。他曾说："朕自五龄，即知读书，八龄践祚，辄以学庸训诂，询之左右，求得大意而后愉快。日所读者，必使字字成诵，从来不肯自欺。及四子之书，即已通贯，乃读尚书，于典谟训诰之中，体会古帝王孜孜求治之意，期见之施行。"③ 可见，康熙帝自幼受儒家经典熏陶，对儒家政治思想尤为欣赏，并认真研读。为便于学习儒家经典，康熙帝于康熙十年（1671）四月开始举行经筵日讲，几十年不间断，即使是南巡之际仍有侍讲学士随行，每日读书至夜分。康熙帝的勤勉好学，对雍、乾两朝都产生了极大影响，雍正、乾隆二帝都继承了康熙朝

---

① 《清实录》第 4 册，中华书局 1985 年版，第 461 页。
② 《清实录》第 7 册，中华书局 1985 年版，第 266 页。
③ 《清实录》第 5 册，中华书局 1985 年版，第 228 页。

研习儒学的传统，自康熙以来形成的经筵日讲等宫廷儒家教育一直延续到乾隆时期。作为帝王，如此勤勉，对良好学术风气的形成和儒学复古运动的推行有重要作用。

康熙帝尤其推崇朱熹之学，他曾说："惟宋儒朱子，注释群经，阐发道理，凡所著作及编纂之书，皆明白精确，归于大中至正，经今五百余年，学者无敢疵议。朕以为孔孟之后有裨斯文者，朱子之功最为弘巨。"①随即颁谕将朱熹从祀孔庙的地位升格，由东庑先贤之列升至大成殿十哲之次。由尊孔到尊朱，是康熙儒学复古运动的扩展和深入。康熙帝对朱熹之学不是简单的推崇和喜爱，而是将其应用于政治实践之中，充分挖掘并发挥其政治价值。他自己研习朱熹理学，并对其有独到的认识和理解，他曾说："朕自幼喜读性理。性理一书，千言万语，不外一敬字。人君治天下，但能居敬，终身行之足矣。"康熙皇帝身边聚集了一批理学名家，如熊赐履、李光地、魏裔介、汤斌、陆陇其、张伯行等，使得朱熹之学率先在封建统治阶层广泛推行。雍、乾两朝继承了康熙皇帝重视程朱理学政治实践的传统，对程朱理学认真研读，充分发挥其维护封建政权的作用。乾隆帝曾说："朕自幼读书，研究义理，至今《朱子全书》未尝释手，所谓廓然而大公，物来而顺应者，朕时时体验，实践躬行。"②可以看到，康、雍、乾三朝统治者都深刻认识到了儒家文化尤其是程朱理学对政治的影响和作用，儒学复古运动即是一场以政治目的为出发点和最终归宿的思想控制运动。清朝统治阶级通过兴办书院，广开科举和倡导学术三个主要途径来推进儒学复古运动，加强对文人士子的思想统治。

书院是民间文人讲学、培养人才的地方，是社会思想形成和聚集的

---

① 《清实录》第6册，中华书局1985年版，第466页。
② 《清实录》第10册，中华书局1985年版，第1095页。

地方，早在顺治时期，清朝统治者就意识到书院在思想统治中的重要性，开始修复和新建工作。至康熙时期，圣祖曾多次向书院颁赐御书匾额，促进了书院的大力发展。据统计，该时期修复前代书院248所，新建书院537所①，康熙朝书院的发展对倡导程朱理学，加强思想控制起到了重要作用。雍正朝前期，雍正皇帝因对书院浮慕虚名的弊病不满而不支持发展民间书院，但是后期，他对书院的看法有了转变，于雍正十一年（1733）发了一道谕旨，曰："近见各省大吏，渐知崇尚实政，不事沽名邀誉之为，而读书应举者，亦颇能屏去浮嚣奔竞之习。则建立书院，择一省文行兼优之士读书其中，使之朝夕讲诵，整躬励行，有所成就，俾远近士子观感奋发，亦兴贤育才之一道也。"②可见世宗因封疆大吏崇尚实政，文人士子亦注重实学不慕虚名而重新考虑修建书院，并且也认可书院在兴贤育才方面的作用，因此要求各地方政府兴办书院，并肩负督导士子之责。自此，各省相继建立了由总督或巡抚控制的书院，成为各省的文化教育中心，也成为民间书院官方化的肇始。③清高宗乾隆皇帝同样重视书院的发展和建设，在大力兴建书院的同时，更注重对书院在制度和思想方面的引导和控制，他曾于乾隆元年（1736）六月，下诏训饬直省书院师生时对书院长及师生都提出了严格的要求："凡书院之长，必选经明行修，足为多士模范者，以礼聘请；负笈生徒，必择乡里秀异，沉潜学问者，肄业其中；其恃才放诞，佻达不羁之士，不得滥入书院。"④在这里，乾隆帝对山长的聘请、生徒的选择都进行了规定和整顿，并明确规定"恃才放诞，佻达不羁之士"不得进入书院，

---

① 该统计数字参见白新良：《中国古代书院发展史》，天津大学出版社1995年版，第129页。

② 《清实录》第8册，中华书局1985年版，第666页。

③ 参见陈谷嘉、邓洪波主编：《中国书院制度研究》（浙江教育出版社1997年版）第二章内容。.

④ 《清实录》第9册，中华书局1985年版，第488页。

杜绝一切与朝廷不同的声音，充分体现了朝廷对书院思想的严格控制和管理。乾隆朝绝大多数书院都是由官方出资兴建的，据不完全统计，乾隆朝 1800 所书院中，各级政府、官吏创建者达到 1381 所之多，占了总数的 76.71%。① 通过对书院整顿和官方出资的手段，乾隆朝的书院官学化达到空前的程度，官方已经完全取得了书院的控制权，使其在官方控制之下严格按统治阶级政治思想办学，这对加强社会思想控制起到尤为重要的作用。

康、雍、乾三朝广开科举，笼络了汉族士人，不仅消弭了他们的反逆之心，而且有利于统一他们的思想和行为，因此，科举成为清朝统治者实行思想控制的又一有力手段。早在顺治时期，浙江总督张存仁就看到科举对笼络汉族士人的重要性，称"使读书者希仕进，则莫肯相从为逆矣"，并向朝廷提出所谓的"不劳兵之法"，即"速遣提学，开科取士"②。于是，顺治三年（1646）即举行了科举，二月会试，三月殿试，文人争相应考，仅顺天乡便"进场秀才三千"，可见，科举确实起到了笼络汉族士人的作用，而其更重要的价值则在于对士人思想的束缚和控制。顺治时规定"首场四书三题，五经各四题，士子各占一经。四书主朱子集注，易主程传、朱子本义，书主蔡传，诗主朱子集传，春秋主胡安国传，礼记主陈澔集说"③。如此规定考试内容其实从根本上限制了士人的思想，士人要想金榜题名就必须研习儒家经典，这样一来，维护封建政权的儒家思想自然成为传统知识分子的主流意识形态。康熙、雍正、乾隆三朝都沿袭了科举之制，并通过对科考内容的调整更加严厉地束缚了士人的思想。康熙时期"名为三场并试，实则首场为重。首场又

---

① 此处统计数字参见李国钧主编：《中国书院史》（湖南教育出版社 1994 年版）第十八章内容。

② 赵尔巽：《清史稿》，中华书局 1977 年版，第 9483 页。

③ 赵尔巽：《清史稿》，中华书局 1977 年版，第 3148 页。

四书艺为重"①，后又废诏、诰，令将五经卷由前朝的选做一题改为全做，而论题由"旧出孝经"改为"兼用性理、太极图说、通书、西铭、正蒙"②。至康熙五十七年（1718），则专用性理。从中可以看到，康熙帝对科举内容进行调整的目的在于深入推广朱熹理学，使其成为科举中的重头戏，从而顺理成章地将文人士子的思想统一于程朱理学之下。乾隆帝重视对士子实学的考察，在首场中增加性理论，并在"乡、会二场废论题，以五经出题并试"③，对文人士子思想的束缚和控制达到更为严厉的程度。

康、雍、乾三朝不断增加科举录取名额，从而扩大了对汉族文人士子的控制范围。《清实录》中曾记载雍正二年（1724）对近年文教、科举情况的总结："迩年文教广被。由我圣祖仁皇帝寿考作人，六十年山陬海澨，莫不读书稽古。直省应试童子人多额少，有垂老不获一衿者，其令督抚会同学臣查明实在。人文最盛之州县，题请小学改为中学，中学改为大学，大学照府学额数取录。……至乡试解额，圣祖仁皇帝屡次增广，乙酉戊子等科，复于额外加中五经三名……直隶各省大小不一，某省应加中几名，著分别，详议定数具奏。会试临时请旨，本监贡生、监生，本科乡试、中式，著加赠十八名。"④从中可以看到，科举制度在统治者控制文人士子中发挥了巨大作用。康雍年间，应试士子不断增加，以至于各省均存在人多额少的情况，于是雍正时期调整了科举录取政策，增加各级学校和考试的录取名额，增大了广大文人士子博取功名的概率，显然刺激了更多文人士子参加科举、步入仕途的意愿，从而使得统治阶级获得对汉族文人士子更大范围的控制权。可见在这样的科举制度下，越来越多的文人士子按照统治阶级的意愿成为封建专制统治的

① 赵尔巽：《清史稿》，中华书局1977年版，第3149页。
② 赵尔巽：《清史稿》，中华书局1977年版，第3150页。
③ 赵尔巽：《清史稿》，中华书局1977年版，第3152页。
④ 《清实录》第7册，中华书局1985年版，第282—283页。

基础和附庸，而程朱理学也通过科举最大限度地束缚了文人士子的思想行为和创造力。

康、雍、乾三朝统治者都注重实学，大力倡导研究、探讨儒家经典，以推进儒学复古运动。首先从端正学风入手，加强对文人士子的思想管理。康熙四十一年（1702）颁布《训饬士子文》，教导士子"先立品行，次及文学；学术事功，源委有叙"，告诫士子勿要"蜚语流言，胁制官长；隐粮包讼，出入公门；唆拨奸猾，欺孤凌弱，招呼朋类，结社要盟"，勉励士子们"争自濯磨，积行勤学，以图上进"①。此文确实对端正学风、倡导实学具有引导和号召作用，而更重要的是将士子们的思想从根本上进行统一，有利于思想控制和政权巩固。其次，重视对经、史著作的搜集，将学术发展导向儒家经典与古史，从而将文人士子束缚在维护封建统治的儒家思想领域。在注重实学风气的引导下，一些学者以汉学家求实的方法研治经史，形成历史考据学，至乾隆时期达到鼎盛。历史考据学的兴起使文人士子将更多的精力投入到历史文化的学术研究中，埋头故纸堆而不再思考诸如"华夷之辨"之类的政治问题，显然有利于清廷对文人士子的思想控制。最后，通过编书、修书的手段将大批文人学者吸收到朝廷之中，一方面便于对他们进行思想控制，另一方面形成文化专制。圣祖曾明确表示修书、编书要摒弃异端，唯以裨益政治者为重："朕披阅载籍，研究义理，凡厥指归，务期于正。诸子百家，泛滥诡奇，有乖经术。今搜访藏书善本，惟以经学史乘，实有关系修齐治平、助成德化者，方为有用，其他异端诐说，概不准收录。"②显而易见，清统治者倡导学术、编修书籍具有十分明确的政治指向性。清统治者倡导的"复古"，就是为了"今用"，即择取汉文化中有利于清

---

① 《清实录》第 6 册，中华书局 1985 年版，第 116 页。

② 《清实录》第 5 册，中华书局 1985 年版，第 336 页。

朝统治的思想和学说来控制汉族士人的思想、行为，使其为我所用，以达到巩固封建政权的目的。

综上可见，清朝统治者之所以推崇朱熹之学，倡导以其为正宗的儒学复古，其中一个关键性的原因，就是认识到程朱理学的政治价值及其对建立大一统思想的重要作用。在封建统治者的大力倡导下，程朱理学成为有清一代的官方哲学，也成为封建统治者禁锢思想、巩固政权的工具。

三、文化专制

文字狱是清王朝控制社会思想，进行文化专制最严厉的手段。明清易代，异族入主中原，清朝统治者对汉族士人的民族抵触情绪早有戒心，上述的儒学复古运动就是其收拢士人、消弭抵抗意志的重要手段。然而，这种思想上的引导与控制并不能完全消除文人的反清意识，于是清朝统治者在思想文化领域进行了更为严厉的扫荡，即大兴文字狱，镇压抗拒统治的思想和行为。文字狱兴起于康熙朝，雍正时期渐多，至乾隆朝已达到无以复加的严重程度。清初文人的民族对抗情绪确实比较强烈，康熙时期著名的庄廷鑨《明史》案和戴名世《南山集》案中的确存在眷恋明王朝、抵触清朝统治的思想情绪，统治者为了巩固政权而采取镇压的态度。雍正朝，文字狱渐趋严厉，其中比较重要的案件有曾静投书案和吕留良诗文案，而雍正皇帝对这两起案件进行了富有政治策略的处理。雍正七年（1729）九月，世宗下令将有关两案的上谕，曾静、张熙的口供和忏悔的《归仁录》，吕留良的诗文，以及自己的反驳文章编辑在一起，名为《大义觉迷录》刊刻颁布天下。雍正帝还让曾静等现身说法，命杭奕禄带曾静到南京、苏州等地宣传，然后到湖南观风整俗使衙门听用；命尚书史贻直带张熙到山西各地宣传，然后遣送原籍，随时候旨传用。① 实际上，雍正皇帝利用此案不但消灭和打击了政敌允禩集团的残余势力，镇压了汉族士人的反清思想，而且进行了一次全国范围的"思想大教化"，以曾静案为导火线，以谋反书为突破口，将论战转移到"华夷之辨"，广泛宣扬"天下一统，华夷一家"的民族融合思想，证明满族统一中国的合理性。乾隆时期，文字狱最为频繁。从乾隆十六年（1751）的伪造孙嘉淦奏稿案开始，乾隆皇帝便深刻认识到思想意识的控制是关系到清朝安危的头等大事，称"此等奸徒，传播流言，涛张为幻，关系风俗人心者大，不可不力为整饬"。自此严文禁，查处销毁不符合清朝统治思想的悖逆书籍，其目的就是彻底消灭汉人特别是知识分子中的反清思想。在对文字狱的处理上，高宗不但严处涉案人员，而且对于查办不力的官员也给予严惩。江西巡抚海成即是因王锡侯《字贯》案而丢官丧命的封疆大吏。在这种紧张氛围之中，各级地方官吏对文字犯禁、悖逆书籍高度警觉，唯恐一朝疏漏，连带获罪，于是不惜望文生义，如徐述夔诗案，仅据"明朝期振翮，一举去清都"两句就被定为逆诗。经过频繁的文字狱和查办禁书的运动，乾隆朝文化思想专制达到前所未有的严厉程度。

从最初的文字犯禁，到后来望文生义、捕风捉影、引申曲解，文字狱经历了愈演愈烈的发展过程，也反映出清朝在思想文化领域的专制达到登峰造极的地步。在这种局面下，文人普遍怀着忧谗畏讥、惴惴不安的心情，小心翼翼地进行文学创作，形成了"避席畏闻文字狱，著书都为稻粱谋"的情况。因此，清代戏曲批判现实的力度和深度较之元明时期都有很大程度的倒退，戏曲家在文化高压下对政治问题保持高度敏感，避之尚且不及，更不会在作品中大肆涉及，所以在被奉为"雅部正音"的昆曲剧本中较多的是才子佳人题材和宣扬封建纲常的作品。即便如此，

---

① 参见李治亭主编：《清史》，上海人民出版社 2002 年版，第 943 页。

戏曲家仍然小心翼翼，张坚的好友陈震在为《梦中缘》撰写序时特意指明："盖以幻笔写空境，而终无姓氏之可指，读其自叙一篇，则与传僧孺事者，其用心固已别矣。吾恐后人误认漱石之梦，且感余梦脱祸于机先，怀数十年未敢告人者，微此书无以发吾之覆也。"① 芮宾王又在《梦中缘跋》中重申："作者意中止写一生二美，并带写一解事小环之数人者，又皆斡空凿虚，而姓氏里居悉成乌有，况其余乎？至于胪列贤奸，以寓劝惩，不过镜花水月，涉笔成文。作者既自谓非真，读者亦当视为幻。若定索影寻声、折白道字，势必讹以传讹，何啻梦中说梦？"② 董榕在《芝龛记凡例》中亦强调："记中惟阐扬忠孝节义，并无影射讥弹。虽词场余技，而存心必矢虚公，命意必归忠厚。"③ 戏曲向来被文人视为小技、余技，即使如此，思想政治性也仍然是文人创作时考虑的首要问题。

清中叶知识分子阶层，在统治者尊儒文治的文化政策、儒学复古的社会思潮及大兴文字狱的文化专制下，或认同服从，支持拥护，成为统治者文化政策的追随者和践行者；或保持中立，埋头学术，潜心著述，成为经典文化的总结者和传承者。其作为清中叶文人传奇的创作主体，在传奇创作上体现出与其身份、思想相一致的特征，在思想上注重宣扬儒家伦理思想，教化民众，在题材上偏重风情爱情剧、历史教化剧。

第二节　清中叶戏曲文化环境

清中叶是清代历史上最繁荣鼎盛的时期，从康熙中叶开始社会政治

---

① （清）张坚：《梦中缘》，《玉燕堂四种曲》，清乾隆刻本。
② （清）张坚：《梦中缘》，《玉燕堂四种曲》，清乾隆刻本。
③ （清）董榕：《芝龛记凡例》，《历代曲话汇编》清代编第2集，黄山书社2008年版，第156页。

愈加安定，农业、手工业、商业得到长足发展，城镇也渐趋繁荣，人民生活日渐富足，社会风习也开始发生变化。相对和平安定的社会生活，促进了广大人民群众对精神生活和娱乐活动的追求，于是戏曲作为最重要的娱乐活动，在康、乾时代得到了最为广泛的传播。这时期的戏曲发展呈现出以下几个特点：第一，昆曲被奉为雅部正音，在统治者的大力扶持与倡导下获得了极大的发展，但是官方的干预也产生了极强的负面影响。第二，地方戏曲渐趋繁盛，以其贴近生活、通俗生动的特点迅速占据了民间戏曲市场，打破了昆曲独霸曲坛的局面。第三，昆曲在经历康熙年间"南洪北孔"的发展高峰之后，无论在创作还是在演出方面都渐趋衰落。戏曲市场由原来的昆曲一家独大，到各种声腔竞相争胜、汇集融合的局面。

一、昆曲作为雅部正音获得清廷的大力扶持

昆曲的"雅部"之称虽然是到乾隆时期才有的，但是早在康熙年间就已经被视为雅调正音加以提倡，这是与清朝政府日益加强的政治集权、文化专制和思想控制分不开的。康、雍、乾时期，儒学复古和思想控制触及整个文化领域，反映在戏曲领域就是官方对戏曲性质和形式的全面规范。早在明代晚期已经发展成熟的昆曲就被官方定为戏曲之正宗，对其大力倡导和扶持，以便对整个戏曲领域进行统一管理和控制。官方的大力倡导确实促进了昆曲在上层社会的发展，但是也产生了极强的负面影响，将昆曲导向相对狭小的发展空间，成为宫廷御用戏曲和文人士大夫阶层追求风雅的手段。

（一）官修曲谱

康熙五十四年(1715)，王奕清等奉敕修撰《曲谱》，王奕清在《凡例》中对修撰此书的原因和目的进行了较为明确的交代："自传奇歌曲，盛

行于元，学士大夫多习之者。其后日就新巧，而必属之专家。近则操觚之士，但填文辞，惟梨园歌师，习传腔板耳。即欲考元人遗谱，且不可得，况唐、宋诗余之宫调哉！故斯谱另编于词谱之后，无庸妄合。"① 可见，此《曲谱》的编撰是为填词制曲提供可以依循的规范。而乾隆年间《新定九宫大成南北词宫谱》的修撰则使戏曲曲体形式规范达到最高程度。《新定九宫大成南北词宫谱》由庄亲王允禄奉敕编撰，此书上溯唐宋，下至明清，记录北套曲 185 套，南北合套 36 套。单体曲牌有南曲 1513曲，北曲 581 曲，共 2094 曲。加上各种变体曲 2372 个，共有 4466 曲，可谓曲学之集大成，代表了当时曲谱的最高水平，也成为曲体形式的最高规范。然而，这种官方曲谱，在集大成的同时，也阻隔了民间新生曲调向文人层的输入，以所谓的规范扼杀了戏曲的自由发展。因此，现代学者李昌集说"清王朝在一切文化领域都不允许'异端'和争论，反映在'曲学'上，便是以'集大成'的方式消除所有的争论，确定不再有争议的曲体形式规范，其成果，便是众所周知的《新定九宫大成南北词宫谱》"②。官修曲谱确实包含了丰富的曲学内容，但同时也使戏曲艺术形式走向凝固。文人在所谓的戏曲规范之下按谱模声，与鲜活的民间曲调逐渐隔绝，与曲原本该有的自由状态逐渐脱离。因此，在官方戏曲规范的约束下，清代文人戏曲只能越来越趋于停滞。

（二）宫廷戏曲活动

清统治者出于意识形态统一的需要，提倡雅化的昆曲，并将其视为戏曲正宗而进行扶持与保护，其中宫廷戏曲活动在倡导昆曲方面起到了重要的作用。康、雍、乾三朝的宫廷戏曲活动频仍，自康熙时期建立承应内廷演戏的机构——南府，发展至乾隆朝规模达到最大，而所演戏曲

---

① （清）王奕清：《钦定曲谱凡例》，《历代曲话汇编》清代编第 3 集，黄山书社2008 年版，第 297 页。

② 李昌集：《中国古代曲学史》，华东师范大学出版社 1997 年版，第 563 页。

主要是昆曲和弋阳腔。藏于懋勤殿的"圣祖谕旨"中，有圣祖对南府昆弋伶人所传的旨意："魏珠传旨，尔等向之所司者，昆弋丝竹，各有职掌，岂可一日少闲。况食厚赐，家给人足，非掌天恩，无以可报。昆山腔，当勉声依咏，律和声察，板眼明出，调分南北，宫商不相混乱，丝竹与曲律相合而为一家，手足与举止睛转而成自然，可称梨园之美，何如也。又弋阳佳传，其来久矣，自唐霓裳失传之后，惟元人百种，世所共喜。渐至有明，有院本北调不下数十种，今皆废弃不问，只剩弋腔而已。近来弋阳亦被外边俗曲乱道，所存十中无一二矣。独大内因旧教习，口传心授，故未失真。尔等益加温习，朝夕诵读，细察平上去入，因字而得腔，因腔而得理。"① 从康熙的谕旨中可以看出，第一，当时的宫廷演剧以昆、弋腔为主，但是康熙帝所喜爱的弋阳腔是最初的传统声腔，而非在流传中与地方声腔不断融合发生变化的声腔。这种原始状态的声腔在宫廷教习中保持了最初的特点，所以康熙帝以其十分难得而令南府伶人"益加温习，朝夕诵读"。第二，康熙帝对昆山腔婉转幽雅，徐舒静好的特点十分欣赏，认为其"丝竹与曲律相合而为一家，手足与举止睛转而成自然"，可称梨园之美。第三，康熙时期的内廷虽然是昆、弋合演，但是显然昆山腔占据更为重要的地位，弋阳腔已经多与地方声腔结合发生变化，传统的弋阳腔已经十中无一二矣。第四，从康熙帝称弋阳腔的变化为"被外边俗曲乱道"可以看出，官方对地方声腔的排斥和厌恶由来已久。

康、雍、乾时期，宫廷演剧既有承应节令之戏，也有昆曲传统剧目和当时盛演于民间的剧目。宫廷的承应之戏，极尽歌颂之能事，昆曲因此而成为封建宫廷的礼仪定制，成为帝王的一项重要文化活动至乾隆时期，更是由御用文人编演各种宫廷大戏，据昭梿《啸亭续录》记载：

① 故宫博物院掌故部编：《掌故丛编》，中华书局 1990 年版，第 51 页。

乾隆初，纯皇帝以海内升平，命张文敏制诸院本进呈，以备乐部演习，凡各节令皆奏演。其时典故如屈子竞渡，子安题阁诸事，无不谱入，谓之月令承应。其于内庭诸喜庆事，奏演祥征瑞应者，谓之《法宫雅奏》。其于万寿令节前后奏演群仙神道添筹锡禧，以及黄童白叟含哺鼓腹者，谓之《九九大庆》。又演目犍连尊者救母事，析为十本，谓之《劝善金科》，于岁暮奏之，以其鬼魅杂出，以代古人傩祓之意。演唐玄奘西域取经事，谓之《升平宝筏》，于上元前后日奏之。其曲文皆文敏亲制，词藻奇丽，引用内典经卷，大为超妙。其后又命庄恪亲王谱蜀、汉《三国志》典故，谓之《鼎峙春秋》。又谱宋政和间梁山诸盗及宋、金交兵，徽、钦北狩诸事，谓之《忠义璇图》。其词皆出日华游客之手，惟能敷衍成章，又抄袭元、明《水浒义侠》《西川图》诸院本曲文，远不逮文敏多矣。①

可见，乾隆时期的宫廷演戏规模庞大，主要以佛教故事和历史典故为题材。这类承应之戏，往往排场宏大，演员众多，因此乾隆年间"外学"②人数大增，而对于昆曲演员的需求必然对民间昆曲发展起到促进作用，苏州织造府就担负着培养选送昆曲演员和教习供奉内廷之责。另外值得注意的是，这些宫廷大戏中还保留了部分昆曲传统剧目。比如《忠义璇图》第十四到第十九出都注明"旧有"，内容为清初传奇《虎囊弹》的有关部分，其中就包括昆曲传统剧目中盛演的《山门》。③康、雍、乾时期的宫廷演剧并非一个封闭的体系，有相当数量的演员出入于内廷和民间，这就使得两者之间具备了交流和流通的可能。据朱家溍《清代

---

① （清）昭梿：《啸亭杂录》，中华书局 1980 年版，第 377—378 页。
② 南府分为内学和外学，内学指太监习戏者，外学指民间演员被招选入宫者。
③ 参见胡忌、刘致中：《昆剧发展史》，中国戏剧出版社 1989 年版，第 419 页。

的戏曲服饰史料》所载，"另外从南府花名册中可以看到乾隆年间南府的民籍教习、民籍学生的人名，全是江南取名的习惯字样，并且有时遣送民籍外学回籍省亲养病一类的记载，总是交苏州织造办理。说明当时在宫中演上述三百余出戏的，主要是南方的一些优秀演员，也可以说这些戏就是他们带来的"①。核对宫中演戏与民间盛演剧目可以发现有不少重叠，比如《琵琶记》《荆钗记》《拜月亭》《牡丹亭》《玉簪记》等著名传奇中的折子都在宫中演出过。总之，宫廷对昆曲的倡导和需求促进了民间昆曲活动的发展，民间昆曲的新鲜血液通过南府外学不断输入宫廷戏曲活动之中。

（三）官方倡导对昆曲发展的影响

统治者对昆曲的喜爱和重视，宫廷大戏的编排，将昆曲推至戏曲正宗的地位，使其成为官方声腔，受到各地官府的保护与推崇，这大大刺激了昆曲的发展。康、雍、乾时期，昆曲戏班具有相当的数量和规模，其中就有很多隶属于官府的昆班，它们一般具有较高的演剧水平，主要任务就是承应官场。雍、乾年间苏州的"织造部堂海府内班"就是当时任织造监的海保组织的官府昆班，另外一些职业昆班也有专门承应官府衙门的。昆曲成为雅部声腔，受到统治阶层的大力倡导，也成为上层社会的风雅标志，为文人士大夫所推崇。康熙年间刘廷玑在《在园杂志》中谈到弋阳腔的变化时说："近今且变弋阳腔为四平腔、京腔、卫腔，甚且等而下之，为梆子腔、乱弹腔、巫娘腔、唢呐腔、罗罗腔矣。愈趋愈卑，新奇叠出，终以昆腔为正音。"② 可见，康熙年间地方声腔已经获得长足的发展，但是深为文人雅士所鄙弃，在官方和文人阶层仍然以昆曲为正音。文人阶层积极参与昆曲剧本创作，康熙中叶至乾隆末年，文

---

① 朱家溍:《清代的戏曲服饰史料》,《故宫博物院院刊》1979 年第 4 期。
② （清）刘廷玑:《在园杂志》,张守谦点校,中华书局 2005 年版,第 90 页。

人传奇创作数量十分可观。

官方的倡导、文人阶层的推崇固然促进了昆曲的发展，但是同时也带来负面的影响，被贴上"雅文化"标签的昆曲，发展的空间越来越狭小。清中叶文人传奇创作越来越转向小众传播，文人化的语言、文人化的抒情、文人化的格调，让文人传奇越来越远离平民大众。乾隆年间，芮宾王为张坚《梦中缘》作跋，称："排场生动，变幻新奇，锦簇花团，雅俗共赏，优伶善是，何患不声价倍增。而先生珍之箧底，未尝轻令红儿一试者，盖以阳春白雪原难语诸下里巴人也。"可见，张坚的传奇创作已经有明显的指向性，他坚持昆曲剧作的"高雅"，也不希求这种高雅能被所有人接受，所以这样的文人传奇不是面向底层广大群众的活的戏曲，而是流传于文人士大夫之间的书斋文学。观看昆曲戏曲甚至成为士大夫阶层附庸风雅的工具。创作于乾隆初期的小说《歧路灯》中保存了很多反映当时昆曲演出面貌的资料，虽是小说中的描写，但是比较真实地反映了当时的实际情况，其中盛希侨在盛府堂会时说的一段话道出了当时人们附庸风雅看昆曲的真相：

> 盛希侨把副末叫上来说，"不错，不错！你缘何就会自己打戏？"副末道："唱的久了，就会照曲牌子填起腔来。只是平仄还咬不清，怕爷们听出破绽来。"盛希侨道："不怕，不怕。你们哼唧起来，就是真正好学问的人，也懂不清。那些堂戏场上用手拍膝，替你们打板儿的，俱是假充在行，装那通昆曲的样子。真正是恶心死人！……"夏鼎道："盛大哥休要自己听不出，硬说他人不懂的。"盛希侨道："你不插口罢。我在山东，家母舅是个名进士，请的先生，是山东有名的解元。那一日章丘县公送自己做的一部传奇。我听二公极口夸好，说串来就是一本名戏；却还说内中有几个不认的字样，有许多不知出处

的典故。如今看堂戏的，不过几位俗客而已，西瓜大字认的半车，偏会彻底澄清起来。这个话我断乎不信。昆腔不过是箱只要好，要新，光景雅致些，不肉麻死人就够了。"①

盛希侨这一段话几乎说到了昆曲的所有弊病，首先，昆曲发展至乾隆年间，已经严重雅化，文词典雅，典故艰涩难懂，即使是好学问的人也未必完全懂。其次，昆曲成为人们附庸风雅的手段，而真正懂昆曲的人越来越少，不认字的俗客也装模作样地听昆曲，更是有一些看堂戏的拍膝打板儿，假装在行。最后，创作昆曲剧本成为一种卖弄学问的方法，也成为文人、士大夫之间互相吹捧逢迎的工具。

二、地方戏曲渐趋繁盛

地方戏曲渐趋繁盛，是清中叶戏曲发展的重要特点。早在康熙初年，就有一些地方声腔在民间艺术的滋养下逐渐发展起来。康熙十年（1671）《保定府祁州束鹿县志》中记载了当时地方戏曲盛演乡里的情况："俗喜俳优，正月人日后，淫祠设会，高搭戏场，遍于闾里，以多为胜。弦索、板腔、魁锣、桀鼓，恒声闻十里外。或至漏下三鼓，男女杂踏，拥之不去。……知县刘昆痛行禁革。"②从这段史料中可以看出：第一，康熙初年，民间戏曲活动已经十分活跃，戏场多，观者众，平民百姓对戏曲极其喜爱，热情很高，漏下三鼓仍然拥之不去。第二，所唱声腔为弦索、板腔等，可见其时地方声腔已经开始兴起，并受到广大群众的欢迎。第三，官方对地方声腔实行打压的政策，抑制其发展。康、雍、乾

---

① （清）李绿园：《歧路灯》，中州古籍出版社1998年版，第499页。

② 《保定府祁州束鹿县志》卷八，清刊本。

时期是文化专制逐渐加强的时期，统治阶级一方面将昆曲定为雅部正音大力倡导，另一方面压制来自民间的地方戏曲，以期更好地掌握和控制社会意识形态领域，于是自地方戏曲繁盛之时起，官方对其的打压也随之开始。即便如此，地方戏曲也已经显露出巨大潜力。地方戏曲植根于民间文化土壤，以其特有的乡土气息受到广大社会下层群众的喜爱。从康熙年间开始弦索腔、西秦腔等地方声腔以及花鼓戏、秧歌戏等民间歌舞戏逐渐发展起来，至乾隆中期，已然形成昆曲与诸多地方声腔同台演出的局面。

（一）弦索腔

弦索腔是在中原俗曲小令的基础上形成的，在各地衍生出很多腔调，成为民间土生土长的小剧种，有女儿腔、姑娘腔、柳子腔、罗罗腔等，其中以罗罗腔影响最大，流传最广。从康熙初年到乾隆时期，罗罗腔一直在河南一带广泛搬演，屡禁不止。到雍正年间罗罗腔发展愈盛，"小民每于秋收无事之时，以及春三、二月，共为神会，挨户敛钱，或扎搭高台，演唱罗戏"，此时为河南巡抚的田文镜于雍正二年（1724）一月、二月和雍正六年（1728）二月先后三次勒令禁演罗戏，驱逐罗戏演员。然而，罗戏在民间具有深厚的群众基础，直到乾隆年间仍在河南民间广为流传。乾隆十八年（1753）《郾城县志》中记载："赛神招梨园，其名罗戏者，最俚鄙淫秽，民间尤尚之。"乾隆五十三年（1788）重修《杞县志》卷八"风土志"中仍提到民间爱演"逻逻"。罗罗腔早在康熙年间就传到北京，并获得广大观众的欢迎。刊刻于康熙三十二年（1693）的《燕九竹枝词》里有一首描写罗罗腔演出的情况："锣鼓喧阗满钵堂，鸾弹花旦学边妆。三弦不数江南曲，唯有啰啰独擅场。"描绘了北京燕九之会上罗戏表演的热闹场面，可见虽然当时罗罗腔颇受欢迎，但还只是盛演于闹市庙会的街头戏曲，而到了乾隆年间，罗罗腔则在梨园戏馆中占有重要一席。徐孝常于乾隆九年（1744）为张坚《梦中缘》作序时称"长安梨园（指北京）称盛，管弦相应，远近不绝，子弟装饰备极靡丽，台榭辉煌。观者叠股倚肩，饮食若吸鲸填壑，而所好惟秦声、罗、弋"，可见乾隆初年，罗罗腔已经成为与秦腔、弋阳腔并重的地方声腔。

（二）西秦腔

西秦腔又称秦腔，起自陕西一带，在秦蜀等地流播较广，至乾隆年间已经传唱于大江南北，江浙、广西、广东、山西、河北、河南、山东等地都是秦腔的流行地区。早在康熙年间，秦腔就已经向南流播。魏荔彤的《江南竹枝词》中就有吟咏秦声之句："由来河朔饮粗豪，邗上新歌节节高。舞罢乱敲梆子响，秦声惊落广陵潮。"邗上即指扬州，可见当时秦腔已经成为流传于扬州的新歌。刘献廷在《广阳杂记》中也有关于秦腔的记载，曰："秦优新声，名乱弹者，其声甚散而哀"①。秦腔影响广泛，即使在地处偏远的土家族聚居区也有流传，剧作家顾彩于康熙四十二年（1703）写作的《容美纪游》中，就载有容美宣慰使田舜年家班的基本情况："女优皆十七八好女郎，声色皆佳。初学吴腔，终带楚调。男优皆秦腔，反可听，所谓梆子腔是也。"可见当时在容美这个湘、鄂、渝、黔四省交界的地方主要流行的戏曲就是昆曲和秦腔。乾隆时严长明《秦云撷英小谱》中谈到秦腔在北方的流变："秦腔自唐宋元明以来，音皆如此。后复间以弦索。至于燕京及齐、晋、中州，音虽递改，不过即本土所近者少变之。"秦腔早在康熙年间已经传进北京，魏荔彤《京路杂兴三十律》中有一首关于秦腔的诗，曰："夜来花底沐香膏，过市招摇裘马豪。学得秦声新依笛，妆如越女竞投桃。"从诗中可以看到

---

① （清）刘献廷：《广阳杂记》，中华书局1957年版，第152页。《中国戏曲发展史》中误称"广阳即指北京。这是秦腔进入北京的初次记载"。广阳非指北京，而是刘献廷的别号，并且刘献廷虽为北京人，但自十九岁举家迁至祖籍吴中后隐居不仕，游历四方。此处关于秦腔的记载当是其游历江西、广东之际的见闻。

当时北京戏班竞相学习秦腔的情景。秦腔在北京梨园颇受欢迎，至乾隆初期已经出现观众"所好惟秦声、罗、弋"的局面。到乾隆后期四川秦腔艺人魏长生入京，更是将秦腔的发展推向了高峰。昭梿《啸亭杂录》曰："长生因之变为秦腔，词虽鄙猥，然其繁音促节，呜呜动人。兼之演诸淫亵之状，皆人所罕见者，故名动京师。"①经过魏长生改革的秦腔注重表演的细腻，突出旦角的风情，以胡琴伴奏，其声靡靡传情，这种淫艳浮靡的风格迎合了市井狎旦调花的口味，风行一时。秦腔的盛行很快遭到了清政府的禁演，"乾隆五十年议准，嗣后城外戏班，除昆、弋两腔仍听其演唱外，其秦腔戏班，交步军统领五城出示禁止。现在本班戏子，概令改归昆、弋两腔。如不愿者，听其另谋生理。倘于怙恶不遵者，交该衙门查拿惩治，递解回籍"。魏长生也被迫离开北京。

（三）花鼓戏、秧歌戏

康、雍、乾时期，民间盛行的还有在民间歌舞说唱基础上发展起来的花鼓戏、秧歌戏等，《燕九竹枝词》中就记载了当时康熙年间北京燕九之会上花鼓秧歌的盛演情况，孔尚任词曰："秧歌忽被金吾革，袖手游春真可惜。留得凤阳旧乞婆，慢锣紧鼓揽游客。"陈于王词曰："小儿花鼓凤阳调，士女周遭拍手笑。又有一班装更奇，十番车上诸年少。"袁启旭词曰："秧歌初试内家装，小鼓花腔唱凤阳。如蚁游人拦不住，纷纷挤过蹴球场。"蒋景祁词曰："齐房甘露降何方，花鼓秧歌沸羽觞。薄暮子城斜处立，夕阳一片洒入场。"柯煜词曰："秧歌小队闹春阳，股系肩摩不暇狂。人说太平行乐地，更须千步筑球场。"曹源邺词曰："沉沉绿鬓凝香雾，驻马郊西人似鹜。画鼓秧歌不绝声，金钗撇下迷归路。"从中可以看出，北京民间燕九之会上，花鼓秧歌作为重要的娱乐演出，深受广大群众的喜爱，庙会上看秧歌的场子被游人挤得水泄不通，演出

---

① （清）昭梿：《啸亭杂录》，中华书局1980年版，第237页。

直到夕阳西下仍然无法结束，可见游人热情之高。花鼓戏源自民间，内容多反映百姓生活和男女爱情，其表演形式简单通俗，在民间十分盛行。花鼓戏还被广泛地应用到迎神赛会中。而在官方看来，花鼓戏往往借酬神为名，扮演淫词亵语，有伤风化；并且因其经常聚众围场，通宵达旦，有碍社会安定，故屡次禁止民间花鼓戏演出。

（四）文人士大夫阶层对地方戏曲的态度

文人士大夫阶层对地方戏曲的态度经历了由鄙视、排斥到逐渐认可、接受的过程。地方声腔兴起之初，虽然在民间广为流传，获得社会下层人民群众的喜爱，但是文人士大夫阶层往往以文雅自居，而且又受到统治阶层大力倡导昆曲的影响，所以他们始终坚持昆曲为正音的立场，对乡间俗曲十分鄙视和排斥，认为其声粗鄙刺耳，其词俚俗不堪。比如清康熙年间刘廷玑在《在园杂志》中谈弋阳腔流变过程时，曰"愈趋愈卑，新奇叠出，终以昆腔为正音"[1]。又如康熙年间寄旅散人在批点小说《林兰香》中曰："昆山、弋腔之外，有所谓梆子腔、柳子腔、罗罗腔等派别。真乃狗号，真乃驴叫，有玷梨园名目矣。"[2]言语之间，憎恶之甚，从中可见当时文人对地方戏曲的偏激态度。除了这种固有的排斥心理，地方戏曲自身的特点也是文人士大夫阶层对其不屑一顾的重要原因。地方戏曲在发展之初确实在唱腔、表演等方面比较粗糙，相对于在明末已经臻于完善的昆曲来说自然逊色很多。文人士大夫阶层具有深厚的文化底蕴和知识素养，他们对于戏曲的欣赏水平显然高于民间广大劳动人民，所以，他们往往从专业的角度看待地方戏曲，对其每每嗤之以鼻，发出乐技愈降愈下的慨叹。乾隆年间檀萃在《滇南集律诗杂吟》注里说道："迨南曲大兴而西曲废，无学士润色其词，下里巴人，徒传

① （清）刘廷玑：《在园杂志》，张守谦点校，中华书局 2005 年版，第 90 页。
② （清）随缘下士：《林兰香》，《明清善本小说丛刊》第 10 辑，天一出版社 1985 年版，第二十七回。

其音而不能举其曲，杂以'吾伊吾'于其间，杂凑鄙谚，不堪入耳。"檀萃的这番评价既表明了他对地方声腔的态度，也点明了地方声腔缺乏文人润色、文词俚俗、曲调不精的短处。吴长元在《燕兰小谱》中评价秦腔时，曰："若高明官之演《小寡妇上坟》，寻音赴节，不闻一字，有如傀儡登场。昔人云：'丝不如竹，竹不如肉'，口无歌韵而藉靡靡之音以相掩饰，乐技至此愈降愈下矣！"①吴氏对秦腔无歌韵唯借靡靡之音的唱法颇为不满，故而慨叹乐技愈降愈下。然而，这些在文人士大夫看来的不足却正是地方戏曲得以取胜之处，没有文人的润色，就抛开了所谓曲词文雅、音律恰协的束缚，通俗直白，生鲜泼辣，恰恰符合广大人民群众的欣赏口味。可见，文人士大夫与劳动人民欣赏水平、审美趣味的差异正是地方戏曲最初从民间兴起却不被上层社会接受的主要原因。

随着地方戏曲的不断发展，文人士大夫阶层对其的认识也逐渐加深，开始以平和的心态客观看待。乾隆年间李声振的《百戏竹枝词》中就将当时流传较广的弋阳腔、秦腔、乱弹腔、月琴曲、唱姑娘、四平腔等六种地方声腔与吴音（昆曲）并举，对其进行简单扼要的描述，比如"弋阳腔，俗名高腔，视昆调甚高也。金鼓喧阗，一唱数和，都门茶楼为尤盛。""秦腔，俗名梆子腔，以其击木若柝形者节歌也。声呜呜然，犹其土音乎？""乱弹腔，秦声之缦调者，倚以丝竹，俗名昆梆，夫昆也而梆云哉，亦任夫人昆梆之而已。"从中可以看出，李声振对这些地方声腔只是加以客观介绍，而没有妄加评价，更没有像前期文人那样对其谩骂鄙视。李调元《剧话》中也提到当时流行的弋阳腔、秦腔、胡琴腔、女儿腔，并且对其的源流进行考辨，较《百戏竹枝词》更为详尽。这说明地方戏曲的盛行已经成为戏曲发展中不争的事实，地方戏曲的普遍流行使得文人士大夫阶层开始关注并愿意去了解它。《消寒新咏》中的一

---

① 张次溪编纂：《清代燕都梨园史料》，中国戏剧出版社1988年版，第46—47页。

段记录反映出文人雅士开始对地方声腔的关注：

> 安崇官，陕西人，双和部小旦也。其技艺和若，余固未经
> 多见。第询之西人，则莫不赞赏，谓双和部当以崇儿为最。一
> 日偶于友人寓所，有客某，西人也，余即举崇官为问。客盛
> 称之，谓其体态端庄，若无娇容，然每当登场演剧，则尤云䨲
> 雨，靡不入神，固双和部表表出色者也。噫，公好所在，谅属
> 不诬。①

铁桥山人自称雅爱昆曲，不喜乱弹腔，而却对双和部小旦安崇官专
意询问，可见当时地方戏班伶人声名之著。从问津渔者这段话中可以看
出，第一，文人雅士对地方戏曲的态度由最初的鄙视到逐渐关注的转
变；第二，地方戏曲的表演技艺渐至成熟，此处谈到的安崇官即是一个
代表，他的容貌并无十分出色之处，但是表演技巧却是极佳。地方戏曲
表演艺术的提升，正是其长足发展的重要保证，也是扭转文人士大夫阶
层固有成见的重要原因。

至乾隆后期，地方戏曲已经成为一种时尚，也成为文人笔下议论品
评的焦点。一些花部名伶也成为文人士大夫欣赏、赞美的对象。比如天
汉浮槎散人《秋坪新语》中的"西川海棠图"，赵翼《簷曝杂记》中的
"梨园色艺"，纪昀《阅微草堂笔记》中的"方俊官"，俞蛟《梦厂杂著》
中的"楚伶传""蜀伶陈银遇盗记""玉儿传"等都是有关花部名伶的记
载，而吴长元《燕兰小谱》则对当时的花部名优进行了较为全面的介
绍，共计四十四人。文人士大夫阶层对地方戏曲态度转变的另一个重要

---

① （清）铁桥山人、问津渔者、石坪居士：《消寒新咏》，《历代曲话汇编》清代编
第 4 集，黄山书社 2008 年版，第 739 页。

表现是开始在戏曲创作中借鉴地方戏曲，甚至改编时下流行的地方戏曲剧目。乾隆初年，戏曲家唐英的作品中大部分都是改编自时下流行的地方戏曲，如根据《打面缸》改编而成《面缸笑》，据梆子腔《张骨董借妻》改编而成《天缘债》。在这些改编戏中，唐英采用地方戏中反映民间生活、表达下层人民思想意愿的题材，富有生活气息和现实意义；在表演艺术上，对地方戏曲也多有借鉴，使这些作品呈现出通俗、清新、舞台表演性强的特点。另外，乾隆时期戏曲选集中对地方戏曲剧目的收录也反映出文人士大夫阶层对花部戏曲的逐渐认可和关注。刊刻于乾隆三十五年（1770）和三十九年（1774）的《缀白裘》六集和十一集中收录了当时流行的"梆子腔"、"乱弹腔"、"西秦腔"等地方戏曲三十余种五十余出。乾隆末年著名戏曲家叶堂选辑的《纳书楹曲谱》中亦收录了"弋阳腔"、"吹腔"等时剧二十余出。

综上可见，康熙至乾隆年间，文人士大夫阶层对地方戏曲由厌恶鄙视到逐渐认可接受，甚至参与创作、收集整理的转变，但是他们并没有对其形成普遍性的青睐，更没有像当初热衷于昆曲剧本创作那样投入到地方戏曲的创作中，也正因为此，花部"并没有创造一个不同于昆曲'传奇'的新的'戏剧时代'"①。

第三节　作家作品概述

本书的具体研究对象有：第一，主要创作活动发生在康熙三十九年（1700）至乾隆五十五年（1790）的文人传奇作家；第二，产生于康熙三十九年至乾隆五十五年的文人传奇作品。根据这个研究范畴，通过考

---

① 李昌集：《中国古代曲学史》，华东师范大学出版社1997年版，第573页。

察《曲海总目提要》、《明清传奇综录》、《明清传奇编年史稿》等戏曲目录文献，梳理出清中叶文人传奇作家 86 人，生平可考者 71 人；作品共 253 种，其中存目 47 种，目前可见 206 种；阙名 62 种，著录作者 191 种。可见，清中叶时期虽然已经过了文人传奇创作的高峰期，但仍然拥有较为强大的创作阵营，产出了数量可观的传奇作品。

一、作家概述

清中叶文人传奇作家共 86 位，其中 15 位没有任何文献记录，生平际遇无从查考。考察 71 位传奇作家生平、籍贯和戏曲活动情况，可以看到其带有明显的地域特征和社会阶层特征。根据传奇作家的籍贯或寓居之地，大致划分为四个地域较为集中的作家群：江苏作家群 23 人，浙江作家群 24 人，江西作家群 6 人，安徽作家群 6 人。另有 12 位作家分属贵州、湖北、湖南、山西、山东、河北、河南、吉林、陕西、北京等地，没有形成较为集中的创作群体。

（一）江苏作家群

清中叶江苏作家群共 23 人。江苏籍作家 22 人，安徽籍作家 1 人。金兆燕，本安徽全椒人，因其久居扬州，故将其划归江苏作家群。

1.许廷录（1678—1747），字升闻，号适斋，别号更生道人，江苏常熟人。少赋异才，精通声律，工书善画，但体弱多病，终日与药石为伍，与功名无缘，遂专心著述。[①] 康熙四十一年（1702）创作传奇《五鹿块》，演绎春秋时晋文公重耳事；康熙四十五年（1706）创作传奇《两钟情》，演申纯与王娇娘的爱情悲剧。

---

① 参见王银洁：《许廷录生平、家世及〈五鹿块〉传奇创作考》，《戏曲艺术》2015年第 1 期。

2.张繁（1640—1722），女，字采于，号衡栖老人，江苏长洲人。吴士安妻，张循斋妹。康熙年间尝设帐宁王府，讲课之余，撰戏曲数种，家班演唱。康熙四十五年（1706）创作传奇《双叩阍》，演明万历年间，马大骐蒙冤入狱，其妻汪氏血疏叩阍之事。

3.瞿天赉，生平不详，字梅宾，江苏吴县人。康熙年间作传奇《雨花台》，演梁武帝萧衍事。

4.朱瑞图，生平不详，大约生活在康熙至乾隆年间。字积之，别署杏花使者，江苏常熟人。创作传奇《封禅书》《秋兰佩》《纯孝鞭》《千金锥》四种，仅存《封禅书》一种，作于康熙五十七年（1718），演汉代司马相如与卓文君爱情故事。

5.周滢，生平不详，大约生活在雍正至乾隆年间。字渔村，号铁笛道人，江苏长洲人。雍正十年（1732）创作传奇《定天山》，演唐朝薛仁贵三箭定天山事。

6.介石逸叟，生平不详，号存庐，江苏苏州人。康熙年间作传奇《宣和谱》，演王进、宋江等人逼上梁山事。

7.张坚（1681—1763），字齐元，号漱石，又号洞庭山人，别署三崧先生，江苏上元人。少有才名，工于诗赋，娴于音律。仕途坎壈，穷困出游，隐于莲幕。康熙至雍正年间创作传奇《梦中缘》《梅花簪》《怀沙记》《玉狮坠》，乾隆年间合刻为《玉燕堂四种曲》。《梦中缘》演钟心与文媚兰、阴丽娟爱情离合事，《梅花簪》演徐苞与杜冰梅爱情离合事，《怀沙记》演屈原故事，《玉狮坠》演黄损与裴玉娥爱情离合事。

8.李本宣，生平不详，大约生活在乾隆年间。字蓬门，江苏江都人。乾隆三十五年（1770）创作传奇《玉剑缘》，演杜器与李珠娘爱情离合事。

9.李栋，字吉士，号松岚、栋翁，江苏兴化人。康熙年间举人，少聪颖，性孝友，诗文书画皆善。创作传奇《七子圆》《犊鼻裈》两种，仅存《七子圆》一种，演明朝前七子李梦阳、何景明、康海、王九思等事。

10.黄振(1724—1772以后)，字瘦石，别署柴湾村农，江苏如皋人。家境豪富，蓄家班，倚声度曲。乾隆三十五年（1770）创作传奇《石榴记》，演张幼谦与罗惜惜爱情故事。

11.胡寯年，生平不详，大约生活在乾隆年间。字瑀章，一字春山。江苏长洲人。乾隆二十九年（1764）创作传奇《幻姻缘》，演魏天监与石无瑕爱情故事。

12.石琰（1700—1780），字紫佩，号恂斋，江苏吴县人。诸生，性高洁，曾与张鹏、沈德潜过从较多，雅好填词。乾隆年间，有传奇《天灯记》《忠烈传》《锦香亭》《酒家佣》《两度梅》存世，前四种合刻为《石恂斋传奇四种》。

13.钱维乔（1739—1806），字季木，号竹初，别署林栖居士，江苏武进人。乾隆二十七年（1762）举人，官浙江鄞县。乾隆三十三年（1768），创作传奇《鹦鹉媒》，演孙荆与王宝娘爱情事；乾隆五十一年（1786），创作传奇《乞食图》，演张灵与崔莹爱情事。另有传奇《碧落缘》，今已佚。

14.吴恒宣，生卒年不详，字来旬，别署郁州山人，江苏山阳人。入漕督崔应阶之幕，精通声律戏曲，曾经授凌廷堪戏剧音乐之学。乾隆三十二年（1767）与崔应阶合著传奇《双仙记》，乾隆四十三年（1778）创作传奇《义贞记》。

15.周昂，字千若，号少霞。江苏常熟人。乾隆三十年（1765）选贡，授安徽宁国县训导。三十五年（1770）举于乡，三十七年（1772）归乡，著述自娱，寄情词曲，卒于嘉庆元年（1796）以后。乾隆四十年（1775）创作传奇《玉环缘》，演韦皋与张凤萧爱情故事；乾隆五十二年（1787）创作传奇《西江瑞》，演文天祥事。另有传奇《兕觥记》、《两孝记》两种，今已佚。

16.徐爔（1732—1807），字鼎和，号榆村、种缘，别署种缘子、镜缘子、镜缘主人，江苏吴江人。通音律，工词曲。风雅多情，淡泊功名，歌诗自乐。所作戏曲，皆写自身经历，以曲写心。乾隆四十三年（1778）创作传奇《镜光缘》，演余羲、李秋蓉事，实为作者自传。另有传奇《双环记》《联芳楼》两种，今已佚。

17.顾森，生卒年不详，字廷培，一字锦柏，号云庵，江苏长洲人。乾隆年间任直隶涿鹿县尉，后遭贬谪。乾隆四十四年（1779）创作传奇《回春梦》，演顾参梦中事，为作者自抒胸臆之作。

18.潘焰，生卒年不详，字鸾坡，别署鸾坡主人、鸾坡居士。江苏吴江人，少负才名，蹭蹬科场三十年，广交名士，与袁枚、翁方纲、石韫玉、叶绍本等有过从。乾隆五十二年（1787），创作传奇《乌阑誓》，演李益、霍小玉事。

19.沈起凤（1741—1802），字桐威，号蓉洲、红心词客。江苏吴县人。乾隆三十三年（1768）举人，会试不第，三十八岁后不再应试。夫人早卒，抑郁无聊，寄情词曲。乾隆四十四年（1779）入扬州盐政幕，乾隆四十五年、四十九年高宗南巡，供御大戏，多出其手。乾隆五十三年（1788），历任安徽祁门、全椒教谕。嘉庆七年（1802）卒于北京。生平所著传奇达三四十种之多，一度风行大江南北，今多遗失。今仅存《报恩猿》《才人福》《文星榜》《伏虎韬》《云龙会》五种，前四种合刻为《红心词客四种》，另有存目《千金笑》《泥金带》《桐桂缘》《无双艳》《黄金屋》，今已佚。

20.刘可培，生平不详，字阮山，江苏常州人。擅长词曲，与曲家王庆澜、陈栋相友善。乾隆五十一年（1786）创作传奇《槎合记》《绣旗记》。

21.程枚(1749—1810后)，字时斋，别号苍梧寄客，江苏连云港人。乾隆四十二年（1777）至四十六年（1781），与黄文旸、李经、凌廷堪等，在扬州甄查古今剧曲。乾隆四十一年（1776）始作传奇《一斛珠》，至乾隆五十八年（1793）方定稿，演唐明皇李隆基与梅妃江采萍姻缘离合事。

22. 程景傅（1714—1803后），字命三，江苏武进人。早年游学于金纲轩先生之门，屡试不第，晚年以廪生授安徽宣城训导，平生以引导后学为己任。乾隆年间创作传奇《还妇编》。

23. 金兆燕（1718—1789后），字钟越，号棕亭，别署兰皋生，安徽全椒人，幼称神童，才名颇著。乾隆十二年（1747）举人，曾入卢见曾幕。乾隆三十一年（1766）中进士，官扬州府学教授，久居扬州。工诗文词曲，乾隆二十三年（1758）创作传奇《旗亭记》，演唐代诗人王之涣与王昌龄、高适事。

（二）浙江作家群

清中叶浙江作家群共24人，其中22人为浙江籍，2人为安徽籍，迁居浙江。黄之隽，本安徽休宁人，徙居上海华亭，故划归浙江作家群。吴震生，本安徽歙县人，但迁居杭州，与厉鹗等名士过从甚密，其戏曲活动主要在杭州，故将其划归浙江作家群。

1. 姚子懿，生平不详，大约生活在康熙年间。浙江嘉兴人。康熙五十二年（1713）创作传奇《后寻亲》，为明代《周羽寻亲记》的续作。

2. 程镳，生卒年不详，字瀛鹤，号华茵听曲人。浙江杭州人。康熙年间进士，康熙四十五年（1706）官粤西白州，康熙三十九年（1700）创作传奇《蟾宫操》，演元代苟鹤与史瑶华因赋《蟾宫操》结缘事。

3. 查慎行（1650—1727），字悔余、悔庵，号他山，别署初白老人、他山老人、烟波钓徒，浙江海宁人。早年游学于黄宗羲之门，壮年出游，足迹半天下。康熙三十二年（1693）举人，康熙四十二年（1703）赐进士出身，授翰林院编修，康熙五十二年（1713）告归，杜门著书。康熙四十三年（1704）创作传奇《阴阳判》，演明初朱挺之冤，阳判不公，复行阴判。

4.姜鸿儒，生卒年不详，大约生活在康熙年间。字锡璜。上海人。与黄之隽交善。康熙年间创作传奇《赤壁记》，演苏轼事。

5.张澜，生卒年不详，大约生活在康熙年间。字观生，自号张呆。浙江绍兴人。康熙五十年（1711）任曲阳县令。醉心传奇，创作传奇《千里驹》《万花台》《一笑缘》《二菫媒》《三世因》《四才子》《五色旗》《六国终》《七宝钗》《八洞天》《九华山》《十锭金》《百岁坊》十三种，总称《巧十三传奇》，仅存《千里驹》《万花台》两种，其他均已佚。

6.胡云壑，生平不详，大约生活在乾隆年间。字士瞻，号蘅洲。浙江杭州人。乾隆年间创作传奇《后一捧雪》。

7.谢宗锡，生平不详，字浩然，浙江绍兴人。创作传奇《玉楼春》，演拜住与玉英爱情离合之事。

8.石子斐，生平不详，字成章，浙江绍兴人。创作传奇《正昭阳》。

9.夏纶（1680—1753后），字言丝，号惺斋。浙江杭州人。少聪慧，终未及第，著述自娱。乾隆九年（1744）至十四年（1749），创作传奇《无瑕璧》《杏花村》《瑞筠图》《广寒梯》《南阳乐》，十五年（1750）合刻为《惺斋五种》。乾隆十七年（1752）创作传奇《花萼吟》，次年与前五种合刻为《新曲六种》。

10.李凯（1693—1761），字图凌，号雪崖。浙江鄞县人。雍正八年（1730）进士，乾隆十九年（1754）官绍兴教谕。精通音律。雍正九年（1731）创作传奇《寒香亭》，演谭素与凌波、凝烟于寒香亭结缘事。

11.黄图珌（1700—1771后），字容之，别署蕉窗居士、守真子。上海人。雍正六年（1728），入都谒选，授杭州府同知，乾隆五年（1740）官河南卫辉府知府。工诗词曲，通音律。创作传奇《雷峰塔》《栖云石》《解金貂》《温柔乡》《梦钗缘》《双痣记》《百宝箱》《梅花笺》八种，《梅花笺》今已佚。

12.李应桂，生平不详，字叶梦，一字孟芬。浙江绍兴人。创作传奇《梅花诗》《小河洲》《盖世雄》三种，《盖世雄》今已佚。

13.孙埏，字尚登，号碧溪。浙江奉化人。乾隆元年副贡，肄业修道堂。雍正十年（1732）创作传奇《锡六环》，演弥勒成佛事。

14.韩锡胙（1716—1776），字介屏，号湘岩，别署少微山人、妙有山人。浙江青田人，乾隆六年（1741）拔贡，补八旗教习。乾隆十二年（1747）中举，历任山东平阳、禹城、平原、济河、莱阳、江苏金匮、宝山等地县令，后迁安庆、松江、苏州知府。为官有政声，学问渊博，工诗词古文。乾隆三十一年（1766）创作传奇《渔村记》，演慕蒙得道成仙事。

15.夏秉衡（1726—?），字平千，号谷香、谷香子。上海华亭人。乾隆十七年（1752）中举，二十八年（1763）任蒲城知县。乾隆十四年（1749）创作传奇《八宝箱》，乾隆三十二年（1767）创作传奇《双翠圆》，演金重与翠翘、翠云爱情故事。乾隆三十九年（1774）创作传奇《诗中圣》，演杜甫事。

16.周书，生卒年不详，字天一，号澹庐、淡圃，上海宝山人。工诗文，性落拓，不修边幅。屡试不第，乾隆十三年（1748）入同邑凌存滴粤东幕。乾隆二十五年（1760）创作传奇《鱼水缘》，演胡玮与沈若素爱情故事。

17.朱夰，生卒年不详，字公放、山渔，别署黄稗道人、黄稗老农。浙江归安人，邑诸生，久困场屋，不复进取。客扬州，与金农、郑燮友善。曾入卢见曾幕，后游幕京师。乾隆二十六年（1761）创作传奇《玉尺楼》，演沈韵与韩艳雪、马停云爱情故事。

18.汪柱，生卒年不详，字石坡、铁林，别号洞圆主人。浙江袁浦人。工诗赋，善戏曲，不乐仕进，馆于袁浦。乾隆三十六年（1771）创作传奇《梦里缘》，乾隆四十三年（1778）创作传奇《诗扇记》，总称《砥石斋两种曲》。

19.姜兆翀（1740—1809 后），字孺山，号锾佣、墁佣，别署茸城墁佣。上海松江人。乾隆三十五年（1770）中举，四十九年（1784）任舒城县学教谕，六十年（1795）辞职返里。乾隆五十年（1785）前后创作传奇《孔雀记》，演焦仲卿与刘兰芝爱情故事。

20.郑兆龙（1742—1804），字功伟，号秋槎、二泉，浙江镇海人。创作传奇《大金钱》，演王文亮与陈月婵、月娟因大金钱而成就姻缘事。

21.张衢，生卒年不详，字越西，号情斋，别署病瘅道人。浙江萧山人。屡试不第，客京师，以填南北曲闻名。乾隆五十五年（1790）创作传奇《芙蓉楼》，演余安君与马妙娘爱情故事。

22.沈名荪（1648—1719），字碉芳，一字碉房，浙江钱塘人。康熙二十九年（1690）举人。一生功名不顺，游幕为生。康熙年间创作传奇《凤鸾俦》，演华登与楼月迎、王弱青爱情故事。

23.吴震生(1695—1769)，字长公，号可堂，别署南村、玉勾词客、东城旅客等。安徽歙县人，迁居浙江杭州。累试不第，后以诗词歌曲书画自娱，与厉鹗、丁敬过从甚密。尤喜戏曲，创作传奇《地行仙》《换身荣》《天降福》《世外欢》《秦州乐》《成双谱》《乐安春》《生平足》《万年希》《闹华州》《临濠喜》《人难赛》《三多全》十三种，总称为《太平乐府》。

24.黄之隽（1668—1748），字若木、石牧，安徽休宁人，徙居上海华亭。屡试不第，入海宁陈元龙幕。雍正元年（1723）授翰林院编修。工诗，喜戏曲。康熙五十七年（1718）创作传奇《忠孝福》，演五代后周时殷旭一门忠孝之事。

（三）江西作家群

清中叶江西作家群共 6 人，其中江西籍 4 人，在江西为官 2 人。董榕本为河北籍，然历任南昌、九江知府，其戏曲活动主要在江西，故将其划归江西作家群。唐英祖籍辽宁，常年在江西督榷陶务，尤其在九江任上，广交名士，共赏戏曲，与蒋士铨、董榕、张坚等曲家相友善，故亦将其划归江西作家群。

1. 吴庞（1669—?），字士科，号名翰，江西临川人。康熙四十九年（1710）创作传奇《合欢图》，另有传奇《没名花》《金不换》《红莲案》三种，今已佚。

2. 蒋士铨（1725—1785），字心余、苕生，号清容居士，晚号藏园、定甫，别署离垢居士。江西铅山人。乾隆十二年（1747）中举，二十二年（1757）进士，二十五年（1760）授翰林院编修，三十年（1765）乞假归田，历任绍兴蕺山、杭州崇文、扬州安定三书院山长。晚年受乾隆皇帝赏识，乾隆四十三年（1778）入京为国史院纂修官，以候补御史终其政治生涯。创作传奇《空谷香》《桂林霜》《雪中人》《临川梦》《香祖楼》《采樵图》《冬青树》《采石矶》八种。

3. 抱影子，生平不详，江西平江人。创作传奇《一篇锦》，演西王母等神仙下凡事。

4. 董榕，生卒年不详，字念青，号恒岩、定岩、谦山、渔山，别署繁露楼居士。河北丰润人。雍正十三年（1735）拔贡，廷试第一，历任巩县、新野、夏邑等知县，陈州通判，郑州、许州知州，浙江金华、江西南昌、九江知府。为官有政声，喜诗赋词曲，与唐英、蒋士铨、张坚等友善。乾隆十六年（1751）创作传奇《芝龛记》，演秦良玉事。

5. 唐英（1682—1755），字俊公、隽公，号叔子、陶人，别署蜗寄居士、蜗寄老人。辽宁沈阳人。雍正元年（1723）授内务府员外郎，六年（1728）任江西景德镇监窑，随即兼九江关监督。乾隆时历任淮关、粤海关、九江关。工诗赋，善书画，喜戏曲，创作传奇《转天心》《巧换缘》《天缘债》《双钉案》《梁上眼》五种。

6. 黄金台，生平不详。江西临川人。其父黄觉素有文名，仕途不顺，潜心著述。乾隆十七年（1752）创作传奇《灵台记》。

（四）安徽作家群

清中叶安徽作家群共 6 人。

1. 王墅，生卒年不详，字北畴。安徽芜湖人，少负才名，弱冠补弟子员，然有才无遇，早殒世。康熙四十八年（1709）创作传奇《拜针楼》，演后客在妻采萍的激励下发奋读书，高中状元之事。或为自况。

2. 蔡应龙，生平不详，字潜庄，号吟颠，别署玉麈山人。安徽清溪人。雍正十一年（1733）创作传奇《琵琶重光记》，为元高明《琵琶记》之续作。雍正十三年（1735）创作《紫玉记》，为明汤显祖《紫箫记》《紫钗记》合定改编之作。

3. 方成培（1731—1789），字仰松，号岫云，别署岫云词逸。安徽歙县衡山人。幼年体弱多病，与药石为伍。二十多岁时举业之心未已，苦学至病发，后弃举业，闭门习医，博览群经，精于声乐，考订格律，著《词榘》。乾隆三十六年（1771）据梨园演出本改编传奇《雷峰塔》，演白蛇传。另有传奇《双泉记》，今已佚。

4. 胡业宏，生卒年不详，字苣塘，别署小新丰山人。安徽桐城人。乾隆三十九年（1774）创作传奇《珊瑚鞭》，演江宁秀才苏友白与红玉、梦梨二女爱情故事。

5. 程聪，生平不详，字圣一，号悟阳子。安徽新安人。乾隆年间创作传奇《月殿缘》，演清华、嫦娥、天狗下凡历劫事。

6. 许燕珍（1738—1802 后），女，安徽合肥人，幼随父至龙溪，年二十嫁汪镇为妻。乾隆年间创作传奇《保贞裳》《红绡咏》两种。

（五）其他传奇作家

贵州作家 1 人。傅玉书（1746—1810 后），字素余，号竹庄，别署筠墅老人。贵州瓮安人。乾隆三十年（1765）中举，后屡试不第，乾隆五十七年（1792）以家贫，赴京谒选，次年授江西安福知县，未三年即罢去，晚年以著述为业。乾隆三十八年（1773）创作传奇《鸳鸯镜》，演杨忠嗣事。

湖南作家 1 人。张九钺（1719—1803），字度西，号陶园、紫岘、垣子，别署红梅花长、罗浮花农。湖南湘潭人。少聪慧，乾隆二十七年（1762）中举，历任峡江、南丰、南昌、海阳等县知县，晚年于昭潭书院讲学十余年。乾隆四十九年（1784）前后创作传奇《六如亭》，演苏轼、朝云、温超超事。

湖北作家 1 人。崔应阶（1699—1780），字吉生，号拙圃，别署研露老人、研露楼主人。湖北江夏人。康熙五十九年（1720），以父荫授顺天府通判，历任西路同知、汾州知府、南阳知府、河南驿盐道、江南常镇扬道，江苏、贵州、安徽按察使，山东、湖南布政使，湖南、贵州、山东巡抚，湖广闽浙总督。喜戏曲，乾隆三十二年（1767）与幕僚吴恒宣合著传奇《双仙记》，演王仙客、无双、古押衙故事。

河北作家 1 人。张应楸，生卒年不详，字松岩。河北玉田人。雍正十年（1732）举人，后屡试不第。乾隆三十年（1765），任四川筠连知县，为官有政声。后归乡，寄情诗赋。乾隆十四年（1749）创作传奇《鸳鸯帕》，演钟景期与明霞因诗帕成就姻缘事。

山东作家 1 人。孔传鋕（1678—1731），字振文，号西铭，别署蝶庵、也足园叟、补贤斋。山东曲阜人。康熙四十五年（1706）袭五经博士，授通议大夫。善诗词、工书画，喜戏曲，与孔尚任、顾彩过从甚密。康熙五十年（1711）前后创作传奇《软羊脂》《软邮筒》《软锟铻》。

河南作家 1 人。吕公溥（1726—1790 后），字仁原，号村田，别署守曾子、髯痴。河南新安人。平生未仕，隐居著述。乾隆四十六年（1781）创作传奇《弥勒笑》，据张坚《梦中缘》改编而成，将昆曲改编为十字调梆子腔，是现今流传最早的十字调梆子腔传奇剧本。

山西作家 3 人。徐昆（1716—？），字后山，号啸山、柳崖居士。山西平阳人。乾隆三十五年（1770）中举，授阳城教谕。乾隆四十六年（1781）进士，官至内阁中书。善诗文，喜戏曲。乾隆二十七年（1762）创作传奇《雨花台》，演诸生卢俭、林莺儿爱情故事。乾隆三十一年（1766）创作传奇《碧天霞》，演钟景期与明霞爱情故事。

宋廷魁，生卒年不详，字其英，号竹溪，别署竹溪居士、竹溪了翁、竹溪山人。山西介休人。邑诸生。少负隽才，生平不求苟合，无意仕进。善诗文，工画，喜戏曲。乾隆五年（1740）创作传奇《介山记》，演春秋时介之推事。

张锦，生平不详，字菊知。山西阳城人。乾隆五十四年（1789）创作传奇《新西厢》，演张君瑞与崔莺莺姻缘事，反王实甫《西厢记》而改编之。

吉林作家1人。燕都，生平不详，字子京。吉林建州长白人。乾隆三十二年（1767）创作传奇《凤凰楼》，演明崇祯年间苗君稷与姚崇广事。本明末清初实事而作。

北京作家1人。永恩（？—1797），清宗室，字惠周，号兰亭主人。康亲王崇安之子，袭封康亲王。乾隆四十三年（1778），改称礼亲王。好读书，擅长诗文词曲。乾隆四十一年（1776）前后创作传奇《五虎记》《四友记》《三世记》《双兔记》，合称《漪园四种》。

陕西作家1人。王筠（1749—1819），女，字松坪，别署绿窗女史，陕西长安人。聪明多才，常恨身为女子，不得施展抱负，撰作诗文词曲，以抒胸臆。乾隆三十三年（1768）创作传奇《繁华梦》，演王梦麟自恨生为女子不得建功立业，梦中变为男子，功成名就，迎娶娇妻美妾，后梦醒顿悟入道事。当为作者自身写照。乾隆三十六年（1771）创作传奇《全福记》。

首先，清中叶文人传奇作家分布呈现出十分明显的地域性特征，形成江苏、浙江、安徽、江西等四个创作群，其中以江苏、浙江创作群阵营为最。清中叶文人传奇创作的中心在江南一带，最活跃的地区为苏州、扬州、杭州，从而形成江苏、浙江两个平分秋色的主要作家群。江苏、浙江作家群是清中叶文人传奇创作的主力，作家数量较多，江苏作家群23位作家，浙江作家群24位作家，两者加起来占到总数的54%；并且在戏曲史上具有较大影响力的重要作家大多出自这两个作家群，比如张坚、沈起凤、金兆燕、夏纶、张澜、吴震生等；同时这两个作家群的传奇产量很高，共创作传奇129种，占总数的51%。江南作家群的庞大与当地的戏曲文化传统密切相关，同时作家群的创作又刺激了当时的戏曲市场，促进了昆曲在这一带的传播。江南地区之所以成为清中叶文人传奇的中心，主要有以下几点原因。

第一，江南地区经济富庶，历来为声色享受之地，具有悠久的歌舞传统，形成了浓厚的戏曲文化氛围。江南一带，自古即是风流之地，明清以来，秦淮河房，梨园繁盛，曲声不绝，苏州优伶冠绝天下。乾隆《元和县志》载："吴地善讴乐府，所传白纻舞辞、白符舞辞，白凫鸠舞辞，有舞必有辞，辞以节舞也，音虽纤缓而讽劝存焉，他如江南弄、江南曲、采莲采菱等曲皆得吴愉之遗。自魏良辅创为新声，竹肉相间，一字几度，一刻袅袅，欲绝将绝复萦，淫哇并起而古意亡矣，此声音之微，具有古今升降之感。"可见江南一带，本善歌舞，白纻舞辞、白符舞辞、白凫鸠舞辞、江南弄、江南曲、采莲采菱等曲皆为历代流传之作，歌舞传统悠久。明以来，魏良辅改造昆山腔，使其成为近代影响最大的声腔。城市繁华，经济发达，歌舞娱乐活动丰富，在这样的文化熏陶之下，精通声律、喜好填词者大有人在。这为文人的传奇创作提供了最基本的文化土壤。词曲虽为小技，但深得文人喜爱，观赏戏剧，创作剧本，成为风雅之事。

第二，文人雅集催生传奇创作的繁盛。清中叶江南一带是文人荟萃之所，南京、苏州、扬州、杭州等地都是经济文化重镇，各地文人多游于此间，或为朝廷高官延请入幕，或于书院读书游学，除了忙于正事，大部分时间便是诗酒唱和，雅集观剧。文人雅集观剧活动早在明代即有记载，余怀《板桥杂记》中记载复社文人姚北若在南京雅集时的场景："用十二楼船于秦淮，招集四方应试知名之士百余人，每船邀名妓四人侑酒。梨园一部，灯火笙歌，为一时之盛事。"① 可见，当时文人雅集规模之大，姚北若租用了十二只楼船，招集百余名名士，共同饮酒唱酬。而名妓、歌舞、戏曲则是必不可少的助兴元素。至清中叶，仍保有这种文人雅集的传统，即使寻常聚会，也必征歌演剧，甚至通宵达旦。清中叶著名诗人赵翼曾在诗中记述到扬州观剧的情景："又入扬州梦一场，红灯绿酒奏霓裳。经年不听游仙曲，重为云英一断肠。"② 赵翼几年不到扬州，再次到扬州时，仍然是灯红酒绿，歌舞升平，听曲观剧。

第三，苏州、扬州两地是南方戏曲活动中心，戏曲活动十分繁盛。苏州自晚明时期就是传奇创作和演剧活动的中心，具有浓厚的戏曲文化氛围，至清中叶，依然有大批文人热衷于传奇创作和观赏戏剧演出，有大批职业戏班、家班活跃在戏曲舞台上。苏州、扬州职业戏班兴盛，随着商业经济发展，市民阶层壮大，他们对娱乐活动的需求不断增长，演剧活动不断繁荣兴盛起来，自晚明时期至清中叶，出现职业戏班遍布天下，官宦富商蓄养家班成风的局面。蓄养家班，演出自编剧本或友人、幕僚所作传奇，成为上层社会的一种风尚。因此，自然带来文人传奇创作的活跃。职业戏班林立，或于梨园营业演出，或承应官府公宴，或助兴私人家宴，演剧活动十分频繁。并且戏班间的竞争十分激烈，为了能获得更多的观众，他们需要不断更新剧目，因此，在一定程度上刺激了文人的传奇创作。黄图珌曾提到新剧一成即为伶人搬演之事："《雷峰》

---

① （清）余怀：《板桥杂记》，上海古籍出版社 2000 年版，第 54 页。
② （清）赵翼：《瓯北集》，上海古籍出版社 1997 年版，第 875 页。

一编……一时脍炙人口，轰传吴越间。好事者粗知音律，窃弄宫商，以致错乱甲乙，颠倒是非。使闻者生嗟，见者欲呕。……至若续填之《栖云石》……今伶人欲请行世，窃恐复蹈前车，反为世所薄，余莫之许。伶遂重贿家僮，出原本与之录去。于是酒社歌坛，莫不熟闻其声。"① 黄图珌《雷峰塔》一剧甫脱稿即为伶人搬演，但伶人肆意窜改原剧，令黄图珌十分不满，故第二种传奇《栖云石》稿成后，未许伶人搬演。然而不久即听得该剧传遍剧场，原来是伶人重金贿赂家童，得原本抄录搬演。可见文人的新剧很受戏班欢迎，成为他们争夺戏曲市场的重要砝码，甚至不惜重金购买。虽然文人传奇创作并不以戏班搬演为最终目的，但是戏曲市场的繁盛在一定程度上对其有所影响，比如刺激文人传奇的创作，促进文人传奇作品的广泛传播等。

第四，康熙、乾隆两朝皇帝多次南巡，成为江南戏曲活动繁盛、文人传奇创作活跃的重要助推器。康熙皇帝三次南巡至江南一带，乾隆皇帝自乾隆十六年（1751）至四十九年（1784），先后六次至江浙地区，除了所谓的视察民情外，也在一定程度上刺激了当地经济文化的繁荣。尤其是乾隆皇帝南巡，江浙地区各级官员和两淮盐商为迎接圣驾，极尽铺张奢华之能事，费尽心思讨得皇帝欢心。作为历次南巡必经之地的扬州，为了恭迎圣驾，街道尽铺锦毡，沿途供奉不计其数，花费动辄数十万金。不仅如此，因为乾隆皇帝喜观演剧，于是扬州官员和两淮盐商还精心准备戏曲表演，以便投其所好。据《大清皇帝南巡始末闻书》记载，乾隆四十一年（1776）乾隆帝南巡时，两淮盐商及渡海赴日本办铜之官商等人，搭设高台演出歌舞，不惜钱物极尽奢华。数百里内迎驾之时，舞台数千座，无一相同者。除了搭建演出高台外，扬州盐务还专门

---

① （清）黄图珌：《[南大石调·花月歌] 伶人请新制〈栖云石〉传奇行世》，《历代曲话汇编》清代编第 2 集，黄山书社 2008 年版，第 97 页。

组建戏班，以备承应。"两淮盐务例蓄花、雅两部，以备大戏：雅部即昆山腔；花部为京腔、秦腔、弋阳腔、梆子腔、罗罗腔、二黄调，统谓之'乱弹'。昆腔之胜，始于商人徐尚志征苏州名优为老徐班；而黄元德、张大安、汪启源、程谦德各有班。洪充实为大洪班，江广达为德音班，复征花部为春台班；自是德音为内江班，春台为外江班。今内江班归洪箴远，外江班隶于罗荣泰。此皆谓之'内班'，所以备演大戏也。"①可见，两淮盐务为迎圣驾，组建"老徐班""黄元德班""张大安班""汪启源班""程谦德班""大洪班""德音班"等内班演昆剧，另又征用花部春台班为外江班，以备承应演出。

在迎銮演剧的准备中，除了搭建舞台、组建戏班外，还有更重要的一项，即剧本创新。因此，在传统折子戏供应外，两淮盐商还组织专人创作大戏以备演出。清中叶文人传奇作家中有不少人参与过迎銮大戏的编写，其中以沈起凤、方成培最为著名。沈起凤二十八岁中举后，屡试不第，之后绝意仕进，以著述自娱。沈起凤在《谐铎》中自述乾隆四十四年（1779）应两淮盐政之邀编写迎銮大戏的经历："予在婺源时，奉文赴江宁书局，路过胡公庙，掣得一签，末有'一番好事落扬州'之句，予谓所问非所对，大笑置之。甫至金陵，而盐台全公聘书至，至军委赴扬州谱供奉新乐府，始信神明无戏言也。"②可见，沈起凤于乾隆四十四年（1779）受聘至扬州参加"供奉新乐府"的编写，并且他对于此项工作十分满意，认为恰应了签文"一番好事落扬州"，遂欣然前往。石韫玉在《沈氏四种序》中说道："岁在庚子甲辰，高庙南巡，凡扬州盐政、苏州织造，所备迎銮供御大戏，皆出自先生手笔。"③根据石韫玉记述可知，乾隆四十五年（1780）、四十九年（1784）两次皇帝南巡时

---

① （清）李斗：《扬州画舫录》，中华书局1960年版，第107页。
② （清）沈起凤：《谐铎》，人民文学出版社1985年版，第181页。
③ 吴毓华编著：《中国古代戏曲序跋集》，中国戏剧出版社1990年版，第522页。

的迎銮大戏，多数出自沈起凤笔下。方成培于乾隆三十六年（1771），改编坊间流行剧作《雷峰塔》，以备承应演剧。方成培在《雷峰塔自序》中记录了这段历史："《雷峰塔》传奇从来已久，不知何人所撰。其事散见吴从先《小窗自纪》《西湖志》等书，好事者从而摭拾之，下里巴人无足道者。岁辛卯，朝廷逢璇闱之庆，普天同忭，淮商得以恭襄盛典。大学士大中丞高公语银台李公，令商人于祝嘏新剧外，开演斯剧，只候承应。予于观察徐环谷先生家屡经寓目，惜其按节氍毹之上，非不洋洋盈耳，而在知音翻阅，不免攒眉，词鄙调讹，未暇更仆数也，因重为更定。遣词命意，颇极经营，务使有裨世道，以归于雅正。较原本曲改其十之九，宾白改十之七。"[①] 从方成培的自序中可知，淮商为了讨好皇帝，多备承应之戏，除了一些新编戏剧外，对于当时梨园流行剧目，同样要求承应。然而，梨园演出本为民间剧场，所观者多为普通百姓，所谓下里巴人，演剧虽也洋洋盈耳，但词调颇为俗鄙，不适合演于御前。因此，方成培重订《雷峰塔》一剧，使之归于雅正。

其次，清中叶文人传奇作家群体具有十分明显的社会阶层性，这些文人多出身低微，政治地位不高，虽颇富才华，但往往沉沦下潦。在有文献可考的 71 位作家中，无官职者 48 位，占总数的 67%，有仕途经历者 23 人，占总数的 33%，而位居高官，掌有实权者仅 6 人而已。详见下表：

表 1-1　清中叶文人传奇作家官职一览表

职位（品阶）	人数	作家
亲王（一等爵位）	1	永恩
总督（从一品）	1	崔应阶

---

① （清）方成培：《雷峰塔自序》，《历代曲话汇编》清代编第 2 集，黄山书社 2008 年版，第 270 页。

职位（品阶）	人数	作家
通议大夫（正三品）	1	孔传铦
知府（从四品）	3	黄图珌、董榕、韩锡胙
知县（正七品）	6	夏秉衡、傅玉书、张九钺、张应楸、钱维乔、程镳
内阁中书（从七品）	1	徐昆
内务府员外郎	1	唐英
翰林院编修（正七品）	3	查慎行、黄之隽、蒋士铨
儒学教授、教谕、训导（正八品）	6	金兆燕、程景傅、李凯、周昂、姜兆翀、沈起凤
无官职	48	—
合计	71	—

从表 1-1 中可以看出，清中叶文人传奇作家有官职者 23 位，其中知府以上的官员有 6 位，永恩为皇室贵胄，崔应阶为总督，黄图珌、董榕、韩锡胙为知府，孔传铦为通议大夫。其他多为下层小官，夏秉衡、张应楸、钱维乔、程镳、张九钺、傅玉书 6 位为知县。查慎行、蒋士铨、黄之隽为编修，徐昆为内阁中书，金兆燕、程景傅、李凯、周昂等为儒学职官。剩下的 48 位除 3 位女性外，还有 45 位作家皆无官职，或从举业而不第，或无意仕进，教书乡里，著述自娱。他们多负才名，但科场不顺，未能进入仕途，甚至有些文人为谋生不得不游于他乡。

清中叶文人传奇作家中多有游幕经历，不仅仕途不顺的文人多有游幕经历，那些后来进入仕途的文人，在就任官职前也有过游幕经历。如黄之隽于康熙四十五年（1706）至五十四年（1715）入陈元龙幕，张坚于乾隆十四年（1749）入唐英幕，金兆燕于乾隆二十三年（1758）至二十六年（1761）入卢见曾幕，周书于乾隆十三年（1748）入凌存滴幕，张九钺于乾隆十一年（1746）入彭家屏幕，于乾隆二十年（1755）入申祐庵幕，吴恒宣于乾隆三十五年（1770）入崔应阶幕，沈起凤于乾隆四十四年（1779）至四十六年（1781）入全德幕，程枚于乾隆四十五年（1780）至四十六年（1781）入扬州曲词局，朱夰于乾隆二十六年（1761）入卢见曾幕。这些文人在幕府从事一些文职或公务的处理工作，幕主多为喜好文学、戏曲，有些本身即是文学家或戏曲家，因此，在闲暇之时，与幕友吟诗填词，饮酒观剧。有些文人传奇或作于作家入幕时期，或因幕主赏识而广泛流传。

金兆燕、朱夰曾入两淮盐道卢见曾幕府。卢见曾（1690—1768），字抱孙，号淡园、雅雨山人。乾隆元年（1736）、乾隆十八年（1753）两度担任两淮盐运使，驻扬州。卢见曾爱才好士，喜爱诗文词曲，在盐运使衙门建"苏亭"与文人唱酬其间。沈起元在《运使卢雅雨七十寿序》中说道："公雅好吟咏，盖其才之俊逸，不以政事妨减也。……公于是盐政多暇，凡名公巨卿，骚人词客至于其地者，公必与选佳日，命轻舟，奏丝竹，游于平山堂下。"①可见，卢见曾爱惜人才，喜好吟咏，在政务之余，邀名士文人雅集吟咏。金兆燕的《旗亭记》即作于卢见曾幕。卢见曾在《旗亭记序》中记述了当时的情形："全椒兰皋生，矜尚风雅，假馆真州，问诗于余。分韵之余，论及唐《集异记》旗亭画壁一事，谓古今来贞奇侠烈逸于正史，而收之说部者，不一而足，类皆谱入传奇。双鬟信可儿，能令吾党生色，被之管弦，当不失雅奏。而惜乎元明以来词人均未之及也。兰皋唯唯去。经年复游于扬，出所为《旗亭记》全本于箧中。"②兰皋生即金兆燕，当年金兆燕曾馆于卢见曾幕，与卢见曾谈论诗文，卢见曾提到旗亭画壁事不见于传奇，甚为可惜，金兆燕亦有同感。次年遂将旗亭画壁事谱作传奇，卢见曾为其作序，并为之付梓。今存《旗亭记》雅雨堂刻本，即为乾隆二十四年（1759）卢见曾

---

① （清）沈起元：《敬亭文稿》卷八，清乾隆刻本。
② 吴毓华编著：《中国古代戏曲序跋集》，中国戏剧出版社 1990 年版，第 535 页。

刻。朱夰的《玉尺楼》亦作于卢见曾幕。据戴延年《秋灯丛话》记述："若下朱公放夰，善指头生活，工铁笔，尤长于填词。乾隆辛巳遇于蒋秋崖有谷堂中，遂与定交。……时卢雅雨榷盐维扬，新谱《旗亭画壁》传奇，传至苏。朱酒后阅之，即大加涂抹，正其谬误。雅雨闻而具礼延致。今《玉尺楼》剧本，是其手笔也。"[1]通过戴延年的记述，可知乾隆辛巳，即乾隆二十六年（1761），朱夰为卢见曾邀延至幕。缘于朱夰改订《旗亭画壁》一剧，正其谬误，让卢见曾颇为赏识，遂将其延请入幕。《玉尺楼》传奇，即朱夰在卢见曾幕中所作。

张坚曾入九江关监督唐英幕。张坚少负才名，然屡试不第，后焚稿出游，隐于莲幕。乾隆十四年（1749），张坚游于浙江，后被九江关监督唐英邀至浔阳幕中。唐英长期供奉内廷，雍正元年（1723）授内务府员外郎，六年（1728）被派驻景德镇督榷陶务，乾隆初调任九江关监督。唐英在《梦中缘序》中写道："余陶榷西江二十年，其往来珠山溢浦间，无民社之责，案牍之劳，故乐与文人学士相晋接咏，则静处一室，叹优游往事于笔墨。知我者或目为老秀才，余则风闻有江南一秀才之称，因张子漱石先生也。喜为同调，思以礼罗致之。先生挟其经，荡游于四方，久之不得以求。己巳闻其在浙，遣使往迎，乃欣然来浔，公余之下，分韵微吟，殆无虚日。"唐英曾在江西督榷陶务，公事闲暇，喜与文人学士雅集吟咏，自以老秀才称之。风闻江南一秀才张坚之才名，欲邀延之幕。乾隆己巳，即乾隆十四年（1749）春，唐英得知张坚游于浙江，遂遣使往迎，将其邀至幕中，"公余之下，分韵微吟，殆无虚日"。唐英与张坚虽为幕主与幕僚的关系，但是都酷爱戏曲，可称志同道合，唐英将张坚引为同调，共同欣赏演剧，探讨戏曲。唐英曾曰："余性嗜音乐，尝戏编《笳骚》《转天心》《虞兮梦》传奇十数部，每张灯设饮，

---

① （清）戴延年：《秋灯丛话》，清道光刻本。

取诸院本置席上，听伶儿歌之。先生为击节叹赏，亦自出其填词《梦》《梅》《怀》《玉》四种属予览，则结构新奇，文辞雅艳，被诸弦管，悦耳惊眸，风流绝世"①，可见唐英酷爱戏曲，蓄有家班，经常搬演自己创作的剧目，张坚十分赞赏唐英的传奇，也将自己创作的四种传奇拿出共同欣赏。唐英不但对《玉燕堂四种曲》大为赞赏，而且还资助张坚刊刻《梦中缘》。乾隆十五年（1750）春，唐英奉诏调任粤海，邀张坚同往，张坚以道远婉拒，应惠公聘继续留在浔阳。唐英于浔阳江琵琶亭为《梦中缘》作序。

二、作品概述

清中叶文人传奇共 253 种，今存 206 种，47 种已佚，原本已不得见，有些根据前代戏曲目录著作可略知情节，有些仅为存目。在目前可见的 178 种传奇中，爱情剧 56 种，历史剧 51 种，神仙剧 30 种，教化剧 18 种，公案侠义剧 7 种，世情剧 16 种。爱情和历史题材剧作占据较大比重。

（一）爱情题材

爱情剧是清中叶文人传奇作品中的一大类型，共有 56 种，大概占总数的三分之一。清中叶文人传奇中几乎所有的爱情剧都不脱才子佳人模式。首先，才子佳人是恋爱双方的理想对象。几乎所有的爱情剧男主角必为饱读诗书、一表人才的青年学子，女主角都是美貌无双、怜才识才的佳人。才子佳人身份门第相当，才子要么出身名门望族，要么长于官宦之家，或因家道中落而贫寒，最终总会赢得功名，甚至建功立业；佳人定当为名门闺秀，如若果真出身卑微，一定会为高官贵胄收为义

---

① （清）张坚：《玉燕堂四种曲》，清乾隆刻本。

女，成为千金小姐。《玉楼春》中的拜住为元代故相不耳不花之子，丰姿俊雅，才识无双；《小河洲》中的铁中玉风姿俊秀，人称"铁美人"，文武兼备；《鸳鸯帕》和《碧天霞》中的钟景期才学无双，风姿俊美；《双梦圆》中的金重，少年入泮，才华横溢；《弥勒笑》中的钟心为"宦室之后裔，黉门之领袖"，饱学千箱，才华横溢，远近闻名，以至于名士显宦都欲以女妻之；《梅花簪》中的徐苞亦为"家世业儒"的饱学士子；《玉狮坠》中的黄损出身显宦，虽家道中落，但才华出众，文武兼备，气度不凡。《玉楼春》中玉英为宣徽院经历之女，速哥失里为宣徽院使之女，《小河洲》中的水冰心为兵部侍郎之女，《鸳鸯帕》和《碧天霞》中的葛明霞为节度使之女，《弥勒笑》中的文媚兰为丞相之女，阴丽娟为淮扬都督之女，《梅花簪》中的巫素媛为丞相之女，皆为才貌双全的名门闺秀。这些才子佳人具有一些共同特点，从出身看，或为家世业儒的书香门第，或为家道中落的显宦之家；从相貌看，俱为仪表堂堂、气质出众的儒雅君子和美貌聪慧、才华横溢的绝代佳人；从性情看，均是至情至性的痴情种子。

其次，才子佳人的爱情都要历经几番考验，在各种误会、小人作乱的情况下，双方矢志不渝，是为爱情之真谛。才子和佳人之间的爱情都不是一帆风顺的，都是在各种波折中展现其忠贞不渝的特性。《寒香亭》中的谭素因慕卫凌波貌美之名而往京师求之，于寒香亭得凌波诗卷，和其词，愈加坚定追求之心。谭素一路寻找卫家踪迹，至扬州始见凌波。然而凌波被扬州知府鱼得计所劫，欲献于权臣。谭素尾追北上，见凌波舟覆坠水，伤心欲绝，将凌波视为未娶之妻，并坚决拒绝其他姻缘。《弥勒笑》中的钟心因梦痴情，他婉言拒绝文府良姻，设计摆脱蔡节逼婚，都是出于对爱情的坚持。文媚兰对爱情也是十分执着的，与钟心的梦中欢会已使她芳心暗许，评阅观风试卷更让她对钟心倾心相待；面对冒名骗婚的贾俊才，她没有妥协软弱，而是与轻云设计将其驱逐出府；在得知父亲将自己许配给新科状元齐谐时，并没有移情别恋，而是"愁泪如麻"，怀着"玉碎香消"的决心守卫自己的爱情。《玉狮坠》中裴玉娥与黄损的爱情冲破了世俗观念，抛开了身份、地位、金钱、权势等所有外在的干扰，黄损落魄困顿却甘愿以千金为聘迎娶玉娥，玉娥知其真心相待后并不计较聘礼，而称"一诺可抵千金"；黄损为赴玉娥之约抛却功名前途，玉娥为黄损胶筝不弹；黄损误得玉娥死讯，誓不再娶以守候两人的爱情，玉娥不畏权贵，怒毁妆奁，以死抗争。清中叶文人传奇对经受挫折考验而忠贞不渝的爱情给予高度颂扬，在爱情由于小人拨乱或误会等原因产生波折时，才子佳人或以其聪明才智化解困境，或怀着以死守节的决心来维护真挚的情感。

最后，才子佳人爱情终有大团圆的完美结局。才子高中状元，仕途腾达，与美人终成眷属。金榜题名与洞房花烛几乎是所有爱情戏的最终结局。婚宦并重是清中叶才子佳人剧的一大特色。这自然是受传统戏曲"团圆之趣"的影响，同时也反映出传奇作家对完美爱情的追求，并且这种有情人终成眷属的爱情结果都是建立在符合伦理秩序基础之上的，或者"奉旨完婚"，或者"敕封嘉奖"，总之爱情的完美结果即是得到伦理纲常的认可。《玉剑缘》中杜生与李珠娘历经波折，终得皇帝赐婚；《梅花簪》中杜冰梅与徐苞之间的爱情几经波折，先受纨绔公子胡型破坏，后由于二人之间误会至深反目成仇，由爱生恨，经过御前驾辩，皇帝裁定"夫妻相认，归第成亲"，二人终得重圆；同时，皇帝还颁诏嘉奖徐氏一门，徐苞进阶一品，徐父封安乐公，徐妻杜氏封武安郡夫人、巫氏封临淮郡夫人。《玉狮坠》中黄损与裴玉娥最终结为夫妻，并受到了晋封。姜兆翀《孔雀记》据古诗《孔雀东南飞》演绎焦仲卿与刘兰芝爱情故事，改殉情结局为夫妻团圆，升官封诰，将悲剧改为大团圆喜剧。潘炤《乌阑誓》据唐传奇《霍小玉传》演李益、霍小玉爱情故事，增《复凡》《仙圆》以结尾，改悲剧为喜剧。作者自序曰："丙午七夕，余客上党，与李月槎郡伯话乞巧事……然霍小玉之恨，有甚于惊鸿者，因出唐人蒋防传，共观而叹焉。月槎怂系以诗，爱仿《长恨歌》，即白香山韵。
甫脱稿，月槎击节称赏，为付削刀，遂传其事，夫亦缘也。"①据作者记
述，可知七夕时作者与好友共谈七夕乞巧事，提到蒋防《霍小玉传》所
演霍小玉与李益爱情故事，颇为霍小玉之遭遇而慨叹，好友提议仿《长
恨歌》，为其演绎仙境重圆结局。作者即以此意作《乌阑誓》剧。可见
从人之常情的角度，人们更倾向于欢喜团圆的结局，这符合人们追求美
好事物的心理。然而，喜剧结局满足人的现实追求，悲剧却更具有发人
深省的力量，更具有文学价值。从清中叶爱情剧的大团圆结局，可以很
明显地看到，此时期的传奇作家，模糊了文学与人生的界限，甚至将二
者完全等同起来，使在元杂剧时期敢于控诉社会、控诉命运的戏曲丧失
了更高更重要的社会批判价值。

　　清中叶文人传奇的爱情题材中还有一个值得注意的现象，即演绎一
生二美，甚至一生三美的故事。这些爱情故事，一般有两种模式，一是
才子的恋爱对象往往是两位名门闺秀，她们具有旗鼓相当的容貌才情，
对才子的爱情十分忠贞坚定。二是才子并娶小姐和婢女，但婢女一定会
在历经一番苦难之后，为某高官贵胄收为义女，视同名门千金。总之，
齐人之福，是清中叶文人的普遍理想。石琰的《酒家佣》演绎东汉末李
固子李燮事。李固为权臣所害，其子李燮因藏于静娟闺房而幸免于难，
与静娟私订盟约。李燮于避难途中得遇隐居高官魏桓，魏桓识其为忠臣
之子，遂将女儿娇莺嫁于他为妻。后权臣被除，李固之冤得雪，李燮亦
得封为议郎，并娶静娟。所叙人物皆史传可见，但所演故事多为虚撰，
以历史事件为背景，叙写李燮与静娟、娇莺之爱情故事，最终李燮赢得
功名和双美。石琰的另一种传奇《锦香亭》则演绎一生三美故事。叙唐
朝洛阳书生钟景期，与御史之女葛明霞、翰林之女韦碧秋、雷海青之女

---

① 郭英德编著：《明清传奇综录》，河北教育出版社1997年版，第1066页。

雷天然三位女子之间的姻缘离合之事，最终钟景期迎娶三位美人。沈起凤的《文星榜》里演绎了王又恭与甘碧云、向采萍、卞芳芝三位美人的爱情故事。王又恭幼聘富室甘谷之女碧云为配，尚未完婚。翰林向诰赏识又恭，欲招为东床，又恭以有婚约为由婉拒之。另有医女卞芳芝，思慕又恭风貌，欲与之相约。泼皮王六讧拾取芳芝手帕，冒又恭之名前去卞府谋奸，事情败露，杀卞老，遗刀、帕而逃。又恭因此冤陷囹圄，经新任理刑方鲁山重审而洗脱冤屈。又恭发愤读书，赴京应试，中状元，奉旨归娶，终得三美。

（二）历史题材

清中叶文人传奇中以史传人物为中心，演绎历史事件的剧作有51种，占到总数的五分之一。从故事主人公来看，选取历史传说较多的人物作为演绎主角，帝王、将相、文人、贞女等皆可入剧。演绎历代帝王事的有：《五鹿块》《晋春秋》演晋文公重耳事，《雨花台》演梁武帝萧衍事，《正昭阳》演宋真宗时刘皇后陷害李妃事，《定天山》演唐末薛仁贵事，《泛黄涛》演明末李自成攻开封府事，《群星辅》演汉光武帝刘秀事，《一斛珠》演唐玄宗李隆基与梅妃江采萍事。演绎历代名臣清官事的有《忠孝福》演五代后周时史殷旭为官清正事，《出师表》演明代沈炼之子沈襄事，《顺天时》演商朝名臣邓九公归周事，《庆有余》演宋朝吕夷简事，《芝龛记》演明代秦良玉事，《桂林霜》演清初马雄镇事，《冬青树》《西江瑞》演南宋文天祥事，《五虎记》演隋末秦琼、程咬金、尉迟恭、王君廓、段志玄事。演绎历代文人逸事的有《封禅书》演汉代司马相如与卓文君事，《七子圆》演明代前七子李梦阳、何景明、康海等人事，《旗亭记》演唐朝诗人王之涣、高适、王昌龄事，《诗中圣》演唐代诗人杜甫事。演绎普通百姓事的有《万倍利》据明代实事演绎徐寄事，《金兰谊》演春秋时羊角哀与左伯桃友谊事，《海岳圆》演宋代书生梅清事，《义贞记》演清初程允元事。

　　清中叶文人传奇中的历史剧，一般有三种创作目的：其一，由于传奇具有传播广泛的特点，故择取历史上奇人奇事以演绎之，使更多的人知晓。夏秉衡的《诗中圣》即有为杜甫作传的目的。其自序曰："传奇中多载太白事，未见少陵，无怪愚夫愚妇知有李白而不知有杜甫也。急为被之管弦，欲使牧竖贩夫皆知李杜并重。"① 夏秉衡认为，李白之名，在广大普通百姓中流传较广，多赖传奇演绎传播；相反，杜甫不为下层劳动人民广泛知晓，是由于传奇中少有演绎。因此，他创作了《诗中圣》传奇，以使贩夫走卒皆知李杜为声名并重的大诗人。蒋士铨作《临川梦》传奇，旨在为明代戏曲家汤显祖立传，作者自序云："客谓予曰：'汤临川，词人也欤！'予曰：'何以知之？'曰：'读《四梦》之曲故知之。'予听然而笑曰：'然则子固歌者也，何足知临川？'客愠曰：'非词人，岂学人乎？'予曰：'《明史》及《玉茗堂全集》非僻书，子曾见之欤？'曰：'未也。'予曰：'然则子固歌者也，又乌知学人'？'"乃取《明史列传》及《玉茗堂集》约略示之。客惭而退。呜呼！临川一生大节，不迕权贵，递为执政所抑。一官潦倒，里居二十年，白首事亲，哀毁而卒，是忠孝完人也。……予恐天下如客者多矣，乃杂采各书及玉茗集中所载种种情事，谱为《临川梦》一剧，摹绘先生人品，现身场上，庶几痴人不以先生为词人也欤！"② 对于汤显祖，世人多以词人视之，蒋士铨对这种评价不以为然，认为汤显祖的为人品行，不能仅以词人称之，其忠孝节义都值得世人学习。为了避免世人对汤显祖的不公评价，故杂采各书及《玉茗堂集》中所载，为汤显祖立传，以戏曲的形式广为传播。

　　其二，通过传奇演绎历史故事，代古人重开生面，以史明鉴，惩恶扬善，维风教化。清中叶文人在对传奇社会功用的认识方面，意见颇为

————————
　　① （清）夏秉衡：《诗中圣》，清乾隆刻本。
　　② （清）蒋士铨：《临川梦自序》，《历代曲话汇编》清代编第 2 集，黄山书社 2008 年版，第 212 页。

一致，认为传奇虽为小技，但对于社会风化具有不可低估的作用。这种观点，一来源于文人的社会责任感，二来符合传奇在传播中的实际情况。传奇作为最深入百姓大众的文学样式，其在社会、思想、文化方面的引领作用，不可忽视。儒家思想是文人阶层的主流思想，儒家诗教观对清中叶文人戏曲思想有着重要影响，他们重视传奇的社会功用，主张以传奇的形式，宣扬正义、善良，以维护儒家伦理价值体系。金兆燕《旗亭记凡例》云："填词虽云末技，实能为古人重开生面，阐扬忠孝，义寓劝惩，乃为可贵。若夫以卢墓之中郎，而蒙以弃亲之罪，是谓重诬古人。至于金闺弱女，年未摽梅而怀春，以至于死既葬又还魂焉，虽有黄绢幼妇之词，岂能免于君子之讥乎？"①金兆燕十分明确地表达了传奇具有阐扬忠孝、义寓劝惩的作用，并且抨击了传奇中偏重男女风情的剧作，他所谓"金闺弱女"之讥，似有所指。自明代汤显祖《牡丹亭》以来的风情戏，打着"至情"的旗号，大张旗鼓地在舞台上演绎窃玉偷香的情节，这些已经对社会文化造成极差影响。清中叶文人创作历史传奇，多出于维风化俗、裨益伦常的目的。吴恒宣《义贞记》即根据清康熙年间实事而作，演江苏山阳人程允元与刘氏之事。程允元与刘氏幼有婚约，多年未通音信。刘氏为父守孝，带发出家，且命家仆散布刘氏已病死之讹言。程允元听闻刘氏死讯，守义不娶。后机缘巧合之下，二人相遇，成婚之时已年近花甲。该剧的立意即在于表彰刘氏之孝与程允元之义。全剧第一出开宗明义曰："自古婚姻参错，枯杨生稊生花。白头两两赋秾华，却是罕闻佳话。五十余年心事，三千里外天涯。一双贞义总堪夸，好籍维持风化。"②傅岩在《义贞记序》中提醒道："观是剧者，毋徒目为优孟衣冠，而当作伦常之鉴也。"可见，对于当时程刘二人贞

---

① （清）金兆燕：《旗亭记凡例》，《历代曲话汇编》清代编第2集，黄山书社2008年版，第198页。
② （清）吴恒宣：《义贞记》，清乾隆刻本。

守节义，蹉跎一生，晚年始为婚之事，文人大加宣扬，以传奇之形式来记叙二人故事，达到宣扬贞义、维风化俗、有益伦常之目的。

其三，通过对历史实事的艺术化剪裁，更好地塑造人物、连贯情节，更好地表达作者个人情感，抒发胸臆。清中叶文人在历史剧创作中不是简单还原历史，而是更加注重作者主观意志的表现，在情感上与历史人物达到同构。宋廷魁《介山记》本为演绎春秋时晋代介之推事，但并未完全按照历史演绎，剧中介之推于重耳反国时即辞去，以及介之推母子升仙的情节，都是正史中所没有的。针对介之推离去情节的修改，作者的解释为："或曰：'介公之去，明以子范邀君也，而子以为拂衣而去，何也？'曰：'此春秋微意耳。春秋之意，为贤者讳。子范，贤者也，河上之语，白璧微瑕耳，何可质言之？且谓介公拂衣而去，其风不更伟欤？'"① 从中可以看出，作者在塑造传奇人物时，有意识地突显人物性格，使情节设置为人物塑造服务，择取适宜表现人物性格的事件，剪裁或修改不利于突显人物性格的情节。为了突出子范贤者风范和介之推高士风姿，将介之推离去的情节加以修改，由史实中子范邀君改为介公拂衣而去。传奇最终以介之推母子升仙结尾，对于这一完全虚构的情节，作者称："或曰：'史家取于核实，传奇，传记之遗也。归林以后，似设空幻，何如？'曰：'大凡事不幻，文不奇；文不奇，则无可传，亦不必传。……介公卓卓清标，炳耀千秋，庙食万世，其精英固有不可磨灭者，何幻之有？'"② 这段话可以说是关于历史真实与艺术真实的极好诠释。传奇中所写历史人物与事件，虽取自历史，但又不能完全囿于历史，毕竟传奇作为一种文学样式，有自己的艺术独特性，即奇幻性，否则便没有创作和流传的必要。从另一个角度说，这种虚构又不是完全没有道理

---

① （清）宋廷魁：《介山记》，清乾隆刻本。
② （清）宋廷魁：《介山记》，清乾隆刻本。

的，它以艺术真实为旨归。就像介之推升仙的情节，看似奇幻，但它正是介之推高洁品性的升华，与其彪炳千秋的精神相得益彰，所以看似不合理的情节，恰是传奇艺术真实的体现。张坚的《怀沙记》在对历史事件的处理上与此类似。《怀沙记凡例》中称："是编本《史记》及《外传》。当楚受秦诈，陈轸谏，不听，则见于《国策》。时原尚仕楚，断无知而不谏者。《疏原》一出，亦为史传补缺耳。以孟尝为齐楚离合做穿插，盖因田文入秦，有劝归怀王之请，鸡鸣狗盗咸得为用，正可反照生情，而为遭谗被逐增慨也。怀王被掳入武关，朝于章台宫，令执藩臣礼。后亡走，入赵不纳，又欲之魏，追兵至，遂入秦而病死。今悉删去。岂谓传奇幅短不能备载乎？抑是作本痛哭骚魂，并不予秦人以狡狯为得计，使过于丑诋楚怀，非所以慰屈子在天之灵也。故写怀王受诈，虽不若勾践忍耻吞吴，而愤怒捐生差胜于累囚被辱。景缺阵亡之士，借作从死沙场，顿增无限悲凉，足为南荆生色。"① 可见，张坚在创作《怀沙记》时，以戏曲所要表现的中心意旨为出发点挑选故事素材，剪裁历史事件，进行了较为谨慎和到位的处理，其中有为史传补缺的，如《疏原》一出；有出于创作意旨，适当改写史实的，如写怀王受诈愤怒捐生。同时采用穿插、对比等各种艺术手段对这些故事素材进行整合，使其更好地叙述情节、抒发情感，比如《怀沙记》中以田文为齐楚离合做穿插"正可反照生情，而为遭谗被逐增慨"。历史上的武关之约与张仪没有关系，而在剧中张坚处理为因张仪向秦王进献诡计，才使得楚怀王中计被掳，如此一来，作为剧中反面人物的张仪更加惹人厌恶，其形象特征得以强化。虽然与历史不合，但是作为艺术形象却更加突出。如此处理，正是源于张坚"傀儡场中不乏借言"的戏曲观念，"借言"即艺术虚构的创作手法，其实质是对故事本身的虚化，强调创作者的主体意识和故事的

---

① （清）张坚：《怀沙记》，《玉燕堂四种曲》，清乾隆刻本。

寓托含义。

（三）神仙题材

清中叶文人传奇中涉及仙佛题材的剧作有 30 种，主要演绎三类故事：一为凡人修仙入道，如《葫芦幻》演明嘉靖年间沈阳人济登科，受吕洞宾点化修道成仙事。《渔村记》演元朝蓬莱县人慕蒙至孝，得瑶池金母怜惜，令女弟子梅影下凡点化，后入道成仙。二为神仙下凡历劫，如《一文钱》演阿罗汉因凡心未净，托生为人，后经帝释点化，重归正佛。《绣春舫》演善财童子思凡下界事。三为神仙借用法力改变人间事，如《换身荣》演战国时蜀地武都书生郑襃，本为男身却遭受欺侮，后观音下世，将其变成女身，入宫为妃，得报当年之仇。

这些神仙剧，首先是展现了慈心济世、救助苦难、惩恶扬善的慈悲精神，强调仙佛思想中对现实的关注与救助，比如道教中灵宝派和全真教慈悲济世思想。这些传奇作品中涉及大乘佛教、灵宝派、全真教等，都崇尚无量度人的功德，而灵宝派"上消天灾，保镇帝王；下禳毒害，以度兆民"①的思想和全真教人拯危救困的做法更体现出对社会现实的关注。这与儒家积极入世、关注现实的精神在实质上是相通的。其次，神仙的道德评判标准，即对善恶的认识，体现出较为明显地符合儒家伦理道德秩序的特点，或者说在文人思想主导下的神仙价值评判与儒家伦理道德标准存在一致性。神仙题材的剧作中，同样以忠孝节义为道德评判标准。再次，神仙剧的故事围绕世俗生活展开，尤其是谪仙故事，《一文钱》中的卢至、庞蕴本为大罗汉，因凡心未净，托生为人；《合欢图》中的尧鼎、尧羲、琼林、琼瑛分别为寒山、拾得、金仙、玉真，谪凡修省；《一篇锦》中的汉武帝为太德真人下凡，东方朔为岁星下凡，

---

① 《太上洞玄灵宝无量度人上品妙经注》，《道藏》第 2 册，文物出版社、上海书店、天津古籍出版社 1988 年版，第 429 页。

历劫修省后得返天庭；"谪仙"们在世间所经历的磨难即是"修道"的过程；他们在尘世的活动，即具有宗教追求与世俗理想相结合的象征意义。因此，"谪仙"形象本身就是儒、释、道思想融合的体现。

　　清中叶文人传奇中的神仙题材，创作的主旨并非单纯宣扬宗教教义，而是寻求宗教与现实的相通之处，增加了劝世的内容，重在引导世人；加入了叹世的感慨，重在表达作者情感；融入了愤世的悲凉，重在抒发作者身世之叹。因此，清中叶文人传奇中的神仙题材，其实已经演化为一种颇有意味的形式，在仙佛的外壳下，跳动着文人炽热的儒家之心，体现出文人对于宗教伦理和社会世俗伦理之间融合与协调的思考。

第二章　文人传奇的创作道路：戏曲观念与花雅抉择

　　清中叶正处于戏曲史上面临骤变的转折点，众多地方戏曲声腔开始蓬勃兴起，原为雅部正音的昆曲逐渐式微，二者在戏曲发展的长河中开始了较长时期的争胜与融合。乾隆初期以来，弋阳腔、秦腔、柳子腔、梆子腔、乱弹腔、罗罗腔、弦索腔等地方剧种，种类繁多，生新泼辣，更符合广大民众的审美趣味，为大众所喜闻乐见。而以昆曲为代表的雅部，强调抒发文人思想情感，文词与演唱形式日趋雅正，案头化愈加严重，忽视了广大民众的情感与兴趣，因此失去越来越多的观众，甚至出现"闻歌昆曲，辄哄然散去"的局面。然而大部分受正统观念支配的文人戏曲家，依然将昆曲视为雅部正音，作为戏曲审美的最高标准，面对剧坛花部兴起的现状，他们采取了不同的应对方式。一部分戏曲家崇雅抑俗，自觉维护昆曲的剧坛正统地位，努力抵制花部。张坚即为其中典型代表。一部分戏曲家看到花部戏曲之优长，融俗入雅，对花部流行剧目进行改编，在自己的戏曲创作中加入花部元素，积极探求昆曲的新发展。唐英、蒋士铨为此类戏曲家之代表。还有一部分文人戏曲家变雅为俗，将昆曲剧本移植改编为时下流行声腔继续搬演，在舞台上以别样形式延续昆曲的生命。吕公溥为其中最具代表性的作家。文人戏曲家的三种抉择，从根本上并不矛盾，都源于他们对于昆曲雅部正音地位的认同和维护，对昆曲所代表的戏曲审美艺术的爱赏。他们的落脚点都在于如何使昆曲继续发展，保持其在剧坛的正统地位。他们的做法反映了清中叶时期花雅力量的消长变化与融合发展，从不同程度上推动了昆曲的发展，推动了清中叶剧坛花雅的融合。

第一节　崇雅抑俗——坚持昆曲剧本创作，抵制花部流俗

　　崇雅抑俗，是清中叶大部分文人士大夫普遍持有的态度，具有较为深厚的社会根源。昆腔自明代魏良辅等人的加工改造，尽洗乖声，别开堂奥，被声场禀为曲圣，后世依为鼻祖。至明代末期，昆腔已经成为影响最大、传唱最盛的声腔，并在文人的参与、朝廷的干预下不断雅化，成为代表封建正统文化的雅正音乐。清代康、雍、乾时期，儒学复古和思想控制触及整个文化领域，反映在戏曲领域就是官方对戏曲性质和形式的全面规范，昆曲无疑成为官方声腔的首选。在官方的大力倡导和扶持，统治者的喜爱和重视，各地官府的保护与推崇下，昆曲获得广泛发展。康熙至乾隆中期，宫廷演戏频繁、规模庞大，达官贵人的家庭昆班演出活跃，职业昆班数量大增，从而形成了上至统治阶级下到平民百姓都热衷于昆曲的局面。昆曲不仅受到大众喜爱，更被视为上层社会的风雅标志。文人士大夫阶层不仅将昆曲视为雅正之音，而且将爱赏昆曲视为身份的象征，在他们眼里，唯有昆曲这样的阳春白雪，才能彰显自己的社会文化身份与地位。加之地方声腔自身的粗糙与品位不高的特点，文人士大夫阶层始终以昆曲为雅部正音。即使在后来花部不断发展壮大时，他们仍然坚持雅正戏曲观，奉昆曲为正音，坚持昆曲剧本创作，摒弃花部俚俗，抵制低俗表演。

一、坚持雅部声腔，鄙视花部俗曲

文人士大夫阶层具有深厚的文化底蕴和知识素养，他们对于戏曲的欣赏水平显然高于民间广大劳动人民，而昆曲经过长期的发展，已经具备典雅的声腔特点与纯熟的演艺水平，符合文人士大夫阶层的欣赏品位。文人士大夫阶层以昆曲为雅部正音，对乡间俗曲有着自发的鄙视和排斥，认为其声粗鄙刺耳，其词俚俗不堪。寄旅散人在批点小说《林兰香》中曰："昆山、弋腔之外，有所谓梆子腔、柳子腔、罗罗腔等派别。真乃狗号，真乃驴叫，有玷梨园名目矣。"① 对梆子腔、柳子腔、罗罗腔等地方戏曲，厌恶之至，将其称为"狗号驴叫"，认为其玷污梨园名目。言语之尖锐、情感之激烈，足见文人士大夫们对地方戏曲的厌恶之感。地方戏曲在发展之初确实在唱腔、表演等方面比较粗糙，相对于在明末已经臻于完善的昆曲来说自然逊色很多，所以它很难入文人士大夫之法眼。吴长元在《燕兰小谱》中评价秦腔时，曰："若高明官之演《小寡妇上坟》，寻音赴节，不闻一字，有如傀儡登场。昔人云：'丝不如竹，竹不如肉'，口无歌韵而藉靡靡之音以相掩饰，乐技至此愈降愈下矣!"② 吴氏对秦腔无歌韵唯借靡靡之音的唱法颇为不满，故而慨叹乐技愈降愈下。刘廷玑在《在园杂志》中说："近今且变弋阳腔为四平腔、京腔、卫腔，甚且等而下之，为梆子腔、乱弹腔、巫娘腔、唢呐腔、罗罗腔矣。愈趋愈卑，新奇叠出，终以昆腔为正音。"③ 可见，地方声腔虽然早在康熙年间就获得长足的发展，但是深为文人雅士所鄙弃，在官方

---

① （清）随缘下士：《林兰香》，《明清善本小说丛刊》第 10 辑，天一出版社 1985 年版，第二十七回。

② 张次溪编纂：《清代燕都梨园史料》，中国戏剧出版社 1988 年版，第 46 页。

③ （清）刘廷玑：《在园杂志》，张守谦点校，中华书局 2005 年版，第 90 页。

和文人士大夫阶层仍然以昆曲为雅部正音。

基于对戏曲雅俗声腔的认识，清中叶文人传奇作家中有相当一部分始终坚持昆曲正音地位，专力创作昆曲剧本，排斥花部声腔，拒绝花部搬演。张坚是其中最坚决、最具代表性的传奇作家。张坚自幼酷爱昆曲，对自己精心结撰的传奇《梦中缘》十分珍视，拒绝改编为花部搬演。徐孝常在《梦中缘序》中有所记载："询及漱石《梦中缘》，则犹珍笥底也。长安梨园称盛，管弦相应，远近不绝。子弟装饰备极靡丽，台榭辉煌。观者叠股倚肩，饮食若吸鲸填壑，而所好惟秦声罗、弋，厌听吴骚，闻歌昆曲，辄哄然散去。故漱石尝谓吾：'雅奏不见赏，时也。'或有人购去，将以弋腔演出之。漱石则大恐，急索其原本归，曰：'吾宁糊瓿'。"① 徐孝常此序写于乾隆九年（1744），当时张坚入幕宛平署，幼时好友徐孝常、芮屿等均客居北京。徐孝常问及张坚早年创作的《梦中缘》，得知该剧一直珍藏，未曾搬演。后来此剧曾被戏班购去意欲搬演，但当闻知该戏班要将此剧改为弋腔演出时，张坚大恐，急忙将原本索回，并称宁愿糊瓿也不愿被改唱弋腔。当时张坚客居北京，对于北京梨园盛行秦腔、罗罗腔、弋腔，而昆曲几乎无人观看的情况十分清楚，他也意识到昆曲不被大众所欣赏乃是时代发展之必然，但依然固守雅部阵营，坚持昆曲剧本创作，并且坚决抵制地方戏曲。足见他对昆曲的热衷和偏爱，也反映出他对昆曲以外声腔的排斥，坚决地站在了雅部阵营之中。芮宾王在《梦中缘跋》中也提到了张坚对该剧格外珍视的情况，并做出了自己的分析："是编排场生动，变幻新奇，锦簇花团，雅俗共赏，优伶善是，何患不声价倍增。而先生珍之笥底，未尝轻令红儿一试者，盖以阳春白雪原难语诸下里巴人也。虽然宇宙大矣，梨园之中岂乏聪颖少俊，富贵之室每多教习歌童。语云：词出佳人口。昔旗亭赌歌，千古

---

① （清）张坚：《玉燕堂四种曲》，清乾隆刻本。

传为盛事，吾惟为此书，拭目待之。"① 芮宾王认为张坚珍藏《梦中缘》，不肯轻易出售的原因，大概是由于"阳春白雪原难语诸下里巴人"。芮宾王与张坚相交匪浅，自然了解张坚嗜好昆曲，对于精心结撰的作品当然要由昆曲演绎，由懂得昆腔之美、具有较高文化修养的文人士大夫来欣赏。显然，张坚的戏曲创作具有明显的指向性，他坚持昆曲剧作的"高雅"，并不希求这种高雅能被所有人接受。张坚将《梦中缘》手稿珍藏多年，只是由于缺乏昆曲名伶而未曾搬演于舞台，而芮宾王所期待的能够演绎该剧的"梨园之中的聪颖少俊""富贵之室的教习歌童"也是指昆曲演员。所以，不管是张坚还是芮宾王或是像他们一样的文人士大夫，都是昆曲的追捧者，尤其当昆曲已然成为"高雅"的代表后，即使地方戏曲如火如荼，也无法完全进入文人士大夫阶层的法眼。

二、坚持高雅格调，抵制低俗表演

除了在声腔方面的坚持外，清中叶文人传奇作家的崇雅倾向更明显地体现在坚持传奇格调的高雅上。朱瑞图的《封禅书明旨》云："是集填辞科白，从不参入俗语俗诨者，以所传之人，特文特美、至富极贵者也。故此曲务期在隽雅。"② 可见，朱瑞图有十分明确的创作原则，即曲词崇尚典雅，拒绝俗语；格调追求高雅，抵制低俗；之所以追求隽雅，是因为传播对象为"特文特美、至富极贵者"，即上流社会官员、文士。很明显，朱瑞图以上层社会人士自居，将自己的传奇作品与俗语俗诨者划清界限，坚持隽雅。朱瑞图的《封禅书》创作于康熙末年，其《明旨》所言，反映出当时文人在雅俗之变上的普遍态度。无独有偶，许士良在

---

① （清）张坚：《玉燕堂四种曲》，清乾隆刻本。
② （清）朱瑞图：《封禅书》，清康熙秘奇楼刻本。

《五鹿块序》中亦对时下传奇不求古雅，但尚新声的做法予以批评，称："今之为传奇者，徒尚新声矣。求乎不离古文而其言雅驯者，十不获一，固世俗之通弊，非予先祖所敢出也。"① 许士良是许廷录的孙子，据序末所署"乾隆岁次乙巳孟秋孙许士良琴南谨识"知，此序作于乾隆五十年（1785）。据序中许士良对"徒尚新声"的批评，可知当时流行的传奇，已经不再以昆曲为主要声腔，不离古文其言雅驯的剧作，不及十分之一。这虽为曲坛之大势，但在文人雅士之辈看来，此为"世俗之通弊"，对此并不认同。朱瑞图、许士良之辈的意见颇具代表性，从他们身上可以看到清中叶文人们在戏曲品位方面的坚持。

黄图珌在《[南大石调·赏音人] 观演〈雷峰塔〉传奇》中提到对梨园搬演、改窜原剧的不满："余作《雷峰塔》传奇，凡三十二出，自《慈音》至《塔圆》乃已。方脱稿，伶人即坚请以搬演之。遂有好事者，续'白娘生子得第'一节，落戏场之窠臼，悦观听之耳目，盛行吴越，直达燕赵。嗟乎！戏场非状元不团圆，世之常情，偶一效而为之，我亦未能免俗。独于此剧断不可者维何？白娘，妖蛇也，生子而入衣冠之列，将置己身于何地邪？"② 黄图珌所作《雷峰塔》传奇三十二出，因伶人坚请搬演才付之梨园，却不想为好事者狗尾续貂，添加白娘生子得第情节，致使传奇落入戏场之窠臼。黄图珌对于戏场所流行的状元团圆之风，并不反对，但称独该剧不可，蛇妖之子岂可与己辈并称？可见，黄图珌对于文人士大夫身份的看重，在创作传奇作品中始终保持文人品位，不趋时好，不迎合观听之耳目而降低文学水平，即使改窜过的版本更受大众欢迎也不为所动。黄图珌之后的传奇创作依然坚持了自己的文学追求和艺术品位，他在《[南大石调·花月歌] 伶人请新制〈栖云石〉传奇行世》

---

① （清）许廷录：《五鹿块》，《古本戏曲丛刊》第5集，上海古籍出版社1986年版。
② （清）黄图珌：《[南大石调·赏音人] 观演〈雷峰塔〉传奇》，《历代曲话汇编》清代编第2集，黄山书社2008年版，第96页。

中写道："《雷峰》一编，不无妄诞。余借前人之齿吻，发而成为声，于看山之暇，饮酒之余，紫箫红笛，以娱目赏心而已。一时脍炙人口，轰传吴越间。好事者粗知音律，窃弄宫商，以致错乱甲乙，颠倒是非。使闻者生嗟，见者欲呕，为千古名胜之雷峰，一旦低眉削色，致声价顿减也。至若续填之《栖云石》，虽亦蹈袭陈言，附和往迹，然而字字写怨之情，笔笔描眉画颊，是月露风云之本色，非蛇神牛鬼之荒谈。未能合乎时，宜乎众，是以久贮囊中，秘而不宣者，已寒暑两易矣。"①黄图珌再次重申对好事者改窜《雷峰塔》的不满，他从文人创作的角度审视梨园演本，认为被改窜的《雷峰塔》声价顿减。然而，从前段叙写《雷峰塔》的演出情形，可知改后的本子更被大众喜爱，盛演于吴越之间，流播至燕赵之地，而"姑苏照原本演习，无一字点窜者"却因"与世稍有未合"而未能广为流传。可见，文人创作品位已与戏曲观听之大众品位产生距离与隔阂，黄图珌宁肯所撰传奇不被搬演，也不肯"复蹈前车，为世所薄"，故《栖云石》珍藏两年之久，未许伶人搬演行世。像黄图珌一样坚持自我创作原则的文人不在少数，张坚亦对梨园搬演文人传奇时随意添加科诨的做法十分反感，为保证自己剧本的高雅风貌，他叮嘱芮宾王在跋语中特意申明："子弟添设科诨，多有逆情悖理者。愚俗鼓掌喧笑，而知者辄欲掩耳闭目以避之。即如《西厢》，绝世妙文，近时恶伶搬演，村俗至令人呕唾发指。是编自饶雅趣，足解人颐，若使风人之致混以市井之谈，则作者之仇也。"②芮宾王对戏班搬演文人传奇时随意添加科诨的恶俗表演予以批评，并提醒观者、演者勿使风人之致混以市井之谈，将张坚的作品与市井俗谈直接对立起来，表现出鲜明的崇雅抑俗立场。芮宾王的分析和叙述进一步证实了张坚坚持戏曲雅正的立场，也反映出

---

①　（清）黄图珌：《[南大石调·花月歌] 伶人请新制〈栖云石〉传奇行世》，《历代曲话汇编》清代编第 2 集，黄山书社 2008 年版，第 97 页。

②　（清）张坚：《玉燕堂四种曲》，清乾隆刻本。

当时文人士大夫阶层对待花雅两部的普遍态度。

康、雍、乾时期，作为雅正代表的昆曲在文人士大夫阶层仍然具有较为深厚的根基，即使在地方戏曲越来越强的冲击下，仍然有大量文人坚持昆曲剧本创作，他们坚持传奇的高雅品位，鄙弃低俗科诨表演，拒绝花部声腔搬演，这种对昆曲固执坚持的做法实质上并不能帮助昆曲占据曲坛，也不利于昆曲的交融发展。事实上，昆曲在其产生正式定型之后的近两三百年的发展流传过程中，处于不断向其他剧种交流融合的过程中，还在不断地吸收着新的时调，仍然与其他声腔发生着交流与融合。① 因此，可以看到昆曲的发展是与其他声腔剧种交融并流的过程，并非封闭守旧、一成不变的。事实证明，清中叶文人对地方戏曲极端排斥，对昆曲固执坚持的做法与昆曲自身兼容并包的特点是背道而驰的，是一种保守落后的做法。他们固执坚持文人高雅品位的做法，使文人传奇与戏场、与观听大众越走越远，文人传奇的传播愈加狭窄，脱离鲜活文化土壤的文人传奇愈加缺乏生命持久力。故而，至乾隆末年，文人传奇已显日薄西山之势，嘉道以降，文人传奇几无可观。所以郭英德称"文人传奇余势期总的走向是倒退，是复归，文人传奇的生命之火已到了油尽蜡残的绝境了"②。

第二节　融俗入雅——借鉴花部戏曲优长，探索昆曲新发展

叶宗宝在《缀白裘六集序》中写道："词之一体，由来旧矣。未有

---

① 参见徐文武、刘崇德：《清代弦索时剧与昆曲》，高福民、周秦主编：《中国昆曲论坛 2005》，苏州大学出版社 2006 年版，第 136 页。

② 郭英德：《明清文人传奇研究》，北京师范大学出版社 1992 年版，第 36 页。文人传奇余势期，郭英德认为是康熙五十八年（1719）至嘉庆七年（1802）。

不登雅而斥俗，去粗而用精，每为文人学士所玩，不为庸夫愚妇所好也。若夫随风气而转移，任人心所感发，词既殊于古昔，歌亦逊于畴曩，非关阳春白雪，仅如下里巴人，一时步趋，大抵皆然，亦安用剖剧为哉？醉侣山樵曰：'否，否。词之可以演剧者，一以勉世，一以娱情，不必拘泥于精粗雅俗间也。'"① 此序作于乾隆三十五年（1770），序中提到当时剧坛的两种创作导向，一为由来旧体，登雅斥俗，去粗用精的文人学士之作；一为近时趋好，随风气转移，任人心感发的下里巴人之曲。醉侣山樵的观点颇具只眼，认为好的戏曲剧本有两条标准，一为勉世，即戏曲之教化功能；一为娱情，即戏曲之娱乐功能；只要符合这两条标准，不管是阳春白雪，还是下里巴人，都可以视为佳作。故《缀白裘六集》中所辑"宜于文人学士有之，宜于庸夫愚妇者亦有之，是诚有高下共赏之妙"。《缀白裘》在当时曲坛影响力巨大，代表了当时相当一部分文人的戏曲态度，可见至乾隆中后期，文人对于花部的态度，已由最初的鄙弃转变为逐渐接受欣赏，花雅两部在文人的创作中也逐渐走向融合。一部分文人传奇作家看到了花部之优长，他们与固守雅部的作家不同，对待花部，采取了更加理智的做法。他们在传奇创作中进行了大胆创新，吸纳花部戏曲的优点，甚至将花部盛演剧目改编成昆曲剧本。他们的剧作从创作题材到创作风格，都发生了较大变化，重视民众之喜好，更加贴近百姓生活，拉近与大众的距离。

一、改编花部剧本为昆曲剧本

在融俗入雅的创作道路上，唐英是走在最前列的一位传奇作家。现

---

① （清）叶宗宝：《缀白裘六集序》，《历代曲话汇编》清代编第 3 集，黄山书社2008 年版，第 515 页。

存唐英传奇五部，《巧换缘》《双钉案》《天缘债》《梁上眼》四部剧作都是直接从花部戏改编而来。《巧换缘》改编自梆子腔旧戏，1 卷 12 出。第十二出《寿圆》中唱道："灯窗雪夜闲情寄，《巧换缘》新词旧戏，问周郎比那梆子秦腔那燥脾？"《双钉案》原名《钓金龟》，据梆子秦腔剧本改编，2 卷 26 出。唐英在剧中表明创作意图，云："双钉旧剧从来久，不似这排场节奏，要唱得那梆子秦腔尽点头。"从这两段唱词中，可以明显地看到唐英有意识地将昆曲与梆子秦腔相比、一较高下的创作意图。这两部戏都是当时花部盛演剧目，然而，在唐英看来其题材虽受欢迎，但结撰粗糙、缺乏文人润色，故将其改编成昆曲，已达到更好的艺术效果。《天缘债》原名《张骨董》，据梆子秦腔改编，2 卷 20 出。该剧据民间传说故事创作。当时曲坛流行乱弹《借老婆》，即为此剧故事。清董伟业《扬州竹枝词》中云："丰乐朝元又永和，乱弹戏班看人多。就中花面孙呆子，一出传神借老婆。"董伟业此作大概作于乾隆五年（1740），丰乐、朝元、永和都是花部戏班名称，花部乱弹在当时颇受观众欢迎，尤其一出《借老婆》十分流行。唐英选取了时下流行剧作《借老婆》进行改编，初衷是借流行剧作创新昆曲传奇。《梁上眼》亦改编自乱弹时剧。剧作描写窃贼魏打算在谋财时，目睹了蔡鸣凤被其妻朱蔷薇与奸夫郑打雷杀害的过程。魏打算本不是大奸大恶之徒，因朱父的一饭之恩，决定仗义作证，为朱老汉洗刷冤情。剧中肯定了魏打算洗心革面、知错能改的态度，并警醒世人善恶终有报，剧终唱道："今朝设喜筵，庆团圆，祸淫福善因心转。须知道生亏欠，死填还。无人见，昭昭神目明如电。上天入地难逃窜。奸男荡妇苦收场，来看此段新公案。[尾声] 只道那奸淫作孽随心愿，反成就婢子偷儿意外缘。劝世人莫逞风骚得罪天。"点名剧作主旨，强调天道人心的作用，具有明显的劝世意味。

花部戏曲为了迎合观众，往往偏重调笑，而忽略剧本的立意主旨。

文人在对其改编的过程中，很自然地从文人阶层的世界观、价值观出发，以维护社会伦理秩序，彰显善与美为出发点，重视传奇剧本的社会教化功能。唐英的《天缘债》改编自当时流行剧目《借老婆》，梆子腔是时下流行声腔，所演剧目受到大众的追捧，但是在唐英等文人的眼中，它缺少对大众文化的正确引导，本着以戏曲教化世人，宣扬天道人心的宗旨，唐英将其改编为昆曲剧本，将原本调笑张骨董借老婆的故事改编为张骨董热心仗义相助、李成龙知恩图报的故事。第一出《标目》由末上场阐明创作主旨：

> ［凤凰台上忆吹箫］俊士无妻，村夫有美，巧天拙事奇情。为寒儒赴选，窘迫资程，妻有遗奁堪变。奈岳家见兔扬鹰，热肠创义，借结发，助友成名。天成假妻义嫂，被雨妁风媒撮合姻盟。闹琴台，巧断就皂为青。骨董生涯遭骗。沦落处遇友河汀。还义愤，人心天理，本利总勾清。
>
> 李成龙借老婆夫荣妻贵，张骨董为朋友创古传今。打梆子唱秦腔笑多理少，改昆调合丝竹天道人心。①

《天缘债》第一出将故事梗概介绍得十分清楚：士子李成龙贫寒无依，又遭遇妻亡变故，岳家将亡妻妆奁抢走，致使其无盘缠赴京科考。义兄张骨董一片热肠，主动借妻助其拿回妆奁，却不想弄假成真，其妻沈赛花爱上李成龙。张骨董白白丢了妻子，又遭变故，沦落到拉纤为生。李成龙高中授官，夫荣妻贵，再遇张骨董，感恩当年相助之义，又为其娶妻，终得圆满。如此改编的意图在于，赞颂张骨董热心助人，善

---

① （清）唐英：《天缘债》，《明清抄本孤本戏曲丛刊》第 10 集，线装书局 1996 年版，第 308 页。

有善报，"人心天理，本利总勾清"。词云："打梆子唱秦腔笑多理少，改昆调合丝竹天道人心"，可见唐英并不满意梆子腔偏重调笑的特点，而是希望借此流行题材扩大昆曲影响力，将其原本以调笑为主的俚俗之作改编成富有高雅品位，具有教化人心作用的昆曲剧本。

《天缘债》对《借老婆》最重要的改编在于张骨董形象的重新塑造。唐英将其由原本被人调笑的丑角改造成为帮助兄弟渡过难关而仗义借妻的热肠大哥。在剧本一开篇就通过李成龙岳父母与张骨董的对比，突显了张骨董的仗义热肠。李成龙一贫如洗，无盘缠进京赶考，亡妻妆奁被岳家抢走，李成龙向岳父母借钱无果，苦闷无助时遇义兄张骨董，向其倾诉自己的遭遇：

> （副）功名是件要紧的事，既无盘费，怎生前去？何不到亲友处借贷借贷？
>
> （小生）小弟落落寡合，又且一贫如洗，谁人肯那借与我。
>
> （副）你丈人家可曾去？
>
> （小生）曾去来。岳父说年岁歉薄，无银那借。只有我房下生前所存的衣环细软颇为丰厚，现存岳父母处，意欲借来典赘些银两，以为进京之费。
>
> （副）如此说有盘缠了？
>
> （小生）怎奈我岳母执意不肯。
>
> （副）他为何不肯？他怎样样说？
>
> （小生）他道功名得失尚在未定，若少年失算，岂不将东西花费了？
>
> （副）难道他把这些东西竟不与你了？
>
> （小生）他说道只要娶得一房妻子，才将原物交付与我。
>
> （副）有这等事？他如今只要你有房妻子就将东西交代与

你，如今没有妻子那东西是再不能得。这就难了。别的东西还可，这妻子一时从哪里弄得一个来呢？

（小生）原是一件难事。

（副）嗳，兄弟，我看你这个光景，如何能够娶亲？这东西如何能够到手？如没有这些东西到手，怎能进京科举？不惟功名无望，这亲事与功名终身都不能够了，这就完了你了。①

李成龙岳家的要求很明显是刁难他，作为其至亲之人都不肯在其危难之时帮上一把，反观张骨董，设身处地为李成龙着想，积极为其出谋划策。通过张李的这段对话，展现了所谓亲戚的无情与朋友的有义，也为后面张骨董借妻的行为打下基础，既顺理成章，又彰显其仗义热肠，突出了剧作的主旨，宣扬朋友之义。梆子腔旧剧《借老婆》中张骨董因贪恋李成龙一半妆奁，将妻子借出。张骨董与李成龙之间名为结义兄弟，实际是利益关系，各有所取，之后就一拍两散。《天缘债》中重在叙写张骨董与李成龙之间的兄弟情谊，从一开始张骨董就设身处地为李成龙考虑，李成龙也将其作为知心大哥诉说苦闷。后来张骨董仗义借妻，因一些机缘巧合李成龙与沈赛花假戏成真。李成龙在科举高中得官后，没有忘记张骨董，为其另娶一房妻子。《天缘债》以李成龙夫荣妻贵，张骨董再婚娶妻的大团圆结局终结全篇。第二十出《偿圆》中张骨董对李成龙说道："我好好的一个张骨董，被他们这些梆子腔的朋友们到处都是《借老婆》，弄得个有头无尾，把我装扮的一点人味儿都没有了，糟蹋了我一个可怜！……若得个文人名士改作昆腔，填成雅调，把你今日待我的这一番好处也做出来，有团圆，有结果，连你我的肝胆义

---

① （清）唐英：《天缘债》，《明清抄本孤本戏曲丛刊》第 10 集，线装书局 1996 年版，第 311 页。

气也替咱们表白一番，才是好戏。"① 唐英借剧中人物之口，表达改编梆子腔剧本的用意，塑造了一个有情有义的张骨董，叙写了一个兄弟之间肝胆相照、意气相投的故事。

二、吸纳花部唱腔入昆曲剧本

除了改编花部剧目外，清中叶文人对花部的借鉴，还体现在以戏中戏的形式吸纳花部唱腔，融俗入雅，使得剧情更加丰富，表演更加精彩，增加昆曲剧目的大众亲和力。在昆曲传奇中融入花部唱词、声腔，是清中叶文人传奇作家在花雅融合道路上的重大贡献，他们以先进的戏曲理念、卓绝的艺术造诣促进文人传奇与花部声腔的双重发展。蒋士铨、唐英都是其中的杰出代表。

唐英传奇作品中多有地方声腔的加入，将花部唱腔融入昆曲曲牌之中。《梁上眼》第八出《义圆》中使用的套曲为：[番卜算][前腔][前腔][前腔][前腔][醉扶归][姑娘腔][梆子腔][节节高][尾声]，其中[姑娘腔][梆子腔]为"戏中戏"，是魏打算在家宴时的表演：

> （丑）今乃咱家大喜之日，有酒无戏，觉得冷静些。你儿子在山东，每日听的都是些姑娘戏。那腔调排场，稀脑子烂熟，待我随口诌几句，带着关目唱一只儿，发爹妈一笑，也算是个"斑衣戏彩"如何？
>
> （外、老）儿啊，这是最有趣的事，倒也使得。大家高兴些。你唱我帮腔，我唱你帮腔。咱俩就来！

---

① （清）唐英：《天缘债》，《明清抄本孤本戏曲丛刊》第10集，线装书局1996年版，第510—511页。

（姑娘腔）（丑唱）阎王爷闷得慌，半夜三更坐早堂。审了一件风流案，明明业境挂中梁。合欢床下屠户睡，醒酒酸汤人肉香。判官小鬼哈哈笑，这桩公案不寻常。女的赏件"扎花袄"，男的封了个"齐肩王"。奉劝世人休作孽，难逃王法与三光。编成一段"姑娘戏"，还唱一支"梆子腔"。

（梆子腔）打算摘茄花先采，浓紫深红到手开。蜂狂蝶浪成双对，烈火干柴春满怀。怕又爱，肯还推，油盐酱醋暗香催。铁刷铜锅秋打混，破磨瘸驴呆打孩。今日团圆君莫笑，都向掏包剪绺来。①

姑娘戏是乾隆年间流传于山东一带的民间地方戏曲，是一种一人唱众人和的演唱形式。《转天心》中将这种地方戏曲引入昆曲表演中，符合剧中人物身份，魏打算为山东人，因图谋昆山商人蔡鸣凤的三百金，而尾随其至家，所以其在剧中说道，在山东每日听姑娘戏，十分熟悉姑娘戏的排场、腔调，家中有喜事，有酒无戏，故亲自唱演为义父母助兴。梆子腔，亦是当时流行的地方声腔，曲词俚俗易懂，富有调笑意味，可发观众一笑。这段"戏中戏"既符合剧中人物特征，又起到串联情节的作用，通过通俗的唱词将整个故事加以概括、评价，同时利用地方声腔偏重调笑的特点，很好地调动了舞台气氛。

《转天心》中亦存在以民间曲艺穿插进剧情的情况。第二十九出《丐婚》吴定儿成亲，乞丐们祝贺后唱着莲花落散去。"（众）大哥，他二人热热闹闹做亲，难道我们就这等冷冷清清回去不成？（外）有了。方才你们行令说什么打莲花，何不趁着月光打着莲花回去，就热闹起来了。（净）也好，我们就把他今晚做亲的光景大家摹拟打着莲花回去。就从

---

① （清）唐英：《古柏堂戏曲集》，上海古籍出版社1987年版，第613—614页。

我来起。（其一）（净）黄昏才到，不觉又是一鼓催，哩哩莲花莲花落。想新郎除了冠脱了衣，嘻嘻哈哈把灯吹也么。哈哈哈莲花落。他二人原本是旧人儿，感恩情见面之时不用推哩哩。莲花莲花落。拥抱著，温存著，你疼我，我爱你，并着头儿在枕边睡也么。哈哈哈莲花落。……（其七）（丑）早则是露珠儿湿透了千针万线零零碎碎单单薄薄破衲衣。哩哩莲花落。倒不如，趁星光，穿小巷，过长街，到古庙中草窝中，伸着脚，拳着手，指头儿上覆雨翻云做夫妻也么。哈哈哈莲花落。"①莲花落为民间曲艺的一种，为乞丐所唱，多为临场作词。此处将莲花落穿插进来，既符合剧中人物身份，又起到调节戏剧节奏的作用。吴定儿的这些伙伴，本就是乞丐，唱莲花落的唱腔和曲词的俚俗都十分符合其身份。唱词以调笑为主，令场上气氛轻松活泼，吸引观众。

《雪中人》第十三出《赏石》中，查培继与吴六奇在岭南重逢，吴六奇以酒宴招待昔日恩人，其中穿插了一段岭南地方歌舞：

> （净）俺岭南有猺獞蛮歌，倒也别致。若不嫌鄙俚，着他们演来，以博先生一笑。（生）闻俗采风，藉资闻见，既有新声，即求相示。（净）吩咐演《刘三妹》。（末传话介）（旦仙装上）郎种合欢花，侬种合欢菜。菜好为郎餐，花好为郎戴。小仙刘三妹，新兴人也，生于唐时，年方十二。淹通经史，妙解音律，游戏得道，往来豁峒间，与诸蛮操土音作歌唱和。后来得遇白鹤秀才，遂为夫妇，成仙而去。今诸蛮跳月成亲，祀我二人为歌仙。你看秀才乘鹤来也。（小生仙装乘鹤，唱上）[蛮歌] 思想妹，蝴蝶思想也为花。蝴蝶思花不思草，我思情妹不思家。（下鹤介）

---

① （清）唐英：《转天心》，《明清抄本孤本戏曲丛刊》第8集，线装书局1996年版，第340—344页。

三妹，你看月淡风和，和你听蛮子们儿女踏歌去。(携手行介)(旦唱)妹相思，不作风流到几时。只见风吹花落地，不见风吹花上枝。(立高处介)(小旦头顶横一箭，以发上缠垂下戴各花，身穿长黑裙上画白粉花水纹，胸背间垂铃钱数串，唱上)谁说山高不种田，谁说路远不偷莲。高山种田吃白米，路远偷莲花正鲜。俺曲江猺女，今日唱歌择配，你听一个哥哥唱得来也。(杂扮男猺里花帕，穿彩衣，赤脚，腰刀挂弩，耳垂大银环，唱上)娘在一峰也无远，弟在一岸也无遥。两岸火烟相对出，独隔青龙水一条。(相楼介)(女)俺爱煞你也。(杂)俺爱煞你也。(女唱)妹同庚，同弟一年一月生，同弟一年一个月。大门同出路同行。(男唱)思娘猛，行路思娘睡思娘，行路思娘留半路，睡也思娘留半床。(负女下)(贴穿白布桶裙自腰拖地，裙上画五色花，额竿一髻上插大钗，钗上挂铜环，耳坠垂肩，两颊上画五色花卉，手持花扁担一条，唱上)妹金龙，日夜思想路难通。寄歌又没亲人送，寄书又怕人开封。俺黎女是也。(杂袒胸赤足，头挽一髻，上直竖雄鸡毛一根，横插牛骨簪，两边插金银钯，身穿短衣及腰，手持藤弓竹箭，唱上)妹娇娥，怜兄一个莫怜多，劝娘莫学鲤鱼子，那河又过别条河。(相见笑介)(贴唱)妹相思，妹有真心弟也知。蜘蛛结网三江口，水推不断是真丝。(杂唱)妹珍珠，偷莲在世要同居。妹有真心兄有意，结成东海一双鱼。(负贴下)(旦)仙郎，你看他们一个个成双作对去也。(小生)便是。(合唱)虫儿蚁儿都成配偶，各自风情各自有。俊的俊来丑的丑，蠢蠢痴痴不丢手。怎如我两个石人紧紧的搂。(相抱下)①

---

① (清)蒋士铨：《雪中人》，《不登大雅文库珍本戏曲丛刊》第21册，学苑出版社2003年版，第105—109页。

这段戏中戏，带有明显的地方风俗特点。第一，服饰装扮具有南方民族特色。小旦和贴扮演的蛮族女性着拖地长裙，裙上色彩斑斓，佩戴各种花、铜环、铃钱、大钗、垂肩耳坠等饰物，杂所扮演的蛮族男性袒胸赤足，耳戴银环，髻插鸡毛、牛骨簪、金银钯，佩带腰刀、弓弩、竹箭等饰物，这些都是南方少数民族所特有的装扮。第二，展现地方风俗。刘三妹及白鹤秀才是南方蛮族祭祀的歌仙，蛮族男女以对歌相亲，已成为流传多年的风俗。此段戏曲即展现了蛮族男女踏歌恋爱的情景。第三，蛮歌极具地方民歌特色，男女对唱的形式，情感直露，多用比喻。语言带有方言特色，比如称呼年轻女性为"娘"，称思念为"思想"等。第四，科介大胆，符合蛮族特点。男女演员之间多身体接触，如刘三妹与白鹤秀才的携手、相抱，小旦与杂之间的搂抱，贴与杂之间的负抱等。这些科介都是在昆曲中几乎见不到的。

这种以戏中戏的手法将昆剧与乱弹诸腔合流的做法，在文人传奇中较为少见，也是蒋士铨、唐英等人在花雅融合方面做出的探索。此种做法正是借鉴了花部乱弹的演唱方式。徐珂在《清稗类钞》中提到昆乱同台的演出情形："自乱弹兴而昆曲渐衰，乱弹者乾隆时始盛行，聚八人或十人，鸣金伐鼓，演唱乱弹戏文，其调则合昆曲、高腔、弋阳腔、皮黄腔、秦腔、罗罗腔而兼有之。"[①] 徐珂所言正是乱弹的常用演出方式，一本戏文中集合多种声腔，这种唱法在乾隆时开始流行。唐英、蒋士铨借鉴了花部乱弹的此种表演方式，并予以创新，以戏中戏的方式，在昆曲中加入梆子秦腔、姑娘腔、蛮歌等地方声腔，一方面符合并推动剧情发展，令人不觉突兀；另一方面在声腔方面富于变化，借用地方声腔新奇的特点来吸引观众。

---

① （清）徐珂编撰：《清稗类钞》第十一册，中华书局1986年版，第5015页。

三、吸纳地方戏曲表演手段，创新昆曲舞台艺术

清中叶文人作家吸纳地方戏曲善用科介宾白的表演特点，将地方民俗融入昆曲表演中，增加昆曲的舞台表演性。蒋士铨曾说："其间稍设神道附会……若诙笑点染，以乡人言乡事，曼声拉杂，谓之掺土音可也。"① 蒋士铨的传奇作品中不乏此类点染之笔。《采樵图》第四出《听歌》中将民间插秧歌融入戏曲情节中：

> （四农夫蓑笠上）……我们江西省城田家是也，只因娄娘娘爱听秧歌，在此梳妆台下，开垦良田百亩，白赏我们耕种。每到插秧时候，娘娘便到妆台游玩，听唱秧歌。伙计，昨日这几陇地土，耕犁妥当了，你我就此栽插起来。
>
> （众）有理。
>
> （合）（秧歌）秧田方方似棋盘，路径分明井字宽。各有田塍做堤界，他家秧好莫偷看。妻来送饭夫耕田，眼前夫妻得团圆。劝郎莫听旁人语，漂洋虽好怕翻船。②

这个小情节，正是蒋士铨所言"乡人言乡事"的点染，虽看似简单，却有大意味。第一，以秧歌入戏，将民间劳作情景搬上舞台，正是大众所喜闻乐见的，无形中增加了昆曲的舞台亲和力。第二，用一个小情节，在不经意间塑造了娄妃亲民仁爱的形象。通过农夫之口讲述秧田

---

① （清）蒋士铨：《一片石》，《不登大雅文库珍本戏曲丛刊》第 22 集，学苑出版社 2003 年版，第 5 页。

② （清）蒋士铨：《采樵图》，《不登大雅文库珍本戏曲丛刊》第 22 集，学苑出版社 2003 年版，第 184 页。

的来历，娄娘娘因爱听秧歌，在妆台下开垦良田百亩，供农民耕种。爱听秧歌为表，仁爱百姓为实。第三，利用秧歌通俗易懂的特点，在小歌词中蕴含大道理，达到规劝宁王之意。剧中娄妃对侍儿云："我昨日编成秧歌数十首，皆寓规劝宁王之意，侍儿将此歌词传出去，叫农夫们好生记熟，一一唱来。"[①] 娄妃贤德，知宁王有不轨之心，力图谏阻，始以题画诗规讽，又以秧歌规劝。

《雪中人》第四出《占茶》中将广东一带盗贼祭拜公王庙，以茶敬神，占卜预示的民间祭祀写进剧中，展现了颇具地方特色的民间习俗：

> （设高香案，挂幔，奉一小神，甲胄持戟）（丑法衣扮道士，冠侧插雉尾一根，引小旦道童上）[普贤歌] 炼成妖术哄南蛮，骂得邪神不耐烦。买水靠贪官，分赃谢法坛。最喜婆娘湿又干。俺乃广东公王庙中一个神总是也。俺这公王神圣，最怕咒骂，凡有所求，只须我百般辱骂，便即刻显灵，指示吉凶。……这些强盗，总以捉人为先，捉得富家男女，名曰"沉香"，贫者名曰"柴贼"，勒金取赎。若过期不来赎去，即将闺女美貌的，收为婢妾，妇人年少的，收为干湿奶婆，其余割剥皮肉为脯，把骨殖抛弃猪圈牛栏内，任凭作践。（小旦）师父，这些强盗有几种？（丑）徒弟，我说与你听。山贼种类最多，在花山的叫东飘子，在铁山的叫西飘子。钱多智足的叫做老都，他的贼兵不叫做人，叫做马。每十人为一钱，百人为一两，他的头目叫做花红，细作叫做亚妹。惟永安部落最凶，共有七十九寨，散布数十州县。自万历年起到今接续不断。（小

---

① （清）蒋士铨：《采樵图》，《不登大雅文库珍本戏曲丛刊》第22集，学苑出版社2003年版，第185页。

旦）海贼呢？（丑）海贼一半是蛋户。（小旦）什么蛋户？（丑）
他们本是异类，惯能入水擒捉蛟龙，本名龙户，又曰獭家。妇
女大的叫做鱼姊，小的叫做蚬妹。浮家海上，没有一定巢穴。
每十艇为一綜，十綜为一朋，小舟叫舣船，大舟叫龙艇。……
（外）我等虔备浓茶，乞神总献上。（丑）使得。（献茶介）列
公请通诚。徒弟，打起铜鼓来。（外末等拜介）……（起介）（丑）
列位跕间，待我骂他。（捏诀仗剑舞，咒骂介）你这个贼神道
呀。[前腔] 腌臢可部是个糊涂鬼，手持戈头戴盔。为甚这般
懒惰，这般聋瞶。纷纷祷告，祷告，全然不理。就吃一盏清茶
还算便宜你。昏昏怎生尸居这位。（净戴假面，武装执戟怒上，
舞一回，下）①

在广东梅州一带至今有祭公王庙的习俗，当地流传"泮坑公王保外
乡"的说法，公王庙香火鼎盛。然而，剧中所写的这段却展示了另一种
公王庙的祭祀情景，在清代公王被盗贼奉为庇护神，每到杀掠抢劫之前
就要到公王庙奉茶占卜。由盗贼头目煎好茶汤，交由神总，敬祀公王。
一众小道士打铜鼓，神总"捏诀仗剑"边舞边咒骂，请神显灵，根据茶
汤纹路指示吉凶。盗贼将抢劫所获的财物拿出一部分来敬奉神总。神总
具有双重身份，既是神的旨意的传递者，也是盗贼行为的知情者和参与
者。他了解盗贼的各种分类，并且熟知行话、黑话，"东飘子""西飘
子""老都""花红""亚妹""蛋户""龙户""獭家""鱼姊""蚬妹""舣
船""龙艇"等，都是普通人日常生活中接触不到的词汇。

另外，在舞台美术、道具等方面清中叶文人传奇作家对地方声腔

---

① （清）蒋士铨：《雪中人》，《不登大雅文库珍本戏曲丛刊》第21集，学苑出版社
2003年版，第35—42页。

多有借鉴，逐渐改变传统昆曲只重曲词的特点，转向以整体舞台艺术来吸引观众。如《文星榜》第一出《天榜》中的舞台提示为"内烟火。净赤面，金甲，舞刀，扮血刀星。副净黑面，披发，紫额，扮贯索星。小旦云肩，舞衣，执桃花，扮咸池星。末嵚头，皂袍，象简，横持文卷扮官符星上"。传奇作家对每位演员的装扮进行了详细提示，包括妆容、穿戴、科介等。重视舞台环境营造，用"内烟火"来营造仙界环境，增加戏曲的神秘性，从而吸引观众。《香祖楼》开场即营造了神秘的舞台环境："设布城，挂'情关'匾，关外斜设公案，上放一架插小白旗六面，分书'情爱''情福''情魔''情义''情痴''情恨'字样，案外设公座四金刚二天神，各戴黑白假面。"《雪中人》第一出《弄香》"场中挂酿春园匾额，列梅树，生巾服引丑上"说明剧中人物所处环境。第二出《眠雪》吴六奇上场，以"净黑面、短髭、破帽、衲衣，持杖扮乞上"的提示，显示吴六奇的乞丐身份。黑面短髭，符合乞丐不讲卫生的邋遢形象，破帽、衲衣、拐杖，是乞丐的典型装扮。第四出《占茶》一出演盗贼祭祀公王庙的情节，首先点明环境，"设高香案，挂幔，奉一小神，甲胄持戟"，说明此处为公王庙，后有"丑法衣扮道士，冠侧插雉尾一根，引小旦道童上"，通过演员穿戴点明人物身份。敬神的法事开始后"净戴假面，武装执戟怒上，舞一回，下"。第五出《联狮》中亦有类似的舞美和服饰设计："场中设神幔，左地上覆一大钟，右设坐具四个"，"仪从引外，幞头白袍，花白须，神装上"，第十出《传檄》"净坐船，左右摇橹，前设旗枪，挂红灯，后建大旗，悬首级一串，缓行上"。这种服饰穿戴、假面和舞蹈借鉴了江西地方戏曲傩戏，既较为逼真地塑造了人物形象，又在感官上吸引了观众，让人耳目一新。《雨花台》第十四出《迎銮》中场面十分热闹，"杂扮四竹马骑上绕场数匝下""内鸣锣鼓杂扮灯夫各持灯笼绕场舞介""摆成天下太平四字介"等等，这些竹马、灯笼舞等都属于民间曲艺，作者将其穿插进昆曲表演中，烘染了舞台气氛，吸引了观众注意力。

四、关注世俗人情，题材趋向平民化

清中叶文人传奇中有很大一部分作品突破了才子佳人戏的束缚，将创作眼光放到了更为广阔的社会生活中。传奇讲述的不再只是帝王将相、状元才子、名门闺秀这些令普通人仰望之人的故事，而是关注普通人的生活，反映老百姓最真实的生活，甚至是社会最底层人物的悲欢离合。最为典型的是唐英的传奇作品，在唐英传奇中，三教九流纷纷粉墨登场，演绎属于百姓大众的苦乐悲欢。《转天心》中的吴定儿是乞丐，是社会最底层的人物；《梁上眼》中的魏打算是盗贼，为了三百银钱将自己置于险地；蔡鸣凤是个做点翠的普通商人；《天缘债》中的沈赛花为出身贫家的有夫之妇，张骨董自称破落户，因父亲倒卖古董假货骗人，将家产耗尽。除了以身份卑微的小人物为传奇主角外，这些传奇作品中的书生形象也发生了变化，这些书生也不再是有旷世之才华，昂扬之意气的名门才子，而往往带有穷酸之气，困顿不堪，成为现实中困于科场、落落寡欢的书生的缩影。这些书生从才子佳人剧中的完美偶像形象转变成活在现实生活中的真实人物，他们更贴近百姓生活，更易为大众所接受。

《巧换缘》中的书生洪遇上场白道："小生洪遇，字焕美，南直隶常州府人也。功名拾芥，文章可卜。他年伉俪未谐，反侧难迟。此日非不愿宜家宜室，怕难逢如玉如花，必要对面相看个年貌相当，才美厮称的，方不负女貌郎才之配。为此蹉跎岁月，尚未娶妻。近闻得金陵一带，年岁荒歉，那些被灾的地方多有将妇女贱价聘卖。我想既肯聘卖就可以听人拣择，由我相看了。或者遇着个美貌佳丽也未可知。故此，小

生备有资囊，前去寻访。"①此为洪遇的出场亮相，作为士子，其所追求的不是科第高中，仕途鹏程，而是娶妻。自古才子配佳人，作为年轻士子求娶美貌佳人，也不为过。然而洪遇的娶妻方式完全脱离了才子佳人剧中的浪漫模式，而是得知金陵一带贱卖妇女，遂前往欲求一妻。这样不完美的书生形象在才子佳人戏曲中是不可能出现的，那些以才子佳人为主角的爱情剧，才子必为风流倜傥、才华横溢之辈，其爱情往往具有浪漫美妙的特点。《弥勒笑》中的钟心与其有相似的追求，亦因佳人难得而蹉跎岁月。不同的是洪遇身上颇多凡尘中的"烟火气"，想要在被灾贱卖的妇女中间相看个美貌佳丽。《弥勒笑》中的钟心则是完美的才子形象，出场即唱道："浩气凌云，雄才捧日，风流不让苏仙。"自称黉门之领袖，饱学千箱。其爱情的开端亦颇具浪漫气息，梦中得遇美人，醒后立志追访。两人都曾遇到骗婚，但钟心以聪明睿智得以解脱，而洪遇却为小小店家所骗，带着老妇无奈而归。对比之下，可见钟心的才子形象是完美无缺的，才华横溢、仪表堂堂，聪明睿智，高中状元，平乱安邦，然而这样的人物是活在戏中的，洪遇与这些完美才子形象相差甚远，却是活在现实中的书生。

相较于洪遇，《天缘债》中的李成龙更是个落魄书生，贫寒儒士。第二出《却贷》中小生扮李成龙上场，唱道：

> ［恋芳春］笔大如椽命轻似羽，功名有路迍遭，那更瑶琴弦断，月缺花残，满腹悲思未了。恰又值桂榜兴贤愁无限，囊空步懒，几回搔首呼天。②

---

① （清）唐英：《巧换缘》，《明清抄本孤本戏曲丛刊》第 6 集，线装书局 1996 年版，第 257 页。

② （清）唐英：《天缘债》，《明清抄本孤本戏曲丛刊》第 10 集，线装书局 1996 年版，第 309 页。

李成龙的出场一改以往才子的意气风发，而是满目凄凉，处境堪忧。青年入泮却功名蹭蹬，发妻王氏早卒，自己孤身一人，形单影只。家境贫寒，连进京赶考的盘缠都无从借贷，只能希冀用亡妻的妆奁细软典当银钱上京赴试。然而却遭遇岳家刁难，不肯归还亡妻遗物。相对于才子佳人剧来说，《天缘债》中李成龙的婚配也颇为另类。才子佳人恋爱模式中的佳人无一不是才貌惊人、出身名门的闺秀，而李成龙的佳配则是早已嫁为人妇的沈赛花，沈赛花虽也生得千娇百媚，伶俐聪明，但毕竟出身贫寒，又是有夫之妇，与传统意义上的理想佳人还是有很大距离。

此类世情传奇往往围绕普通百姓生活展开，善于展现日常生活，反映社会现实。传奇中描写了众多百姓谋生之计，都是来源于最真实、最底层的社会现实。《双钉案》中江芋靠捕鱼为生赡养老母；《梁上眼》中蔡鸣凤为点翠商人，为养家糊口，常年奔波在外；魏打算是小偷，以偷盗营生，为了三百金辗转几百里；郑打雷是屠户，与蔡鸣凤之妻朱蔷薇有私情；《转天心》《雪中人》中吴定儿、吴六奇虽后来发迹，但其最初的身份为乞丐，尝尽人世辛酸。《巧换缘》中描写的金陵一带贱卖妇女的事件，即为当时灾荒之后的现实情况。剧中所唱："连岁遭荒旱，桂薪米似珠。啼饥枵腹捱门户，八口嗷嗷艰无措，抛男卖女天涯路。"[①]剧中所称的灾荒，在清代中期时有发生，遭遇严重灾荒时，饿殍遍野，鬻人子女之事颇为常见。《雪中人》中通过神总与徒弟的对话，描写广东一带盗贼猖獗的情况："（丑）……这龙艇长十余丈，日间埋在泥内，夜间数十人，荡桨如飞，杀掠只当儿戏。（小旦）难道不怕王法的？［丑］他们水陆联盟，相为表里。凡官兵土目，皆其党羽，又将珠贝贿赂有

---

① （清）唐英：《巧换缘》，《明清抄本孤本戏曲丛刊》第 6 集，线装书局 1996 年版，第 259 页。

司，听其出入。若上司利害，则以招抚为名，其实不过叫抚丁抚目，演一虚套受抚之后，便明目张胆，抢劫更甚。此乃天意，你不听见北地流贼，更加凶毒么?"① 剧中反映了较为真实的底层社会生活，百姓遭遇贼害，盗贼与官府勾结。这些传奇中所写的主人公有渔夫，有小商人，有小偷，有强盗，有屠户，还有乞丐，都是来自社会底层的普通人，在他们身上没有对历史国家产生重大影响的惊天动地的事件，也没有充满浪漫色彩的感天动地的理想爱情，有的只是普通人的日常生活。传奇展现的是能让更多普通百姓产生共鸣的人之常情，事之常理，讲述的是普通百姓身边的故事，关注的是普通百姓最真实的情感和人生。

五、重视宾白，语言偏重通俗化

昆曲过于繁缛缠绵的曲调以及艰深晦涩的文词，逐渐与观众的审美趣味、社会时尚和舞台演出脱离开来，明末清初就有传奇作家意识到这个问题，他们在剧本创作中对曲词、宾白等进行了改革，清中叶文人传奇作家继承了他们的做法，在创作中重视宾白，增加宾白的分量，注重语言的通俗化，提倡明白晓畅、浅显易懂而颇有韵味的语言。

（一）增加宾白分量

从整个传奇语言体系来看，他们更加重视宾白在传奇中的作用，在剧作中增加宾白的分量。陆萼庭在《昆剧演出史稿》中谈到全本戏的演出时说道："必须着重指出，明末清初时期昆剧唱词渐趋精炼，说白份量显著加重，不论创作新剧，修改旧本，都可看到这个倾向""影响所

---

① （清）蒋士铨:《雪中人》，《不登大雅文库珍本戏曲丛刊》第21集，学苑出版社2003年版，第37页。

及，使得剧作家们在写戏时也都要重视说白的安排了"①。从陆萼庭的论述中可以看到清代初期昆剧在演出时的说白分量显著增加，影响到传奇创作中，使得剧作家越来越重视宾白的作用。

首先，人物出场白较长，除了介绍人物、人物之间的关系以及与之相关联的事件外，具有重要的叙事作用。如《梅花簪·倭变》中倭王的出场白曰："自家日本国王古邪波多尼是也。俺国在东洋大海，倚岛为居，去乐浪及带方郡一万二千余里。本号为倭，因将日本兼并，冒其名号，居于邪焉台国。自汉桓灵时，俺国大乱，有一女子，名曰卑弥呼，年长不嫁，事鬼神有材勇。于是众立为王，其下有华奴国、鬼奴国、苏奴国、乌奴国，百余小国皆其管辖。自女王相继，传至晋武太始初年，方传男王。到俺祖一姓相承，已历七七四十九世，至今大明嘉靖，共合一千八百余年。俺国中自来广出白珠青玉，玛瑙珊瑚，猫儿眼，金精石，异宝奇珍，不计其数，年年进贡中华。不意大明朝内近来奸相专恣，取索不厌，又兼广东镇海将军汪直民时时潜兵挑斗。且喜俺国粮富兵强，有何惧哉？今日风色甚顺，不免飘洋过去，到他那边方，掳掠一番，观其动静，再做道理。"此处倭王上场，不仅介绍自己身份，而且对倭国的历史以及与大明的关系进行了详细的交代，并说明意图掳掠中原的打算。这样的出场白不仅是对角色的交代，而且与故事发展衔接紧密，节省舞台表演时间，迅速进入戏剧冲突。又如《弥勒笑·饵姻》中蔡府院子的出场白具有极强的叙事作用：

> （外扮院子上）踏破铁鞋无觅处，得来全不费工夫。自家京江左都督蔡老爷衙中院子便是。为何道此两句？只因当今有个名士钟心，姑苏人氏，老爷闻其少年才美，欲招为婿。着俺

---

① 陆萼庭：《昆剧演出史稿》，上海文艺出版社 1980 年版，第 106 页。

齐了金币，聘请前来。不期访到虎丘僧舍，偏又不在寓中。说也可笑，竟为梦见什么美人，不知何处寻访去了，原来天地间竟有这般痴子。及至回报老爷，又不肯信，着俺四下找寻，定要知他下落。谁知事有凑巧，那钟心恰又来到京江，寓于甘露寺内。方才得知，不免报于老爷，凭他作主。咳，我想那秀才既恁痴情，一定严于择配，怎奈俺小姐仪容丑陋，则怕落花有意随流水，流水无情问落花。①

这段出场白除了介绍人物之外，在叙事和刻画人物上具有重要作用：第一，通过院子之口将蔡节与钟心之间的人物关系做了交代，有助于观者了解剧情。第二，将蔡节欲招钟心为婿的情节于说白中一语讲清，省去中间过程，节省笔墨。第三，借院子之口，交代钟心的下落。自第四出《痴寻》钟心为寻梦中美人匆匆出走后，对于钟心的踪迹和下落并无交代，故此处从院子之口叙出，连贯了前后情节。第四，对钟心与蔡小姐的婚事加以预测，为后面的情节做铺垫。第五，通过院子对钟心寻找梦中美人行为的嘲笑，深化了钟心的痴情形象。

其次，以说白的形式叙述情节发展，使得故事脉络清晰，宜于表演观看。清中叶文人传奇中大多数情节的发展是以说白的形式加以推进的。如《玉狮坠》第十出《追订》，主要情节为黄损由于无法筹措千金而连夜离去，裴玉娥闻听执意追赶黄损，并与其约定终身。这出戏中主要通过说白来推动情节发展，先由矮船家讲出黄损连夜开船离去之事，继而通过裴玉娥与薛母之间的对白展现裴玉娥对黄损的真情，以及薛母不重千金而愿成全二人爱情的仗义性格，裴、黄当面互表心意，约定终

---

① （清）吕公溥：《弥勒笑》，清乾隆四十六年稿本。

身。除了抒情、写景时使用几支曲词和人物上场的引子外，全部情节都是通过人物之间的对白进行的。

最后，通过宾白补充或连贯情节，以达到结构紧凑简净的效果。戏曲不单是空间艺术，还是时间艺术，如何在有限的时间里将剧情交代完整、将人物塑造丰富，是任何一部戏曲剧本所面临的重要问题。好的舞台效果，既要有跌宕起伏的情节和铺排变幻的场面来吸引观众，又必须考虑表演的时间和结构的紧凑，如何处理这对矛盾，很多戏曲作家、戏曲理论家都进行过探讨和尝试。李渔对此提出过"缩长为短"的方法，他认为传奇在搬演之时要懂得减省增益之法，场上之戏可长可短，对于可以省略的情节当作灵活处置。如遇清闲无事的观众，便可全演；否则，可尽数删去。然而在减省之时却要注意增益之诀窍，那就是以宾白代替所删之戏来连贯情节。张坚在戏曲创作中能够十分巧妙地使用宾白交代事情的来龙去脉，从而很好地解决了铺排变幻与结构简净之间的矛盾。《弥勒笑》中文岸请杨毅作伐向钟心求亲，然而钟心痴情于梦中美人拒绝了这桩婚事，这段情节由钟心之口叙述而出，一语讲清，节省许多笔墨。《玉狮坠·授坠》中经龙女之口讲出裴玉娥被禁岳阳楼后的情景："打听得，裴玉娥看守在岳阳楼上，已经绝粒将危，亏那鸨母苦劝，方才略进饮食，如今正想鲜鱼做汤。故俺父王用计尽将水族收藏不需渔人网得，单着我将这一尾鱼儿向街前叫卖，待他有人来寻买时相机而行，便好与玉娥会面。"[1] 这一段说白既交代了裴玉娥的情况，又照应了前文，伏下后戏，使得情节紧凑简净。《梅花簪·簪忆》中巫素媛的念白起到连贯、补充情节的作用，巫素媛白："为春憔悴留春住，那禁半霎催归雨。深巷卖樱桃，雨余红更娇。无聊成独卧，弹指韶光破。才道莫伤神，春衫湿一痕。奴家巫

---

① （清）张坚：《玉狮坠》，《玉燕堂四种曲》，清乾隆刻本。

素媛，自从父亲山东解任回家，舟泊江西十八滩前，遇见一个书生，望着奴家十分悲切，口口声声（作羞态低语介）只唤我那妻嘎，我那妻嘎。又将一枝梅花簪儿掷入舟内。奴家不识何因，只得抽身而退，又不好对爹妈说的。如今想象起来，实可骇异。书生，书生，我和你好没来由也。"① 这是继第十四出《舟误》徐苞误掷梅花簪后，第二次提及梅花簪和巫素媛，中间间隔十出戏，通过巫素媛在念白中对当时情景的回忆将前后剧情十分自然地连接在一起，同时恰好符合该出戏的主题"簪忆"。另外，张坚借用纳兰性德的菩萨蛮词描述了巫素媛春愁满怀、相思成病的状态，对巫素媛的情况进行了补充描写，同时由巫素媛之口再次讲述徐苞寻妻时的悲切，强化了徐苞的"痴情"形象，可加，短短几句念白既巧妙地连接了剧情，使得结构紧凑连贯，又深化了人物形象。

（二）追求语言通俗化

凌濛初在《谭曲杂劄》中说道："盖传奇初时本自教坊供应，此外只有上台勾栏，故曲自皆不为深奥。其间用诙谐曰'俏语'，其妙出奇拗曰'俊语'，自成一家言，谓之本色，使上而御前、下而愚民，取其一听而无不了然快意。"② 凌濛初之言可谓一语中的，传奇是要在舞台上演出的，所以不管这个观众是皇帝还是愚民，都要以让观众了然快意为第一要义。故而，传奇务必自成一家之言，谓之本色当行。清初李渔在《闲情偶寄·词曲部》中阐述得更加明白："总而言之，传奇不比文章，文章做与读书人看，故不怪其深；戏文做与读书人与不读书人同看，又与不读书之妇人小儿同看，故贵浅不贵深。……人曰文士之作传奇，与著书无别，假此以见其才也，浅则才于何见？予曰：能于浅处见才，方

---

① （清）张坚：《梅花簪》，《玉燕堂四种曲》，清乾隆刻本。

② （明）凌濛初：《谭曲杂劄》，《历代曲话汇编》明代编第3集，黄山书社2008年版，第194—195页。

是文章高手。"① 李渔将传奇与文章对比，将传奇"贵浅不贵深"的道理说得明白晓畅，并提出传奇语言的至高境界，即浅处见才。因此，所谓的本色当行，绝非一味俚俗浅近，而是源于生动的民间语言，既明白易懂又富有文采，通俗却不低俗，富有文采而不艰深。清中叶文人传奇中不乏这样的"文章高手"，他们在雅俗融合、探索发展之路上，将文人化的语言加以改革，既不逞才斗妍，也不盲目追求俚俗，而是将民间语言加以提炼，形成既通俗易懂又颇具韵味的戏曲语言。

清中叶文人传奇作家从观众的平民性、广泛性出发，注重在宾白中引入民间口语方言，力求语言通俗易懂。唐英的戏曲语言就是本色语言的成功代表。唐英主张为文要真率贴切，反对堆积典丽，其在传奇创作中善于吸收俗语方言，令戏曲语言通俗易懂，又符合人物性格。《天缘债》第十二出《定亲》中张骨董与绝户财主李环嶂的女儿定亲，翁婿初次见面的一番寒暄着实有趣：

（末）贤婿形朴貌古，足征高品。

（副）小婿胎笨质粗，还欠打磨。

（末）贤婿，昔为两姓，今作一家，这是五百年前造定的。

（副）若是五百年前的东西，字画恐怕伤了神，玉器铜炉就该有些包浆了。

（末）不是这个话。

（副）不是画，想必是字了。

（末）贤婿，这是什么说话？你我是骨肉至亲，需要真真实实的，不要弄那些虚假。

① （清）李渔：《闲情偶寄》，《历代曲话汇编》清代编第1集，黄山书社2008年版，第254页。

　　（副）货真价实，虚假管换。

　　（末笑介）老夫备有薄酌，请贤婿宽饮一杯。

　　（副）未成交易怎好叨扰。①

　　张骨董句句不离古董行业，十分符合人物出身。张骨董在第三出《遇友》中上场，自报家门："自家直隶故城县一个破落户张热肠的便是。祖上原是温饱的人家，只因我那老子混充在行，卖些假古董，随口赌咒，假货骗人，也赚了许多的钱财。我少年跟着他，背包箱、配匣座，东奔西跑，所以人人见了家父叫作老骨董行子，见了我就叫做小骨董行子。谁知道那瞒天骗人的横财到底不耐久。自从我那老骨董行子死后，天灾人祸把一份好好的家业弄了个精光，只剩下这张骨董三个字招牌挂在区区身上，倒把我这张热肠三个字都埋没了。"张骨董本名张热肠，但由于其父子与古董行业的渊源，被人唤作小骨董。"胎笨质粗""打磨"等词是骨董行业鉴赏瓷器和玉器等的术语，张骨董用来形容自己，语言不离自己的本行，还展现出幽默又谦虚的特点。而当李环嶂继续与其寒暄，说到五百年前造定的缘分时，他的对话显得有些呆气可笑。后面李环嶂说到"真真实实，不要弄什么虚假"时，正是戳中张骨董的痛处，他深知"瞒天骗人的横财到底不耐久"，自己做人倒是真实可靠，热心热肠，于是连忙回答"货真价实，虚假管换"，这句一语双关，既是买卖行话，又包含着他对自己的品性评价。几句简单的对白，将古董行话引入其中，既符合人物身份，又增添了不少趣味，可收到令人捧腹的效果。

　　《梁上眼》中魏打算是个混迹江湖的小偷，他的语言极具俚俗性，这不仅符合他的江湖身份，而且增加了传奇的戏谑性。他被巡夜差役抓

---

　　① （清）唐英：《天缘债》，《明清抄本孤本戏曲丛刊》第 10 集，线装书局 1996 年版，第 424—425 页。

住后，与差役之间的几句对白，十分有趣："（丑）哀告二位，把我当个屁罢。（杂）怎么把你当个屁？（丑）放也由爷们，不放也由爷们。"语言虽然有些粗俗，但与魏打算的身份十分相符，一个小偷，混迹江湖，绝不可能出口成章文绉绉。他的这种求饶方式，引人发笑，虽然是个小偷，但却让人讨厌不起来。魏打算受朱老汉一饭之恩，决意为其作证洗脱罪名，遂向知县刘清亮明身份，帮助破案。他说道："自古道'蛇钻的窟窿蛇知道'，以贼拿贼，是小的熟路。"这种民间俗语很好地说明了魏打算长年混迹社会底层的人生经历，他的语言带有十分鲜明的社会底层特性，语言虽然俚俗，但比喻贴切，直白晓畅。

第三节　变雅为俗——选取流行声腔，改编雅部剧本

面对花部兴起，清中叶文人传奇作家在崇雅抑俗、融俗入雅之外，又探索了另一条昆曲发展之路——变雅为俗，即将昆曲剧本进行改编，移植入流行声腔中，将文人传奇的典雅与流行声腔的通俗进行融合，开辟文人花部剧本创作之路。乾隆年间的文人传奇作家吕公溥可谓此创作道路的探索者。吕公溥所作《弥勒笑》传奇是根据张坚《梦中缘》改编而成的，是目前可见最早的十字调梆子剧本。该剧完成于乾隆四十六年（1781），上下两卷各二十出，开头总一出，结尾闰一出，共四十二出。《弥勒笑》没有刻本，现存于世的只有作者的手抄稿本。《古本戏曲剧目提要》中有较为详尽的介绍，称该稿本为"私人收藏，至足珍贵"①。中国国家图书馆存有该剧的手抄稿本，但为残本，只有上册。封面题有"弥勒笑"剧名，上册有双钩草体书写的吕公溥自序，后有上册关目，

---

① 李修生主编：《古本戏曲剧目提要》，文化艺术出版社1997年版，第549页。

包括卷首总一出及卷上二十出，卷首标有"石坞樵夫编次，畛溪钓者批评"字样。另据《古本戏曲剧目提要》称，稿本之末有张光骞的《跋》，卧云子的《题记》，茹纶常的《题诗》。

吕公溥在《弥勒笑自序》中曰："关内外优伶所唱十字调梆子腔，真嘉声也，或即曲之变也欤？歌者易歌，听者易解，不似听红板曲辄思卧也。但嫌说白俚俗，关目牵强，不足以供雅筵。余乃取《梦中缘》作蓝本，改为之。"① 从吕公溥的叙述中可以看出，十字调梆子腔在乾隆年间颇为流行，其优点是适宜演唱，通俗易解，其缺点是说白俚俗，关目牵强，所以吕公溥将昆曲剧本《梦中缘》进行改编，借用其故事关目，变换其音乐声腔，融合雅正之作与通俗之音，创作了《弥勒笑》。吕公溥自序所言也点明了《弥勒笑》的改编特点，即沿袭《梦中缘》的结构、关目和说白，仅将其唱词由原本的昆曲曲牌体改为十字调梆子声腔体。

一、承袭结构关目

《弥勒笑》几乎完全承袭了《梦中缘》的结构和关目，并沿用了杨楒的评点。《弥勒笑》与《梦中缘》的故事内容和情节发展几乎完全一致，现将《弥勒笑》上卷与《梦中缘》上卷比照如下。

表 2-1　《弥勒笑》上卷与《梦中缘》上卷关目对比

出数　　　　　　　　关目	梦中缘	弥勒笑
第一出（卷首总一出）	《笑引》	《笑引》
第二出（卷上第一出）	《幻缘》	《梦缘》
第三出（卷上第二出）	《遴才》	《说梦》
第四出（卷上第三出）	《痴寻》	《痴寻》

① （清）吕公溥：《弥勒笑》，清乾隆四十六年稿本。

出数　　　　　　　　　关目	梦中缘	弥勒笑
第五出（卷上第四出）	《题帕》	《题帕》
第六出（卷上第五出）	《雌反》	《雌反》
第七出（卷上第六出）	《饵姻》	《饵姻》
第八出（卷上第七出）	《诓脱》	《诓脱》
第九出（卷上第八出）	《报警》	《陷阵》
第十出（卷上第九出）	《奇逢》	《奇逢》
第十一出（卷上第十出）	《访误》	《访误》
第十二出（卷上第十一出）	《拾帕》	《拾帕》
第十三出（卷上第十二出）	《帕订》	《帕订》
第十四出（卷上第十三出）	《败阵》	《起师》
第十五出（卷上第十四出）	《假谒》	《投亲》
第十六出（卷上第十五出）	《起师》	《送茶》
第十七出（卷上第十六出）	《遇妹》	《莲盟》
第十八出（卷上第十七出）	《送茶》	《巧逐》
第十九出（卷上第十八出）	《莲盟》	《夜别》
第二十出（卷上第十九出）	《巧逐》	《改名》
第二十一出（卷上第二十出）	《夜别》	《醋诗》
第二十二出	《姑饯》	缺
第二十三出	《回探》	缺
第二十四出	《醋诗》	缺
第二十五出	《媒阻》	缺

从表2-1可以看出，《弥勒笑》的结构框架和关目设置几乎与《梦中缘》完全一致，大部分关目名称都未改动，直接沿用《梦中缘》原本，只有个别关目的名称稍有改动，如将《幻缘》改为《梦缘》，《遴才》改为《说梦》，《遇妹》改为《投亲》，《媒阻》改为《改名》等。《弥勒笑》对《梦中缘》的关目稍作了删减和整合，删除了《假谒》、《姑饯》和《回探》三出，将原本第九出《报警》和第十四出《败阵》整合为《陷阵》一出，将原本第二十五出《媒阻》改为《改名》，提至第二十一出《醋诗》之前。经过这样的调整，《弥勒笑》剧本的长度得以缩减，更有利于舞台演出。

《弥勒笑》对《梦中缘》的故事内容只有两处极小的改动，一是改动了一下人物的姓氏里居，如《梦中缘》中钟心"字青士，姑苏洞庭山人"，《弥勒笑》将其改为"字青田，姑苏人"；《梦中缘》中两位女主角分别名为文媚兰、阴丽娟，《弥勒笑》将其改为文佩兰、阴娟娟。另外一处改动是将《梦中缘·幻缘》中钟心梦中的两副花冠改为三副花冠，预示了一夫三妻的结局。除此之外，故事内容和情节发展几乎照搬原本。不但内容和关目上承袭《梦中缘》，而且完全沿用了杨榍的评点。虽然《弥勒笑》在卷首标为"石邬樵夫编次，畛溪钓者批评"，但是评点中绝大部分是《梦中缘》原有的杨榍评语，只有个别地方添加了畛溪钓者的批语。如总一出《笑引》中在"呵呵大笑悟无穷，今古情场一梦"处增加一条眉批："提出梦字"；在弥勒佛由大笑转为大哭时，增加评点曰："哭亦是笑，所谓大慈大悲也"；于该出结尾下场诗"帕作媒花设誓总是痴情"处增加评点曰："情字归结"等。

二、语言简洁通俗

《弥勒笑》在沿用《梦中缘》说白的基础上，使其语言更加简单化和通俗化。《梦中缘》第一出，布袋和尚上场曰："这殿后边塑有五百尊阿罗汉，虽则胚胎土木老也，采受精华，多历岁时，颇通灵慧"；《弥勒笑》改为："这殿后边塑有五百尊阿罗汉，虽则土木形骸，却也颇通灵慧"，语言较前者简洁。又如钟心上场时的说白：

《梦中缘》：

（集唐）雕鹗程期在碧天，岂容华发待流年？孤高堪弄桓伊笛，壮志仍输祖逖鞭。旧事悠悠不可问，春愁黯黯独成眠。荣枯尽寄浮云外，愿作鸳鸯不羡仙。小生姓钟名心，字青士，姑苏洞庭山人。忝宦室之后裔，作黉门之领袖。班香宋艳，饱学千箱。曾瑟颜瓢，家余四壁，虽道不得真风流，却羞为那假道学。审时观变，羡苏眉山窃喜谈兵，感遇兴悲，叹陆剑南不非射虎。只是小生还有一种痴心，尝想伉俪之间，实我辈钟情之地。怎奈佳人难得，目见虽多，心赏绝少。①

《弥勒笑》：

（集唐）雕鹗程期在碧天，岂容华发待流年？荣枯尽寄浮云外，愿作鸳鸯不羡仙。小生姓钟名心，字青田，姑苏人也。忝清吏之子孙，作黉门之领袖。家徒四壁，学饱千箱。虽道不得真风流，却羞为那假道学。只是生成一种痴心，定要娶个十分才女。怎奈佳人难得，因此伉俪还虚。②

《梦中缘》的集唐诗为八句，《弥勒笑》中改为四句；《梦中缘》所用语句均为对仗形式，并且语言藻丽，缘饰较多，如"班香宋艳"、"曾瑟颜瓢"等，而《弥勒笑》的语言较为简洁直接，将一些修饰辞汇删去，直接说"家徒四壁，学饱千箱"。与《梦中缘》相比，《弥勒笑》的语言较为通俗易懂，比如在描述钟心对佳人的渴望时，《梦中缘》用了"尝想伉俪之间，实我辈钟情之地"的含蓄表达方法，而《弥勒笑》则直接表述为"定要娶个十分才女"，较前者更加通俗化、口语化。

①　（清）张坚：《玉燕堂四种曲》，清乾隆刻本。
②　（清）吕公溥：《弥勒笑》，清乾隆四十六年稿本。

三、改换声腔唱词

《弥勒笑》对《梦中缘》最大的改动体现在声腔和唱词上。《弥勒笑》将昆曲剧本《梦中缘》移植改编为十字调梆子腔，音乐、声腔的变化使得剧本创作必须进行相应的改动。除了每出的引子、尾声及个别过曲沿用了《梦中缘》的原有唱词外，其他大多数唱段都改为十字句，不再标明曲牌、宫调。具体改动情况如下。

表2-2 《弥勒笑》对《梦中缘》声腔改动对照表

	《梦中缘》	《弥勒笑》
第一出（卷首总一出）	[西江月]—[南吕一枝花]—[梁州第七]—[牧羊关]—[骂玉郎]—[哭皇天]—[乌夜啼]—[煞尾]	[西江月]—十字句式唱段—[煞尾]
第二出（卷上第一出）	[中吕引子][满庭芳]—[引子][菊花新]—[过曲][好事近]—[前腔]—[双调过曲][忒忒令]—[江儿拨棹]—[腊梅花]—[园林好]—[引子][玩仙灯]—[过曲][二犯五供养]—[懒画眉]—[前腔]—[沉醉东风]—[前腔]—[川拨棹]—[尾声]	[中吕引子][满庭芳]—[引子][菊花新]—十字句唱段—[园林好]—[引子][玩仙灯]—十字句唱段—[尾声]
第三出（卷上第二出）	[仙吕引子][小蓬莱]—[引子][番卜算]—[过曲][皂罗莺]—[前腔]—[前腔]—[前腔]—[一封罗]—[一封歌]—[天香满罗袖]—[罗江怨]—[二犯滴滴金]—[尾声]	[仙吕引子][小蓬莱]—[引子][番卜算]—[过曲][皂罗莺]—[前腔]—十字句唱段—[尾声]
第四出（卷上第三出）	[字字双]—[剔银灯引]—[过曲][剔银灯]—[前腔]—[双调新水令]—[驻马听]—[搅筝琶]—[沉醉东风]—[鸳鸯煞]	[字字双]—[引子][剔银灯]—十字句唱段—[尾声]（后增）
第五出（卷上第四出）	[商调过曲][山坡羊]—[前腔]—[集贤听黄莺]—[摊破簇御林]—[黄莺儿]—[尾声]	十字句唱段—[尾声]

	《梦中缘》	《弥勒笑》
第六出（卷上第五出）	[双调引子][夜行船]—[过曲][二犯江儿水]—[清江引]	[双调引子][半划船]—[过曲][二犯江儿水]—[清江引]
第七出（卷上第六出）	[大石引子][乌夜啼]—[引子][丑奴儿令]—[过曲][念奴娇序]—[前腔换头]—[插花三台]—[前腔]	[大石引子][半夜啼]—[引子][小丑奴]—[过曲][念奴娇序]—[换头]—[尾声]
第八出（卷上第七出）	[越调引子][霜天晓角]—[过曲][祝英台]—[前腔换头]—[前腔换头]—[前腔换头]—[忆多娇]—[前腔][尾声]	[越调引子][霜天晓角]—十字句唱段—[忆多娇]—[尾声]
第九出 第十四出（卷上第八出）	[中吕引子][青玉案]—[过曲][念珠子]—[前腔换头]—[驻云飞][前腔]—[麻婆子]—[尾声]	[中吕引子][尺玉案]—十字句唱段—[越调过曲][水底鱼儿]—[尾声]（该出将《梦中缘》第九出与第十四出合并）
	[黄钟引子][玉女步瑞云]—[北黄钟点绛唇][混江龙]—[越调过曲][水底鱼儿]—[前腔换头]—[前腔]—[前腔换头]—[尾声]	
第十出（卷上第九出）	[仙吕过曲][皂罗袍]—[前腔]—[羽调排歌]—[前腔]—[香遍满]—[懒针线][懒画眉]—[刘滚]—[大胜高]—[东瓯莲]—[尾声]	十字句唱段—[尾声]
第十一出（卷上第十出）	[南吕过曲][一江风]—[前腔][香柳娘]—[前腔]—[前腔]	[南吕过曲][一江风]—十字句唱段—[尾声]（后增）
第十二出（卷上第十一出）	[双调引子][花心动]—[过曲][风云会四朝元]—[前腔]—[前腔][前腔]—[尾声]	[双调引子][渔家傲]—十字句唱段
第十三出（卷上第十二出）	[正宫引子][喜迁莺]—[过曲][玉芙蓉]—[前腔]—[朱奴插芙蓉][倾杯赏芙蓉]—[尾声]	[正宫引子][喜迁莺]—十字句唱段
第十六出（卷上第十三出）	[黄钟引子][点绛唇]—[过曲][玉胞肚]—[前腔]—[引子][海棠春][过曲][江儿水]—[二犯五供养][川拨棹]—[前腔换头]—[尾声][六幺令]—[红绣鞋]—[尾声]	[黄钟引子][点绛唇]—十字句唱段—[引子][海棠春]—十字句唱段—[川拨棹]—十字句唱段—[六幺令]—[红绣鞋]—[尾声]

续表

	《梦中缘》	《弥勒笑》
第十七出（卷上第十四出）	[引子][意难忘]—[过曲][胜如花]—[前腔]—[引子][宴蟠桃]—[正宫过曲][刷子序]—[前腔]—[引子][夜行船]—[过曲][不是路]—[前腔]—[九回肠]	十字句唱段—[引子][宴蟠桃]—十字句唱段—[引子][夜行船]—十字句唱段
第十八出（卷上第十五出）	[引子][松枝风]—[过曲][解三酲]—[前腔换头]—[前腔]—[换头]—[前腔]—[换头]—[前腔]—[换头]	[引子][松枝风]—十字句唱段—[尾声]（即原本最后一支[换头]）
第十九出（卷上第十六出）	[南吕引子][步蟾宫]—[过曲][凉州序犯]—[渔灯儿]—[前腔][喜渔儿]—[锦渔灯]—[锦上花][锦中拍]—[锦后拍]—[尾声]	[南吕引子][步蟾宫]—十字句唱段—[尾声]
第二十出（卷上第十七出）	[引子][临江仙]—[过曲][水红花]—[前腔]—[金梧系山羊]—[前腔]—[春锁窗]—[前腔]—[尾声]—[引子][颗颗珠]	[引子][假惺惺]—[引子][摘来红]—十字句唱段—[尾声]—[引子][一颗珠]
第二十一出（卷上第十八出）	[大石引子][碧玉令]—[北仙吕八声甘州]—[混江龙]—[油葫芦]—[天下乐]—[元和令]—[斗鹌鹑]—[石榴花]—[小梁州]—[么]—[上小楼]—[琴歌]—[满庭芳]—[耍孩儿]—[五煞]—[四煞]—[三煞]—[二煞]—[一煞]—[结尾煞]	[大石引子][碧玉令]—十字句唱段—[结尾煞]
第二十五出（卷上第十九出）	[南吕过曲][懒画眉]—[仙吕过曲][桂枝香]—[前腔]—[前腔]—[前腔]—[尾声]	[南吕引子][懒画眉]—十字句唱段—[尾声]
第二十四出（卷上第二十出）	[北粉蝶儿]—[脱布衫]—[小梁州]—[么]—[上小楼]—[么]—[四边静]—[结尾]	十字句唱段—[上小楼]—[么]—[四边静]—[尾声]

通过表2-2，可以较为清晰地看出《弥勒笑》对《梦中缘》声腔、唱词方面的改编特点，主要包括以下几个方面：

第一，对引子和尾声的改动较小，保留了曲牌体结构，保持了大多数引子和尾声的曲词原貌，对少量引子进行改动。有些是改换曲牌的称法，但仍然沿用曲牌格律，如《痴寻》一出，《梦中缘》有[剔银灯引]

的曲牌，《弥勒笑》中沿用了该曲的曲词，但将曲牌标为［引子剔银灯］；
《弥勒笑·陷阵》中的［中吕引子］［尺玉案］即《梦中缘·报警》中的
［中吕引子］［青玉案］。有些是对《梦中缘》中的曲牌进行简化，如《雌
反》一出，《梦中缘》有［双调引子］［夜行船］，《弥勒笑》中改为［双
调引子］［半划船］：

《梦中缘》：

　　［双调引子］［夜行船］花面魔王雄莫比。排营阵、暗合兵
机。任是男儿，休夸伶俐。难出我、崆峒险地。①

《弥勒笑》：

　　［双调引子］［半划船］三女为奸凶莫比。任伶俐，难出、
我崆峒险地。②

《梦中缘》采用了北曲双调［夜行船］的曲牌，全曲五句，为
七七四四七句式："平仄平平平去上（韵），平平仄、仄平平平（韵）。
仄仄平平，平平平去（韵），平去平、平平仄去（韵）"，格律较为严谨。
《弥勒笑》将该曲简化，取其一半，名为［半划船］，同时较为巧妙地将
唱词与剧情结合起来，《雌反》一出讲述崆峒反叛，头领为三员女将，
而"三女为奸凶莫比"巧妙地使用了繁体"姦"的字形，又点明了三员
女将，所以畛溪钓者评点曰"巧合妙句"。还有一些改换曲牌，但沿用
原有的曲词，如《拾帕》一出的引子：

---

① （清）张坚：《梦中缘》第六出《雌反》，《玉燕堂四种曲》，清乾隆刻本。
② （清）吕公溥：《弥勒笑》卷上第五出《雌反》，清乾隆四十六年稿本。

《梦中缘》：

> [双调引子][花心动] 拟犯仙庭，奈槎回碧落，云归翠岭。遥望见花影沉沉，燕语生生。野卉疏葩，点朱门寂静。①

《弥勒笑》：

> [双调引子][渔家傲] 拟犯仙槎银汉回，奈缥缈云归碧岭。野卉疏葩。门寂静，门寂静。花影沉沉，燕语生生。②

《梦中缘》采用双调引子[花心动]，《弥勒笑》则用了[渔家傲]，虽然作者标为[双调引子]，但是[渔家傲]其实属于中吕宫，此当是改编时的疏忽所致。而曲词除了采用了[渔家傲]的格律外，内容和风格都与原本十分接近。又如《巧逐》中饰演贾俊才的副净上场：

《梦中缘》：

> [过曲][水红花] 玉人咫尺隔重闉，黯销魂。欲眠不稳，听轻轻谁个夜敲门。漏疏痕薇花月影，捱不过沉沉清昼，独宿怕黄昏。想今宵欢庆定生春。③

《弥勒笑》：

> [引子][摘来红]（副净上）玉人咫尺隔重闉，黯销魂。

---

① （清）张坚：《梦中缘》第十二出《拾帕》，《玉燕堂四种曲》，清乾隆刻本。
② （清）吕公溥：《弥勒笑》卷上第十一出《拾帕》，清乾隆四十六年稿本。
③ （清）张坚：《梦中缘》第二十出《巧逐》，《玉燕堂四种曲》，清乾隆刻本。

欲眠不稳，听轻轻谁个夜敲门。①

　　《梦中缘》的这段唱词中间加入了贾俊才与轻云之间的对白，交代故事的发展情况，不是单纯的人物出场所唱的引子，所以采用了[过曲][水红花]。而《弥勒笑》对其进行了拆分，将其前半段处理为"引子"，主要作用是引导人物上场；将后半段"捱不过沉沉清昼，独宿怕黄昏。想今宵欢庆定生春"改写为十字句唱段，用以交代剧情。另有将原有曲牌删去，重新选择曲牌、填写曲词，如《巧逐》开场：
　　《梦中缘》：

　　　　[引子][临江仙]曾记年年三月病，而今缘已成阴。惜花
　　无主为花疼，生憎莺乱啄，闲系小金铃。②

　　《弥勒笑》：

　　　　[引子][假惺惺]何人假把才人冒。不信是登楼王粲，江
　　东罗隐，有才无貌。③

　　《梦中缘》旦、贴上场的引子为[临江仙]，所唱内容是文媚兰为婚姻之事的忧虑；而《弥勒笑》则改用[假惺惺]，唱词直指本出戏的主要情节，即轻云设计将假冒钟心的贾俊才驱逐出府。从与剧情的联系来看，《弥勒笑》的改编更加切合，直接引出主要故事情节。类似的改编还有《巧逐》中文岸上场的引子：

---

① （清）吕公溥：《弥勒笑》卷上第十七出《巧逐》，清乾隆四十六年稿本。
② （清）张坚：《梦中缘》第二十出《巧逐》，《玉燕堂四种曲》，清乾隆刻本。
③ （清）吕公溥：《弥勒笑》卷上第十七出《巧逐》，清乾隆四十六年稿本。

《梦中缘》：

> ［引子］［颗颗珠］紫阁带彤云，罢朝归第，检点路痕新。①

《弥勒笑》：

> ［引子］［一颗珠］ 朝罢归来早，婚姻事向平未了。②

《梦中缘》中的［颗颗珠］是对人物上场的引导，并没有指示将要发生的情节的作用，而《弥勒笑》所写的曲词直接与剧情相关，全出的主要情节就是轻云设计驱赶假冒钟心的贾俊才，文岸回府之后，得知"钟心"的不良行径，对其十分鄙视，此处的误解使得钟心与文媚兰的婚姻又添阻碍，所以该引子既关联着前面的情节，又预示了后面的故事。

通过以上分析，可以看到《弥勒笑》保留了《梦中缘》曲牌体的引子和尾声，保持了大部分引子和尾声的原貌，只对少量曲子进行了改动，其总体特点为增强了引子与剧情的关联，使其不但具有人物上场亮相的作用，而且具有引导观者了解剧情的功能。这种改动总体来看是合适的，《梦中缘》中有些曲词确实带有文人案头文章的气息，注重词采而缺乏与场上的关联，如"漏疏痕薇花月影"、"紫阁带彤云"等，《弥勒笑》将这类词句删去，更多地采用叙述性语言，增加其与情节和场上表演的联系。

第二，《弥勒笑》在改编时，对《梦中缘》的唱段进行了删减。所

---

① （清）张坚：《梦中缘》第二十出《巧逐》，《玉燕堂四种曲》，清乾隆刻本。
② （清）吕公溥：《弥勒笑》卷上第十七出《巧逐》，清乾隆四十六年稿本。

删曲子主要有：《饵姻》中〔插花三台〕两支，《诳脱》中〔忆多娇〕一支，《报警》中〔念珠子〕一支、〔驻云飞〕两支、〔尾声〕一支，《败阵》中〔黄钟引子〕〔玉女步瑞云〕一支、〔越调过曲〕〔水底鱼儿〕两支，《访误》中〔一江风〕一支，《帕订》中〔尾声〕一支，《起师》中〔过曲〕〔玉抱肚〕一支、〔过曲〕〔江儿水〕一支，《巧逐》中〔过曲〕〔水红花〕一支，《夜别》中〔幺〕一支、〔小上楼〕一支、〔琴歌〕一支、〔满庭芳〕一支，《媒阻》中〔仙吕过曲〕〔桂枝香〕一支。《弥勒笑》对《梦中缘》唱段的删减起到了精简结构的作用。

这些曲子有的偏重于抒情，有的与说白有所重复，在剧中的叙事性作用不大。如《梦中缘·夜别》中阴丽娟与钟心夜别，为突出两人的绵绵情意，整出戏的结构安排也是婉转曲折，抒情性唱段连绵相接，反复渲染二人离别时的感伤情绪，但是从表演的角度来看，这出戏长度很长，演员的唱段过多，并且十几支曲子都是由小旦一人连续演唱，不利于舞台表演。因此，《弥勒笑》在改编时对其进行了适当的删减，在保留该出浓厚的抒情意味的基础上，将阴丽娟为钟心抚琴的一段删去，减少了四支曲子，一方面使得剧情简净，另一方面降低了演员的表演难度。除了减少抒情性唱段外，《弥勒笑》还对原本中情节重复的唱段进行删减，如《梦中缘·饵姻》一出中，蔡节闻知钟心为访梦中美人来到京江，寓于甘露寺中，于是定计骗婚。这段情节在说白中已经交代清楚了：

（净喜介）有此巧事？莫非天赐姻缘也？我想那生如此痴情，若非梦中之人焉肯为配？有计在此。老家婆过来。

（老）小妇人有。

（净）你可同院子前去讲亲，只说小姐梦见书生，姓钟名心。老爷艰于子嗣，只生一位小姐，为此留心寻访，欲招为

婿。适闻相公名姓相同，特遣小人前来作伐。哄进衙中，自有
道理。①

接下来的［插花三台］两支曲子就是将这一情节再次演绎，略显重
复，所以《弥勒笑》将这两支曲子删去，直接采用说白的形式交代故事
情节，使得故事结构紧凑。

由于《弥勒笑》对《梦中缘》的个别关目进行了整合，所以必然涉
及对其中唱段的调整和删减，其中改动最大的是《陷阵》一出。该出戏
是融合《梦中缘》第九出《报警》和第十四出《败阵》而成，主要情节
为蔡节在追赶钟心的途中得知崆峒反叛，只能暂时放弃追赶而领兵平
乱。独眼莽和尚投至蔡节军中，与崆峒三女将交战，被其用火焚死，蔡
节军大败。蔡节借败兵一事再次向淮扬都督阴红索要钟心，以报钟心逃
婚之仇。《弥勒笑》在改编时，首先对引子和尾声进行了调整。《梦中缘》
的《报警》和《败阵》两出戏有各自的引子和尾声，《报警》的尾声和《败
阵》的引子分别为：

> ［尾声］责怪他书生轻薄羞生汗。教我倚棹中流去住难，
> 少不得月下长丝远系还。
> ［黄钟引子］［玉女步瑞云］［传言玉女］（净领众戎装上）
> 冉冉征云，旋得眼花生晕。［瑞云浓］久不到牙门排阵。②

《报警》的尾声起总结全出的作用，《败阵》的引子具有引导人物出
场的作用，而在两出戏合并以后，就不需要这样的尾声和引子了，所以

---

① （清）张坚：《梦中缘》第七出《饵姻》，《玉燕堂四种曲》，清乾隆刻本。
② （清）张坚：《梦中缘》第九出《报警》、第十四出《败阵》，《玉燕堂四种曲》，
清乾隆刻本。

将其删去，使其情节更加连贯。其次，将《报警》的情节简化，一语带过。《梦中缘·报警》侧重描写蔡节因钟心逃婚而恼羞成怒的心理状态和傲慢轻敌的性格特点，以及崆峒叛兵的嚣张气焰：

[念珠子换头]（净）风帆，走洪波巨湍。日影江心乱。早飞过数点尖山。厮赶，俺这里鹰呼鹘抟。他一似惊鸦窜。肯轻轻放过，薄福穷酸。

[驻云飞]（末）马奔江干，急转轻舠接羽翰。海上崆峒叛，野外黎民乱。嗟，炮响震天阍，旌旗在眼。密迩邻灾，固守焉能缓，免胄回军众志安。

[前腔]（丑）杀气迷漫，反出崆峒海上山。唇齿罹灾患，犄角休迟慢。烽火野烟繁，羽书飞汗。要会东南，莫使人心涣，保障江淮急早还。①

第一支曲子重在刻画蔡节骗婚计划落空后恼羞成怒的状态，后两支曲子为两次探马报警，一方面描写崆峒反叛的来势汹汹，另一方面突出描写蔡节为了报私仇而不顾军情紧急，两次催报后才停止追赶钟心，回军平叛，反衬出蔡节因私废公、傲慢轻敌的性格特点，为后面《败阵》《仇陷》等出张本，可谓"草蛇灰线，伏脉千里"。两次探马报警，看似拖沓，其实有其特殊的作用，从这个细节设置中，可以看出张坚缜密的构思。《弥勒笑》在改编时没有注意到此处的妙用，将这几支曲子全部删去，虽然简化了"报警"的情节，但却不及原本的结构周密。再者，突出《陷阵》一出的武戏特色，将原本中无关紧要的唱段删去。《梦中缘·败阵》中有两段与武戏关系不大的唱段：

---

① （清）张坚：《梦中缘》第九出《报警》，《玉燕堂四种曲》，清乾隆刻本。

105

　　[越调过曲] [水底鱼儿] （三旦戎装上）草泽称王，他年做女皇。要求欢畅，多招美少郎。

　　[前腔换头] 任尔英雄，怎当烈火烘。和尚断送。谁怜独眼龙，谁怜独眼龙。①

　　第一支为三旦上场的冲场曲，与引子作用相同，而此曲的内容主要写岷峒三女将的野心，与该出戏中打斗情节关系不大；第二支则是交代独眼和尚被火焚死的战斗结果，而这个结果在说白中已经提到，所以此曲亦显多余。因此，《弥勒笑》将这两支曲子删去，将该出的重点放在武戏上。结合上表可以看到，《梦中缘》的《报警》和《败阵》两出共有十五支曲子，而《弥勒笑·陷阵》中仅保留了 [中吕引子] [尺玉案]、[越调过曲] [水底鱼儿] 和 [尾声] 三段曲子，改编了四段十字句唱段，一共有七段演唱的曲子，较原本曲子数量大大减少，以武戏作为该出的表演重点。

　　第三，《弥勒笑》中的大部分唱段为十字句结构，是将《梦中缘》的昆曲曲牌体移植改编为十字调梆子腔的突出特征。除了前文提到的引子、尾声、删去的唱段和《雌反》、《饵姻》中的唱段外，剩下的一百二十余支曲牌都改编成为十字句式，而且全部为"三三四"句型，是较为成熟的十字调梆子腔剧本。对于《雌反》、《饵姻》两出无十字调的情况，作者专门在眉批中解释道："文人游戏妙不伤雅。此出真无十字调，文法一变亦自应如是。"② 可见，《弥勒笑》的改编并非恣意而为，而是《梦中缘》的唱段较为适宜改编，这大概也是吕公溥选择将《梦中缘》改编为十字调梆子腔剧本的原因之一。

---

① （清）张坚：《梦中缘》第十四出《败阵》，《玉燕堂四种曲》，清乾隆刻本。
② （清）吕公溥：《弥勒笑》，清乾隆四十六年稿本。

《梦中缘》的唱段中本身就有不少十字句式，降低了改编的难度。这些十字句式有两种句型，其一为《弥勒笑》所用的"三三四"句型，如"引的那痴情汉愁种心苗"（《笑引》）、"空对着影雕栏红深翠偏"（《幻缘》）、"闲拖逗睡魂中委实风流"（《怜才》）、"莫不是看花早晓风寒禁，莫不是爱夜月衣单露冷，莫不是效凿壁神疲力逞"、"休说是化蝴蝶飘飘无定，恨不得栖鸳凤沉沉不醒"、"才博得小梁清谪下天曹，怎便教董双成轻归月殿"、"虽则是假意儿滞雨尤云，少不得真个去寻芳觅艳"、"忘了我急孜孜铁鞋踏遍"（《痴寻》）、"虽则惯漫腾腾晓妆心性，几曾恁闷恹恹贪眠怕醒。一任他韵悠悠鸟弄金铃"、"空对着冷冥冥梨花弄影"（《题帕》）、"做门楣只为你千军才冠"（《报警》）、"不记得梦儿中半晌欢眠"（《奇逢》）、"真同梦早搏得半宵陪奉"（《帕订》）、"少不得占秋闱桂子攀高"、"则见他挂儒冠神清气爽"（《见妹》）、"刚惊起一对对鸳鸯栖宿，不由人悄心儿自觉含羞"、"则见他倚栏杆万种风流，独自个撚花枝似笑如愁"、"莫忘了今日里凭肩私咒"（《莲盟》）、"那顾你没巴鼻娇客怎禁，现把这有对付赤绳系紧"（《巧逐》）、"你是必休提起一样相看"、"早成就誓莲花那桩公案"、"怕不做莲房露泣悲零乱"、"拼向那黄泉下月冷烟寒"、"从今后都备着废寝忘餐"（《夜别》）、"对着这软丝丝一幅香罗，怎奈他远迢迢越历山河"（《醋诗》）等。这些词句不用改动就可以直接用于十字调。其二为"三四三"句型，如"真认做石成五色填来妙"、"有一个衙城洞里玉清逃"、"却不道观音锁骨连环套"、"又不道红莲冤债前生造"、"那顾他千金白璧无价宝"、"但提起千古伤心哭渐高"（《笑引》）、"怎知你偷赴高唐雨不收"（《怜才》）、"那顾得横波问渡雨连船"、"他可也朝朝暮暮雨云偏"、"怕还是梦中神女容窥面"、"分明是秦淮烟水迷离现。怎能勾莲花托出观音面"（《痴寻》）、"好一似若耶溪畔遇神仙，不由人痒入心窝魂半天"（《奇逢》）、"却不道车填瓦石投张载"（《访误》）、"道小姐聪明自负无人共，道和他一样伤心染泪红"、"可知似司空见惯把情钟"、"你道这叨叨絮絮成何用"、"不由人一点灵犀暗已通"、"有一日名题雁塔袍新绿，休教他梦冷鸳帏灯不红"、"只望你天街游罢喜重重"（《帕订》）、"只望你得胜旌旗返旧衙"（《起师》）、"偏不让帕上题诗窈窕娘，如天降鸾尖缓踢金莲稳"、"他那里娇羞无力肩难起，我这里缭乱多情手易忙"、"倩谁掌腰如弱柳风前漾"、"早则见青拖柳黛羞萱草"、"这本是蓬莱仙子离尘地，怎不做南海观音救苦场"、"魂飘荡银屏宛对如天样"、"怎比他玉堂人物风流样"、"怕没有占河阳果掷潘郎"（《见妹》）、"想着他递来眼角含情远，空教我嵌入心窝敛恨长"、"不与我并识春风一样狂"、"只虑他重门静锁魂难度，好着我半枕虚留月自凉"、"怎舍得白璧抛同瓦砾双"、"谁叫你千娇百媚人无两，怎怪得选貌量才配少双"、"休道是奇贪溺爱情偏滥，则怕也并宠相怜妒转忘"（《送茶》）、"须有日平等天阙占鳌头"（《莲盟》）、"谁许你潜身内堂向夜昏"（《巧逐》）、"俺为甚月下行来心自惨"、"只落得低头无语潜吁叹"、"但愿你名魁蕊榜唱金銮"、"料想他水浆未入愁先绊"、"比不得姻成六礼心难悔，我则怕盟结三生口易干"、"我这里霜寒雁足无书寄，你那里月暗鸡声有梦还"（《夜别》）、"那里是字挟风霜老句磨"（《醋诗》）。对于此类句型，《弥勒笑》仅对词语顺序略作调整就可以使其变为"三三四"句型，如"真认做石成五色填来妙"在《弥勒笑·笑引》中被改为"真认做五色石填来精妙"；"有一个衙城洞里玉清逃"被改为"有一个梁玉清洞里潜逃"；"我这里霜寒雁足无书寄，你那里月暗鸡声有梦还"被改为"我这里无书寄雁足霜寒，你那里有梦回鸡生月暗"。

除了本身就有的十字句式，《梦中缘》的很多唱段也都比较易于改编为十字调，对比《弥勒笑》中的十字句式与《梦中缘》原文，可以看出很多唱段的改编都是十分自然和简易的，仅在原文的基础上略作添减，即可成为十字句式：

《梦中缘》：

[南吕一枝花]（末）俺笑那开天的柱自劳，辟地的非为巧。弄的东南多缺陷，西北不坚牢。引的那痴情汉愁种心苗，真认做石成五色填来妙，生盼杀女娲窑。扯不住兔走乌飞，拗不过天荒地老。①

《弥勒笑》：

俺笑那开天的柱自勤劳，俺笑那辟地的不为奇巧。弄得个东南角依然缺少，弄得个西北隅也不坚牢。引的那痴情汉愁种心苗，真认做五色石填来精妙。舒长臂扯不住乌飞兔跳，伸强项拗不过天荒地老。②

《弥勒笑》将《梦中缘》中的 [南吕一枝花] 改编为十字句式，删去了"生盼杀女娲窑"一句，其余八句均在原文的基础上略作添加。有的将单音节词改为双音节词，即可构成十字句式，如"劳"改为"勤劳"，"巧"改为"奇巧"，"妙"改为"精妙"；有的在句子前面增添凑足音节的副词或动词短语，如"俺笑那""弄得个""舒长臂""伸强项"等。又如：

《梦中缘》：

[牧羊关] 有一个汉女贻仙珮，有一个天孙驾彩桥，有一个衙城洞里玉清逃，有一个采药仙郎把天台路绕，有一个杜兰

---

① （清）张坚：《梦中缘》第一出《笑引》，《玉燕堂四种曲》，清乾隆刻本。
② （清）吕公溥：《弥勒笑》卷首总一出《笑引》，清乾隆四十六年稿本。

香被谪下云霄，有一个害相思张果老。说不尽天上蹊跷。①

《弥勒笑》：

> 有一个贻仙珮汉女风骚，有一个天孙鹊那驾彩桥。有一个梁玉清洞里潜逃，有一个入天台刘晨阮肇。有一个杜兰香谪下云霄，有一个害相思张家果老。虽则是列仙班道非常道，数不尽逞风流天上蹊跷。②

《弥勒笑》的十字调均为双数句，或四句，或六句，或八句，或十句，[牧羊关] 为九句，所以在改编时加入了一句"虽则是列仙班道非常道"。除了添加的这一句，其他的九句都是在原文的基础上或略作加减，或调整语序而来的。如将"汉女贻仙珮"改为"贻仙珮汉女风骚"，将"天孙驾彩桥"改为"天孙鹊那驾彩桥"，将"衙城洞里玉清逃"改为"梁玉清洞里潜逃"，将"采药仙郎把天台路绕"改为"入天台刘晨阮肇"，这些改动一来在总字数上符合十字句式，二来调整语序使其符合"三三四"的句型节奏。对"杜兰香""张果老"两句的改编就更加简单了，前一句去掉一字，后一句加上一字即能构成"三三四"的十字句式。

《弥勒笑》将《梦中缘》的昆曲曲牌体改为十字调梆子腔，其突出特点有二：一是音乐形式由繁变简。曲牌体是以曲牌组合的结构来进行表演，或叙述故事，或抒发感情，有固定的组合程式，讲究曲牌间的连接和搭配。《梦中缘》中宫调丰富，既有南曲，又有北曲，还有南北合

---

① （清）张坚：《梦中缘》第一出《笑引》，《玉燕堂四种曲》，清乾隆刻本。
② （清）吕公溥：《弥勒笑》卷首总一出《笑引》，清乾隆四十六年稿本。

套形式，不仅讲究曲牌搭配，而且还要注意曲牌的宫调声情，根据剧情的需要选择欢曲或悲曲。如《题帕》一出写文媚兰因梦钟情于钟心，阅卷之后知果有此人，更加思慕，但是钟心却以寒薄为辞拒绝了文府的婚事，故而抑郁感伤，闷闷不乐。此出的主曲选用的是［商调山坡羊］，即是幽怨悲哀之曲。而十字调为板腔体，以一对上下句为基本的结构单位，可以以一对上下句组成一段独立的乐曲，也可以用几对上下句组成一段独立的乐曲，灵活运用节拍的变化来演绎故事、塑造人物形象、展现戏剧冲突。二是曲词由长变短，语言由文入白。《弥勒笑》将《梦中缘》的大多数曲牌都改编为十字句式，总体来看，唱段的长度有所减短，少的仅为一对上下句（即两句），多则不过五六对（即十句或十二句）。如《莲盟》中的一段唱词：

《梦中缘》：

　　［锦中拍］携素手把香肩漫勾，也似这花开并头，齐拜倒对天稽首，惟愿得早偕婚媾。咳奈欢娱未酬，怕相思更稠。捱不尽更长漏长，耽不了花愁月愁。客馆云流，纸帐风飕，这凄凉怎独守？①

《弥勒笑》：

　　俺只愿也像这花开并头，望苍天保佑俺早偕婚媾。②

《梦中缘》的［锦中拍］有十一句，而《弥勒笑》抓住其要表达的

---

① （清）张坚：《梦中缘》第十九出《莲盟》，《玉燕堂四种曲》，清乾隆刻本。
② （清）吕公溥：《弥勒笑》卷上第十六出《莲盟》，清乾隆四十六年稿本。

主要内容将其改编为一对上下句，语言简洁，表意清晰。有时为了简化唱段，《弥勒笑》在改编时会将两个或多个曲牌的内容合并，改写为几对上下句的结构形式，如《夜别》中对 [北仙吕·八声甘州] [混江龙] 的改动：

《梦中缘》：

> [北仙吕·八声甘州] 辘轳声断，见月影横窗，惹动愁烦。乌云罢绾，插金钗懒拂双鸾。秋到碧梧人未寝，露滴铜壶夜已阑。无语出兰房，宝鸭香残。
>
> [混江龙] 银灯还灿，玉钩帘下掩雕阑。相思万种又怎经离恨千般。苔冷绣鞋清露湿，香消罗袂晚风寒。绕花阴人影宿鹃啼，步芳丛月过流萤暗。悄悄的，徐开朱户。轻轻的，怕拽响金环。①

《弥勒笑》：

> 见月影横窗外惹动愁烦，绾乌云插金钗懒梳双环。梧桐露滴铜壶良夜欲阑，镇相思又怎经离恨千般。冷苍苔浸湿了三寸金莲，晚风吹顿觉得罗袂生寒。绕花阴人影静月明萤暗，轻轻的休得要拽响门环。②

《梦中缘》用 [北仙吕·八声甘州] 和 [混江龙] 两个曲牌描写阴丽娟步出闺房、穿过花园来到书房的情景，《弥勒笑》则将这两段合而

---

① （清）张坚：《梦中缘》第二十一出《夜别》，《玉燕堂四种曲》，清乾隆刻本。
② （清）吕公溥：《弥勒笑》卷上第十八出《夜别》，清乾隆四十六年稿本。

为一，与原文相比，在心理刻画和细节描写上稍显逊色，但总体韵味和风格并无差异。《弥勒笑》中的十字句唱段与《梦中缘》的曲牌相比，具有通俗易懂的特点。如《梦中缘·媒阻》中的一段：

> [桂枝香] 怎把这空花幻泡，真认做鸾颠凤倒。休道俺太痴狂罪业难消。小姐，还虑你素清白名儿污了。不过把新诗订交，把新诗订交，盟言先照，又不曾夜走临邛道，太蹊跷。我恨没昆仑技把红绡盗。文公，文公，岂不闻贾午香应韩寿招。①

《弥勒笑》中将这一段改编为十字句式：

> 休道俺太痴狂罪业难消，把小姐素清白名儿污了。不过是和新诗结定心交，这空花怎认作鸾颠凤倒。②

《梦中缘》在唱词中加入文学典故，其中"夜走临邛道"指的是卓文君夤夜私奔，与司马相如双宿双栖的爱情故事，"昆仑技把红绡盗"用的是唐传奇中《昆仑奴》的典故，崔生与勋臣一品的歌伎红绡一见钟情，红绡用手语暗示崔生月圆之夜相会，昆仑奴磨勒身怀绝技，背负崔生翻墙入院与红绡相会，并将红绡从一品府中救出，成全二人的爱情。"贾午香应韩寿招"指的是西晋时贾午与韩寿的爱情故事。贾午是西晋大臣贾充的二女儿，与贾充的幕客韩寿相爱，并私定终身。贾午所用的香料是晋武帝赏赐给贾充的西域贡品，一触人体香气数月不散，所以韩

---

① （清）张坚：《梦中缘》第二十五出《媒阻》，《玉燕堂四种曲》，清乾隆刻本。
② （清）吕公溥：《弥勒笑》卷上第十九出《改名》，清乾隆四十六年稿本。

寿身上的香气引起了贾充的怀疑，贾充得知二人的私情后将贾午许配给韩寿，于是二人终结眷属。这三个典故都是男女相爱、私定终身的故事，作者用此来反衬钟心与文媚兰之间的清白。使用典故增加了曲词的韵味，但是过于文雅，如果观者不知道典故的含义，就不能准确明白曲词的意思。所以，《弥勒笑》在改编时没有沿用典故，而是直接表达中心意思，即"不过是和新诗结定心交，这空花怎认作鸾颠凤倒"，这样一来词意更加清晰，直白易懂。

综上可见，《弥勒笑》对《梦中缘》从故事内容、情节设置到说白曲词都有很大程度的承袭，有些几乎原封不动，一字未改。因此，卧云子在《弥勒笑·题记》中所言："无一句不自然，无一语不雅趣。善用疑阵，喜作诙谐，笔笔生动，字字玲珑。埋伏照应处细针密线，出自天然"①，亦可看作对《梦中缘》的评价。《梦中缘》虽然在结构、情节、排场方面都较为出色，但是时逢昆曲衰落，其更多地流传于文人士大夫的书斋中，而并未在民间产生广泛影响，经过吕公溥的改编，被移植进地方戏曲中，获得了新生。王永宽评曰："若从改编《梦中缘》的角度来看，《弥勒笑》属于雅中之俗；而若从梆子腔剧本的写作来看，它又属于俗中之雅。因此，《弥勒笑》在清代戏曲史上具有一定的典型性和代表性。"②正如王永宽所言，《弥勒笑》可谓清中叶花雅融合的典范之作，颇具代表性，然而，比较遗憾的是，在变雅为俗的道路上，吕公溥是个孤独的探索者，《弥勒笑》是目前文人传奇中唯一一部地方声腔剧本。

---

① 李修生主编：《古本戏曲剧目提要》，文化艺术出版社 1997 年版，第 551 页。
② 王永宽：《清代戏曲的雅俗并存与互补》，《东南大学学报》（哲学社会科学版）2008 年第 3 期。

第三章 文人传奇的思想内容:社会思潮与情理斗争

　　康熙、雍正、乾隆三朝,是清朝历史上最强盛的时期,同时也是封建专制主义不断加强,思想控制和文化专制愈加严厉的时期。封建统治者通过尊儒文治逐渐收拢汉族士子文人;通过全面倡导以程朱理学为正宗的儒学复古运动,加强思想控制;通过大兴文字狱,形成文化专制。在封建统治者一系列的文化政策之下,晚明思想解放余波逐渐得以肃清,整个社会思潮由晚明的人性论、至情论开始向传统儒家思想回归。清中叶文人的戏曲创作就是在这种思想控制和文化复古的背景下展开的。

　　清朝统治者之所以推崇朱熹之学,倡导以其为正宗的儒学复古,其中一个关键性的原因就是认识到程朱理学的政治价值及其对建立大一统思想的重要作用。在封建统治者的大力倡导下,程朱理学成为有清一代的官方哲学,也成为封建统治者禁锢思想、巩固政权的工具。儒学复古运动很快蔓延至社会的各个领域和阶层,引起整个社会风尚和文化氛围的改变。晚明思想解放运动所带来的肯定人欲、张扬个性的社会思潮逐渐消退,整个社会思潮开始了由"至情"向儒家伦理秩序的回归。受整个社会文化思潮的影响,戏曲创作领域也出现了针对晚明曲坛"邪教横流,艳篇满目"创作洪流的道德反思。于是,对情欲的张扬逐渐消融在伦理的约束之下，情胜于理的思想艺术倾向复归到"发乎情止乎礼义"的儒家传统之中。而对于戏曲的功能和创作方向的认识，清初文人已大异于晚明时期，对戏曲的教化功能开始给予更多的关注和提倡。金埴曾谈道："古今善恶之报，笔之于书以训人，反不若演之于剧以感人为较易也。然则梨园一曲，原不徒为娱耳悦目而设，有志斯民者，诚欲移风易俗，则必自删正，传奇始矣。"①至康熙末年，忠孝节义之剧已经开始风行于文人士大夫的家庭戏场，金埴在《不下带编》中记载了康熙五十七年（1718）在兖州署观看《节孝记》的情形，称"凡筵会张乐，人多乐观忠孝节义之剧"②，并认为情事真切的忠孝节义之剧为曲中至曲。到雍正、乾隆时期，文人戏曲创作呈现出更为明显的伦理教化色彩，夏纶的《惺斋六种曲》即是这种创作潮流的突出代表。夏纶曾在序中不无得意地谈到自己创作这些戏曲的初衷与目的，就是要通过戏曲的形式来教化世人。康、雍、乾三朝文化专制日趋严重，而文字狱是清王朝控制社会思想，进行文化专制最严厉的手段。从最初的文字犯禁，到后来望文生义、捕风捉影、引申曲解，文字狱愈演愈烈。在这种局面下，文人普遍怀着忧谗畏讥的心情，万分小心地进行文学创作。因此，清代戏曲批判现实的力度和深度较元明时期都有很大程度的倒退，戏曲家在文化高压下对政治问题保持高度敏感，避之尚恐不及，更不会在作品中大肆涉及，所以在被奉为"雅部正音"的昆曲剧本中较多的是才子佳人题材和宣扬封建纲常的作品。即便如此，文人传奇作家们也仍然如履薄冰。董榕在《芝龛记》的凡例中第一条即明确表示："记中惟阐扬忠孝节义，并无影射讥弹。"意在点明戏曲创作有益风教的主旨，同时避免有心之人的牵强附会。张坚好友陈震在为《梦中缘》撰写序时特意

---

① （清）金埴：《不下带编·巾箱说》，中华书局1982年版，第75页。
② （清）金埴：《不下带编·巾箱说》，中华书局1982年版，第76页。

指明"盖以幻笔写空境而终无姓氏之可指，读其自叙一篇，则与传僧孺事者，其用心固已别矣。吾恐后人误认漱石之梦，且感余梦脱祸于机先，怀数十年未敢告人者，微此书无以发吾之覆也。"① 芮宾王又在《梦中缘跋》中重申："作者意中止写一生二美，并带写一解事，小环之数人者又皆斡空凿虚而姓氏里居悉成乌有，况其余乎？至于胪列贤奸以寓劝惩，不过镜花水月，涉笔成文。作者既自谓非真，读者亦当视为幻，若定索影寻声、折白道字，势必讹以传讹，何啻梦中说梦？"②

在儒学复古的思想控制和文字狱的文化重压下，清戏曲家虽然也重"情"，但却始终未能达到汤显祖"至情论"的高度，其根本原因在于这些戏曲家所标榜的"情"实质上是儒家思想的复古，而非对旧有思想的超越。汤显祖"至情论"的实质是人性解放，而清代戏曲家的"情"则是将人重新置于封建伦理纲常的控制之下，寻求"情"与"理"的最佳契合点。清中叶的一些重要文人传奇，如张坚《玉燕堂四种曲》、夏纶《惺斋六种曲》、唐英《古柏堂传奇》、蒋士铨《红雪楼九种曲》等都是这种"情理融合"的产物。清中叶文人传奇，明显带有彰显儒家伦理秩序与道德精神的色彩，在"情"与"理"的抉择中，心理天平往往偏向"理"的一边，追求符合儒家伦理秩序的爱情，因此，其对社会现实的批判反思力度相较于明代中期明显减退。

第一节　社会教化与儒家伦理

清中叶的情理斗争在戏曲方面的表现，首先在于对戏曲社会教化功

---

① （清）张坚：《玉燕堂四种曲》，清乾隆刻本。
② （清）张坚：《玉燕堂四种曲》，清乾隆刻本。

能的重视，利用戏曲对儒家伦理精神进行揄扬，对社会伦理秩序加以维护。儒家的忠孝节义几乎贯穿于清中叶所有文人传奇之中，在现存的传奇作品中有 17 部以宣扬忠孝节义为旨归的教化剧，其他题材的剧作虽不以教化为目的，但亦处处渗透忠孝节义思想和儒家道德评判标准。清中叶文人传奇重"理"之特点，是文人在统治者思想控制重压之下的自然选择。清中叶的儒学复古运动，让文人知识分子本就尊崇的儒家思想更加根深蒂固，他们从儒家诗教观出发审视戏曲创作，自觉举起儒家礼义之大纛，扮演着社会教化者的角色。同时，愈演愈烈的文化专制、文字狱，让他们不得不回归到统治者所限定的思想范畴，以戏曲的方式为统治者"劝人为善"的政治文化政策摇旗呐喊。

一、儒家诗教观影响下的清中叶文人传奇观念

清中叶文人传奇创作重视戏曲的教化功能。这种认识秉承儒家礼乐教化思想而来。中国传统儒家礼乐思想重视对人之性情的教化，所谓的"礼乐"，其终极意义是达到人性之完善，通过礼乐的形式使自然、社会与个人身心达到和谐一致。在这种思想指引下，音乐、戏曲、诗文等从来都不是作为一种独立的审美对象存在的，那些只为获取感官享受的做法被认为是低级的。"乐"虽有娱情作用，但其更高追求是"礼"，其终极目标是符合礼、维护礼。《乐记》曰："乐者为同，礼者为异。同则相亲，异则相敬。乐胜则流，礼胜则离。合情释貌者，礼乐之事也。"[①] 音乐的目的是调和天地自然与个体生命，使其达到和谐统一，即天人合一；而礼的作用则是区别人、事、物，使其在不同的位置上井然有序，

———————

① 《十三经注疏》整理委员会整理：《十三经注疏·礼记正义》，北京大学出版社 1999 年版，第 1085 页。

即等级分明。乐与礼之间的关系，要恰到好处，不偏不倚，如果"乐"胜，则会导致散漫；"礼"胜，则会造成疏离。所以《乐记》主张"合情释貌"，即"礼"和"乐"相互配合，以达到个体本身以及个体与外界的和谐。因此，"礼乐之事"不只是顺乎感情，更是一种有节制的情感的外在体现，而礼乐之功能即着眼于个体情感的内、外两个方面之考量。《史记·乐书》曰，凡作乐者，所以节乐，所谓"节乐"，意为有节制，而不致荒淫无度。从儒家的礼乐传统来看，"礼"为规范化的人性体现形式，"乐"为内在情感和谐的体现，"礼"和"乐"结合，才能使人达到人生的至高境界。修习礼乐的过程即为净化身心、追求天人合一的过程，亦为节制本性，追求个人与社会国家和谐一致的过程。礼乐之教化作用，越来越为儒家学者所重视。孔子曾曰："知之者不如好之者，好之者不如乐之者"，说明在教化过程中，审美感性作用要超过理性认知作用，之后孟子、荀子对其加以发挥，提出"仁言不如仁声之如人深也"、"声乐之入人也深，其化人也速"的观点。随着儒学地位的日益巩固，"教化"功能成为古代文艺思想的重要组成部分。

在清中叶文化复古思潮的影响下，儒家"教化"学说重新得以发扬，文人重视文学文艺的社会功用，戏曲虽然被文人视为"小道"和"末技"，但仍然不可逾越社会伦理之界限，并且是宣扬儒家伦理秩序，劝善惩戒的重要手段。蒋士铨在《空谷香自序》中说道："天下事有可教者，与为俗儒潦倒传诵，易若播之愚贱耳目间，尚足以观感劝惩，翼裨风教。"① 可见，蒋士铨认为戏曲更为广大百姓所喜闻乐见，比诗文具有更加广泛的传播性和更加强烈的感染力，因此戏曲完全可以担当起"儒家诗教"的任务，是一种裨益风教的重要工具。而且"愚民忽于天性，

---

① （清）蒋士铨：《空谷香》，《不登大雅文库珍本戏曲丛刊》第 23 册，学苑出版社 2003 年版，第 7—8 页。

必需感发乃坚，此有心世道者往往即游戏作菩提，藉讴歌为木铎也"。①戏曲作为感发人心的重要工具，"有心世道"的作者可借助戏曲承担起传播正确思想文化的责任。相较于其他文学样式，戏曲具有先天的亲民优势，正确使用、引导，可以很好地肩负起风教之责。蒋士铨论曰："天下之治乱，国之兴衰，莫不起于匹夫匹妇之心，莫不成于其耳目之所感触，感之善则善，感之恶则恶，感之正则正，感之邪则邪。感之既久，则风俗成而国政亦因之固焉。故欲善国政，莫如先善风俗；欲善风俗，莫如先善曲本。曲本者，匹夫匹妇耳目所感触易入之地，而心之所由生，即国之兴衰之根源也。"②蒋士铨将戏曲传奇与国之兴衰相关联，认为其具有影响风俗乃至国政的重要作用。天下之兴亡治乱，与所有民众有关，与最广大百姓的品性、整个社会风气有关。民众向善则社会向善，风俗净化；民众向恶则社会向恶，风俗败坏。引导民众向善，必然要选取其最易接受的途径。这个途径就是戏曲。因此，戏曲虽为小技，但和其他文化元素关联颇多，作用重大，担负着引导民众向善的责任。

富于社会责任感的清中叶文人们将戏曲作为不可小觑的风教载体，大力倡导社会伦理观念，一方面用戏曲来引导世道人心，另一方面反对戏曲中的不正之风，批判不顾社会风化、仅以取悦观众为第一要义的传奇作品。咎霭林在《万花台序》中称："夫作文而不关世道人心，不作可也。故传奇小道，劝惩寓焉。虽然竟有导淫诲盗污笔累墨以取悦乎时者，吾正不知其何心也。"③咎霭林认为传奇虽为小道，但应关乎世道人心，寄寓劝惩之意。他对当时曲坛出现的导淫诲盗之类的作品十分不

---

① （清）蒋士铨：《芦花絮题辞》，《历代曲话汇编》清代编第 2 集，黄山书社 2008 年版，第 217 页。

② （清）欧榘甲：《观戏记》，《历代曲话汇编》近代编第 1 集，黄山书社 2008 年版，第 115 页。

③ （清）张澜：《万花台》，《古本戏曲丛刊》第 5 集，上海古籍出版社 1986 年版。

满，认为其仅为取悦观众，而失去了传奇本应有的社会教化作用。他认为张澜的《万花台》恰是关乎世道人心之作，虽为传奇小道，亦可与史传之书并垂不朽。张鹏为《天灯记》作序，称传奇"虽游戏之笔墨，寓有维风化、植纲常之义存焉，岂漫为靡曼之音以娱耳快目也哉？"张鹏将以娱耳快目为目的的戏曲视为靡曼之音，认为传奇虽然是游戏笔墨，末技小道，但仍有关风化纲常，要有教化意义。唐英不满意地方戏曲只重调笑娱乐的创作方式，将民间广为流传的"张骨董借老婆"的秦腔改为《天缘债》，并在第一出《标目》中明确阐明创作主旨："打梆子唱秦腔笑多理少，改昆调合丝竹天道人心。"① 可见，唐英认为人伦教化应该是传奇创作所要传达表现的重心，而他的改编就是要那些在民间广为流传的戏曲更有益于"天道人心"。

　　基于对戏曲社会教化功用的认识，清中叶文人传奇的创作态度无疑是谨慎而认真的。既然戏曲具有移风易俗、裨补国政的重要作用，那么传奇创作自然不能信口开河，随意而为。张坚在《怀沙记自叙》中说"凡古来忠臣烈士、才人淑女，其行义奇杰者，无不藉是（指传奇）以脍炙人口而其名益显"②。既然戏曲是行义奇杰者借以显名传世的载体，那么其必然具有传播宣扬功能。他又说："然子舆氏有云：今乐由古乐，其兴观群怨之道，正维风化俗之机，孰谓传奇可苟作者哉？"他认为传奇具有兴观群怨、维风化俗的作用，所以不可苟作，必须采取谨慎的创作态度。除了态度谨慎外，清中叶文人传奇强调立意之旨务必端正。传奇创作要有益于世道人心，对社会有积极引导或警醒作用。张澜在《张呆巧十三传奇识后》中说道："余也天赋呆质，由性而呆，因呆成癖。自童时失业，制义爱博不专。长游辇毂下，名利之心澹如也。迨年届服

---

① （清）唐英：《天缘债》，《明清抄本孤本戏曲丛刊》第10集，线装书局1996年版，第308页。

② （清）张坚：《怀沙记》，《玉燕堂四种曲》，清乾隆刻本。

政，甫任曲阳，梗癖之性，不谐于俗，为官所累，屡请乞休归里，克遂
素志，以泉石为娱，与云山作伴，披襟林下，将自督其呆，长为呆人，
没世而已。反欲借戏台为棒喝，唤醒世人之梦，不亦呆已以呆人乎?"①
张澜所谓的"呆"，其实是一种超越世俗功利，不为物所役的人生境界，
也是他的人生理想和追求。他希望通过戏曲舞台，唤醒世人之梦，让其
不再为外物所累，不再营营于功名微利。董榕在《芝龛记凡例》中说道：
"记中惟阐扬忠孝节义，并无影射讥弹。所有事迹，皆本《明史》及诸
名家文集、志传，旁采说部，一一根据，并无杜撰。虽词场余技，而存
心必矢虚公，命意必归忠厚。深知刻薄讥刺，无益世风，徒伤心术。"②
董榕认为传奇虽为小技，但必须具有忠厚之命意，避免刻薄讥刺，以达
到阐扬忠孝节义的目的。

二、文化专制影响下清中叶文人传奇的创作走向

清中叶文化高压，思想控制加强，戏曲文化领域，以其受众广泛、
传播迅速的特点备受统治阶层关注。自清初以来，统治阶层就注意到戏
曲文化市场的规范性问题，官方重视戏曲对大众思想的正确引导，通
过颁布政令、组织审查等形式规范演剧市场。康熙十年（1671），清廷
颁布法令，禁止内城开设戏馆，又禁止唱秧歌，规定："凡唱秧歌妇女
及堕民婆，令五城司坊等官，进行驱逐回籍，毋令潜住京城。"康熙
二十六年（1687），以"破坏风俗，蛊惑人心"为名，下令禁"淫词小说"。
对于私行撰著刊刻发卖者，一体详查禁止，毁其版刻。如违禁不遵者，

---

① （清）张澜：《万花台》，《古本戏曲丛刊》第5集，上海古籍出版社1986年版，
卷上三。

② （清）董榕：《芝龛记凡例》，《历代曲话汇编》清代编第2集，黄山书社2008年版，
第156页。

重重治罪。康熙四十八年（1709）、五十三年（1714），两次明文禁止出卖"淫词小说"，令曰："近见坊间多卖小说淫词，荒唐俚鄙，殊非正理。不但诱惑愚民，即缙绅士子，未免游目而盅心焉。所关于风俗者非细。应即通行严禁。"同时严禁满人演戏、学唱，严禁戏女进城演唱。康熙年间已经十分关注戏曲小说对百姓生活、社会风气的影响，故而朝廷三令五申，明文禁止"淫词小说"。而何谓淫词小说，在当政者看来，荒唐俚鄙、惑乱人心之作，即在被禁之列。雍正、乾隆两朝对于戏曲演剧的控制愈加严格，惩治也较康熙朝更加严厉。雍正二年（1724），禁止官员蓄养优伶，禁止市卖"淫词小说"，令曰："凡坊肆市卖一应淫词小说，在内交与都察院等衙门，转行所属官弁严禁，务搜板书，尽行销毁。有仍行造作刻印者，系官革职，军民杖一百，流三千里；市卖者杖一百，徒三年；买看者杖一百。"乾隆元年（1736），江西巡抚俞兆岳奏禁扮演淫戏，以厚风俗。乾隆谕令："忠孝节义，故足以兴发人之善心，而媟亵之词，亦足以动人心之公愤，此《郑》《卫》之风，夫子所以存而不删也。若能不行抑勒，而令人皆喜忠孝节义之戏，而不观淫秽之出，此亦移风易俗之一端也。"此为清廷对忠孝节义之剧的正面提倡，肯定了戏曲对世俗世风的重要作用，希冀通过忠孝节义之剧，感发人心，移风易俗。在正面积极引导的同时，亦行禁止之措，延续康熙、雍正两朝对"淫词小说"的查禁销毁政策，以"淫词小说"为风俗人心之最害，例禁綦严。乾隆五年（1740），清廷颁布《禁搬作杂剧律例》，云："凡乐人搬做杂剧戏文，不许妆扮历代帝王后妃、忠臣烈士、先圣先贤神像，违者杖一百。官民之家，容令妆扮者，与之同罪。其神仙道扮及义夫节妇，孝子顺孙，劝人为善者，不在禁限。"此禁令关涉两方面，一为禁，一为扬。禁演有损帝王后妃、忠烈先贤形象的戏曲；鼓励宣扬忠孝节义，劝人为善的戏曲。可以看出，从清初开始，朝廷就有意识地禁演不利于社会世风、国家统治的戏曲，同时利用戏曲传播广泛、易于接受的特点，宣扬忠孝节义，引导全民向善，成为符合朝廷要求的"义夫节妇，孝子顺孙"。至清中叶，清廷对于文化领域的干预愈加强烈，戏曲禁演政令屡发，对于禁演的处罚愈加严厉。

除了颁布政令以外，官方对于戏曲剧本的审查也日趋严格，其中影响最为重大的是乾隆年间删改戏曲之事。清廷纂修《四库全书》，虽然戏曲不在收录之列，但依然遭受了官方严格审查。乾隆四十年（1775），在各省收缴的应毁书籍中，清初曲家清笑生的《喜逢春》包含不法字句，引起统治者的格外关注，从而揭开了清廷严查戏曲的序幕。乾隆四十五年（1780），乾隆帝正式下旨删改戏曲，上谕曰："此等剧本大约聚于苏扬等处，著传谕伊龄阿、全德留心查察，有应删改及抽掣者，务为斟酌妥办。"不久，扬州词曲删改局在扬州成立，由苏、扬各地搜集到的各种戏曲本子，经初步审定后，由黄文旸等总校把关删改，后进呈御览。虽然扬州词曲删改局大张旗鼓的校曲活动无疾而终①，但是其对文人戏曲家却产生了较为重大的影响。其时扬州词曲删改局聚集了大批文人戏曲家，他们审定校阅了大量传奇剧本，亦深知统治阶层的文化政策与用意。沈起凤作为此次活动的重要参与者，曾在《兰桂仙跋》中回忆当时情景："乾隆辛丑岁，客惕庄全公尚衣署中，时奉旨查勘曲谱。所阅传奇不下七百余种。其间大半痴儿騃女，剿说雷同，否则遁入诡异，审易耳目，牛鬼蛇神，无理取闹。"②乾隆辛丑，即乾隆四十六年（1781），当时沈起凤受聘扬州词曲删改局，查勘经目的传奇有七百余种之多，删改的内容多为于社会世风无

---

① 相晓燕在其博士论文《清中叶扬州曲家群体研究》中提到，扬州词曲删改局的校曲活动历时一年多，既未能像《四库全书》词馆那样编纂出皇皇巨著，也未能引起当政者的重视和好评，反而违背了不可声张的谕旨。因此，扬州词曲删改局一年后即撤去，其设立未形诸任何官方文字记录。

② （清）沈起凤：《赘渔杂著》，清咸丰刻本。

益的痴男怨女风情之剧，且多雷同之作。在官方的文化导向之下，文人传奇作家以裨益世风为出发点，重新审视自己的传奇创作，越来越重视戏曲的社会教化作用。

清廷对于戏曲文化市场的规范与惩处，让文人的创作方向集中在才子佳人的爱情剧、宣扬忠孝节义的教化剧等剧作的创作上，即使不是专门以教化为主旨的传奇作品也往往渗透朝廷所提倡的儒家伦理思想。因此，在文化高压之下，传奇戏曲的教化功用，几乎成为清中叶文人戏曲观念中的自然选择和共同追求。金埴曾在《不下带编》中谈道："古今善恶之报，笔之于书以训人，反不若演之于剧以感人为较易也。然则梨园一曲，原不徒为娱耳悦目而设，有志斯民者，诚欲移风易俗，则必自删正，传奇始矣。"[1] 金埴认为戏曲较诗文具有更加感人、易于接受的特点，因此，古今善恶之报，通过戏曲的演绎更易于深入人心，起到社会教化之功效。金埴所言"有志斯民者"即为具有社会责任感和道德良知的文人传奇作家，他们重视戏曲的教化作用，在戏曲创作中不仅以悦耳娱目为要，而是"欲移风易俗""必自删正"。至康熙末年，忠孝节义之剧已经开始风行于文人士大夫的家庭戏场，金埴记载了康熙五十七年戊戌年（1718）在兖州署观看《节孝记》的情形，并称"凡筵会张乐，人多乐观忠孝节义之剧"[2]。到雍正、乾隆时期，文人戏曲创作呈现出更为明显的伦理教化色彩，清中叶文人传奇中以教化为主旨的作品就有 17 部之多，而儒家伦理秩序与社会教化思想几乎遍布所有作品。夏纶、唐英、蒋士铨为其中较为突出的代表。

夏纶的《惺斋六种曲》可谓是教化剧创作潮流的突出代表。夏玑曾云："我惺斋大兄凤擅风雅，而行谊一轨于正，每见演伤败伦纪之剧，

---

[1]　（清）金埴：《不下带编·巾箱说》，中华书局 1982 年版，第 75 页。

[2]　（清）金埴：《不下带编·巾箱说》，中华书局 1982 年版，第 76 页。

辄推案起，不忍卒视。"①夏玑言中的惺斋大兄即夏纶，通过夏玑所言可知夏纶对伤败伦纪之作十分不满，每见此类剧作，辄推案离席，不曾足观。而夏纶自作传奇，即以宣扬伦理纲常为宗旨，他曾在《花萼吟自跋》中说："拙刻五种，初以忠、孝、节、义分为四，而补恨附之。今续以《花萼吟》，则君臣、父子、夫妇、昆弟、朋友分为五，而补恨仍附之。"②夏纶明确表示，自己所作五部剧作，分别宣扬忠、孝、节、义、悌，旨在宣扬五伦，以戏曲教化世人。对于夏纶的这种做法，后世戏曲评论家予以了高度赞扬，梁廷楠《曲话》评价夏纶剧作，曰："惺斋作曲，皆意主惩劝，常举忠、孝、节、义，各撰一种。以《无瑕璧》言君臣，教忠也；以《杏花村》言父子，教孝也；以《瑞筠图》言夫妇，教节也；以《广寒梯》言师友，教义也；以《花萼吟》言兄弟，教弟也。事切情真，可歌可泣，妇人孺子，触目惊心，洵有功世道之文哉！"③梁廷楠认为夏纶剧作言五伦之义，诚为有功世道之文。

唐英重视文学作品的教化功能，认为无论是诗文还是戏曲，都应寓讽谏，有寄托；重视文学作品对纲常伦理的书写，肯定关乎世道人心之作。他认为自己虽只是个陶榷吏，但仍心系世道，热衷于惩恶扬善之事。在《题陈梦岑秀才五伦诗序》中云："人皆有本，本在伦常……试观古今之诗，或于风云月露野水佳山，或于境遇顺逆身世牢骚，或竞才华或寄讽刺，万千一律，率皆游戏神通耳。至君臣父子夫妇昆友间致意构思者盖鲜兹……本立道生，何用不减宁独于诗乎哉？"④认为伦常为人

---

① （清）夏玑：《花萼吟赠言》，《中国古典戏曲序跋汇编》（三），齐鲁书社 1989 年版，第 1760 页。

② （清）夏纶：《花萼吟自跋》，《中国古典戏曲序跋汇编》（三），齐鲁书社 1989 年版，第 1756 页。

③ （清）梁廷楠：《曲话》，《历代曲话汇编》清代编第 4 集，黄山书社 2008 年版，第 34 页。

④ （清）唐英：《唐英集》，辽沈书社 1991 年版，第 348 页。

之本，不只是诗，其他体裁的文学作品都应该以此为己任，致力于表现和宣扬君臣、父子、夫妇间的道德伦常。又在《西湖渔唱论》中说道："滑稽亦足以寓谏讽"①，明确指出传奇戏曲要以纲常为本，寓讽谏之意。他在《转天心》中借村夫野老之口说道："虽是闲话，也要说些忠孝节义的事，使人听了做个榜样才好。那些不经之言，说他怎的！""就是我们这穷乡僻壤，谈笑之间也不失于古道。"唐英认为，五伦纲常是人之根本，是所有人都应遵守的基本道德规范，它不是为君为臣等上层社会人士的专利，即使是社会底层的乡间村夫亦应遵守，并以忠孝节义为榜样。因此，唐英剧作多向社会下层倾斜，在普通人中间树立伦理道德模范，以此展现忠孝节义的普遍性。董榕在《转天心·乐府序》中说："作者学精象数，姑现化于词场，实能移风易俗，使人回必心而向道。"②董榕肯定该剧所表达的以改过积善来转天心、改天命的思想，肯定其移风易俗的教化作用。商盘在《转天心·乐府序并诗》中云"蜗寄先生本惩劝意为传奇，现宰官身而说法。新声菊部，如闻吴市吹箫；闲话豆棚，可代遒人警铎"③，并认为唐英"双手能扶大雅轮"④，他赞赏唐英现身说法，寄惩劝于戏曲，以此来警醒、教化世人。

蒋士铨可谓清中叶文人传奇作家中宣扬风化、歌颂儒家伦理精神的旗手。蒋士铨本人即是重视立德修身、志节凛凛的儒家君子。《清史稿·文苑传》载蒋士铨"赋性悱恻，以古贤者自厉，急人之难如不及"⑤，

---

① （清）唐英：《唐英集》，辽沈书社 1991 年版，第 222 页。

② （清）唐英：《转天心》，《明清抄本孤本戏曲丛刊》第 8 集，线装书局 1996 年版，第 106 页。

③ （清）唐英：《转天心》，《明清抄本孤本戏曲丛刊》第 8 集，线装书局 1996 年版，第 109 页。

④ （清）唐英：《转天心》，《明清抄本孤本戏曲丛刊》第 8 集，线装书局 1996 年版，第 111 页。

⑤ 赵尔巽：《清史稿》，中华书局 1977 年版，第 13389 页。

金德瑛称其"生平无遗行，志节凛凛，以古丈夫自励"①。可见，蒋士铨将古贤者、古丈夫作为自己的人生目标，鞭策自己的行为，正道直行，不为世俗权贵所动。蒋士铨身上的正统文人气节与理想追求，涵养了其浩然之气，成为其文学创作的气韵源泉。王昶在《蒲褐山房诗话》中评价蒋士铨诗文曰："嵌崎磊落，肺腑槎枒。遇忠孝节烈事，辄长歌以纪之，凄锵激楚，使人雪涕。"②诗文如此，戏曲传奇亦如此。蒋士铨传奇作品重在宣扬儒家伦理道德，将劝善惩恶之义寄寓于传奇之中。其所作传奇《采樵图》歌颂娄妃贤德贞义，《冬青树》《桂林霜》颂扬忠义，《雪中人》彰显朋友之义，《空谷香》《香祖楼》褒扬贞烈节义，无不以儒家伦理道德精神为主旨，劝诫世人，移风易俗。吴梅论蒋士铨戏曲，曰："盖自藏园标下笔关风化之旨，而作者皆矜慎属稿，无青衿挑达之事。"③

不止夏纶、唐英、蒋士铨如此，张坚、董榕、永恩、黄图珌、朱瑞图、黄之隽、张澜、沈起凤等人皆是戏曲教化论的坚定执行者，他们的戏曲创作无不以社会教化为己任。张坚曾在《梅花簪自序》中强调："余《梦中缘》一编，固已撇却形骸，发情真谛，犹恐世人不会立言之旨，徒羡其才香色艳，赠答相思之际，故复成此种。"④张坚认为《梦中缘》的风教之旨不够明确，所以才又写了《梅花簪》，似有为其补缺之意。永恩在《双兔记》第一出中自述作意："大易无限文章，变爻返覆阴阳。是男是女有何妨，只要名节纲常。对兹一番奇事，方知孝义难忘。作成《双兔》警优场，特表木兰名望。"⑤花木兰故事本事出北朝民歌《木兰辞》，明代徐渭有《雌木兰替父从军》杂剧，永恩又将其事谱为传奇，

①（清）蒋士铨：《忠雅堂集校笺》，邵海清校，李梦生笺，上海古籍出版社1993年版，第2494页。

②（清）王昶：《蒲褐山房诗话》，清稿本。

③ 王卫民编：《吴梅戏曲论文集》，中国戏剧出版社1983年版，第184页。

④（清）张坚：《梅花簪》，《玉燕堂四种曲》，清乾隆刻本。

⑤（清）永恩：《双兔记》，《漪园四种》，清乾隆刻本。

以彰显花木兰之忠孝节义，警醒优场。蔡廷弼《晋春秋》演春秋时晋文公重耳流亡及复国事迹。重耳之事见《左传》记载，传奇基本据实演绎，作者在《凡例》中说明传奇创作的立意："传奇者，传其事之奇者也，实传其事之奇而正者也。申生死孝，孝也；荀息死忠，忠也；之推死隐，廉也；石姑死妒，贞也。以死隐死妒，配死孝死忠，而是编遂以忠孝廉贞特著，此一书之纲领，非一代之纲常哉！"①蔡廷弼认为，传奇不仅要传事之奇，而且要传意之正者，故此剧虽主要演绎重耳之事，但剧中所写重要人物申生、荀息、介之推、石姑等人事迹，各为孝、忠、廉、贞之一端，意在宣扬儒家之伦理纲常。

三、传奇社会教化功能的实现途径

清中叶文人传奇作家将重视教化的戏曲观念贯穿于创作实践中，在传奇故事中不遗余力地宣扬儒家伦理道德规范，以达到教化世人、移风易俗的目的。这些社会教化内容，往往通过正反两个方面展现，一是对于符合儒家伦理道德的进行颂扬，通过塑造主人公"忠孝节义"的形象，树立道德榜样，感动世人，教化世人；二是对于不符合儒家伦理道德的加以批判，通过对剧中反面人物的惩处，警戒世人，弃恶向善，回归儒家伦理秩序范畴。清中叶文人传奇中虽然也有对奸臣、小人等卑劣行为的批判，但是更侧重于展现人世间美和善的一面，总体看来对儒家伦理道德精神的颂扬远远超过对奸恶的批判，因此，颂扬伦理道德精神成为这一时期文人传奇的重要主题。清中叶文人在他们的传奇作品中着意塑造闪动着儒家伦理精神光芒的主人公，营造人与人之间充满仁爱情义的生存空间，颂扬轻利重义、舍身成仁的仁义行为。

---

① （清）蔡廷弼：《晋春秋》，清嘉庆刻本。

  清中叶文人传奇教化功能的实现，首先赖于塑造了一大批伦理道德楷模，上自名臣仕宦，下至平民百姓，这些人物形象以其独特的人格魅力，传奇的人生经历吸引着观众，影响着他们的个人行为与道德评判。这些伦理道德楷模，有来源于历史上的忠臣、良将、清官、才士，如屈原、文天祥、马雄镇、吴六奇、苏轼、葛仁杰、李白、杜甫、汤显祖等，亦有大量艺术人物形象，他们虽然不是在历史中真实存在的，但是他们集中体现了儒家伦理道德规范和思想精神，可称为忠孝节义的艺术化表现。中国古典戏曲，就其创作方法的总体倾向而言，是一种主观的艺术，倾向于"抒情诗的主体性原则"。这就形成了中国戏曲的一个重要特点：即使在代言体的限制下，戏曲创作者的主观情感仍有十分突出的表现，他们往往在剧中人物身上赋予浓郁的主观情感色彩，从而使剧中人物成为他们主观情感的传递者。换句话说，这些人物形象，不管是历史真实存在的还是凭空虚构的，他们身上都折射出清中叶文人的理想人格精神，彰显伦理美。古代的中国以道德立国，道德是调节一切关系的无形法律，渗透到社会生活的各个层面和角落。"长期而严格的道德训条，将中国人的人格结构重心偏离到了'超我'的方位上去，并对人们的日常行为予以深刻的影响，由此形成了中国人稳定的'超我'文化模式。"① 所以，中国传统人性观念归根结底是一种道德观。伦理观念经过几千年的积淀已经深入人心，"塑造符合伦理道德规范的理想人格，讴歌人的伦理美，积淀为中国文学中源远流长的艺术传统"②。清中叶文人传奇继承了这一艺术传统，其所塑造的人物形象都带有明显的传统伦理色彩。这些活跃在舞台上的人物形象以其彰显的伦理美教化世人，成为世人追求的道德榜样。

---

  ① 苏国荣：《戏曲美学》，文化艺术出版社 1999 年版，第 94 页。
  ② 郭英德：《明清文人传奇研究》，北京师范大学出版社 1992 年版，第 41 页。

　　蒋士铨的《冬青树》以历史名臣文天祥为主人公，以文天祥忠节事迹为主线，塑造了文天祥大义凛然、忠君爱国、百折不屈的忠臣形象。剧中重点描写文天祥一生中的几个关键事件，彰显其忠义之行。第二出《勤王》甫开场即塑造了文天祥临危受命、志存马革的忠君形象。南宋大厦将倾，文天祥奉诏勤王，在国家存亡关头，他慷慨解囊，捐献出全部家财"一半赏现在军卒，以一半招募新兵"，足见其以国家命运为重，不顾个人利益的政治大局观和忠义精神。第四出《留营》中文天祥身入敌营，拒绝投降，一曲〔小桃红〕唱尽忠臣心声："我孤忠自矢节如山，到此徒悲叹也。愧不能桃花马上斩楼兰，操白刃，枉登坛。今日里落樊笼困羁闲。一任你用刑诛，把我身糜烂也，谁承望苟活生还。"① 文天祥抱着必死之心前往元军大营谈判，其临危不惧的凛然风节让人感动。第二十九出《柴市》中，被囚三年的文天祥，誓死不降，终被押至法场。其时南宋已有不少臣子名士文人降元，文天祥在柴市怒踢背主降敌之臣留梦炎送来的临刑筵席，痛骂忘旧族修降表的一代才士赵孟頫。至此，文天祥"留取丹心照汗青"的光辉形象达到极致，其杀身成仁、舍生取义的信念已深入人心，照耀千古。

　　张坚在《怀沙记》中塑造了另一位忠君典范——屈原。第八出《疏原》将屈原不顾个人得失力进忠言的特点写得淋漓尽致。屈原得知张仪诱骗楚怀王，连夜写成奏章，誓以死谏阻止楚怀王赴秦，奈何楚怀王听信谗言，已对屈原存有疏远之心，拒不召见。然而屈原并未放弃劝阻，甚至不惜得罪君王，在殿前哭谏："不想道恁翻腾口舌呵，把忠良一旦捐。我屈平今日此来，原拼着痛哭陈词，誓死极谏。而令面圣不能，忠言难进。莫不是天亡我楚也。空抱着直言谠论进难前，痛君王听偏，痛

---

　　① （清）蒋士铨：《冬青树》，《不登大雅文库珍本戏曲丛刊》第21集，学苑出版社2003年版，第258—259页。

君王听偏。眼见得谄谀误国寇生原。"① 剧中屈原忠而见疑，痛哭力谏，其内心的痛苦与无奈可想而知，他明知此举会影响个人仕途，然而为了国家之大局，为了君王不受蒙蔽，誓死极谏，其忠心可表。屈原虽被放逐，但依然关心国家运途，第十一出《泣耕》中，屈原得知秦国赖地，楚已绝齐，忧心不已，又听得民怨荒旱，更是大哭起来，向苍天哭诉："苍天苍天，我楚国百姓何辜遭此大旱？上帝有好生之德，如何不轸念民生，甘霖早沛也。"屈原的再次大哭，展现了他忧国忧民的心境。第二十二出《大招》楚怀王惨死异国，屈原以放逐之臣的身份哭奠，为其招魂。剧中将屈原所作《招魂》隐括在唱词之中，情真意切，感人至深。古人有言，"男儿有泪不轻弹"，而此剧中几次写屈原之哭，足以展现其爱国忠君忧民之心。

《梅花簪》将封建礼教的忠、义、孝、悌、节、烈全部囊括。张坚在第五出《箴女》中大张旗鼓地宣扬贞女节妇思想，将杜冰梅定为一个封建礼教下的妇女典范，在塑造杜冰梅的形象时自觉恪守"非仪俱无方是美"的正统礼教规范。她有才，却信奉女子无才便是德；她貌美，却终日不苟言笑。她"五车遍览，必以《孝经》、《女史》为先；百技咸通，惟知刺凤描鸾为重"。杜冰梅被胡型逼婚强娶，一意寻死，她道："自幼蒙爹爹严训，岂不闻忠臣不事二君，烈女不更二夫。若是事到其间，只得自甘一死。"杜冰梅不屈从于强暴的坚贞性格，固然值得歌颂，但是深究其里，她所忠贞的并非真感情，而是忠贞于幼时婚约，忠贞于伦理纲常。张坚还通过剧中人物对儒家传统伦理规范大唱赞歌，郭宗解曾夸赞杜冰梅"好一个无瑕璧，把纲常整。不愧儒门女，真个罹颠沛，志不更"。杜丽娘、巫素媛皆因情而病，在汤显祖那里可以让杜丽娘香魂逐情而去，尽享情爱之欢；而张坚则通过伦理纲常允许的方法解决巫素媛

① （清）张坚:《怀沙记》,《玉燕堂四种曲》,清乾隆刻本。

相思之病，让其在现实中得到一个堂堂正正的佳婿。有父母之命，亦不少媒妁之言，巫素媛与徐如山的婚姻无可厚非，完全符合儒家的伦理要求。而《玉狮坠》中更是塑造了一个奇女子裴玉娥。她虽然寄养在乐户，但是洁身自好，生长至十五岁并未见过外人，正可谓身处娼门，心在儒门，恪守儒家伦理规范。

　　唐英在《天缘债》中塑造了一个热肠重义的张骨董形象。《天缘债》是据时剧梆子腔《借老婆》改编而成，在原剧中张骨董是个愚蠢之极、唯利是图的小人。因李成龙许诺，如得其帮助，则将取回的亡妻妆奁的一半当作酬报，张骨董动了贪念，遂轻易将妻子借去。对于如此令人不耻的角色，唐英对其进行重塑，将其改造为朴实、热心、仗义的"义兄"形象。张骨董在得知义弟李成龙被岳家刁难后，为其出谋划策，仗义相助。他处处为李成龙考虑，不忍看他因盘缠之事而放弃功名，于是打算将自己的妻子借与李成龙："（副，背介）且住，他的功名为重。丈人家又执性，朋友又没商量，千思万算倒不如我将我的老婆借与他，到他丈人家去打个照面，将东西骗回，又无人知觉，岂不万全之策？"张骨董之所以将老婆借与李成龙，完全是为了帮助万般无奈的穷书生，丝毫没有贪财之心。而在这个过程中，李成龙的担忧倒更衬托出他不拘小节的豪侠之气。张骨董向李成龙提议后，李成龙碍于叔嫂之称认为不妥。张骨董曰："兄弟，你竟有些呆气了。想古人托妻寄子是英豪，只要你连城白璧仍归赵。"传奇中的张骨董古道热肠，颇有侠义之气，李成龙跟他比起来倒多了些迂腐。本是一场借老婆的闹剧，因张骨董形象的塑造，让闹剧变成了颂扬兄弟义气的教化剧。唐英的《转天心》中更是塑造了吴定儿这一道德完人。吴定儿虽为乞丐，但秉性纯良，集忠勇孝义之高尚品德于一身。吴定儿一出场便显露出不同一般的性格特点："（小生扮乞丐执鼗鼓上）人道乞丐苦，我道乞丐乐。身穷心不穷，干净更洒落。"一句"身穷心不穷"暗示了人物的性格与命运。在吴定儿这一角色塑造上，作家首先赞扬的人物品质即是"孝"。吴定儿行乞孝母，日日陪伴，虽无佳宴美酒，却是一片志诚孝心。吴定儿的孝，不仅体现在对亲母尽孝上，还表现在代人行孝上。吴定儿救得被儿遗弃的何母，当作亲母一般对待。其大孝志诚，正是儒家"老吾老以及人之老"精神最好的诠释。

清中叶文人传奇教化功用的实现，还赖于营造充满仁爱正义、是非分明、善恶有报的理想王国。在传奇戏曲舞台上，作家以其超凡的想象力和艺术虚构能力，构建了一个和谐的小世界，良善之人终得圆满，奸恶之徒得到惩戒。它带给世人的不仅是悦耳娱目的感官愉悦，还给人以道德情感的共鸣和心灵的洗礼。这个虚构的艺术世界，让人相信公平正义的存在，相信善恶终有报，从而自觉规范个人行为。第一，彰显儒家仁爱思想和道德情操，感染世人。清中叶文人传奇的教化功能，不是僵硬地照搬封建伦理教条，而是在传奇故事中彰显"仁爱之心""见危授命""舍身成仁"等伦理美。这些伦理美不是简单、刻板的行为要求，而是具有长期历史积淀的人类心灵深处所共有的东西，是真正有力量的东西，它包含了人类优秀的道德精神因子。这些道德精神因子通过传奇戏曲这一艺术形式的发酵，具有更为广泛的传播力，更为长久的艺术生命力。《弥勒笑》中钟心劝说叛军头领崆峒公主，令其幡然醒悟，停止作乱，归降朝廷，朝廷以仁爱之心相待，不咎其罪，赦为平民。《梅花簪》中杜冰梅、郭宗解出使日本，亦未动一枪一剑，仅以言辞晓以利害，使其臣服。《玉狮坠》中安义以黄损"德教"之策招抚苗疆，都体现出儒家的"德治""仁政"思想，传奇中的理想王国，圣君贤臣，社会安定，百姓乐业，令人神往。清中叶文人传奇中屡有置个人安危于不顾，为国排忧解难的行为，如《冬青树》中文天祥临危受命，深入元军大营谈判，《桂林霜》中马雄镇忠于朝廷，不降佞臣，一门忠烈，悉数殉节，正是体现了儒家"见危授命""舍生取义"的精神品质。《玉狮坠》中安帅怜才，瘸仆爱主，鸨母仗义，狎客知报恩，《天缘债》中张骨董仗义助人，李成龙知恩图报，《转天心》中吴定儿行乞奉母，救助弱小，《梁上眼》中魏打算仗义作证，皆是突显世事人性中的光明面，体现出传奇对各种仁义之举的颂扬。

第二，宣扬善恶因果，促使人们规范自己的行为，行善弃恶。因果报应思想在清中叶文人传奇中颇为普遍。传奇故事中往往善恶终有报，这既是对现实中不尽如人意之处的修正，亦是人们普遍的心理追求，同时也是人们对于世间万事的道德评判。它对于人们的行为具有劝诫警示作用，以善报鼓励人心向善，以恶报警戒世人莫要作恶。《双钉案》中恶妇王氏，仿效婢女互儿之母苟氏害死其继父之法，以长钉钉入小叔江芋头顶，致其死亡。后在包拯审理之下，案情明朗，一并追查苟氏害夫之罪，以其人之道还治其人之身，以长钉钉死王氏、苟氏二毒妇。《玉剑缘》中恶少花公子欺男霸女，作恶多端，后为受雷击而死。《酒家佣》中梁冀弄权，陷害忠良，后终为帝诏赐死，忠良之后则封官加爵。《玉狮坠》中奸相吕用贪恋美色，强抢民女，终被罢相，而裴玉娥、黄损则在历经几番劫难后，终得圆满。《转天心》中何时贤谎报丁忧，为人弹劾，遂对亲生母亲起了杀心，将其推入乱葬岗。何时贤虽身在官位，但枉为儒士，引得苍天报应，被雷击死。第二十出《殛逆》写得就是何时贤遭遇天报之事，并借神灵之口警戒不孝之人：“乾坤理最微，大逆难逃罪。忘报本转把生母凌欺，心如狼毒无追悔，罪犯天条没挽回，管取头颅碎一声声怒雷，还有那祝融火马绕庭飞。”不孝已是大罪，更何况将生母害死，此行天所不容，故犯有大逆之罪的何时贤遭雷击而死。而吴定儿救下何母后，将其视为亲母一般孝敬，虽身是乞丐，却心怀大义，终得善报，正是“报应分明，古今不爽”。此类善得善报、恶有恶报的情节在清中叶文人传奇中比比皆是。剧中的正面人物虽几经苦难，但终得善报，有情人必成眷属，忠良之臣必得嘉奖，书生士子必得高中；而反面人物终得恶报，杀人者必偿命，害人者终害己，奸佞之臣必然难逃斩杀赐死之命运。借助宗教因素，以天神掌管人间善恶报应，是清中叶传奇中常见的情节。《香祖楼·录功》中赏罚判官以善恶两簿记录人间之事，供帝释天尊审阅，以赏善罚恶。欺君误国、贪财坏法之人，发往饿鬼道；不孝不悌、不知伦理之人，发往畜生道；不仁不义、自私自利之人，发往乞丐道；寡廉鲜耻之人，发往娼妓道。对于勤劳持家、力行善事之人，则予以褒奖，使其后人奋发功名，增加福禄。

　　第三，标榜天心可转，鼓励人们纠正自己的行为，以获得圆满的人生结局。除了彰显善恶报应外，传奇还为世人寻找了一条自我救赎之路，引导世人向善。在已经发生的错误行为面前，人要积极应对，以加倍的良善来弥补过错，最终获得圆满的结局。唐英的《转天心》是其中的典型代表，极具教化色彩。《转天心》中的书生吴明，青年入泮，三十年屡试不中，至玉皇庙，狂吟题壁，触怒玉皇，惩罚其受轮回之苦，转世为其妾所生之子吴定儿。吴定儿家贫，遂行乞奉母。吴定儿本为玉皇惩罚之人，然而其本性良善，品质高洁，多行善事，终得天心回转，令其得享善报，娶得娇妻，建立军功，授到旌表。唐英在《转天心自序》中讲述了天、人、心、理的关系："天之外无所信，心之外无所守。守其心以信天，信其转以验守。圣贤之训，何肯自外？释老之教，亦难妄评。惟即其事以揆理，即其理以揆心。心与理洽，而人心转矣；理与事宜，而天道合矣。夫人之为天之所生，而身心即为天之身心。身心为天之身心，而人心之转不即为天心之转乎？"①唐英认为人应当坚守自己的本心，信任天道，顺应天道，人的所作所为应当以理为准则，而理又应以本心为准则，心与理契合，理与事相宜，则人心、天道合矣。

---

　　①（清）唐英：《转天心》，《明清抄本孤本戏曲丛刊》第8集，线装书局1996年版，第114页。

人心即为"天心"，人心转变即为天心转变，因此所谓的"天心"，不过是人心的另一种表现罢了。人们所向往的天心转变，实则赖于自身本心的改变，人心善，则天心示以表彰；人心恶，则天道示以惩戒。正如董榕在《转天心乐府序》中所言："由大困转而为大亨，此非天转之也，实有所以转乎天者，则在此改过迁善之心转之而已矣。而此能转者，谁也？即剥极复生之人为之。"① 所谓天心之转的关键恰在人之自身，那个能救自己的人正是自己，而非他人，亦非外力。

忠奸斗争模式，是清中叶文人传奇彰显儒家道德精神，实现社会教化的常用手段。历史剧与时事剧自不必说，所有故事情节都围绕政治斗争展开，明确划分忠奸阵营。即使在其他题材的剧作中，忠奸斗争也渗透其中，作为情节和人物的政治历史背景存在。在清中叶文人传奇爱情剧中，才子佳人的爱恨离合，与朝廷的忠奸力量较量纠葛在一起。才子往往是复合形象，既是风流倜傥的公子，也是才华横溢的士人，又是侠肝义胆的义士，还是金榜题名的仕途新贵，进入政途后即是忠臣的典型代表，具有忠君爱国的品性和治国安邦的才能。才子命运的发展代表了忠臣一方力量的不断增强，随着才子的成长，曾经作恶多端的奸臣渐渐失势，曾经的冤屈真相大白，奸臣得到应有的惩罚。张坚的《玉狮坠》是典型的才子佳人剧，演绎黄损与裴玉娥的爱情故事。在人物设置中，黄损不仅是才子形象，同时也是忠臣的代表。他文武双全，以策平定苗民之乱，敢于坚持正义，与奸相吕用针锋相对。黄损与裴玉娥的爱情团圆之路，同时也是朝廷忠奸较量的斗争之路。奸相吕用及其走狗单希颜遍选民间美人以供玩乐，裴玉娥因貌美被单希颜选中欲献于吕用。黄损误闻裴玉娥死讯，又睹其岳阳楼绝命诗，立誓为其报仇，遂赴京应试，

---

① （清）唐英：《转天心》，《明清抄本孤本戏曲丛刊》第 8 集，线装书局 1996 年版，第 105 页。

得中状元之时即当廷弹劾奸佞，致吕用罢相，单希颜获罪。忠奸斗争的最终目的是惩罚奸佞之臣，忠臣义士得到较为圆满的结局。这也是清中叶文人传奇在思想性方面的局限所在。清中叶文人秉持儒家传统，以封建伦理和道德标准来评判人物和事件，区分好坏对错。他批判的矛头仅仅指向破坏这一伦理秩序的奸佞之辈，而非封建伦理制度本身，所以在清中叶文人传奇中几乎没有对皇权的质疑和批判，忠君几乎是所有清中叶文人传奇传达的思想主题。因此，"文人传奇所展示的忠奸斗争，无论多么悲慨壮烈、电闪雷鸣、气势磅礴，其思想实质却只是呼吁和促成封建社会政治结构的一次自我调整"①。

清中叶文人阶层处于儒家教育浸染之中，思想意识和世界观的主导方面即是儒家思想，儒家思想成为他们为人处世的准则，并且渗透到传奇创作中，影响着作品的道德价值取向。儒家对个人精神修养的追求，成为文人内在的道德实践。文人作为封建统治阶层的政治拥护者和思想文化的构建者，其精神追求与道德实践必然与社会政治秩序、伦理纲常密不可分。因此，在文人阶层中，对政治伦理和道德规范的信持，成为其思想意识最深层的积淀。正是由于这种根深蒂固的道德意识的存在，使得他们以儒家正统伦理教化为己任，在传奇创作中贯彻"学以明道，文以载道，士以达道，死以殉道"的宗旨，用戏曲来进行移风易俗、影响国政的道德伦理教育和审美教育。

第二节　情理统一与名教风流

清初文人反对明代中后期以来对于"情""欲"过度张扬的做法，

---

①　郭英德：《明清文人传奇研究》，北京师范大学出版社 1992 年版，第 101 页。

同时亦不赞成理学中"存天理灭人欲"的主张，他们不断在"情""理"之间寻找恰切的相处模式，在二者之间，找到"礼"这一中和者，倡导"以礼节情"，即不反对人之情与欲，但必须以礼加以节制。清中叶文人在这种"情理"观念的思路下继续拓展，"理"越来越占据上风，文人传奇创作的思想天平开始偏向"理"的一边，他们重新定义"情"之内涵，寻找"情"与"理"的契合点。

一、清中叶文人"情"之观念

清中叶文人对于"情"的认识，受到明中后期至情论的影响，传奇创作亦重"情"，然而由于政治环境、时代思潮的变化，其所言之"情"与至情论已有本质的区别。在清中叶文人的认识中，"情"可以高扬，但必须符合"温柔敦厚"的儒家诗教观念。刘可培在《槎合记自序》中云："其大旨以守礼别欲，为情场竖犯澜之砥。以用情于男女者，推广于父子君臣、兄弟朋友之间，斯又引而不发之微意也。"①《槎合记》演男女姻缘之事，然作者自序作意，旨在守礼别欲，其实质是将情置于儒家伦理纲常的约束之下，不得逾越礼教之界线。进而将男女之情推广于父子君臣、兄弟朋友之间，此为倡导情之正大广博。许廷录亦持类似观念，他在《两钟情序》中说道："古今来采兰赠芍者多矣，然所云淫也，而非情也。岂今昔宇宙，鲜至情耶？欲立其极，是非申生、娇娘不可。申与王，中表也。当其猝然相见，一似无情。不知惟其无情斯其钟情迨至。絮语灯前，分煤兰室，巫山暗约，洛浦潜通。忽而离，忽而合，欢娱无间，情深彼此，甚至殒命而不辞，捐躯而不顾。玉茗先生所谓之生而之死者也。情至此，而其情为何如哉？彼夫采兰赠芍者流，朝海誓而

---

①　（清）刘可培：《槎合记》，清乾隆抄本。

暮山盟，究之改嫁他婚，风马不相关也。求其若莹厚两卿者，安可得哉？且彼非仅立夫情之极也。推此而事君也，吾知其必忠。推此而事亲也，吾知其必孝。推此而交友也，吾知其必信。能忠与孝与信皆可以立极也。尚得谓之淫乎？世之采兰赠芍者，其亦可以诫矣。"①许廷录《两钟情》演申纯与王娇娘之间的爱情故事，在许廷录看来，二者之间的深情已到了殒命不辞、捐躯不顾的境界，正是汤显祖所谓生而之死者。如此之情，已远远超越了男女恋爱之情，是可托死生之至情，绝非采兰赠芍之类较为肤浅的男女情爱。此情具有博大之境界，推而广之，即为忠孝信义。张坚在《梅花簪自序》中说"天地以情生万物，情主于感，故可以风。采兰赠芍，人谓之情，而卒不可以言情，以感非其正也"，杨楫评张坚《玉燕堂四种曲》，称其"合女烈、臣忠，配以义侠，参之仙佛，总基于一情"②，柴次山亦认为"情字乃四部传奇骨子"③。可见，清中叶文人重"情"，且此"情"必为正大广博之情，他们对"情"的内涵和功能的认识基本一致。他们所倡导的"情"主于感，是可"风"之情，是情之正者，即符合忠孝节义、三纲五常等社会伦理价值尺度的正大广博之情。

关于"情"之雅正广博的探讨，蒋士铨的观点颇具代表性。他在《香祖楼》开篇即交代创作之旨，题曰"情旨"："万缕乱愁绪，一块大疑团。任尔风轮旋转，难透此重关。贤圣几多苦趣，仙佛几多恶劫。旧案怕寻看，细想不能语，老泪湿阑干。妆白眼，持翠管，写乌襕，偶谱断肠情事，举一例千端。不管周郎顾曲，谁道醉翁嗜酒，作者意漫漫，一切有情物，如是可参观。"④在蒋士铨看来，"情"是世间万事万物绕不开的

---

① （清）许廷录：《两钟情》，《古本戏曲丛刊》第 5 集，上海古籍出版社 1986 年版。

② （清）张坚：《梦中缘》，《玉燕堂四种曲》，清乾隆刻本。

③ （清）张坚：《梅花簪》，《玉燕堂四种曲》，清乾隆刻本。

④ （清）蒋士铨：《香祖楼》，《不登大雅文库珍本戏曲丛刊》，学苑出版社 2003 年版，第 243—244 页。

话题，不管是圣贤、仙佛，还是凡夫俗子，都要历经情关。这种情为世间万物之一统的观点，在第十出《录功》中写得更加清楚明确："万物性含于中，情见于外。男女之事，乃情天中一件勾当。大凡五伦百行，皆起于情。有情者为孝子忠臣，仁人义士；无情者为乱臣贼子，鄙夫忍人。"① 万物皆起于情，情是生发一切的根源，是万物的本性。男女之情爱，只是其中微乎其微的一件勾当而已。情包罗万象，种类繁多。"这情字包罗天地，把三才穿贯总无遗。情光彩是云霞日月，情惨戚是雨雪风雷。情厚重是泰华嵩衡摇不动，情活泼是江淮河海挽难回。情变换是阴阳寒暑，情反覆是治乱安危。情顺逆是征诛揖让，情忠敬是夹辅维持。情刚直是臣工龙比，情友爱是兄弟夷齐。情中伦是颜曾父子，情合式是梁孟夫妻。情结纳是绨袍墓剑，情感戴是敝蓋车帷。情之正有尧舜轩羲，情之变有桀辛幽厉。情之正有禹稷皋夔，情之变有廉来崇羿。更有那蹇叔祁奚、申公伯嚭、聂政要离、汪锜鉏麑、妲己褒姒、吕雉骊姬。数不尽豺声乌喙，狐首蛾眉。一半是有情痴，一半是无情鬼，一班儿形骸发齿，一班儿胎卵毛皮。"②"情"可包罗天地万物，上至宇宙，下至人类社会，无所不属"情"之范围。宇宙间的客观存在，如自然天象、山河江海、阴阳更替、四季变换等，都是"情"的变换形式；人世间的国家社会运行，人之品德行为，无不包含在"情"之中。而所有的"情"均可分为善恶两端，善者为情之正，恶者为情之变。故《录功》中赏罚判官以善恶两簿记录人间之事，供帝释天尊审阅，以赏善罚恶。尧、舜、轩辕、伏羲、大禹、后稷、皋、夔等圣君贤臣为情之正者，在他们身上可以看到利国利民、仁民爱物、正直忠烈等优秀道德品质，此

---

① （清）蒋士铨：《香祖楼》，《不登大雅文库珍本戏曲丛刊》，学苑出版社 2003 年版，第 308 页。

② （清）蒋士铨：《香祖楼》，《不登大雅文库珍本戏曲丛刊》，学苑出版社 2003 年版，第 308—309 页。

为情正之根本，是蒋士铨所颂扬的对象；而夏桀、商纣、周幽王、周厉王、廉、来、猈、后羿等皆为情之变者，他们或为残暴亡国之君，或为暴力反叛之臣，所作所为不符合伦理道德要求，故为情之变也，亦为蒋士铨所批判的对象。可见，蒋士铨"情"之观念中有十分明确的价值取向，其判断标准即儒家道德伦理。这样看来，蒋士铨对"情"的理解与阐释，从根本上与张坚、许廷录、刘可培等人是一致的，他们所向往的，秉力书写、热情赞扬的"情"，实为具有维风化俗之宗旨，兴观群怨之作用的儒家伦理精神和道德情怀。

清中叶文人对于"情"之认识，显然与明代中后期"至情论"不同，虽都重情，但此"情"非彼"情"。汤显祖在《宜黄县戏神清源师庙记》中说："人生而有情。思欢怒愁，感于幽微，流乎啸歌，形诸动摇。或一往而尽，或积日不能自休。盖自凤凰鸟兽以至巴夷渝鬼，无不能舞能歌，以灵机自相转治，而况吾人。"[1] 显然，他认为情是一种无法回避的本质存在，是任何生命都具有的本性，人自然也不例外。人与生俱来的一切情感律动都在"情"的范围内，因此，情可以使"天下之人无故而喜，无故而悲。或语或嘿，或鼓或疲，或端冕而听，或侧弁而哈，或闷观而笑，或市涌而排，乃至贵据驰傲，贫窗争施"。[2] 情具有普遍的感染力，可以令人喜、悲、痴、乐，率性而动。从这个意义上说，情的教化作用将不期而至，"可以合君臣之节，可以挟父子之恩，可以增长幼之睦，可以动夫妇之欢，可以发宾友之仪，可以释怨毒之结，可以已愁愦之疾，可以浑庸鄙之好"。显然，汤显祖并没有排斥"情"的教化功能。然而，两者的根本区别在于，汤显祖将"情"作为万物存在的本源，"情"是独立于甚至超越"理"的客观存在，它不依附于"理"，甚至"理"受"情"之

---

① （明）汤显祖：《汤显祖诗文集》，上海古籍出版社1982年版，第1127页。

② （明）汤显祖：《汤显祖诗文集》，上海古籍出版社1982年版，第1127页。

自然作用的影响而产生、发展、变化。然而清中叶文人的"情"，其本质就是伦理精神、道德情感，他们从教化功能出发诠释"情"的概念，在封建伦理纲常的夹缝中为"情"寻找存在的合理性。从这样的认识出发，清中叶文人所言之"情"自然受到"理"的限制，"情"的存在即是为"理"服务，"情"的根本功能在于"维风化俗"，而对于传奇中所写之"情"皆是"不失其正"的可风之情，即以忠孝节义等伦理道德规范为旨归的情。基于这样的情理观念，清中叶文人在传奇创作中偏重社会伦理和道德规范，重视传奇的教化功能。这一点在上一节中已经进行阐释，不再赘述。而在这种情理观念的指导下，清中叶文人传奇对于男女之情的处理，几乎带有普遍的一致性，即追求情在"理"与"礼"范畴内的合理性。

二、文人传奇中"发乎情止乎礼"的爱情叙写

儒家正统教化思想根深蒂固，文人们以文经世的理想，让他们投向风化伦理的怀抱。然而，人文思潮的涌动，个体情思的发扬，使得他们对明代"至情"理论保有一定的认同度，对其有所继承和发挥。因此，清中叶文人一方面受传统教化思想影响，一方面受真情的个体关怀，他们在两者之间不断寻求契合点，多采取"风情"与"风教"相妥协的办法，既不抛弃风情，又不能有失风化，即所谓的"名教风流"。张坚的好友杨楫在评点《梦中缘》时说："夫临川四梦评者谓，牡丹，情也；紫钗，侠也；邯郸，仙也；南柯，佛也。今漱石四种则合女烈、臣忠，配以侠义，参之仙佛，而总基于一情。观其梦寐可以感通死生，莫肯踰忒。履患难而不惊，处污贱而不辱，虽天龙神鬼物类无知，而情之所在，莫不效灵，咸为我用。呜呼，异矣。"[①] 杨楫的这番评点四种传奇在

① （清）张坚：《梦中缘》，《玉燕堂四种曲》，清乾隆刻本。

思想内容上的复杂性，既有超越现实、感通死生的梦幻思想，又有荣辱不惊、直面现实的处世态度，将女烈、臣忠、侠义、仙佛融于一炉，其思想根基则在于"情"。张坚在《梅花簪自序》中对"情"的内涵做出了解释，他认为"情"是天地万物形成与发展的根源，而可以言说、宣扬的情必是可以兴、观、群、怨，维风化俗的雅正之情，其作品中所写的皆是"不失于正"的可"风"之情。显然，作为四种传奇骨子的"情"实质上是一种儒家情怀，体现出以儒家价值观念为核心的情感取向，表现在作品中即是描写爱情则"发乎情止乎礼义"，追求名教风流；反映的内核则为"儒"。

清中叶文人传奇中所追求的理想爱情即为"名教风流"。张坚在《梦中缘》中曾借人物之口表达了"名教之中自有风流乐地"的观点，其好友杨楫对此给予极高评价，认为是千古无人道破的情字真谛。刘绍庭在为《梦中缘》的题词中也明确写道："无瑕情更永，名教自风流"。文人们在戏曲创作中寻求名教与风流的结合，人情与伦理的统一，体现出较为明显的"情"向"理"的回归，文人在戏曲创作中追求"情"与"理"的统一，不断寻求二者的最佳结合点，以达到"情理融合"。这个最佳结合点，即"发乎情止乎礼义"。蒋士铨在《香祖楼自序》中写道："曾氏得《螽斯》之正者也，李氏得《小星》之正者也，仲子得《关雎》之正者也。发乎情，止乎礼义，圣人弗以为非焉。"①"发乎情止乎礼义"之情，可谓"雅正"之情，是圣人赞同提倡之情。

在清中叶的文人剧作中，男女之情可写，但必须是在伦理纲常允许的范围内。此"情"为循规蹈矩之情，循儒家伦理之规，蹈封建纲常之矩。清中叶文人传奇中的情始终处于儒家道德规范制约之下，不敢放浪

---

① （清）蒋士铨：《香祖楼》，《不登大雅文库珍本戏曲丛刊》，学苑出版社 2003 年版，第 221 页。

形骸，正如蒋士铨所言《香祖楼》的创作初衷即"使言情者，弗敢私越焉"①。这与汤显祖"至情论"将"情"推向极致的做法完全不同。在汤显祖那里，"情"被推至无以复加的高度，它可以使人生，使人死，可以超越世间的一切。而杜丽娘、巫素媛皆因情而病，在汤显祖那里可以让杜丽娘香魂逐情而去，尽享情爱之欢；而张坚则通过伦理纲常允许的方法解决巫素媛相思之病，让其在现实中得到一个堂堂正正的佳婿。有父母之命，亦不少媒妁之言，巫素媛与徐如山的婚姻无可厚非，完全符合儒家的伦理要求。钟心可以在梦中与文媚兰共享鱼水之欢，但在现实中却必须恪守伦理规范，他在淮扬阴府与表妹一见钟情，虽情浓意醅，但终不敢越雷池半步。在《小河洲》中，铁中玉是水冰心的救命恩人，他因救水冰心而被奸邪之徒陷害，水冰心施妙计将其接回水家养病，因此二人之间的关系难免有瓜田李下之嫌。但是当两家父母为他们缔结婚姻时，二人为避嫌而坚决反对，最后经过皇帝亲自验明男女双方之间确实没有发生私情，二人才奉旨结成正式的夫妻。这种遵守名教的立场与行为被作家所赞同和提倡，称"封章奏，见人伦义侠，名教风流"②。《文星榜》中的卜芳芝，见到风流倜傥的王又恭，"娇容半掩，羞看一晌秋波溜"，不禁情动，甚至到了"寝食俱忘，形神若失"的地步，此情不可谓不浓。然而面对爱情，卜芳芝没有像《牡丹亭》中的杜丽娘一样因爱而病，因爱而亡，因爱而复生，她首先想到的是婚姻，在现实中得到父母、社会的承认。要实现这个爱情愿望，摆在她面前最大的障碍就是门不当户不对。当杨仲春假冒王又恭与卜芳芝幽会时，卜芳芝亦没有像《西厢记》中的崔莺莺一样，遵从萌动之情的引导，与心爱之人共赴巫山，而是义正词严地拒绝道："奴家仰慕君子，原为终

---

① （清）蒋士铨：《香祖楼》，《不登大雅文库珍本戏曲丛刊》，学苑出版社2003年版，第222页。

② （清）李应桂：《小河洲》，《古本戏曲丛刊》第5集，上海古籍出版社1986年版。

身大事，如果不弃寒微，但须速倩良媒，向我双亲说合，何必冒险至此？"在传奇中爱情不知不觉萌发，但兜兜转转又回到"理"的制约之下，"情"不可能突破封建伦理纲常的限制，而是寻求爱情与婚姻的一致性。

在清中叶文人眼中，像《西厢记》中的崔张之情，是违背礼义的不正之情，当为文人雅士所不齿，蒋士铨曰："敢问儿女相思则何若？主人曰，才色所触，情欲相维，不待父母媒妁之言，意耦神拘，自行其志，是淫奔之萌蘖也。君子恶焉。"① 蒋士铨主张男女悦慕相思情动，本为人之常情，但如果不加约束，情欲相维，自行其志，则是对礼义的僭越，不符合"雅正"之情。无独有偶，张锦对《西厢记》大加贬斥，并对其进行改编，删除崔、张未婚而有私的情节，使其完全符合儒家礼教纲常。张锦在《新西厢》卷末收场诗中写道："才子佳人本有真，如何淫处作传神。《西厢》数百年来秽，特向宫商一洗尘。""妄将遗臭作流芳，今古争传崔与张。恐误人间儿女子，新西厢反旧西厢。"② 足见作者对《西厢记》中大肆结撰崔张私情之不满，并毫不客气地将《西厢记》定为污秽、遗臭。范建杲在《新西厢跋》中说道："己酉秋，访菊知旧尹于野斋。会八景初成，留余小饮。饮次，同阅高青畴所评《西厢记》，见其指摘崔、张淫荡之行，与公、与余有同意。与快心人，对快心景，遇快心事，一时玉山双倒。公倚醉而言曰：'青畴故能评，评之犹未尽。吾行将翻之，为世道人心救。'余颔之，殊不深信。"范建杲在跋中记述了张锦撰写《新西厢》传奇的缘由。己酉秋，即乾隆五十四年（1789）秋，与张锦共读高青畴所评《西厢记》，高青畴对《西厢记》中崔张私情的批评，二人十分赞同，张锦认为评之犹未尽，故欲改编之，以救世道人

① （清）蒋士铨：《香祖楼》，《不登大雅文库珍本戏曲丛刊》，学苑出版社2003年版，第222页。
② （清）张锦：《新西厢》，清乾隆刻本。

心。范建呆、张锦、高青畴的看法颇有代表性，《新西厢》亦可看作"情理统一"的代表成果，即"情"必以"理"为旨归，在戏曲创作中可以言"情"、扬"情"，但必须对封建伦理道德有着主动自觉的遵循和坚持，因此，清中叶文人所写的爱情归根结底是一种名教风流。

清中叶文人所讲的"情"实际上是一种道德情感、伦理精神，显然不同于汤显祖出于仁义礼乐而又超越之的"至情"。这种"情理合一"的思想正是清中叶文人戏曲创作的精神内核。在清中叶文人笔下真性情与儒家伦理纲常并不悖逆。剧中人物都富有真性情，但是情感的表达必须以伦理道德规范为旨归。清中叶文人传奇并非苍白、教条地宣扬封建伦理道德规范，更没有使戏曲艺术沦为道德的附属品而丧失审美艺术特性，而且作品中对封建传统思想文化表示认可与遵循的，恰恰是人类心灵中所共有的东西，比如真诚、执着、坚贞、仗义等。所谓的情理合一，就是"倡人欲而达天理——肯定人欲既不违背天理，又以天理的实现为皈依"①，归根结底，是"情"与"理"的和谐。

自汤显祖高举"至情论"的大旗，将情与理的冲突推向极致以来，情与理的对立在短期内激荡着整个文坛，甚至一度由"至情"走向泛情、滥情。然而，对情的强调应该是一种升华，而不是堕落，如果一味沉溺情欲而不能自拔，将情欲淫邪化就会流于恶趣鄙俗。从清初开始，有些戏曲家就对前一时期曲坛充斥的"邪教横流，艳篇满目"创作洪流进行道德反思。至清中叶，文人传奇作家重新将"情"拉回儒家伦理秩序的轨道上，于是，情欲的张扬逐渐消融在伦理的约束之下，情胜于理的思想艺术倾向复归到"发乎情止乎礼义"的儒家传统之中。

---

① 郭英德：《明清文人传奇研究》，北京师范大学出版社 1992 年版，第 62 页。

第三节　宗教书写与儒家内核

清中叶文人传奇中近三分之一的作品都渗透了宗教因素，专门以神仙道化为题材的作品有 30 种之多，各种宗教人物形象充斥在作品中，承担着不同的叙事作用，揭示着各种各样的人生思考与哲理。究其根源，小说戏曲中的宗教书写传统自不必说，更多的地源于清中叶文人面对现实的无力感与纠结感，他们在传奇中以仙佛度脱剧中人物，在现实中以传奇度脱自己。然而，文人阶层根深蒂固的儒家思想影响，让他们不可能真正实现超脱现实，不问世事，皈依仙佛。恰恰相反，清中叶文人们的宗教书写处处体现出以儒家思想为旨归的特点，时时流露出对现行伦理秩序的维护。他们始终将神仙与忠孝捆绑在一起，宣扬"天上无不忠不孝的神仙"；他们借用度脱的外壳，演绎世俗人情，思考人生意义和价值；他们在传奇中构筑谪凡故事，彰显因果报应；他们奉行善恶有报，鼓励人们以儒家伦理规范要求自身行为，及时行善，带有明显的伦理教化意味；因此，清中叶文人传奇中的宗教书写与儒家思想相表里，宗教因素在外，儒家道德精神在内，以宗教故事为表，以儒家思想内核为里，在宗教的外衣下包裹着儒家思想之灵魂。

一、文人传奇中宗教形象众多

清中叶文人传奇中涉及的宗教人物形象众多，主要有以下三类：第一类是佛、神、仙，如《软锟铻》中的瑶天仙女，《封禅书》中的西王母、上元夫人，《后一捧雪》中的地藏王，《三凤缘》中的解笺玉女、传笺仙姬，《合欢殿》中的玉帝、武曲星，《玉狮坠》中的龙女、汉钟离，《绣春舫》中的善财童子，《梅花簪》中的灵应大帝，《转天心》中的玉皇大帝、南斗星君，《锡六环》中的弥勒佛，《雨花台》中的达摩，《一斛珠》中的花神等。第二类是修道求佛飞升成仙之人，如《扬州鹤》中的杜子春，《地行仙》中的李常在、孔岂然，《葫芦幻》中的济登科，《蟠桃会》中的陈抟，《渔村记》中的慕蒙，《禅真逸史》中的澹然三弟子杜伏威、薛举、张善相等。第三类是鬼怪狐妖，如《软邮筒》中的仙狐，《玉狮坠》中的玉狮，《雷峰塔》中的白蛇，《鹦鹉媒》中的子楚鬼魂，《三世记》中的狐精，《晋春秋》中的鬼魂、妖姬、狐女等。前两类宗教人物多为传奇故事中的主角或承担较为重要的角色，第三类鬼怪狐妖等宗教形象，大多不承担重要角色，但在剧作叙事中有不可替代的作用。

　　这些形象原型具有丰富的宗教文化意义，出现频率较高的形象有玉皇大帝、西王母、弥勒佛、观音菩萨。玉皇大帝是中国民间宗教信仰中主宰天地的众仙之主。但玉皇大帝并不是一开始就被奉为最高神位的，在早期道教神仙系统里，他是玉清境元始天尊属下的神，至宋代才被塑造成第一尊位神仙。宋真宗加封其为"昊天金阙至尊玉皇大天帝"，成为国家和民间信仰供奉的最高神。玉皇大帝拥有至高权力，上掌三十六天，下辖七十二地，掌管仙界、人间、阴间的一切事宜。《介山记》中的玉帝、《转天心》中的玉皇、《南阳乐》中的天帝、《合欢殿》中的玉帝，都是以此为原型的。玉皇大帝的形象具有双重作用，一是权力持有者。他拥有至高无上的法力，掌控凡人的生死与命运。《南阳乐》中诸葛亮病重将亡时，天帝命天医华佗赐药，使其继续活在人世。《转天心》中士子吴明屡试不第，至玉皇庙狂吟题壁，怒斥玉皇，诉愤懑之情。玉皇大怒，罚其受轮回之苦。玉皇不仅控制吴明的生死，还改写其命运，令其转世为乞丐。《介山记》中介子推母子受火焚而亡，玉帝感其忠孝，命灵官将其接引至天宫封为上仙，以示旌表。《合欢殿》中玉帝降旨，以武曲星附于陈双娘，授其兵法，令其改换男装，替父从军，建功立业。从这些人物经历可以看到玉帝对于凡人生命和人生轨迹的操纵力。

二是道德评判者。玉皇大帝对凡人命运的操纵，具有价值和道德评判意义。他对凡人生死与命运的改变，不是凭空进行的，而是依据其人生表现作出的。这个评判标准，实质上是儒家伦理纲常，忠孝节义之辈获得表彰，奸佞之徒得到惩罚。

西王母是道教神仙系统里的女仙之首，为元始天尊与太元圣母的女儿，或曰为混沌道气中西华至妙之气凝聚而成，居住在西方的昆仑仙山。西方属金，故西王母又被称为"金母"或"瑶池金母"。《枕中书》中将其与东王公并称，认为其为天地之尊神，具有"元气炼精，生育万物，调和阴阳，光明日月"的权力。在民间信仰中，西王母经常为奉为掌管阴气、修仙、婚姻、生育、保护女性的女神。《封禅书》中的西王母、《渔村记》中的瑶池金母、《一篇锦》中的西王母都是以此为原型的。《封禅书演法》中称："西王母，乃亘古神仙，而常迫于救世。故于舜则献环，于羿则发药，于满则留宴，于彻则屡降焉。如佛教中观世音，道教中吕纯阳一流。"因汉武帝刘彻求仙心切，得西王母屡次点化，度其修仙。《渔村记》中的瑶池金母感念慕蒙之孝，遣座下弟子梅影下凡点化其修道，后飞升入道成真。《一篇锦》中西王母为汉武帝求仙之诚意，下凡赐以福寿。在这些传奇中西王母主要是度脱者的形象。对于有修仙之根器与诚意的凡人，加以点化度脱，助其脱离凡尘，升入仙界。被度脱者皆为忠孝之辈。尤其是《渔村记》中慕蒙一角，为父母守孝十二年，居陋所，朝夕哭奠，形容枯槁。其至孝之行，感动瑶池金母，遂以梅影为配，度其修仙。从度脱的标准来看，只有为儒家伦理纲常所旌表的凡人才具备修道成仙的可能。

弥勒佛是中国民间普遍信奉的一尊佛。在佛教中称为弥勒菩萨（梵文 Maitreya），名阿逸多，译为无能胜，或曰名慈氏，姓阿逸多，为佛家八大菩萨之一。在大乘佛教中，弥勒佛是释迦牟尼的继任者。弥勒净土信仰早在南北朝时代就在中国民间广为流传，其主要内容是弥勒由凡人修得正果，成为菩萨，上至兜率陀天，《弥勒上生经》中描述了这个过程；而后，弥勒菩萨从兜率陀天下生阎浮提，以慈悲为怀，救度世人，《佛说弥勒下生经》中记载了弥勒下生、救世成佛的经过。后来，弥勒救世的信仰"与中国的道教教义发生融合，形成了封建社会后期的三佛应劫救世观念"①。明末清初的《三教应劫总观通书》记载："世界上过去、现在、未来三佛轮管天盘。过去者是燃灯佛，管上元子丑寅卯四个时辰，度道人道姑，是三叶金莲为苍天。现在者是释迦佛，管中元辰巳午未四个时辰，度僧人僧尼，是五叶金莲为青天。未来者是弥勒佛，管下元申酉戌亥四个时辰，度在家贫男贫女，是九叶金莲为黄天。"② 可见弥勒佛为未来佛，是救度众生之佛，也是最能体现大乘佛教教义的佛。众生平等、慈悲普度是大乘佛教的一个重要理念，而弥勒佛所度之人为"在家贫男贫女"，实为普通世人，正体现了大乘佛教众生平等、皆可成佛的思想。同时由于弥勒佛是未来佛，所以弥勒信仰中包含了人们对美好未来的希冀和憧憬。《锡六环》中的弥勒佛、《弥勒笑》中的布袋和尚都是以此为原型的。弥勒佛这一宗教人物形象具有两方面的含义，一是通过自己的修行悟道成佛。《锡六环》即是讲述弥勒成佛之事：浙江奉化人张契，为弥勒转世，韦陀奉佛祖之命，于梦中赐其六环锡杖，督其早脱尘凡，返回天界。张契得此锡杖后辞别父母，踏上修行求佛之路，历经酒色财气各种试炼，俱能自持，得师父印心大师点化，赐名弥勒。后历经诸多磨难，终成正果。弥勒成佛的经历，即是潜心修行、净化思想的过程。《弥勒笑》的开场与传奇常用的"家门"结构有所不同，不是简单地概括故事大意，而是以末扮布袋和尚来引发整

---

① 马西沙、韩秉方：《中国民间宗教史》，中国社会科学出版社2004年版，第36页。

② 中国第一历史档案馆编：《清代档案史料丛编》第三辑，中华书局1979年版，第65页。

个故事，讲述创作主旨，他上场即曰："情种无生无灭，因缘是色是空。一灵咬住不销融，枉被天公磨弄。世事渔歌樵唱，浮生暮鼓晨钟。呵呵大笑悟无穷，今古情场一梦。"此段上场词中的"生"、"灭"、"色"、"空"、"悟"、"梦"等都是佛家常用之语，而弥勒佛本身即是佛家文化的化身，所以《弥勒笑》开篇即显示出明显的佛教意味。二是弥勒佛慈悲为怀，普度众生的精神。《弥勒笑》中的弥勒佛引导钟心与文媚兰的魂魄于梦中相会，成就二人姻缘；《劝顺》一出中，崆峒公主兵败，弥勒佛引其逃出重围；《后梦》一出中，弥勒佛再次引导钟心入梦，参悟人生哲理；《留庵》一出中，崆峒公主在弥勒佛的点化下，将在战乱中与女儿走散的阴红夫人收留在庵中，保其平安，后与阴红等人团聚。这些情节都体现了弥勒佛慈悲济世、普度众生的精神。

观世音菩萨是佛教中慈悲和智慧的象征，无论在大乘佛教还是在民间信仰中，都具有极其重要的地位。观世音菩萨具有平等无私的广大悲愿，其所代表的大慈悲精神，被视为大乘佛教的根本教义。观世音菩萨是佛教众多菩萨中最为民间所熟知和信仰的。关于观音法相，唐代以前多为大丈夫相。后来随着中国民间信仰的兴起，特别是妙善公主的传说流行以来，观音形象越来越趋向女性化，民间流传的三十三观音像基本都是女身。《花萼吟》中的观音大士、《换身荣》中的观音、《婴儿幻》中的观音、《鹦鹉媒》中的观音、《繁华梦》中的菩萨，都是以此为原型的。观音菩萨的形象作用，主要是扶困解厄，往往在剧情最为关键时刻出现，帮助凡人度过劫难。《花萼吟》中的奸相贾似道之子贾玉专横跋扈，贪恋茹梦兰美貌，托媒说亲，为茹家以梦兰与姚利仁已有婚约之由坚拒。贾玉遂陷害姚利仁，贿赂知府刘良贵，谋划强娶梦兰。观音大士在最为关键时刻显灵，遣恶虎咬死刘良贵，梦兰得以逃脱。《换身荣》中的书生郑貌才貌双全，怀才不遇，饱受土豪强知文的欺侮。观音下界，令郑貌变成女身，选为蜀王妃，后立为正宫，严惩强知文，报当年欺凌之仇。《婴儿幻》中观音与西王母、老君相约收服牛魔王、铁扇仙和圣婴儿，为唐僧师徒解困。《鹦鹉媒》中观音入王宝娘梦中，付之鹦鹉，为其指点姻缘。王宝娘遂买一只鹦鹉，朝夕相处，后绘《调鹦鹉图》，送装裱店裱褙。诸生孙子楚见画爱之，对宝娘一往情深。宝娘为其深情打动，互入梦中。由于王父嫌弃子楚贫寒，二人婚事受阻。观音感念二人情真，助二人成婚。《繁华梦》中王梦麟，自恨身为女子，不得建功立业。菩萨感念其恨，助其圆梦，遂令善才童子引其入梦。王梦麟在梦中变身为男儿，不但金榜题名，而且娶得娇妻美妾，仕途腾达，享尽荣华。

这些宗教形象，既有源于佛教的佛、菩萨、罗汉，又有源自道教的玉皇、星君、花神、天仙，也有来自民间崇拜之土地、城隍、河伯、湘君等，体现出清中叶文人传奇中宗教思想之复杂。更有甚者，同一剧作中出现佛道混融的现象，比如《繁华梦》中王梦麟自恨生为女子不得建功立业，于是善才童子奉菩萨法旨，引其入梦，梦中变为男子，享尽功名利禄、荣华富贵。梦醒后，由麻姑点化，遁入玄门。善才、菩萨为佛教人物，麻姑为道教人物，在剧中起到重要的情节引领和叙事作用。《增广归元境》中，芮三立酒色过度，一时气绝，魂游地府，历遍地狱，方知自己在阳间所作罪孽。回阳后即皈依佛门，潜心礼佛，为菩萨接引西归。王母与老君谪凡下界，结为夫妻，后双双归真飞升。其中又穿插慧远座下老僧投胎为五代时王冲元，病僧托生为吴越王等。芮三立故事为佛教，王母、老君谪凡事属道教，转生投胎之事为佛道兼有，可见该剧更是佛道杂陈。这种现象不止出现在戏曲中，同时期或稍早的小说中就已经出现了，较为著名的是《西游记》和《红楼梦》。《西游记》中的宗教界限相当模糊，如来、观音、罗汉、玉帝、太上老君、王母娘娘、下界各种妖魔鬼怪，佛、道、民间宗教的各种形象汇集。《红楼梦》的故事框架即为僧道度脱，一僧一道并行游历天下，将灵通宝玉携至人世，历练一番后回归仙班。这种佛道混杂现象，具有宗教发展史依据，源于佛道两教在各自发展中的互相影响和借鉴。

佛道两教在某些教义、思想方面存在相通之处，使得其在传播接受中为受众所整合混融，甚至与儒家思想渗透融合，形成三教合一的融通思想。第一，在对待外物的态度上，两教在本质上都强调超脱，弃绝由外物带来的欲望。基于如此认识，佛道两教都是超然于尘世之外的存在，将其具象到宇宙的空间中，即为佛教的西方极乐世界和道教的三十六天、洞天福地等凡人所不可触摸的仙境。第二，在利用神通上，佛道两教拥有凡人无法想象的能力。不管是佛，还是神、仙、精、怪，都具有超越凡人的能力和神通。神通和法力是宗教人物"神性"的直观表现和首要特征。第三，佛道两教教义中都包含慈心济世、救助苦难、惩恶扬善的现实精神。《弥勒笑》中弥勒佛的形象来源于大乘佛教，其在剧中以慈悲之心度化崆峒公主的行为即体现出大乘佛教众生平等、慈悲普度的教义理念。《梅花簪》中灵应大帝在徐苞被奸恶之徒追杀的时候显灵施法救其于危难，汉钟离将玉狮坠赠予裴玉娥以护其周全，这些道教人物形象的做法与传统道教的遁世态度不同，而是体现了道教中灵宝派和全真教等慈悲济世思想。大乘佛教、灵宝派、全真教都崇尚无量度人的功德，而灵宝派"上消天灾，保镇帝王；下禳毒害，以度兆民"①的思想和全真教人拯危救困的做法更体现出对社会现实的关注，其实质是一种入世精神，与儒家积极入世、关注现实的精神是相通的。在对于善恶的认识上，都体现出较为明显的符合儒家伦理道德秩序的特点，比如表彰儒家伦理道德中所崇尚的忠孝节义。因此，清中叶文人传奇中的宗教人物形象体现出儒家思想与宗教文化相融合的特点。除此之外，清

---

① 《太上洞玄灵宝无量度人上品妙经注》，《道藏》第二册，文物出版社、上海书店、天津古籍出版社 1988 年版，第 429 页。

中叶文人传奇中还涉及众多"谪仙"的形象，如《软锟锘》中歌姬韦双成为瑶天仙女下凡，多次助干宵、姚秀姬等人脱困解厄；《一文钱》中卢至、庞蕴本为大罗汉，因凡心未净，托生为人；《合欢图》中尧鼎、尧蕭、琼林、琼瑛分别为寒山、拾得、金仙、玉真，谪凡修省；《一篇锦》中汉武帝为太德真人下凡，东方朔为岁星下凡，历劫修省后得返天庭；《怀沙记》中屈原为文星谪凡下世，《玉狮坠》中的黄损、裴玉娥本为仙界金童玉女，因过谪落尘世。"谪仙"们在世间所经历的磨难即是"修道"的过程；他们在尘世的活动，即具有宗教追求与世俗理想相结合的象征意义。因此，"谪仙"形象本身就是儒、释、道思想融合的体现。清中叶文人传奇中的宗教因素，反映出宗教对文学的重要影响，同时也体现出文人对于宗教伦理和社会世俗伦理之间融合与协调的思考和探索。

二、宗教形象与传奇文本的联系

清中叶文人传奇或以宗教形象为主要角色，讲述仙佛故事，或将宗教形象穿插剧中，承担一定叙事任务，其与传奇文本的联系主要有三个方面：一是承担剧中角色，在情节发展中具有重要推动作用；此为宗教形象与传奇文本最直接、最表面的联系，也是最常见的联系。二是构成宗教叙事框架，包括度脱、果报、梦幻等。三是凌驾于传奇文本之上，作为作者创作意图的传达者。

（一）宗教形象承担戏剧角色

宗教形象承担剧中角色，在戏剧冲突、情节发展中具有重要推动作用，此为宗教形象与传奇文本最直接、最表面的联系，也是最常见的联系。在清中叶文人传奇中，涉及宗教形象的剧作有近70种，其中以仙佛为主要角色，专门讲述仙佛故事的神仙题材剧作有30种，宗教形象自然是构成戏剧冲突的主要角色，除了这些，在其他题材故事中宗教形象也具有重要的情节推动作用。宗教形象在剧中往往承担先知、指示因果的叙事作用。《梅花簪》中的灵应大帝第一次出场即以先知的形象揭示戏剧冲突的发展方向。在《疑谶》一出中，徐苞外出游学半年，因惦念家中，来到灵应大帝庙求签占卜。此时，杜冰梅已被胡型强娶，杜父也被害身亡。灵应大帝以大凶之签指点徐苞，徐苞见签后大惊失措，继而返回家乡。《疑谶》是徐苞在戏中继《告游》之后的再次出场，之前的几出戏都是写杜冰梅的遭遇，徐苞作为剧中的男主角，是从《疑谶》这出戏开始才真正进入到戏剧冲突之中的。《疑谶》这出戏即是借灵应大帝的神通，通过谶言将徐苞指引回乡。《合欢图》中剧情开端即为刘海蟾以《欢喜图》止尧典二子尧鼎和尧鼐啼哭，后于元宵节引二子看灯，步入仙界，以龙章凤篆和辟麟符相授，指示二人命运。在成就二子的姻缘中，刘海蟾同样起到了重要的推动作用，他以《合欢图》赠安南二公主琼琳、琼瑛，为其指示姻缘，以琼琳配尧鼎，琼瑛配尧鼐。《弥勒笑》中的崆峒公主出家后于弥勒庵中修行，弥勒佛指示某日有忠臣之妇到庵，命其好生留住，以结后来一段未了公案。崆峒公主在其点化下，将在战乱中与女儿走散的阴红夫人收留在庵中，保其平安，后与阴红等人团聚。

宗教人物形象在剧中角色命运转折的关键时刻出现，推动情节发展。《玉狮坠》中涉及宗教人物形象的关目主要有《失坠》《伏狮》《仙渡》《授坠》《狮现》《化医》《坠仙》等，几乎占据整个戏曲故事的四分之一，汉钟离、白狮、龙女等宗教人物形象在剧中出现的频率较高，虽不是主要角色，但都对故事的发展起关键性作用。玉狮坠是黄损与裴玉娥遇合的重要因素，贯穿故事的始终，在情节发展中有几个关键转折点，即黄损失坠、裴玉娥得坠、玉坠幻化护主成就黄裴姻缘。《玉狮坠》在这几个情节的处理中都借助了宗教人物形象。《失坠》中令白狮现形遁化而走，玉狮坠消失不见，此为黄损失坠；《伏狮》一出，汉钟离于云梦泽中收服白狮，复归玉坠原形，此为玉坠复得。《授坠》一出，龙女受汉钟离点化，将玉坠交予裴玉娥以便日后救应，此为玉娥得坠；《狮现》中裴玉娥被吕用强抢入府，白狮现形保护玉娥，此为玉坠护主。这几出戏中宗教人物形象为主要角色，正是由于其异于常人的神通法力，才能够推动几个关键情节的发展，并为戏曲增加了奇幻色彩。《梅花簪》中灵应大帝的第二次出场是在《杀庙》一出中。胡型强抢杜冰梅后，为绝后患，遣胡鹰和都来德追杀徐苞。徐苞命在旦夕，是灵应大帝显灵救助徐苞逃脱毒手。《天榜》一出中，灵应大帝起到了改变徐苞命运的作用。元旦之日，灵应大帝前往天庭朝贺，路遇文昌魁星张贴天榜，得知人间科考之事实为上天掌控，中第之人必为天榜有名之人。由于第五百名空缺，灵应大帝向天官保举徐苞，称其谨厚潜修，却受奸徒所害，报恨难伸，希望上天怜念，赐以科名。徐苞正是由于灵应大帝的保举才中了进士，被授予官职。《重重喜》中长孙贵奉皇命西征，讨伐安禄山叛军。安禄山军师半节孔明，擅长妖术，将长孙贵困于盘龙谷。正是命悬一线之时，斗姥运用神力收妖，救长孙贵于危难之中。后安禄山又遣李猪儿刺杀长孙贵，也是斗姥显灵将其擒拿，才使得长孙贵免遭其害。《琼林宴》中范仲虞携全家入汴京科考，妻陆玉贞貌美，被太尉葛登云看中，强抢入府，仲虞科试结束，得知妻子在葛府，遂登门求索。葛登云明里款待，暗中遣人谋害仲虞性命，弃尸荒野。仲虞得中状元，却失踪不见。仲虞幸而不亡，却疯癫了，屡闯开封府鸣冤而不得。玉贞知其夫被杀，悲痛不已，葛登云妻及女艳珠怜悯玉贞，偷放玉贞出府。葛登云察觉后，将玉贞杀于途中，埋尸土地祠旁。至此，仲虞疯癫，玉贞被害，好人无端陷入灾难而不能自救。在现实中剧情似乎无以为继，其时宗教形象介入，推动剧情发展。土地神出现，化身为老者，到开封府为玉贞鸣冤。于是，剧情得以反转，包拯彻查此案，斩葛登云，为玉贞、仲虞伸冤。《南阳乐》实为诸葛亮补恨之作，剧中令诸葛亮灭魏、吴，以成一统，改写历史上诸葛亮病亡，蜀就此衰微的史实。剧中诸葛亮病卧五丈原，筑坛禳星，天帝感其忠诚，遣天医华佗赠以仙丹，服之病愈。天帝、天医华佗等宗教形象，在剧中起到了至关重要的作用，诸葛亮没有倒在五丈原，成为此补恨之剧的第一步。之后诸葛亮设计大破魏军，擒司马懿，杀司马昭，掘曹操墓，灭魏国。后蜀吴对战，关羽之神奉天帝之命，率阴兵大败吴军，蜀军直取吴都，孙权投降。蜀国两次重大胜利，皆赖于神助，宗教形象和情节在剧情发展中起到了关键性作用。

（二）宗教形象构建的叙事框架

宗教形象与传奇文本的第二种联系，是在剧中构建宗教叙事框架，令传奇具有神秘奇幻色彩，以吸引观众。度脱、果报和梦幻框架是清中叶文人传奇中常见的三种宗教叙事框架。

1. 度脱框架

"度脱"一词，意为超度解脱生死之苦，为宗教用语，佛道两教均有度脱传统。度脱有自度与度人之分，小乘佛教偏于"自度"，追求远离社会、个人解脱的理想，而大乘佛教崇尚悲智双运、利生无我的菩萨道思想，以众生解脱为个人解脱的前提，不仅自度，而且度人。大乘佛典中有很多关于度脱思想的论述和度脱事迹的记载，《法华经》曰："诸仙之导师，度脱无量众"[1]，其中《观世音菩萨普门品》中专门记述观世音救度众生的事迹；《道行般若经》中也记载了发意菩萨自度成佛，而后度脱众人之事，曰"初发意菩萨稍增自致至佛，成就作佛已，当度脱十方天下人"[2]。此外，《金刚经》和《华严经》等诸多大乘佛典中都有度脱一切众生的观念。从佛家经典中衍生出很多宣讲菩萨度脱危难众生的故事，其中观世音菩萨的故事在中国古代民间流传最为广泛。早期道

---

① （后秦）张新民、龚妮丽注译：《法华经今译》，中国社会科学出版社 1994 年版，第 217 页。

② 姜子夫主编：《道行般若经》，大众文艺出版社 2005 年版，第 363 页。

教宣扬出世思想，以修道成仙、脱离凡尘、逍遥自在为理想，六朝时期，宣扬"仙道贵生，无量度人"思想的灵宝派兴起，将道教的"自度"扩大到"度人"，将传统道教的遁世态度转化为入世济难精神。《元始无量度人上品妙经》的宗旨即是普度众生，经文中"普得济度""度人无量""普渡无穷""无量度人""长生度世，无量大神""普度天人""是谓无量，普渡无穷"等语层出不穷，宣扬道教度人的功德。度脱文学一般包括四个结构因素：一是度人者，往往是佛、仙或得道高僧、道士；二是被度者，一般是贬谪下界的神仙或是具有仙缘佛性的凡人、精怪等；三是度脱的行为，度人者选定度脱对象，对其进行引导和考验，被度者往往需要经历种种苦难，尝尽人世的悲欢离合；四是度脱的结果，被度者经过度人者的引导和考验后幡然醒悟，成佛成仙。清中叶文人传奇中有一定数量的度脱剧，如《锡六环》《增广归元境》《一文钱》《葫芦幻》《渔村记》《婴儿幻》《扬州鹤》《一篇锦》《禅真逸史》《回春梦》《繁华梦》等，除了这些度脱剧外，清中叶文人传奇中有大量故事情节带有较为明显的度脱文学特征。这些度脱情节中的度人者或仙或佛，都具有无量慈悲之心，洞悉世事，具有超越凡人的智慧。西王母、八仙、弥勒佛等宗教人物形象都是常见的度人者。度脱文学中的被度者一般都是下界有仙缘或佛性的凡人、精怪。《弥勒笑》中的钟心本为情种，故受弥勒引导参悟情之真谛；崆峒公主虽为反叛头目，但亦有佛缘慧根，她在《劝顺》一出中有一段这样的唱词："便是这枪挑的拖开两下，刀斫的剁作三花，也不让催命判勾牌夜发。只见那一个个披肩带臂，一声声觅子寻爷，好叫俺染征袍血点凌波袜。作不得假慈悲低眉的女菩萨，也不比惯狰狞怒目的母罗刹。"表明了她虽有杀戮之举，但并非本性狠毒之人，此即为成佛的善根。《梅花簪》中徐苞生性善良，却遭遇不幸，身陷危难，恰是佛道慈悲救助的对象；而胡鹰则是"勇力莽撞，口直心雄"之人，只是为胡型所利用，并非大奸大恶之徒。《玉狮坠》中龙女本为半仙之体，又潜心修道，自然有成仙的资质；而白狮是由玉狮坠幻化而成，汉钟离收服白狮之时将其仙根道出：称其"坚凝体质，温润形骸，洁白颜色，兀的不琢磨来越教人可爱"，"向土钟灵，从石结胎，受阴阳把日月精华采。还亏他神工鬼匠巧安排，出落得毛体备，神气该"①。

　　传统的度脱行为一般是度人者引导被度者经受苦难历练，被度者在历尽世事人情之后幡然醒悟得道成佛成仙。这类情节在元代杂剧中较为普遍，如《岳阳楼》中柳树精和梅花精先是受到吕洞宾的点化，后托生成人，经历世俗红尘之事，才得以成仙；《玩江亭》中的金童玉女因动了凡念被贬为人，历经世事艰辛后，经铁拐李度脱回到仙界等。清中叶文人传奇中一部分剧作继承了此类情节，如《锡六环》和《一篇锦》等度脱剧，但更值得注意的是另一类度脱情节，继承了以汤显祖《邯郸记》和《南柯记》为代表的融合了现实世情、带有人生哲理思考的度脱文学样式，其主要情节和内容不再是被度者经受度人者的试炼和人间苦难，而是侧重于对现实社会的反映和人情世事的感悟，如《弥勒笑》中弥勒佛对钟心的度脱。同时，度脱行为侧重于表现佛道慈心济物的宗旨，将其意义指向劝善惩恶，积累功德，因此涉及很多仙佛救助苦难的情节。《弥勒笑》中崆峒公主在弥勒佛的庇护下杀出重围，又在弥勒佛的点化下皈依佛门，潜心修行；《梅花簪》中的胡鹰在追杀徐苞时被灵应大帝施法，反将同来的恶棍都来德杀死，之后顿然醒悟，从此一心向善。这些情节不同于传统意义上的度脱行为，并没有经由度化而成佛成仙，而是在现实中完成由恶向善的转化，可以看成是度脱行为的扩大化和世俗化。《玉狮坠》中汉钟离收服白狮，令其复归原形以待日后保护裴玉娥，继而又点化龙女，令其扮作渔婆将玉狮坠交付裴玉娥，并称此为二者修道中的一件大功德。如此一来，既成就了黄损、裴玉娥的姻缘，又积累

---

　　① （清）张坚：《玉狮坠》第十一出《伏狮》，《玉燕堂四种曲》，清乾隆刻本。

了功德，这样的度脱行为，抛弃了被度者经受历练磨难成仙的模式，而转向对被度者自身行为的要求，强调行善修德的重要性。

清中叶文人传奇中由宗教形象构建的度脱框架，其重点往往不在于度脱本身，落脚点也不在于宣扬仙佛，而是借用度脱的外壳，演绎世俗人情，思考人生意义和价值。孙埏在《锡六环序》中即明确作剧之意图，曰："余之为此传奇，亦非欲传布佛教也。念人生在世，南柯一梦。"[1]《锡六环》是典型的度脱剧，演布袋和尚弥勒成佛的过程，但作者明确自己的创作意图，不在于传布佛教教义，而是借此来写自己的人生思考。正像杜桂萍所说："作者的兴奋点显然不是为了写度脱过程，而是将笔触处处落在抒发愤世嫉俗的情绪方面，作品已不单纯地写佛写仙，而增加了劝世的内容，加入了叹世的感慨，融入了愤世的悲凉。可以说，浓重的现世情感基本上代替了本有的宗教情绪，成为这类杂剧的一个突出象征，所谓的宗教义理之类逐渐演化为一个故事外壳，变成了一种有意味的形式。"[2]

首先，度脱框架与剧情发展紧密相连，对故事结果产生重要影响。《玉狮坠》中宗教形象构建了一个汉钟离度脱白狮、龙女成仙的故事。而这个度脱的过程又与黄裴爱情故事紧密相连，成为黄裴爱情发展的重要助推者和成就者。玉坠成精，幻化为白狮逃脱，汉钟离于云梦泽中将其收服，斥责其背负黄家世代珍藏之恩而私自脱逃之罪。白狮在汉钟离点化下复归玉坠原形，后来在关键时刻现形保护裴玉娥，不但成就了黄裴的姻缘，而且也因此飞升成仙。龙女潜心修道，在汉钟离的点化下，将玉狮坠交付裴玉娥，成就功德，被汉钟离度脱飞升。这个度脱故事又与黄裴爱情故事密切相关。白狮和龙女成仙所要完成的功德即是成就黄

---

[1]　（清）张埏：《锡六环》，《古本戏曲丛刊》第 5 集，上海古籍出版社 1986 年版。

[2]　杜桂萍：《清初杂剧研究》，人民文学出版社 2005 年版，第 118—121 页。

损、裴玉娥的姻缘，所以二者又互成因果，息息相关。

第二，度脱框架与传奇思想主旨联系密切。度脱情节与传奇所表达的思想主旨保持一致，或是对思想主旨的深化与升华。《梅花簪》中的《杀庙》一出，既是主要角色命运转折的关键一出，也是一个小小的度脱环节。胡型强抢杜冰梅后，为绝后患，遣胡鹰和都来德追杀徐苞。三人偏偏在灵应大帝庙中相遇，灵应大帝不但救助徐苞逃脱毒手，而且施法让胡鹰杀死恶贯满盈的都来德。此出戏中以灵应大帝救助徐苞，惩罚都来德来展现赏善罚恶的精神。胡鹰在经历此事之后，也弃恶从善，改名向善，投奔到巫府。虽然没有直接写灵应大帝对胡鹰的点化，但是胡鹰的醒悟却是因灵应大帝救善惩恶的行为，可以看作是道教对世人的度救。《渔村记》的作者韩锡胙自述创作主旨云："其意以为天上无不忠不孝之神仙。然其大要旨归，又若为摄生者扫陈言而轨于正，于进退刑德三致意焉。揆诸金碧参同，敲爻悟真，往往有发所未发者。是则《孝经》之绪余，抑亦仙坛之鼓吹也。"[1]可见《渔村记》中瑶池金母对慕蒙的度脱，完全是出于对慕蒙至孝之心的表彰，此度脱框架实质上是作者宣扬孝道的一种手段或途径，即作者所云借仙坛鼓吹孝道也。

2. 果报框架

因果报应是佛教基本教义之一，其哲学基础是佛学中用来阐释事物之间关系的缘起论。因缘是佛教缘起论的根本，佛教认为每一事物的生起与消灭，都是由某些条件引起的，而这些引起事物变化的条件就是因缘。世界上的一切事物均由各种因缘和合而生，处于一定关系之中，也因各种因缘而灭，导致事物随着某种关系的分解而消失。因与果的关系是佛教构建宇宙人生的最重要的关系。佛教强调因与果之间的必然联系，《杂阿含经》曰"此有故彼有，此生故彼生，此无故彼无，此灭故

---

① （清）韩锡胙：《渔村记》，清光绪刻本。

彼灭"就是对"有因必有果，因灭果必灭"规律的揭示。虽然缘起论涵盖了宇宙万象，是佛教理解、认识世界的基础，但是佛教关注的重心在于人和人生，所以因果报应说的最终指向是人和人生。佛教以缘起论为出发点观察人生，认为世界一切皆有生灭，故一切皆苦，人生自始至终充满了生、老、病、死、怨憎会、爱别离、求不得、五蕴炽盛之苦，可谓无事不苦。若想灭绝苦果，必然要断绝苦因，而苦的原因则在于业和烦恼。业，是造作、行为的意思，指人的一切身心活动，这种活动具有在时空中延续的功能，是实现因果报应的动力。于是，佛教在缘起论与业力论的基础上以十二因缘论来说明因果报应的实现过程。十二因缘包括无明、行、识、名色、六处、触、受、爱、取、有、生、老死十二个部分。所谓"无明"，即黯钝、痴，不懂佛法，执着生命，进而产生各种世俗思想行为和烦恼。十二个部分构成循环相生的因果链条，人的一切思想行为都会引起相应的果报。

佛教因果报应思想与中国古人对于事物联系的朴素认知相一致。早在佛教传入中国之前，中国古代就有关于因与果客观联系的认识。《尚书·伊训》曰："惟上帝无常，作善降之百祥，作不善降之百殃"[1]，《道德经》曰："天道无亲，常与善人"[2]，《周易》曰："积善之家必有余庆，积不善之家必有余殃"[3]，《论衡·祸虚》曰："世谓受福佑者，即以为行善所致，又谓被祸者为恶所得，以为有沈恶伏过，天地罚之，鬼神报之"[4]，都是将行为的善与不善和所获结果的福与祸直接联系起来。与佛教将因果报应置于哲学层面的理论探讨不同，这些思想是中国古人现实

---

[1] 《十三经注疏》整理委员会整理：《十三经注疏·尚书正义》，北京大学出版社1999年版，第206页。

[2] （先秦）老子：《道德经》，《诸子集成》第3册，中华书局1954年版，第46页。

[3] 《十三经注疏》整理委员会整理：《十三经注疏·周易正义》，北京大学出版社1999年版，第31页。

[4] （汉）王充：《论衡》，《诸子集成》第7册，中华书局1954年版，第57页。

生活经验的直观总结，虽然缺乏理论性、系统性，但是已经为民众所普遍接受，并影响着人们的思想行为。这些思想与佛教的因果报应说具有相通之处，都承认因与果的客观联系，都将因果报应与劝善惩恶联系在一起。张坚在《怀沙记凡例》中对因果报应的认识就侧重于善恶祸福的直观联系：

> 或疑因果始自释氏，似非儒者之言。原时佛未入中国，何得有地狱轮回之说？余谓不然。儒者不曰因果，而未始不曰报施感应；不曰轮回，而未始不曰循环反复。如以为无，不应以佛入而忽有；如以为有，亦不应以佛未入而遂无也。传说为箕宿降生，惠子生而有文在手，曰为鲁夫人。冥冥之际，谁实司之。伯有之鬼，彭生之怪，左氏所传，即多诞妄。①

张坚认为因果之说虽然始自佛家，但是早在佛教传入之前，中国古代就已经有这方面的认识。张坚提到的"伯有之鬼"、"彭生之怪"是指《左传》"昭公七年"和"庄公八年"分别记载的伯有、彭生的鬼魂杀仇报怨的事件。这些都反映了古代普遍的社会心理，即人们相信鬼魂的存在，相信人的善恶行为会受到不同的报应。因此，早在佛教传入之前，中国就有关于因果报应的认识，只是这种认识尚处于人们对现实生活经验的直观感受层面，并未形成佛教教义那样的系统、清晰、富于逻辑性的理论。张坚认为儒家所说的"报施感应""循环反复"与佛家的因果之说，虽然称法不同，但是在本质上是一致的。佛家讲因果，儒家亦讲报施，所以在因果报应的问题上儒、释是相通的。

佛教在传入中国后，与中国本土思想不断斗争、融合，有一个中国

---

① （清）张坚：《怀沙记》，《玉燕堂四种曲》，清乾隆刻本。

化的过程。自东晋以来，有不少学者和思想家对佛教因果报应论提出质疑、否定和批判，如南北朝时期著名的唯物主义思想家范缜作《神灭论》，以"形神相即"的理论驳斥佛教因果报应说。而因果报应说也在这些论争中不断发展、完善，其中影响最大的是东晋慧远的"三报论"。东晋时期慧远将因果报应理论与"三世"观念相结合，提出了"三报论"，即"业有三报：一曰现报，二曰生报，三曰后报。现报者，善恶始于此身，即此身受。生报者，来生便受。后报者，或经二生、三生、百生、千生，然后乃受"①。慧远认为人的思想行为即为业，终会得到应有的报应，善业得善报，恶业得恶报，但是报应的时间有早有晚，故而又有现报、生报和后报之分。所谓现报，即今生受报；生报，即来生受报；后报，则经二生、三生乃至百生、千生受报。现报的业力因缘最为强大，故今生所作善恶业今生即受善恶果报；生报的业力因缘不如现报的强大，故在来生实现相应果报；后报的业力因缘最为软弱，遇缘即报。慧远的因果理论将报应前推后延，扩大到三生，即过去无量生中所作的善恶业力，或于今生受善恶果报，或于未来无量生中受善恶果报，巧妙地解决了时人"积善而殃及，凶邪而致庆"的疑问。

南宋以来佛家因果之说与儒家伦理道德和道家神仙信仰进一步融合，南宋时期摘抄道教经书的《太上感应篇》即宣扬"福祸无门，惟人自招；善恶之报，如影随形"的思想，后被统治阶级加以利用，将儒家伦理道德作为衡量善恶的标准，晚明僧人云栖袾宏、云谷法会等又对道教的《功过格》进行佛教化的改造，把佛教的因果信仰与道家的劝善说教全部归落到改变世俗命运的道德完善上。可见，在佛教中国化的过程中，因果报应与儒、道思想相结合，逐渐发展成一种以佛教因果理论为哲学基础，以儒家伦理道德为善恶标准，以道家神仙信仰为表现形式的

---

① 石峻等编：《中国佛教思想资料选编》第 1 卷，中华书局 1989 年版，第 81 页。

思想理论，成为对中国影响时间最久、影响范围最广的宗教人生理论。

融合了儒家伦理道德和道家神仙信仰的因果报应思想对中国古代社会产生了广泛而深远的影响，也在戏曲小说中留下了深刻的痕迹，出现了大量结合了儒家忠孝节义思想的因果报应题材的戏曲和小说。南北朝时期关于因果报应的论争，对志怪小说的繁荣起到重要的促进作用，关于"三生"和因果报应的题材在志怪小说中大量涌现，如《搜神记》《异苑》《宣验记》《幽明录》《冤魂志》等都有涉及鬼神果报的故事。后世的白话短篇小说、文言小说等都记述了颇多因果报应故事，如"三言"中的《梁武帝累修归极乐》讲述梁武帝三生因缘之事；《聊斋志异》中的《三生》《陈锡九》《张诚》等篇亦是演绎因果报应故事。因果报应观念同样渗透到戏曲创作中，对因果客观联系的感性认识、在儒家伦理道德标准下的善恶选择，以及道教神仙鬼神的信仰构筑起戏曲艺术世界中的果报叙事框架。

清中叶文人传奇存在大量由宗教人物形象构建的果报框架。神灵司掌人间善恶果报，强调"天"报。行善者得享幸福，甚至成仙成佛，作恶者终得恶报，罚下地狱受苦受罚，甚至来世遭受苦难以偿今世之罪。《换身荣》中观音大士下凡，解救为劣绅欺压的书生郑薮，令其改换性别，变为女身，并细说其中因果，指示未来命运发展："况且查其因果，他前世原是个大老，名字叫做李神俊，如今这个蜀王是他门生，不合贪者分桃，因此今生无禄。到了来世，蜀王该作衙官，郑薮该做书吏，酬还宿债，其案方结。再四思惟，才有个不可思议的主意：不如把羞隐处所改变起来，教他来生之事，今生便了。"①

沈起凤《赘渔四种曲》中，在每部剧作的开头都设定了天界因果框架，以超现实之力安排主要人物的人生轨迹。《报恩猿》第一出《谪凡》

---

① （清）吴震生：《换身荣》，清乾隆刻本。

交代主要人物之间的渊源，剧中主要人物的前世均为天界仙人。嫦娥丽华、吹箫女子寒簧、抱琴女子结璘、文曲星四仙因错谪凡下界。文曲星转世为贫寒书生谢兰，嫦娥转世为富商白丁之女白丽娟，与谢兰自幼有婚约。白猿公因曾得文曲星庇护，遂于下界报恩，令徒弟紫箫（吹箫女子寒簧托生）、绿琴（抱琴女子结璘托生）前去救助转世的文曲星谢兰，并嫁谢兰为妾。《才人福》第一出《双奔》亦构建了天界环境，交代主要人物之间的纠葛。王子晋、萧史逗引芙蓉城女子瑶英、绣贞下界，奉命来芙蓉城抄写蕊珠花榜的藜杖老人和写韵仙子因失误玷染花榜，也被罚下界。《文星榜》第一出《天榜》揭示了主要人物的最终结果。人间科举由天界掌管，天界蕊珠宫掌书仙子填写天榜，本应为状元的杨仲春，因士行有亏贬至榜末，原本第二名的王又恭补为状元，但受其父用刑太酷的影响，要罚其受囹圄之苦。天榜的安排昭示了后面故事的发展，科举揭榜之时，杨仲春落榜，王又恭高中，后因感情纠葛，王又恭被卷入一场人命官司，受牢狱之苦。《伏虎韬》中的第一出《开宗》叙述主要角色的前世，轩辕生为伽耶城侍者转世，其妻张氏为罗刹女的坐骑胭脂虎转世，菩萨为免雌风高涨，遂派降虎尊者下界收服。

《冬青树》第二十八出《神迓》揭示了文天祥的谪仙身份，龙王曰："庐陵文家门前冷水潭中，旧有应龙一条，以行雨得罪，谪于宋世，托生为文天祥，使历亡国逋臣诸苦，今已限满，为此引领雨师风伯，前往燕京，会同彼地城隍等神，赢取归位。"龙王一席话，揭示了文天祥在人间经历的原因，即其前世本为龙神，由于行雨犯错，被贬谪下凡。文天祥所经历的亡国之痛，是在其被贬下凡之时已经注定的，谪凡期满后自然归于天庭。

《香祖楼》第一出《转情》即指示了整部剧的因果渊源。欲界天中帝释天尊与悦意夫人总持色界，以天界情关六重配地狱轮回六道，大千世界一切有情之物均需历经情关。帝释称："兰花为众香之祖，其品最贵。内有紫梗男根者，名曰陈梦良，白梗具女根者，名曰李判官。两花灵性芳魂回翔相向。每当风露之下，伫立凝眄，如不胜情。以此因缘，当落尘世，结三月伉俪之欢，遂入离恨天中，不能偕老……紫兰当生河南永城仲家，黄兰本名殿讲，即生于曾氏，为其正妻，共享富贵寿考。此情天难得之奇福也。"这就注定了之后的故事中仲文（紫兰"陈梦良"托生者）、曾氏（黄兰"殿讲"托生者）与若兰（素兰"李判官"托生者）之间的爱恨离合。仲文与曾氏伉俪情深，颇相怜爱，相伴终老。曾氏为仲文购妾若兰，仲文与若兰历经磨难，终得相会，然未几若兰病亡。最后一出《情转》又回到天界的环境中，素兰在人世间的劫难结束，回归天界，帝释天尊复令紫兰、黄兰梦魂至天界，三兰勘破情关。整部传奇故事在因果框架中展开，故事主人公经历了天界—凡间—天界的命运循环，因天界中的纠缠，才有了下界历凡的经历，最终又回归仙班。此为典型的谪凡故事，但作者创作的重点不在于如何度脱，而在于通过谪凡者的经历叙写世情，落脚点仍在宣扬儒家伦理规范，以教化世人。帝释对紫兰、黄兰梦魂的一番话，颇有训教意味："做官的当尽心酬报，不许你欺君罔法撞骗招摇，想一想忠和孝，为甚把承先启后身子卖钱刀。""做妻的要无惭封诰，佐夫君仁民爱物节俭勤劳。"通过帝释之口，劝诫世人以忠孝立身，为官尽责，为妻贤德，仁民爱物，节俭勤劳。

《梅花簪》中徐苞误判杜冰梅死刑后，杜父的鬼魂现形的情节即是受到《左传》所载"伯有之鬼""彭生之怪"故事的影响，反映了民间较为普遍的鬼神信仰。第十五出《杀庙》中灵应大帝一上场就唱道："孽海无边，浮生有限，休迷恋。善恶昭然，果报如环转。"昭示了该出的内容与善恶果报有关。在灵应大帝的庇护下，徐苞躲过了胡型的追杀，而都来德由于作恶多端，被灵应大帝施法令胡鹰将其杀死。灵应大帝曰："暗室亏心，神目如电。都来德恶贯满盈，本神已正天诛鬼判。可传南山白额虎将尸驼去，免累地方。仍将阴魂押赴冥司，以偿果报。"

反映出神灵主宰人间善恶果报的权力，令行善者获得庇护，作恶者受到惩罚，同时也具有引导世人向善的道德教化意义。《玉狮坠》经汉钟离之口道出黄损与裴玉娥的婚姻本为天定，称其"本金童玉女排，偶然被谪落尘埃"，须要经历磨难才能重新相会，使才子佳人爱情笼罩了一层神秘色彩。《伏狮》一出，汉钟离降伏遁形出逃的白狮，训斥道："你休得兴妖作怪，你休要头动尾摆。你只道脱离衣带，任跳跃无拘无碍，却不道背主恩忘旧义，问你个私逃罪"①，斥责白狮对黄家世代珍爱之恩的背负，并令其现出原形，护佑裴玉娥周全，成就黄裴二人的姻缘。汉钟离伏狮的情节既反映出人间知恩图报的价值选择，也体现了神灵主宰下的善恶报应以世俗伦理道德为衡量标准来施行的特点。

　　果报框架，以儒家社会伦理精神为内核，以儒家价值观念为评判标准。《忠孝福》第三出《星诞》里观音出场时便说：因见殷口仲氏……殷俭之妻，好善求嗣，向我皈依，理合早送石麟，以彰善果。况殷旭秉性忠贞，殷俭立心纯孝，更宜选取星宿中大有福之人降生其家，享用富贵寿考，以报德门积庆。此处观音之语为全剧奠定了好善之人、大忠大孝之人必定能求得大富大贵之果的故事发展基础，后面情节的发展也必然按照这个基础来进行。《怀沙记》在结尾部分加入了《魂游》《湘宴》《现果》《升天》等出，构筑了一个虚幻的因果报应体系。虽然张坚在《怀杀记凡例》中称《现果》一出的内容源于儒家所讲的"报施"，但是其所采用的报施模式，明显受到佛教"三报论"的影响，其所营造的报施环境，明显带有道家神仙色彩，所以《怀沙记》中所体现的因果报应观念正是融合了儒家伦理道德和道家神仙信仰的中国化了的因果报应说。张坚将屈原的身份改为谪凡下界的星宿，死后魂游仙界，受到湘君、湘夫人、大司命、少司命等诸神的接待，并被天帝命为文昌佐命星君，重

---

① （清）张坚：《玉狮坠》第十一出《伏狮》，《玉燕堂四种曲》，清乾隆刻本。

登仙界，可见《怀沙记》所构筑的因果报应体系是以融合了原始宗教崇拜和道家神仙信仰的虚幻世界为依托的。在屈原魂游仙界时，处处可见以儒家价值观念为标准的评判和论断，如《湘宴》中屈原与湘君、湘夫人谈论尧舜治世时的景况：

> （生起谢介）臣闻尧舜中天，号称至治，不识如何景象，敢望神后宣示一二。
>
> （二旦）坐下听我道来。父皇当日禅位夫主，揖让登庸，重华复旦，用成于变时雍之治。康衢有歌，击壤有颂。那一时熙皞之风，真是千古以来不能有两。
>
> ……
>
> （生喜介）真个好世界也，启上神后，那一时贤才如何取用？
>
> （二旦）听我道来。
>
> ［北刮地风］则俺那籲俊门不只是开半边，辟的来彻地通天。一任他藏珍怀宝频频献。原也从侧陋显，怎忍教阻塞英贤。……
>
> （生）真个的喜也①。

湘君、湘夫人为屈原描述了一个太平祥和、重贤尚才的理想世界。"于变时雍之治"出自《尚书·尧典》，代指尧舜治世；"康衢有歌，击壤有颂"亦是反映当时的太平盛世。此处对理想世界的描述即带有鲜明的儒家思想特色。《尚书·尧典》曰："克明俊德，以亲九族。九族既睦，平章百姓。百姓昭明，协和万邦。黎民于变时雍。"整段话讲述尧帝以德治国，以仁爱民，发扬大德，使家族亲密和睦。家族和睦之后，辨明其他各族政事。众族的政事得以清晰明辨，则协调万邦诸侯，遂使天下

---

① （清）张坚：《怀沙记》第三十出《湘宴》，《玉燕堂四种曲》，清乾隆刻本。

黎民也逐渐相互友好和睦起来。张坚引用儒家经典《尚书》中的典故来描述理想中的王国，推崇以仁德治国，向往尧舜之世万民和睦，万邦平和，礼贤下士，英才尽得其用的盛世景象，体现出典型的以儒家价值观念为主导的思想倾向。因此，在《怀沙记》构筑的因果报应体系中，儒家价值观念和伦理道德是其评判善恶的标准，也是其精神内核。

果报框架，以传奇作者创作意图为旨归，具有抒发情感，为现实补恨的作用。张坚在《怀沙记》中写到屈原沉江后魂游仙界的所见所闻时，以佛家的"三报论"来解释人间的善恶报应。屈原死后，湘君和湘夫人将其魂魄引入水府，设宴款待。席间谈到尧舜之世敬仰贤臣，惩治佞臣，屈原问道："臣闻赏善罚恶，天道之常。我主楚怀王一生忠厚，屡受秦欺，到底秦强楚弱，终必楚并于秦。臣造靳尚、子兰所嫉，放逐栽生，他二人蛊惑君心，反得常保富贵，难道尧舜以后之天，便不是以前之天了么？"湘君、湘夫人为其解释道："说哪里话，天道好还，无往不复。只是你此时还不得知道也。"① 屈原面对自己忠君爱国却遭放逐，靳尚、子兰奸佞害政反得荣华的事实时，对曾经赏善罚恶的天道报应产生了疑问，而湘君、湘夫人解释为善恶终有报，只是时候未到。屈原与湘君、湘夫人的此番问答，正是从佛家"三报论"而来的。"三报论"将报应前推后移，扩大到三生，人们看到的善人受祸、恶人享福，是其前世行为的报应，而今世的报应还没有显现出来，要到来世或者后世才能显现。根据"三报论"的思想，张坚又特意安排了《现果》一出，交代善恶报应：

> （场上设一镜台，判引生登高对镜介）（内扮楚兵拥霸王上，杂扮秦将领兵上，调阵，楚兵杀破秦军介）（楚军持炬放火烧秦宫殿介）（生笑介）妙也，好快畅，好快畅。……

---

① （清）张坚：《怀沙记》第三十出《湘宴》，《玉燕堂四种曲》，清乾隆刻本。

（霸王复领众上，副净扮赵高，小丑扮孺子婴，上迎拜介）（霸王作喝，武士将副、丑跣剥杀讫介）（内扮汉军上围介）（贴扮虞姬上哭跪介）（霸王授剑虞姬自刎下）（生）杀得好，杀得好，原来靳尚转世为赵高，子兰转世为孺子婴，郑袖转世为虞姬，到头来，免不得都受诛戮，不是就叫他长享富贵的。①

《现果》一出涉及"三世"观念，将楚怀王、屈原、靳尚、子兰、郑袖等人之间的恩怨情仇延续到来生，实现善恶各有所报，令屈原这样的贤臣升入仙界，令楚怀王托生为霸王项羽，兴楚灭秦，报今世被辱受欺之仇；令靳尚转世为赵高，子兰转世为子婴，张仪转世为侯生，郑袖转世为虞姬，各受诛戮，以偿前世之罪，可谓生报。这段情节设置与《三国志平话》开头的书生司马仲相魂入阴司，审理西汉初年刘邦、吕后杀害功臣的情节十分相似：

……仲相抬头，觑见红漆牌上，书着簸箕来大四个金字："报冤之殿"。……玉皇敕道："与仲相记，汉高祖负其功巨，却交三人分其汉朝天下：交韩信分中原为曹操，交彭越为蜀川刘备，交英布分江东长沙吴王为孙权，交汉高祖生许昌为献帝，吕后为伏皇后。交曹操占得天时，囚其献帝，杀伏皇后报仇。江东孙权占得地利，十山九水。蜀川刘备占得人和。刘备索取关、张之勇，却无谋略之人。交蒯通生济州，为琅琊郡，复姓诸葛，名亮，字孔明，道号卧龙先生，于南阳邓州卧龙冈上建庵居住，此处是君臣聚会之处；共立天下，往西川益州建都为皇帝，约五十余年。交仲相生在阳间，复姓司马，字仲

---

① （清）张坚：《怀沙记》第三十一出《现果》，《玉燕堂四种曲》，清乾隆刻本。

达，三国并收，独霸天下。"①

《三国志平话》以对汉高祖刘邦和吕后杀害韩信、彭越、英布等功臣的审判开篇，令韩信等人分别托生为曹操、刘备、孙权，三分刘氏天下，以报前生功勋卓著却惨遭杀害之仇，而汉高祖刘邦和吕后分别转世为汉献帝和伏皇后，以偿前世背负功臣之罪。而司马仲相则由于断案公正而获得"三国并收，独霸天下"的命运。

然而，这两段情节虽然相似，但写作意图却截然相反，《三国志平话》是以因果报应来解释朝代更迭、历史变迁，而《怀沙记》中加入因果报应情节并非以宣传儒家伦理道德、忠孝节义为目的，而是借此来为屈原这样的忠臣伸张正义，抒发怀才不遇的抑郁之气。他在《怀沙记凡例》中说："夫君子不重当前之荣贵，而惜没世之声名。志士仁人流芳不朽，即千秋之福寿康宁。佞幸谗邪自谓快意，不知一经文笔，即剑树刀山，一入信史，即无间地狱。《现果》一出，伸正直之气，褫奸雄之魄，又奚可少乎？"可见，张坚安排《现果》一出，目的在于以惩罚奸佞为屈原伸张正义，以升天善报为屈原抒发冤屈。因此，《现果》一出虽为杜撰之笔，但符合张坚"借优孟而识衣冠，聆管弦而生凭吊"的创作意图和为屈子写怨的中心思想。

3. 梦幻框架

清中叶文人传奇中不乏以幻为真、以梦写实的剧作或情节，这些情节一般通过宗教书写进行构建，形成戏曲文学中特有的艺术现象。这种梦幻框架，是自明代中后期以来，特别是汤显祖"临川四梦"以来，文人争相采用的艺术表现方法。从创作动机来看，他们的创作多以内在真实情感为

---

① （元）佚名：《三分事略·三国志平话》，《古本小说集成》第 1 辑，上海古籍出版社 1991 年版。

主要驱动力，通过传奇创作来叙写人生、表达理想。而在传奇文体格外强调"尚奇"的审美追求下，文人们不但追求艺术表现之奇、艺术语言之奇，更注重艺术构思之奇、艺术想象之奇，从而使传奇叙事常常突破实事的限制而进入虚构之境。文人们借助宗教等超自然的力量和神通，构建异于现实世界的梦境、幻境。在这些虚构之境中，传奇作家才能够脱离现实中的各种羁绊，毫无顾忌、随心所欲地放任内心情感，才能完全抛开面对现实的各种无力感，实现所有不可能在现实中达到的愿望，获得完全的行为自由和精神自由。然而，传统政治伦理思维定式、儒学教育背景和儒学复古思潮，决定了清中叶文人传奇中的梦幻框架依然不可能进入绝对的、非功利的审美境界。就像郭英德先生所说，政治伦理模式的传统思维定式，仍然根深蒂固地支配着文人传奇作家的文学观念。清中叶文人传奇所构建的梦幻框架，依然不脱离儒家伦理秩序之轨迹，其宗旨依然是表彰封建社会伦理之忠孝节义，以达到警世、醒世、救世之教化功能。

　　清中叶文人传奇梦幻框架常用的模式，一为梦境，二为阴间，三为仙界；主导者皆为宗教人物，或仙或佛；叙事作用主要有三，一为揭示人物因缘，二为预示故事发展，三为评判人物善恶功过。《雪中人》第五出《联狮》中设置了一个吴六奇在于谦庙中发梦的情节。开场舞台提示为"场中设神幔，左地上覆一个大钟，右设坐具四个"，从场景设置上凸显了祠庙环境，为后面的情节营造氛围。吴六奇拜求忠肃公于谦，求示梦兆，后醉卧倒地入梦。外扮于谦，杂扮梦神，于吴六奇梦中为其指示命运。于谦言："尔等哪里晓得，他将来禄享千钟，勋阶一品，福寿绵长，儿孙贵显。此时命运未通，故尔饥寒交迫。天机不可泄漏，也罢，待我叫守门二狮子，据其胸腹，隐隐许他一品功臣服色便了。"① 于

---

　　① （清）蒋士铨：《雪中人》，《不登大雅文库珍本戏曲丛刊》第21集，学苑出版社2003年版，第48页。

是，吴六奇梦中二狮压身，惊吓而醒。此处梦境虽短，却起到重要的预示作用，清代武官朝服一品为狮子，于谦以二狮作为预兆，指示吴六奇将来会成为功勋卓著的一品大员。

《冬青树》中的第三十八出《勘狱》即为文天祥、谢枋得死后归于仙界的虚幻之境，二人奉上帝敕旨，审问南宋以来奸相，历数黄潜善、汪伯彦、秦桧、韩侂胄、史弥远、丁大全、贾似道等人罪行，予以处罚，可谓大快人心。第三十八出开场："（二杂甲胄持瓜，一吏捧册引生神装上）[中吕北粉蝶儿]开府瑶天闪龙幢，红霞舒卷，掌森罗点鬼登坛。立刀山，排剑树，铜丸铁剪。一桩桩勘断无偏。体天心慈悲惩劝。"① 首先，舞台场景和人物装扮都发生了改变。甲胄持瓜，是戏场中常见的天界装扮，扮演文天祥的生，也换成神仙装扮。其次，人物身份由现实中的人臣，转换为仙界审判者。最后，对于现实中的奸佞之臣进行审判，以弥补现实社会中的忠臣之憾。

《怀沙记》中的《魂游》《湘宴》《现果》《升天》四出戏成为以宗教叙事框架续写屈原死后境遇的独立单元。第一，故事环境发生改变。此时屈原已经沉江成为游魂，其所活动的场所为阴司，整个故事的环境已经从现实社会转移到存在于宗教信仰中的虚幻世界。第二，屈原的身份发生改变。屈原从史传中的楚国大夫变成了谪凡下世的文星，历经劫数后重登仙界，被东皇太乙敕命为文昌佐命星君，专司人间智慧、聪明、爵禄、福寿之事。第三，人间的善恶功过重新被评判。《现果》一出即是对人间世事的再次论判，由大司命、少司命共同主持查办，善恶忠奸终得果报，戏词中唱道："为善呵，这世里虽罹灾遭妒，到来生，管富贵安舒。那作孽的，逞英雄陷人无数，怎逃得鬼戮神诛。"② 在这四出戏

---

① （清）蒋士铨：《冬青树》，《不登大雅文库珍本戏曲丛刊》第21集，学苑出版社2003年版，第389页。
② （清）张坚：《怀沙记》第三十一出《现果》，《玉燕堂四种曲》，清乾隆刻本。

中，诸神成为构成戏剧冲突的主要角色，宗教思想成为戏剧的主要组成
部分。

（三）宗教形象承担叙事权威，传达创作意图

吴光正在《神道设教：明清章回小说叙事的民族传统》一文中认为：
"明清章回小说中那些超逸的宗教神灵和宗教人物，通常是配合作者用
以传达创作意图的叙事权威"①，戏曲作品中同样如此，这些宗教人物形
象或者涉及宗教思想的情节，对戏曲叙事有着重要的作用。清中叶文人
传奇中的宗教人物形象由于自身具备的超现实力量，神通广大，所以具
有洞察一切的能力，作者往往通过他们来预先告知读者故事情节，传达
创作意图。

《梅花簪》中的灵应大帝即为超越故事本身的叙事者，具有传达创
作意图的作用。《疑谶》一出的主要情节为徐苞在外游学，心中惦念家里，
路遇灵应大帝庙祈求平安，抽得一签，十分凶险，随即决定返乡。灵应
大帝以灵签暗示徐苞家中遭变的情节，一方面推动故事发展，是徐苞从
游学到返家的关键转折；另一方面灵应大帝在此充当了叙事者的角色，
以灵签预示出故事的主要内容。徐苞所抽的签词为"比目分开奇祸现，
水中鲢鲤真难辨。冤冤相报几时休，直到杀场完凤愿"，"比目分开"指
的是杜冰梅被胡型抢婚，从此与徐苞分离，是《涎艳》《抢亲》等出已
经上演的故事；"水中鲢鲤"预示了《舟误》中徐苞将巫素媛误认为杜
冰梅，以梅花簪投掷，反惹素媛相思，最终结为连理的情节；"冤冤相
报"预示了《杀庙》《点监》等出徐苞、杜冰梅二人误会加深，夫妻
反目的情节；"杀场完凤愿"预示了《驾辩》《负荆》《重圆》等出杜
冰梅御前状告徐苞负义，巫素媛讲明其中误会，徐苞、杜冰梅冰释前

---

① 吴光正：《神道设教：明清章回小说叙事的民族传统》，《文艺研究》2007 年第
12 期。

嫌、重归于好的情节。可见，灵应大帝一个四句的谶词，涵盖了故事的主要情节。

《玉狮坠》中的汉钟离与灵应大帝一样，既是剧情中的人物，又是超脱于故事之外的叙事者。《伏狮》一出，汉钟离将玉狮坠幻化而来的白狮降伏，道："业畜，业畜，你那本来原形，怎逃得仙家法眼。你受了主人黄益斋祖代珍藏之德，未曾图报，今为黄生穷途贪色，留你不住，欲行出卖，你便显弄神通，脱逃在此。你可知那黄生与裴玉娥，亦经累劫修行，俱有半仙之分，又合今生配为夫妇。只因俗孽还多，须受一番磨折。这一场大功，全要在你身上。"① 这段话中汉钟离对玉狮坠和黄损之间的渊源知晓得一清二楚，并斥责白狮不懂知恩图报，是对前面故事的总结；同时又揭示出黄损与裴玉娥之间的分定，已经预示了黄损与裴玉娥结成夫妻的故事结局，"俗孽还多，须受一番磨折"则预示了两人爱情的曲折，至于玉狮坠，则在两人的离合中起到十分重要的作用。作为剧中人物，汉钟离以仙术降伏白狮，才有了后面龙女赠坠、白狮现形保护裴玉娥的情节；作为叙事者，汉钟离清晰地讲述了整个故事的前后脉络，并为后文埋下了伏笔。因此，汉钟离伏狮的情节是《玉狮坠》叙事结构中颇为关键的部分，作者通过宗教人物形象以及富于奇幻色彩的情节较为出色地完成了戏曲的叙事任务。

《怀沙记》中的诸神都是屈原《九歌》中的祭祀之神，由于张坚在剧中隐括屈原辞赋，所以才有了诸神的形象。《怀沙记》并不是简单堆砌屈原词章，而是对其进行了巧妙的安排，赋予诸神不同的角色，将其编排进故事情节之中，为该剧添加了宗教文化色彩。首先上场的是山鬼。屈原所作的《山鬼》本是祭祀山林中的女神，以内心独白的方式塑造了一位痴情、美丽的女神形象。《怀沙记·山鬼》一出虽然隐括屈原

---

① （清）张坚：《玉狮坠》第十一出《伏狮》，《玉燕堂四种曲》，清乾隆刻本。

之辞，但是并没有按照《山鬼》所写塑造山鬼形象，而是将其写成一群可以迷人心性的鬼魂，它们"实天地之戾气所成，缘国家之秕政而现，依草附木，做百种威灵，有影无形，出没尽一团鬼气"①。张坚通过山鬼与屈原之间的对话来展现屈原不趋时好、不畏强权、特立独行的形象，也借此来抒发自己才高不见容于世的激愤之情。张坚的好友杨椅曾提到他"为文立意孤而取神远不趋时好"，徐孝常也说他"磊落不可羁绁，为文不阿时趋尚"②，因此戏中山鬼对屈原的一番试探其实也是张坚的自身经历和体验，由于他坚持自己的操守，在游历生涯中不为利诱、不为权势所屈，以至于"交游日益广而穷困如故"③。可见，《山鬼》一出是张坚借用宗教人物形象来讽刺现实、抒发情感的。

三、宗教书写探源

清中叶文人传奇中浓重的宗教色彩，首先源于戏曲这一文体的创作传统。其次，源于文人对人生的思考。文人通过宗教书写来反思人生，寻求解脱。

（一）戏曲中的宗教书写传统

中国古代小说戏曲与宗教有着深厚的渊源和联系。初期的小说大多是宗教的宣传品，其思想和主题不外乎宗教教义，多是以较为简单的情节来宣扬灵异鬼神或度脱世人，《搜神记》《黄粱梦》《任风子》《岳阳楼》《陈抟高卧》等作品就属此类型。至魏晋时期，出现了借宗教来颂扬真挚爱情的作品，此类作品在唐传奇中更是大量涌现，《柳毅》《裴航》故事中的人仙之恋脍炙人口，也成为后世人仙（鬼）爱情剧的滥觞，《张

---

① （清）张坚：《怀沙记》第二十六出《山鬼》，《玉燕堂四种曲》，清乾隆刻本。
② （清）张坚：《梦中缘》，《玉燕堂四种曲》，清乾隆刻本。
③ （清）张坚：《玉狮坠》，《玉燕堂四种曲》，清乾隆刻本。

生煮海》《柳毅传书》《鱼篮记》《织锦记》《雷峰塔》等都是演绎人仙（鬼）
爱情的作品。这些以宗教故事为题材，以宣扬宗教思想为主旨的作品成
为中国古代小说戏曲中的一个重要类型。然而除了这些专门的宗教类作
品外，宗教思想在很多小说戏曲中都有不同程度的体现，有些以宗教书
写作为叙事框架，如《邯郸梦》《南柯记》等；有些借宗教神异色彩来
宣扬儒家礼教，如《醒世姻缘传》《劝善金科》《升平宝筏》等；有些借
宗教故事增加作品的奇幻色彩以吸引观众，如《倩女离魂》《牡丹亭》
《天马媒》等。董榕《芝龛记凡例》曰："是非著则劝惩明，原不必谈因
果。然彭生大豕、赵王苍犬等事，见之《左》《史》。汉、唐以后，纪载
尤多。有明之末，人鬼混杂，《五行志》已不胜书。九莲菩萨著灵等事，
见之《列传》。毛西河《彤史拾遗》、张白云《玉光剑气》所载，历历不爽。
舞榭歌场，亦可稍为烘托。记中前后两层，上下果报昭彰，皆有依据，
未敢偏枯。但亦不过偶一点染，以为文章伏应，或如司马相如传中，子
虚乌有之伦，无不可也。"董榕这段话明确提到文人传奇中宗教情节出
现的原因，其一，这些情节皆有所本，而非凭空添加，史传之中多有记
述。比如九莲菩萨等情节，在《明史秦良玉本传》中多有记载。其二，
传奇本为奇幻之作，稍作烘托，偶一点染，实为创作技法之必然。故戏
曲中的宗教因素十分普遍。可见，佛道文化和思想对小说戏曲创作有着
重要的影响。自元代戏曲以来，仙佛鬼怪题材在戏剧创作中即占有一席
之地。

　　佛道经典中衍生出各种度脱故事，成为古典戏曲、小说创作的直接
素材，佛道度脱思想渗透到文学创作中，成为戏曲小说创作中热衷的宗
教主题之一，度脱文学由此产生。魏晋南北朝时期，道教笔记小说中逐
渐形成以"度人成仙"为中心思想的小说系统，后来这一主题延伸至小
说和戏曲之中，成为一个特有的文学样式。元代出现的"度脱剧"即是
其中之一。与佛道"自度"与"度人"传统相一致的是，度脱剧也分为

两种类型，一是自度成仙的故事，如《黄粱梦》《铁拐李》《蓝采和》；二是仙佛度人的故事，如《吕洞宾桃柳升仙梦》《吕洞宾三度城南柳》《吕洞宾三醉岳阳楼》《马丹阳三度任风子》《老庄周一枕蝴蝶梦》《铁拐李度金童玉女》《陈季卿误上竹叶舟》《汉钟离度脱蓝采和》《刘晨阮肇误入桃源》《吕翁三化邯郸店》《月明和尚度柳翠》《花间四友东坡梦》《龙济山野猿听经》等。① 明清时期，度脱剧继续发展，不但数量大增，而且在思想内容方面也有了新的发展。这些戏曲作品往往在度脱框架中融入世俗人情以及政治、社会等现实情况，并将儒家伦理道德与佛道教劝善惩恶思想结合起来，体现出文人对现实社会和人生的哲理思考。汤显祖的《邯郸记》《南柯记》就是这类作品的代表作，与早期度脱剧中较为简单的仙佛度人成仙成佛故事大不相同，虽然沿袭了度脱剧的框架和结构模式，但是却包含了丰富的现实内容，具有关注现实、描写世情的特点。主人公在梦中的经历实际是现实社会的真实写照，反映出作者对人生、仕途、情爱等多方面的思考和认识，其内容丰富、意蕴深远。

《弥勒笑》中的弥勒佛哭笑无常的行为即是度脱文学中常见的情节。弥勒佛上场便笑，唱道："俺笑那开天的枉自劳，辟地的非为巧，弄的东南多缺陷，西北不坚牢。引的那痴情汉愁种心苗。真认做石成五色填来妙。生盼杀女娲窑。扯不住兔走乌飞，拗不过天荒地老。""笑笑笑。楚重瞳忍不住虞兮泪落。笑笑笑，汉赤帝救不得人彘冤消。笑笑笑，李三郎践不得长生密约。"忽而大哭起来，曰："休道俺惯嬉嬉不住的逢人笑，但提起千古伤心哭渐高。不由人痛莺莺，悲燕燕，惜真真，怜小小。更有那水心亭，西施吊，天门街，莲花落。都一样无情有恨，枉替他泪尽肠焦。"随即又笑，道："笑笑笑笑，一个初上场的傀儡又轮到了。"弥勒佛的哭笑无常正是由于看透了人间的情恨，笑有情之人为情

---

① 参见温小腾：《浅析元杂剧中的度脱剧》，《大庆师范学院学报》2006 年第 4 期。

所困，哭那些有情之人为情所伤，他的哭笑无常正是对世人无法参透情的真谛，沉溺其中不得解脱的感慨和无奈。这个情节与元杂剧《吕洞宾三醉岳阳楼》中吕洞宾度化郭马儿的一段情节相似：

（正末云）马儿，你看波。（郭云）你着我看什么？（正末云）兀的不是乌江岸。（郭云）乌江岸在哪里？（正末云）兀的不是华容路。（郭云）华容路在哪里？（正末哭笑科）（郭云）这师父风僧狂道。着我看兀的不是乌江岸。兀的不是华容路。哭了又笑。笑了又哭。正是个风魔的哩。……（郭云）你笑什么？（正末唱）我笑那曹操奸雄。（郭云）你哭什么？（正末唱）我哭呵，哀哉霸王好汉。（郭云）老师父，你怎么哭了又笑，笑了又哭？（正末唱）为兴亡笑罢还悲叹。①

吕洞宾的又哭又笑，实际是看透了世事的兴衰起落，而作为凡人的郭马儿是无法理解的，他所看到的只是吕洞宾哭笑无常的行为表象，对其所蕴含的思想则无法领悟。这种哭笑无常的行为是度脱剧中常用的模式，《汉钟离度脱蓝采和》和《吕洞宾度铁拐李岳》等剧目中也有类似的情节，《弥勒笑》中弥勒佛在谈到世间情恨时哭笑无常的情节即是对这一传统的承袭。

（二）传奇作者面对现实的无力感

在清中叶文人传奇中，凡是现实世界里难以实现和解决的事情，全部交由仙佛鬼怪来解决，在虚幻的世界里，一切皆有可能。这种虚幻的圆满，恰恰反映了清中叶文人面对现实的无力感。几乎没有一位传奇作

---

① （元）马致远：《吕洞宾三醉岳阳楼》，王学奇主编：《元曲选校注》，河北教育出版社1994年版，第1654页。

家甘于以戏曲才华著名于世，科举成功、金榜题名、仕途青云、建功立业，几乎是每一位文人士子的理想。张坚晚年拒绝应召律吕正义馆，慨叹道："吾幼读先人遗书，不能以科第显，今老矣，顾乃以伶瞀之事进，而希荣利，窃耻为之。"① 蒋士铨撰《临川梦》为汤显祖立传，初衷即是不满世人对汤显祖仅以"词人"视之，看似是为汤正名，实则亦是为己抒怀。清中叶文人中不乏张坚、蒋士铨之辈，他们在仕途之路上，汲汲于功名，无一不希冀金榜题名，然而现实却将其状元梦击得粉碎。一生沉沦下潦，困于科场几十年的大有人在，怀才不遇、落落寡欢是其基本人生状态。功名无所谋，仕途无所遇，几乎是清中叶所有落魄士子的心头之痛。在现实中无论如何努力都得不到想要的结果，于是将情感诉求转向传奇创作。清中叶文人传奇作品中几乎九成以上的主人公都是青年士子，才华横溢之辈。中状元，文治国武安邦，几乎是所有传奇的必备情节。清中叶文人传奇作家大多数科举之路坎壈，屡荐不售，以致仕途无望，沉沦下潦，甚至迫于生计而外出交游，作客他乡，如张坚、夏纶、金兆燕、蒋士铨、周书、朱夰、吴震生、沈起凤等人。传奇中的高中状元，治国安邦的情节，无疑是对现实中心理缺失的补偿。然而，在这些情节的叙写中，清中叶文人往往借助宗教书写来完成，要么使其命运为仙佛操纵，要么其成就赖以仙佛成全，足见文人们对现实中自身处境的困惑与无奈。

对于在现实世界无法触及的东西，清中叶文人们只能诉诸虚幻，在剧作中构建起一个个理想世界，借助超现实的力量，完成自己在人世间难以企及的梦想。面对科举与仕途的无力感，导致他们在传奇中借仙佛以寻求满足和解脱。在传奇中，文人的科举仕途之路乃至整个人生运势都由天界神灵操纵。《梅花簪》中徐苞因秉性纯良，得灵应大帝举荐，

---

① （清）张坚：《玉燕堂四种曲》，清乾隆刻本。

被填入天榜第五百名，故得科举高中。《文星榜》中杨仲春、王又恭的科举命运为天界蕊珠宫掌书仙子填写决定，因杨仲春德行有亏，本为状元之才的他被置于榜末；王又恭被填入状元榜中，但因受其酷吏父亲影响，被罚遭囹圄之难。《报恩猿》中谢兰本为文曲星下凡，因文昌星君填写天榜，将其列为状元而高中。《才人福》中，天下才人遭遇种种困难，终得上天庇佑，在神灵的作用下，驱除了各种障碍，达到文齐、命齐、福齐、运齐的人生境界。清中叶文人由于自身社会阶层的局限性，导致他们不可能向制度之外寻求答案，因此在他们的剧作中几乎没有对科举制度的质疑与反思，亦没有对于自我价值如何实现的探讨。他们只是将自己的遭际归咎于天命，也只能在虚幻的戏曲世界中，通过超现实的力量，满足一下士子们的虚荣心，圆一圆每个士子都曾憧憬过的"状元梦"。

面对自己无力挽回的现实，清中叶文人传奇作家只好于梦中寻求慰藉。顾森一生命运塞舛，自问无纤芥之恶，却遭人误解诟病，对于此等遭遇，他感慨道："天也，命也！天命既定，即有盖世才、拔山力，奚能挽回？今老矣，鬓毛如雪，齿牙摇落，心如槁木，无能为矣。然悒郁之气，犹耿胸次。因思天命既不可回，好梦或可得乎？梦者，意也。意之所及，即属梦矣，梦之所成，即为真矣。此《回春梦》之所由作也。"①既然无力回天，那么只能在虚幻的世界中寻求点点慰藉，于是创作《回春梦》传奇。剧中顾参年过花甲，于草堂寺拜谒高僧再罗法师，法师赠其灵丹，顾参服用后即入梦境。梦中的顾参回到翩翩少年时代，高中状元，建立功业，并报了前世之仇，享尽荣华富贵。

作为女性作家的王筠，其作品更是突出体现了借仙佛以解脱个体生命的特色。王筠为乾隆中期有名的才女，然其虽有才华，却限于女子身

---

① （清）顾森：《回春梦》，清道光刻本。

份而无法施展；一生命运坎坷，嫁于贫寒书生，其夫又不幸早亡，遂与
独子相依为命。个人才情不能施展的心理缺失与家庭生活的不幸，成为
王筠传奇创作的直接驱动力。而对于现实中难以实现的志愿，在传奇这
一虚构的世界中，借仙佛之力得以实现。《繁华梦》中的王梦麟，得菩
萨法旨，在梦中改换性别，化身为男子，成就一番事业，享受一世荣
华。然而，在她书写自我的剧作中，不管经历了怎样的富贵荣耀，终将
是一场繁华梦，在失去了神力的帮助后，梦醒一切如旧。

　　清中叶文人在现实世界受挫后，便转向了佛道寻求精神解脱，然
而，这种解脱毕竟太过于虚幻。这种虚幻的成功，往往更容易引起幻灭
感。因此，清中叶文人传奇中带有十分明显的"空""幻"色彩，他们
一方面在仙佛中寻求心理慰藉，另一方面表现出强烈的出世思想。吴震
生在《地行仙》中说道："那世间不但富贵功名犹如梦幻，即悲欢离合
总是空花，求之太真，失之转远。"[1] 直接表达出对富贵幻灭、人生如梦
的感慨。吴震生的传奇带有一丝荒诞意味，《换身荣》中的郑貌身为男
子，受尽欺压，一觉醒来，变身美人，一朝选为宫妃，不但大仇得报，
还能协理政务。《天降幅》中的荀宾，因妻死而孤身漫游，遍访佳丽，
后与孀居的田氏成婚。田氏女儿被选为宫嫔，未几得宠封后，荀宾竟做
了"天子丈人行"，并被封为侯爵，飞黄腾达，恩被三代。《地行仙》中
李常在、孔岂然二人凭借习得的房中术，游历人间，结撰了四十多个荒
诞离奇的故事。这些荒诞发迹的人生，实则透露着作者"人间痴梦"的
思想。《地行仙》中云："人间哪有延年术"，"生前有占得了的天下，死
后断没有霸得定的坟堆"[2]。现实中越不可得，传奇中就越荒诞，传奇中
有多荒诞，就意味着作者对现实有多无奈。现实中有多渴望，传奇中

---

① （清）吴震生：《地行仙》，清乾隆刻本。
② （清）吴震生：《地行仙》，清乾隆刻本。

就有多荣光。梦中有多风光，现实就有多凄凉。因此，清中叶文人在传奇中构筑的无数"人间痴梦"，功名、利禄、富贵、荣华、娇妻、美妾、子孙满堂，不过是以仙佛之道、超凡法术建立起的虚幻精神家园，一旦梦醒，一切都将不复存在。孙埏《锡六环》一剧，演弥勒修行成佛事，作者自序曰："即余之为此传奇，亦非欲传布佛教也。念人生在世，南柯一梦。田地山园，即佛家之檀那香积也；夫妻子母，即佛家之因缘果业也；功名富贵，即佛家九魔十难之神奇鬼怪也。一切有为，梦幻泡影，儒释何尝不一而二，二而一哉！惟背违伦理，无父无君，未免开罪于圣人，而要其以空寂之义，惊醒尘梦，亦未必一无可取。《锡六环》一剧，即本此义，演出千奇百怪，而究归之乌有。乃知天地间，无论大豪杰、大圣贤，所留遗者，不过一名而已。试问辞却尘世时，曾有一物携去否？……是剧出，不独令红尘中人消得许多妄念，即令秃子见之，点头道好，或能自悔其吃狗肉、偷妇人之非。自揣于两教，均不无小补。后之凭吊者，呼我为孔圣人弟子也可，呼我为弥勒佛化身也亦无不可。"首先，剧作之旨不在于宣扬佛家教义，而是借用佛家故事，表达作者出世之意。其次，作品具有强烈的出世色彩。儒家所追求的田地山园、夫妻子母、功名富贵，不过是南柯一梦，过眼云烟。世间百态，于佛家而言不过色相，看透即为空也。

王筠的《繁华梦》亦为此类作品。王筠出身书香之家，自幼聪明多才，常自恨身为女子不得施展抱负，遂作《繁华梦》以抒胸臆。剧中王梦麟即为王筠之自我写照，梦中王梦麟如愿变为男子，得以施展才华抱负，金榜题名，状元及第，位及高官，娇妻美妾，福禄富贵几十年。一朝梦醒，一切成空，经麻姑点化，王梦麟弃世入道，度入玄门。该剧一出，众人对其的评价集中在作者以女儿之身谱曲抒怀上。其父王元常为该剧作序，称："女筠，幼禀异质，书史过目即解。每以身列巾帼为恨，因撰《繁华梦》一剧，以自抒其胸臆。"并因该剧得观察公张凤孙等人的赞赏，而颇有得意之色，"戊戌三月，偶出以就正于观察息圃张公，公即转呈毕太夫人，共为激赏，各赐序及诗，以弁册首。观察公乃独力捐金，趋付梓人，俾闺中小言得以出而问世，吾女亦可欣然自慰，不复以巾帼为恨矣。"王元常认为观察公张凤孙的激赏，并出资刊刻，是对其女王筠才华的最大肯定，因此其可不复以巾帼为恨。然而，统观全剧，在构思立意上，多有模仿《邯郸记》的成分，其以梦幻为框架，最终指向出世之人生方向。在赞叹王筠身为女子，颇富才华的同时，忽略了剧作真实的意图和作者内心深处的冷寂。朱珪在谈王筠《全福记》创作始末时，提到《繁华梦》，曰："曲则佳矣，但全剧过于冷寂，使读者悄然而悲，泫然以泣，此雍门之琴，易水之歌也。"不适宜"奏于华筵绮席"。朱珪的评价颇具只眼，可谓作者的知音。《繁华梦》中本写了王梦麟梦中历经的荣耀与圆满的生活，朱珪却透过这个表象，看到了王筠内心深入的冷寂，将其誉为"雍门之琴，易水之歌"。王筠在《繁华梦》第二出《独叹》中感慨身为女子无法建功立业："闺阁沉埋十数年，不能身贵不能仙。读书每羡班超志，把酒长吟李白篇。怀壮志，欲冲天，木兰、崇嘏事无缘。玉堂金马生无份，好把心情付梦诠。"看似是该剧立意之旨，其实只是作者思想之最表层，即其父所言："每以身列巾帼为恨，因撰《繁华梦》一剧，以自抒其胸臆。"《繁华梦》真正的主旨应在全剧结尾《仙化》出。王梦麟在菩萨法旨之下历经梦境，度过了圆满荣耀的一生，梦醒后，麻姑点化曰："凭看世间真荣真贵，亦不过野马浮云，谁保百年长在？俺看那世间得荣辱呵，谁不是梦中情？打不破贪嗔爱痴死和生。陷名坑利坑，陷名坑利坑，怎似俺无愁无碍万缘清。"麻姑所言皆为出世之思，世间荣贵繁华，不过是过眼烟云，人人逃不过名利场，看不破贪嗔痴念，躲不过生与死，纠缠不清的爱恨情愁，倒不如求仙访道，遁入玄门，无愁无碍万缘清。王梦麟就此了悟，大笑，唱道："[清江引] 无端一觉消春梦，梦里空驰骋。三生情枉痴，一笑今何

用？方晓得女和男一样须回省。"王筠父在眉批中曰："大梦醒后，如痴
如醉，不死不活。不得不以仙佛作收科，亦无聊之极思也。"①王父认为
以仙佛结尾，有不得已而为之的可能。然而，详考王筠生平经历及其文
学思想，可以肯定王筠对仙佛结尾应是主动为之，是其人生如梦思想的
自然流露。王筠该剧创作于婚后一年，王筠与其夫的婚姻并不幸福，在
王筠留下的多篇文学作品中，没有一首是写给自己丈夫的，而且在很多
诗文中流露出婚姻不幸的心路历程。才华出众、心高气傲的才女，原本
期待琴瑟和鸣的美满婚姻，然而现实却未能满足她。这大概也成为王筠
以传奇自抒胸臆的心理渊源。另外，《繁华梦》确有对《邯郸记》的模仿，
但其入仙悟道的结尾，不单是简单模仿，也不是如其父所言不得已而为
之，而是源于对汤显祖梦幻思想的认同。王筠曾有题临川四梦诗，其中
题《邯郸》《南柯》两首云："将相荣华六十春，觉来一笑即归真。电光
石火悲欢境，今古难非梦里人。""落魄无聊对古槐，睡乡富贵逼人来。
晨钟猛击情魔断，足下莲花立地开。"王筠注意到了《邯郸记》《南柯记》
中的仙佛思想，甚至读到了其中的真谛，颇具佛性慧根。在《繁华梦》
中她用了王梦麟醒后大笑这个细节，来表现自己的仙佛思想，恰恰映照
了《邯郸》诗中的"觉来一笑即归真"。

---

① （清）王筠：《繁华梦》，清乾隆刻本。

第四章　文人传奇的传播衍变：案头场上与改编新生

　　文人传奇从其产生开始，就存在两种流传模式，即案头与场上。文人将传奇作为抒写个人情怀的文学样式，将其等同于诗文词，重视其文学性、思想性和抒情性。从作者的创作初衷来看，同样存在两种情况，一是直接将传奇作为案头文学进行创作，不考虑其舞台性和表演性；二是将传奇作为演出剧本来创作，重视其舞台艺术。这就造成文人传奇的两种流传模式，第一种将其作为案头文学创作的自不用说，其主要为案头传播。第二种将传奇作为演出剧本来创作的，又可分为两种情况，一是作者不通音律，剧本安排不甚合理，不具备舞台演出条件，此类剧本多由案头传播；二是作者通晓音律，具有演剧意识，剧本既富于文学性，又适宜舞台演出，此类剧作既有案头传播，又有舞台传播。文人传奇在传播过程中发生衍变，不断与地方声腔、民俗、文化等相融合，甚至被移植入地方声腔，在不断改编中获得发展与新生。

第一节　文人传奇的案头流传：作家中心与小众传播

案头流传，是清中叶文人传奇传播的重要模式，创作中突显作家的中心地位，以极具文人化的语言、情感、视角来抒写历史、感慨人生；传播中以文人士大夫阶层为主要传播对象，在文人社交圈中以传抄、评点、题赠等文人化形式进行小众传播。

一、文人化的创作模式

所谓文人化的创作模式，是指清中叶文人的传奇创作以作家为中心，主观情感高扬，主体意志突出，追求辞采文雅，显露个人才华。作家将个人情感、主观意志贯注于传奇创作中，或以史咏叹，或寄寓身世，或自况自传，以戏曲的形式浇个人之块垒。传奇不单有寄情娱情的作用，往往还是作家展露才华的舞台，甚至成为文人干谒、社交的重要工具，因此文人传奇在一定程度上带有文人逞才斗妍的特点。

（一）以戏曲之形式浇个人之块垒

清中叶文人传奇作家大多沉沦下潦，多有怀才不遇之叹，填词谱曲成为他们排遣情绪的一种途径。清中叶文人传奇中有不少是创作于作者穷困潦倒之时，这样的剧作往往带有十分明显的抒情性和浓重的身世之感，名为代古人开生面，实则浇个人之块垒。程镳在《蟾宫操传奇纪梦》中记述撰写该剧时的情景："余庚辰春病卧京郊，客馆孤灯，意少欢也。偶借宫商，用写块磊，呼不律，舒侧理，演荀鹤、宓瑶华事。"[①]庚辰，即康熙三十九年（1700），当时程镳客京师，因病滞留京郊馆驿，

---

① （清）程镳：《蟾宫操》，《古本戏曲丛刊》第 5 集，上海古籍出版社 1986 年版。

身在异乡，贫病交加，孤独抑郁，乃借传奇抒写郁结之气。沈颢在为《蟾宫操》的题词中也提到："同里程瀛鹤先生，才名卓绝宇内，凡耳目所遭，胸襟所结，慷慨不平之事，悲愉适怫之情，选声而出之腕下，命彼筝人付之箜板，为千古有情人别开生面，名曰《蟾宫操传奇》。"① 张坚在《玉狮坠自叙》中亦提到类似的情况："无事则默坐，或强弄丝竹，已而寂寥益甚。愁来思驱以酒，饮少辄醉，醉辄醒，醒而愁复来。乃思一派遣法，借稗官遗事谱入宫商，代古人开生面。操管凝神，则愁魔远避而去，得一佳句便自愉悦。"② 张坚自幼喜爱音律，醉心戏曲，曾经偷看《拜月》《西厢》诸传奇。康熙三十八年（1699），年仅十九岁的张坚创作了第一部传奇《梦中缘》。雍正四年（1726），张坚愤然焚稿出游，却唯独携带了早年创作的《梦中缘》《梅花簪》两部传奇，足见他对戏曲的珍爱。张坚性格孤高，特立独行，游历辗转于异地他乡，过着寂寥苦闷的生活，在穷愁潦倒、落落寡合的日子里，戏曲已完全成为他的情感寄托和精神支柱。只有戏曲能够驱走愁魔，也只有通过戏曲创作才能获得精神上的满足。名为代古人开生面，实则借他人之酒杯浇自己之块垒，张坚的好友杨楫曾说："其情之抑郁而不伸者，必有所托以自鸣"，韩缙也说："先生既自以文词显，而凡志有未竟者必将有所寄"，正如其所言，《玉燕堂四种曲》即为张坚自鸣之作。周昂《玉环缘代序》云："牢落名场，几时脱金枷玉杻。徒守着芸编蠹简，青袍依旧"颇有牢骚满腹之意，以剧抒其落魄科场之愤懑。《玉环缘小引》亦有此意，云："传奇，言情者之所寓也。唐人小说记韦南康、玉箫逸事，颇近荒诞。即其与妇翁不合，以及易名代镇，亦不见于正史。岂亦当时深于情者之寓言欤？昔有此寓言，而吾更以言寓之，使人知情之所寓，不可以方。不可以

---

① （清）程镳：《蟾宫操》，《古本戏曲丛刊》第 5 集，上海古籍出版社 1986 年版。
② （清）张坚：《玉狮坠自叙》，《玉燕堂四种曲》，清乾隆刻本。

方，此其所以为寓而已。"周昂所言十分明确地表示了对传奇为言情者所寓的认同，认为传奇必有寄托，所寓即为作者之情、之心、之遇。《玉环缘》当为周昂科举落第时寄寓个人情感之作。故陆景镐在《玉环缘跋》中赞曰："其幽思则《离骚》也，其盛藻则《风》诗也，其装演如画，绝妙傀儡，则又左氏也。"陆景镐对周昂之剧予以高度评价，将其比为《离骚》《诗经》《左传》，不仅以娱目之作来看待，而且认为其饱含了文人之幽思与才学。

　　清中叶文人传奇主体意志的高扬，在历史题材的创作中体现得较为明显。文人传奇作家对历史故事的演绎，带有明显的个人主观色彩，不是单纯地叙写历史，而是往往与历史人物情感达成同构，借古人来抒己怀，借他人之酒杯浇自己之块垒。蒋士铨创作《临川梦》为汤显祖作传，其实亦是借汤显祖以自况之作。蒋士铨之才望，与汤显祖颇为相似，其人生遭际亦有相似之处。《临川梦》立意于为"词人"正名，蒋士铨不赞同世人以"词人"称汤显祖，在自序中已然表明，认为汤显祖"一生大节，不迤权贵，递为执政所抑，一官潦倒，里居二十年，白首事亲，哀毁而卒，是忠孝完人也"。此剧是为汤显祖正名，又何尝不是为自己正名。与汤显祖相同，蒋士铨亦以戏曲大家名世，然而，对于志在忠君报国、兼济天下的蒋士铨来讲，未能在仕途上有所作为，是他一生最大的憾事。在传奇创作中，蒋士铨与汤显祖达成情感同构，"先生以生为梦，以死为醒，予则以生为死，以醒为梦。于是引先生既醒之身，复入予既死之梦"。可以说，在传奇这个虚幻的空间中，蒋士铨与汤显祖融合为一，二者在精神和情感上共振。张坚创作《怀沙记》传奇，同样有借屈原故事抒怀才不遇之慨的目的。这个意图在《怀沙记》第一出《述原》中表现得尤为明确："半世浮沉，饶他白发儒冠逐。刘蕡下第叹年年，枉说三冬足。日共长安非远，竟难闻履音空谷。花前低唱、醉后狂歌，吴骚一曲。自幸微生，遭逢尧舜重熙祝。文明济济尽登朝，窃耻泥土辱。最怕宵长酒醒，起挑灯楚词细读。愿与不遇、千古才人，同声痛哭。"① 一首《玉宇琼楼》写尽了张坚的半生浮沉。张坚焚稿出游时已年过不惑，可谓白发儒冠；自康熙四十九年（1710）考得秀才，至雍正四年（1726）穷困出游，其间历经多次乡试，每每落第而归，正是"刘蕡下第叹年年"；空有才华，无门入仕，无奈穷困出游，然而张坚性格孤傲，不阿时趋尚，"交游日益广而穷困如故"，故"难闻履音空谷"；穷愁寂寥之际，唯有酒歌相伴。因此，张坚将自己的半世经历与人生体验都融入《怀沙记》的创作中，与不遇千古才人同声痛哭。

清中叶文人还将个人际遇谱进传奇，或记述遭际，或抒发胸臆，或弥补遗憾。徐爔《镜光缘》实为作者自况之作。《凡例》中已表明此本为案头剧，"此十六出，俱止生、旦、贴三脚色所演，其余或一偶见，则不成戏矣。此本原系案头剧，非登场剧也。只视其事之磨折，情之悲楚，乃余高歌当哭之旨也"。作者实知剧作角色分配不合乎演剧要求，不能成戏，但执意如此的原因就是该剧的创作意图本不在搬演，而是抒发胸臆。他在《自序》中也十分明确地表达了这样的思想："兹之所谓《镜光缘》者，乃余达衷情、伸悲怨之曲也。事实情真，不加粉饰，两人情义都宣泄于镂声绘句之间，留于天下后世，或有同心者能默鉴其情否？嗟乎！太史公谓：屈大夫作《离骚》，皆从怨生。余之作《镜光缘》，虽人异而文殊，而其怨则同也。"可见，从作者创作出发就没有把该剧当作大众舞台上的剧本，而是以诗文抒怀的态度来进行创作，目的在于书写情义，表达悲怨。而对于其传播，亦没有博得大众青睐的意思，而是期待同心者能默鉴其情。顾森《回春梦》传奇，叙顾参年过花甲，谒再罗法师，得灵丹入梦境，改换形骸，高中状元，娶娇妻美妾，建功立业，位极人臣，享尽福禄寿华。如此结撰，俱因作者感慨自己生平

---

① （清）张坚：《怀沙记》，《玉燕堂四种曲》，清乾隆刻本。

命途多蹇，以梦境补人生之憾。作者自述作意云："《回春梦》何由而作也？伤余生平之命蹇也。考余一生之遭际，不知者必以为短行险毒，故报应之若此也。然余自问生平，实无纤芥之恶，此无他，天也，命也！天命既定，即有盖世才、拔山力，奚能挽回？今老矣，鬓毛如雪，齿牙摇落，心如槁木，无能为矣。然悒郁之气，犹耿胸次。因思天命既不可回，好梦或可得乎？梦者，意也。意之所及，即属梦矣，梦之所成，即为真矣。此《回春梦》之所由作也。藉此一消胸中之块垒，其工拙不及计也。"① 顾森于乾隆年间曾任直隶涿鹿县尉，后遭贬谪。据其《回春梦自序》所云，当是有冤情或难言之隐，然而无力回天，悒郁之气难平，故希冀梦境中弥补人生遗憾。顾森的传奇立意很明确，即借传奇消胸中之块垒，甚至不考虑创作技巧等问题。长安女传奇作家王筠，常恨身为女子，不能施展抱负，于是通过撰写诗文词曲，以抒胸臆，《繁华梦》即为其人生圆梦之作。王梦麟聪明多才，自恨身为女子，不得建立功业，得菩萨座下善才童子法旨，梦中变为男子，金榜题名，仕途青云，妻妾成群，享尽荣华。忽梦醒，得麻姑点化，度入玄门。剧中王梦麟即作者化身，王筠借王梦麟之口表达作剧之意："闺阁沉埋十数年，不能身贵不能仙。读书每羡班超志，把酒长吟李白篇。怀壮志，欲冲天，木兰崇嘏事无缘。玉堂金马生无份，好把心情付梦诠。"② 王筠之父在《繁华梦后序》中写道："女筠，幼禀异质，书史过目即解。每以身列巾帼为恨，因撰《繁华梦》一剧，以自抒其胸臆。"③ 明确该剧创作之旨，即自抒胸臆，剧中结撰情节，实为作者希冀的人生。

（二）以戏曲之形式逞作者之才学

清中叶文人传奇创作在一定程度上有逞才斗妍的特点，曲词文采

---

① （清）顾森：《回春梦》，清道光刻本。

② （清）王筠：《繁华梦》，清乾隆刻本。

③ （清）王筠：《繁华梦》，清乾隆刻本。

飞扬，结构曲折入胜。正如黄之隽所言，"从来才子逞余技于填词，自昔骚人寄闲情于杂剧"。清中叶文人传奇作家多负才名，年少即以文采闻名乡里，如许廷录、张坚、夏纶、宋廷魁、汪柱、潘炤等，金兆燕、张九钺、吴恒宣更是有"神童""奇童"之称，文才卓著。他们往往由于举业不顺，仕途坎壈，将才华付之于传奇创作，借戏曲以展示文才。张坚《怀沙记》将屈原所作《离骚》《天问》《卜居》《大招》《橘颂》《山鬼》《渔父》等篇全部隐括其中。张坚在《怀沙记凡例》中对这种做法予以解释，称："此种代屈抒怀，势不得不点缀骚词以入曲调"，他将"点缀骚词以入曲调"看作是"代屈抒怀"的一种方式，即使有可能带来文意渊深，字句古奥等不便理解的问题，但依然采用了隐括楚辞的创作方法。隐括楚辞固然是创作的需要，但却要冒语言生硬、曲词僵化的风险。然而张坚恰恰展现了他高超的语言驾驭能力和卓绝的文学才华，《怀沙记》隐括之词熨帖自然，不着痕迹，得到曲评家的极高评价。梁廷楠称其："文词光怪，洵曲海中巨观也。"吴梅《顾曲麈谈》评曰："曲中将《离骚》全部隐括套数之中，实为难作之至。先生能细意熨帖，灭尽针线之迹，自西神郑瑜而后，无此奇作也，宜其享盛名也。"

传奇的评点者们也往往从曲词、结构等入手，对传奇作家的文采大加赞赏。徐发为程镳的《蟾宫操》作序，评曰："吾友程子瀛鹤，学道者也。其诗文脍炙人口，而耽思于冥，御气于漠，恬焉淡焉，外物不撄于心，其中岂无所得者耶？出其余技，闲谱宫商，振藻扬葩，可以夺关、王之席，登周柳之坛。读之者见其缠绵悱恻，惝恍迷离，惊为可喜可愕之事。然此可以论程子之文章，而不知其独抒性灵在行墨之表也。"① 周昂的《玉环缘》为陆景镐所盛赞，认为"其幽思则《离骚》也，

---

① （清）程镳：《蟾宫操》，《古本戏曲丛刊》第 5 集，上海古籍出版社 1986 年版。

其盛藻则《风》诗也，其装演如画，绝妙傀儡，则又左氏也"。① 这些评点者的关注点在作者的文才，这是一种文学视角的观照，亦是文人传奇所特有的文人性。不仅如此，传奇作品也是底层文人进行干谒的一种工具，在文人游幕的过程中，填词谱曲几乎成为所有游幕文人的必修课，也有不少文人恰恰是凭借戏曲才华得到幕主青睐的。这对于文人在传奇创作中展示文才和学识是一种极大的激励。金兆燕、朱齐都是因戏曲才华得到卢见曾的赏识，并为其延请入幕的。卢见曾称金兆燕的《旗亭记》云："余爱其词之清隽，而病其头绪之繁，按以宫商，亦有未尽协者。乃款之于西园，与共商略。"② 卢见曾对金兆燕的才华十分赏识，认为其词清隽，即使《旗亭记》有未尽协宫商之处，也不影响卢见曾对其的爱赏，他将金兆燕延请于西园，与之共商修改之策，并请梨园老教师为其点版排场。

二、小众式的传播模式

（一）流传范围狭小

目前可见的清中叶文人传奇中有很大一部分是仅见稿本和抄本，还有一大部分传奇在创作多年后才付梓刊行，这必然使得文人传奇的传播范围不会太广，其主要的受众先是家人亲戚、师生同门、同里好友，随后扩展到结社诗友、仕宦僚友等，随着作者的人生旅迹而流播四方。大部分传奇在流播之初往往依靠抄本，有些传奇甚至未经外传，仅有家藏抄本或稿本传抄，这在文人圈子里是极其普遍的事情。家传抄本，是其中的一种常见形式。很多文人出身书香门第，家世业儒，其亲友亦为文

---

① （清）周昂：《玉环缘》，清乾隆刻本。
② 吴毓华编著：《中国古代戏曲序跋集》，中国戏剧出版社1990年版，第536页。

人，故其所作传奇往往先在他们之间流传。如夏纶《惺斋五种总跋》署名为"乾隆十五年岁次庚午上元前一夕校字世侄查昌姓、姻侄施文渠、子婿周逢吉、子婿孙廷兰、袁侄陈廷鉴、侄男元谷同识"，其中查昌姓之父与夏纶有世交，施文渠为夏纶之内侄，周逢吉、孙廷兰为夏纶之女婿，陈廷鉴、元谷为夏纶之侄。《惺斋五种》是夏纶《无瑕璧》《杏花村》《瑞筊图》《广寒梯》《南阳乐》五部传奇的合集，可见夏纶的这些子侄对其传奇作品十分熟悉，并能解释评价。孙埏《锡六环》一剧作于雍正年间，一直通过抄本流传近二百年，直至民国五年才刊刻问世。孙埏第六世裔孙锵跋曰："先叔考学苏府君，讳坡，从友人处假得《弥勒记》上下两卷，即所谓《锡六环》者，日夕誊抄，不下四五册。"① 光绪四年（1878），孙学苏从友人处借得《锡六环》，为其先祖孙埏所作，于是将其誊抄收藏。目前所见民国五年（1916）的刻本即孙锵据孙学苏誊抄本刊刻。许廷录《五鹿块》有其孙许士良、玄孙许登寿分别于乾隆五十年（1785）和同治八年（1869）所作序。许士良在序中追忆父亲所言祖父之传奇创作："予生也晚，不及聆先祖之徽音。先父尝云：尔祖平生好学，手不释卷。所著诗集，昔已付梓，余有《五鹿块》暨《两钟情》《蓬壶院》传奇，嗣付剞劂。时予年未及冠，入耳不经，何知斯之可歌可诵也。今于甲辰冬，谨排纂为二十八出，分为上下二卷。"许登寿序曰："吾高祖适斋公所填南北九宫实足为曲家金科玉律。吾祖琴南公藏之已久。今翻阅《五鹿块》《蓬壶院》《两钟情》三部类多残缺失次，登寿勉编而续成之。"② 可知，许廷录所作传奇一直未经刊刻，乾隆甲辰冬，即乾隆四十九年（1784），其孙许士良对其进行排纂、抄录、收藏，至同治年间，已残缺失次较多，其玄孙许登寿重新编订续补。

---

① （清）孙埏：《锡六环》，《古本戏曲丛刊》第 5 集，上海古籍出版社 1986 年版。
② （清）许廷录：《五鹿块》，《古本戏曲丛刊》第 5 集，上海古籍出版社 1986 年版。

文人传奇的流传除了亲友之外，主要随文人交游而传播。文人交游的范围无外乎诗友、幕主、僚友等。沈大成在《怀沙记序》中记录了与张坚交游的始末："余家茸城，去金陵五百里，耳张君漱石之名久，以时各客游异地不得见。甲戌（乾隆十九年）春薄游武林，假馆吴山之天开图画阁。傅玉笥、金江声两先生过访，为道漱石亦寓兹院之北邻。乘夜扣其扉，执手欢若生平，坐达旦。自是昕夕，风雨无间，题襟倒笥，都忘逆旅。"①从其序中可知，沈大成久慕张坚之名，在得知张坚寓其北邻后，连夜拜访，二人促膝夜谈，秉烛达旦。自订交之日始，二人几乎天天相伴，游山宴饮，赋诗唱和，交谈甚欢。沈大成与张坚于逆旅中相遇，都为生计漂泊异乡，两人经历相近，性情相投，大有同是天涯沦落人的惺惺相惜之情，故一见而引为知己，沈大成曾作《为金陵张漱石题照》诗四首，对张坚的才华大加赞赏，也为其怀才不遇而愤愤不平，同时也写出了张坚历经世事沧桑后归于平淡的心态。沈大成与张坚二人都是漂泊在异地，经历着逆旅的愁苦，于是同饮同游，成了沈、张二人在逆旅中的最好排遣。在与张坚同游期间，沈大成对《怀沙记》"反复吟哦，逐加评点"，并应张坚之邀为《怀沙记》作序。沈大成对张坚的才华评价极高，称"漱石诗古艺文诸体悉臻其妙，嚕呒磅礴，并驾马枚，虽填词小道而清新藻丽，余阅之心醉"，对《怀沙记》更是给予极高评价，曰："此宇宙至文，岂直词曲小令耶？"

清中叶文人传奇的刊刻，往往依靠他人资助，有些是得亲友资助，有些是幕主资助。宋廷魁在《介山记跋》中写道："《介山记》既脱稿十余年……自是虚名流播，索览者益众。余正苦以墨本不能遍给同好，适余内弟康子阳三如金陵，临别请梓，余遂举以属焉。"②《介山记》从创

---

① （清）张坚：《怀沙记》，《玉燕堂四种曲》，清乾隆刻本。
② （清）宋廷魁：《介山记》，清乾隆刻本。

作完成到刊刻流播，中间历经十余年时间。宋廷魁称以墨本不能遍给同好，体现出抄本的局限。单纯靠个人抄录，其传播力度是极其有限的，随着《介山记》声名益广，索览者益众，抄本已不能满足阅读传播的要求。其时，宋廷魁内弟康子阳至金陵，资助其刊刻。周书《鱼水缘》于乾隆二十五年（1760）由凌存涝出资刊刻。周书与凌存涝为同邑，乾隆十三年（1748）凌存涝出宰粤东，邀周书至幕。该剧即作于凌存涝粤东幕中，稿成即由凌存涝出资刊刻。乾隆四十四年（1779），又得曾葶赞助，刻袖珍本。张坚的《梦中缘》创作于康熙三十八年（1699），以抄本流传几十年，乾隆十五年（1750）在幕主唐英的资助下刊刻。《怀沙记》大概创作于雍正四年（1726）。乾隆二十三年（1758），张坚入荆州幕，同知王俊见《怀沙记》写本，叹为奇绝，赞曰"前无古后无今"，代为开雕。金兆燕《旗亭记》和朱齐《玉尺楼》都是在幕主卢见曾的资助下刊刻问世的。卢见曾为其作序，记录其创作过程，对其进行评价赞赏。目前两剧存有"雅雨堂刻本"，卢见曾号雅雨，有藏书楼名"雅雨堂"，卢见曾出身书香世家，曾任两淮盐使，有诗名，爱才士，四方名流才士纷至幕下。金兆燕、朱齐以戏曲才华为卢见曾赏识入幕，并得其资助刊刻作品。

（二）流传方式独特

清中叶文人传奇作家中有一大批沉沦下潦，抑郁不得志，辗转于底层仕途或游于政幕。传奇往往成为他们之间情感交流的桥梁，成为他们共同的精神慰藉。因此，借阅抄录、品鉴批点、序跋题赠应运而生，成为文人之间交往的纽带，也形成文人传奇在传播上的独特之处。目前可见的传奇作品中，几乎所有作品都有序跋、题赠，部分作品有评点。如程镳《蟾宫操》由虎林沈西川评定，鄂江万会伯校阅。钱塘沈颢、西湖吴耀、长洲徐发、邗江刘肇镜、东粤徐喆等为之作序。赵执信、许之豫、冯景、范登陛、吴应莲、沈中震、孙岱曾、阎瑞昌、李怀椿、俞同潢、戴琛、刘彝、钟英琬、徐樾、郑薇、蒋允旦等为之题词。张坚《怀沙记》由沈大成作序并评点，王俊作序，傅玉露题词。张九钺《六如亭》由云门山樵、蝶园居士、谭光祜、汤元珪等人作序，程恩译、宋鸣琦、刘衡、张家樾、张家栻等人题词。姜鸿儒《赤壁记》由吴士玉、黄之隽、方楘如作序。周书《鱼水缘》由凌存滴评点，袁浦王永熙、凌存滴、古愚学者、曾蕚序，陈世熙跋，项又新、应际泰、王恩浃、胡德林等近十人为之题词。潘焓《乌阑誓》得当时诸多名士题词。秦基、王䜣为之作序，袁枚、翁方纲、石韫玉、叶绍本、蔡本俊、张斐然、叶又纨、熊琏、顾玉书、陈云贞、铁保、曾燠、吴熊、张问陶、言朝标、李仲昭、林绍龙、白熔、李宗昉、周兆基、叶新丰、李觐龙等二十多人为之题词。

在序跋、题赠中多记述传奇创作缘由、主旨、作者际遇交游情况等，旨在为传奇作品进行揄扬，对传奇作家的才华加以赞赏。评点中一般是针对传奇作品本身的评价，包括情节结构、排场布局、曲词科白等方面。壶天隐叟《瑞筠图题辞》曰："《瑞筠图》之作，乃惺斋老人为有明礼部右侍郎章纶之嫡母金太夫人，未婚守志，有卫于姜风，特抒椽笔，以表扬之，所以劝节者也。……盖专写太夫人，不足以显章侍郎，而反于三从之义有亏；细写章侍郎，即所以表太夫人，而并使义方之训亦见。此惺斋老人善于构局，立言得体之所在也。"[1]壶天隐叟在题辞中，阐述了《瑞筠图》的立意之旨，并对夏纶的创作技巧予以赞赏，认为他善于构局，立言得体。王䜣在《乌阑誓序》中先对潘焓的为人和经历进行了介绍："夫潘子沉静端悫如处子，风流感慨如侠少年。麈柄在手，则悬河倒峡，如战国游士。搦三寸管，掉鞅词坛，汗颜血指，指顾

① （清）夏纶：《瑞筠图》，《不登大雅文库珍本戏曲丛刊》第17集，学苑出版社2003年版，第113、119—120页。

风雨，则又如幽燕老将。鞭辟隐括，以所学游历江左右几数十年，又尝适楚、适秦、适梁、适晋，适齐鲁燕赵，与名大夫游。"王圻称潘炤为人沉静，风流倜傥，富有才华，颇具侠气。游历数十年，足迹遍布楚、秦、梁、晋、齐、鲁、燕、赵，与名大夫交游，见识甚广。进而阐发《乌阑誓》之立意："潘子又不忍于所闻、所见、所接之其事、其人，显示其意于秋霜春煦之褒诛，而惟取古人之已然者长言之，长言之不足而咏叹之。秦镜一悬，将天下之匹夫匹妇，皆知涕泪洒乎小玉，而唾骂加之十郎也，不亦快哉！而又于游鱼出渊之始，托闺房以泯其迹，终且善为十郎补过，或令唾骂者转之涕泪以恕十郎，潘子可谓深心矣。"① 该剧演霍小玉与李益爱情故事，然不应仅以男女之情视之，纵观全剧，实际是潘炤将几十年的识见融汇其中，霍小玉这一人物形象承载了所有含芳履洁、贞一至情之人的特点，而李十郎则是"心险色庄，以欺绐而孤人之恩渥者"的典型代表。传奇叙写二人之故事，实为宣扬贞一至情，鞭挞忘恩负义，而赖传奇之广为告知，令天下之匹夫匹妇都能"涕泪洒乎小玉，而唾骂加之十郎"，激发广大百姓的向善摒恶之心。而对于《乌阑誓》一剧以大团圆结局的做法，王圻认为此为潘炤之"深心"，以十郎补过来赢得众人之宽恕，亦为成全小玉之良善贞一。

张坚《怀沙记》是代屈原抒怀的凭吊之作，也是张坚与千古才人同哭的感喟之作。该剧创作完成后，最初以抄本的形式流传于文人书斋，并有人对曲词中隐括的屈原辞赋加以注解。张坚在后来刊刻《怀沙记》时将这些注解一并保留，并在《凡例》中特意提及，称"此种代屈抒怀，势不得不点缀骚词以入曲调。然其文意渊深，字句古奥。文人学士寝食于骚，自展卷而如逢故物。但三闾孤忠，斯世共悯，无论智愚，传奇一出，或咸欲售观，恐一时索取注解不及，未免糊涂迷闷，非快目娱

---

① （清）潘炤：《乌阑誓》，清嘉庆刻本。

心之境也。喜小儿辈私抄读本，凡曲中引用骚词，悉依原经，详加注释；或历来旧注未明，聚讼不一，另有会心，间为表出，而不失吾立言之旨"①。张坚所谓的"小儿辈"当是与其交游的晚辈同僚或诗文朋友，由于缺乏其游历齐、鲁、燕、豫时期的历史资料，所以无法确知这些人的名姓及其与张坚的交游情况。但是可以肯定的是，张坚的《怀沙记》写成之后，最先于其交游圈子之中流传开来，以文人阶层为主要传播对象。乾隆十六年至十九年（1751—1754）张坚寓居浙江时期，与夏纶、沈大成、傅王露等人订交，交游甚欢，《怀沙记》一剧则受到这些文人雅士的极高赞誉。夏纶曾在《蝶恋花》词中称赞道："更羡《怀沙》古艳谁其偶。"沈大成对张坚的传奇十分心醉，称《怀沙记》为"宇宙至文"，并对其"反复吟哦，逐加评点"。傅王露依《怀沙记》第一出《述原》元韵，填《玉宇琼楼》词，称其"新声动摇山谷""尽容名士痛饮淋漓，长歌当哭"。乾隆二十三年（1758），张坚入荆州幕，同知王俊见《怀沙记》写本，叹为奇绝，赞曰"前无古后无今"，代为开雕。目前可见的《怀沙记》，除了与其他三种合刻的《玉燕堂四种曲》之外，还有一种题名为《离骚填词怀沙记》的单独刊行本，正文之前有怀德堂主人的题记，称"其事其文更觉发挥尽致，洵传奇中绝调也"。虽然不知怀德堂主人为何人，亦无从查考刊刻年代，但是至少证明《怀沙记》在当时颇受文人重视。在《怀沙记》的流传过程中，其作为文人案头读本的价值始终占主要地位。

第二节　文人传奇的舞台传播：舞台艺术与搬演流传

清中叶文人传奇作家中不乏重视"剧本位"之人，如张坚、唐英、

---

① （清）张坚：《怀沙记》，《玉燕堂四种曲》，清乾隆刻本。

沈起凤、朱瑞图、姜鸿儒、吴震生等，他们在传奇创作中从舞台演出出发，注重构建完整的故事结构，突出故事主线和中心情节，重视舞台表演效果。还有一些作家颇具导演意识，对于演员挑选、舞台布置、服饰穿戴等亦有深入思考，这些都成为文人传奇能够搬演舞台的重要原因。清中叶文人传奇的演出渠道有两条，一是家班演出，一是职业戏班演出。家班演出是文人传奇传播中颇有特色的一种形式，由于文人身份、社会地位、与家班主人的关系等因素，使得文人传奇往往最早在家班进行演出、流传。继而转向大众传播，经由职业戏班演出，而流传益广。也有不少作品由于本身结撰精良，适宜搬演，稿始成即为伶人购去搬演。文人传奇经由舞台演出而广为人知，向上传播至宫廷，成为内廷演出剧目；向下流播至各地，为地方声腔所吸纳。在传播过程中，文人传奇原本在不断的移植改编中发生衍变，从而获得新生。

一、文人传奇的舞台艺术

清中叶有些剧作家精通声律，重视剧本的舞台演出艺术，他们的剧作既有极强的文学可读性，又具备极强的舞台艺术性。他们颇具演剧意识，重视剧作之结构、线索，能够均匀分配角色，合理安排排场。张坚、沈起凤为其中之佼佼者。

张坚《梅花簪》一剧，稿甫脱即为金陵名优购去搬演，并且一直流传于舞台之上，除了其故事新奇外，该剧排场之佳自然也是其常演不衰的重要原因。《梅花簪》出角色快，主要角色及人物之间的关系等在前六出中基本已经交代清楚。第二出中《告游》生——徐苞、外——徐廷臣、末——杜诗出场，第三出中《丑配》小旦——巫素媛以及巫府人员悉数登场，第四出中《交代》副净——胡维、净——胡型出场，第五出中《箴女》旦——杜冰梅出场，第六出中《倭变》倭王及相关角色登场，至此不仅主要角色全部出场，而且与这些角色相关的三条线索也各自展开，第一是徐苞与杜冰梅之间的离合，第二是巫素媛与徐苞之间的纠葛，第三是倭王叛乱，后面关目的设置基本上是这三条线索的交织推进。第七出中《骇报》上场角色为净——胡型，原本欲往汪府完婚的胡型得知汪直民战败，沿海倭乱，改道惠州，故有接下来的《涎艳》一出，此出为徐苞与杜冰梅离合的开端。《哄讼》《抢亲》《疑谗》《闻嫁》四出都是围绕杜冰梅与徐苞婚姻灾难展开的，分别从杜冰梅和徐苞两个角度对这场灾难进行描写。第十四出《舟误》是徐苞与巫素媛故事的开始，也是徐苞与杜冰梅误会的开端。由于徐苞的误认，将梅花簪误投巫素媛处，从而伏下了两人之间的姻缘；也由于他的误认，使得他误会杜冰梅失身从贼，从而埋下了两人之间的仇恨。第十五出《杀庙》中徐苞误将刺杀自己的胡鹰认作是杜冰梅所派，是徐苞对杜冰梅误解的进一步深化。可以看出，三条线索以徐、杜之间的离合为主，徐、巫之间的纠葛和倭乱两条线索为辅，互相促进，交织发展。

《玉狮坠》是张坚的第四部传奇作品，其排场结构显得更为纯熟。全剧共三十出，除第一出《词意》为开场照例文章外，共二十九出，通体曲牌未见重复，前一出之宫调与后一出之宫调不重复，前一出的主要角色与后一出的主要角色亦不重复。第二出《狃饯》主要角色为生，唱南正宫；第三出《归舟》主要角色为旦，唱南商调；第四出《权倖》主要角色为净，唱南黄钟；第五出《苗逆》为各门角色出场的同场欢剧，前半出唱双调，后半出唱南道宫；至此，所有主要角色及角色之间的联系全部交代清楚。第六出《并泊》主要角色为生，唱南正宫；第七出《闻筝》主要角色为旦，唱南中吕；第八出《情晤》主要角色为生、旦，唱南南吕；第九出《失坠》主要角色为副净、生，前半出唱北双调，后半出唱仙吕入双调；第十出《追订》主要角色为旦，唱南中吕；第十一出《伏狮》主要角色为末，唱北仙吕；第十二出《侦艳》主要角色为副净，唱南双调；第十三出《胶筝》主要角色为旦，唱仙吕入双调；第十四出《胁美》主要角色为副净、老旦、旦，前半出唱南大石，后半出唱南正宫；第十五出《留幕》主要角色为生、外，唱南越调；第十六出《仙渡》为末、小旦及杂扮众仙的同场欢剧，唱南仙吕；第十七出《授坠》主要角色为旦、小旦，唱仙吕入双调；第十八出《抚夷》主要角色为外，唱南大石；第十九出《毁夽》主要角色为旦，唱南商调；第二十出《逾垣》主要角色为生，唱羽调；第二十一出《病入》主要角色为净，唱北仙吕；第二十二出《信讹》主要角色为生，唱南商调；第二十三出《狮现》主要角色为旦，唱南中吕；第二十四出《误祭》主要角色为生，唱南越调；第二十五出《还朝》主要角色为外，唱南仙吕；第二十六出《重爵》主要角色为外、小生、生，前半出唱南黄钟，后半出唱双调南北合套；第二十七出《化医》主要角色为末，唱道情；第二十八出《遣祟》主要角色为净、末，唱北正宫；第二十九出《奇圆》为生、旦及各门角色的同场欢剧，唱南正宫；第三十出《坠仙》主要角色为生、旦，唱南南吕。可见，《玉狮坠》在宫调选择、角色安排上十分妥帖，既能均衡演员的劳逸，又能保证角色变换、剧情紧凑，吸引观者。

沈起凤的剧作具有独特的二元对称结构，即一生一旦线索清晰，且联系紧密。比如《伏虎韬》中，以张氏与马学士为戏剧冲突的两端，两条线索交替发展。第一出《开宗》之后，第二、三、四出主要故事情节发生在张氏一边，刻画了张氏善妒彪悍的性格，之后三出《乔逼》《卖身》《选妾》的主角为马学士，写他为轩辕生纳妾，直接造成了与善妒的张氏之间的矛盾冲突。马上引发了第八出《奇枷》中张氏的反击，一方面对刚进门的妾氏进行管制，另一方面将善妒的悍妇绣娘嫁与马学士。第九、十出继续在生角叙事线索上进行推进，写马学士将计就计收服悍妇绣娘。至此，张氏与马学士之间第一回合的交手结束，围绕疗妒与反疗妒的斗争暂告一段落。经过第十一出《释枷》的短暂平静之后，开始了新一轮的较量。从第十二出《反计》开始到第二十七出《诡逼》，基本都是一出生戏，一出旦戏，生旦两线交替进行，同时又互相推进，至第二十七出《诡逼》终于将妒妇张氏降服。沈起凤有意构建的二元对称结构，是对戏曲传统中生旦戏双线发展模式的继承与发展，在传统生旦双线的基础上，更加严格几乎做到一出生戏、一出旦戏的交替进行，这种严格的生旦交织关目，既有利于故事推进，又符合舞台演出实际，还能满足观众观看要求。吴梅在《文星榜跋》中对沈起凤的舞台艺术赞许有嘉，称："观其结构，煞费经营，生旦净丑外末诸色，皆分配劳逸，不使偏颇。"沈起凤的演剧意识极强，对每个角色的安排布置十分合理，符合舞台演出要求。沈起凤曾经多次参加迎銮大戏的编写，具备较为丰富的舞台经验，并且他参与过扬州戏曲删改局的删改戏曲工作，与伶人交往密切，相互之间观摩戏曲，品题藻饰，甚至直接参与、指导戏曲演出，因此他的剧作具备较强的舞台实践性。正是由于突出的舞台实践性，沈起凤的戏曲"风行于大江南北，梨园子弟登其门而求者踵相接"①。

　　清中叶文人传奇作家中不乏具有导演意识者。朱瑞图、吴震生即为其中的典型代表。朱瑞图《封禅书演法》谈及："大凡传奇者，固要音律叶和，科白雅秀，辞藻斐亹，意见深厚。而往往以极妙之曲，最雅之科，绝工之辞，至深之意，不能令人快心怡目于管弦音节闻者。非演者之不善，良由作者，之自获其私，不肯倾心吐胆，为演者明白而指示之也。诚能将作曲之意，并戏中所及之人，一一照实捡点指示出来。某宜某样心思，某宜某样体态，某宜某样颜色，某宜某样神情。细细注明，曲曲传授。则作者之真神与演者之真神相喻已久，一旦登场而演出之，自无不传神尽态深入骨髓。意与辞合，科随调谐，观者无不快心而

---

① 吴毓华编著：《中国古代戏曲序跋集》，中国戏剧出版社1990年版，第522页。

怡目矣。"① 朱瑞图此语可谓的论，揭示了文人传奇在舞台传播过程中的关键问题，即如何解决文人创作之意与演者表演之技的沟通问题。他对于主要角色，一一指出如何选定角色，如何表演。比如文君一角，"只眼高才，又工音律，知音善解。虽属妙年，却有老致。扮者先宜体贴一绝代佳人，遭逢不淑，改节随人。虽夫妇之间有以自乐而父母国人羞而贱之者固已多矣。然文君虽迹类桑中，而实醇醇，焉有摽梅夭桃之想。故必须装出内严外肆，欲吐又吐不得，欲按又按不住的光景，方得文君本色。若太严重，则失之板；太轻佻，由失之荡矣。"朱瑞图从文君的角色特点出发，对扮演者提出要求。文君虽有逾越之举，但并非轻佻放荡之辈，要求扮演者体会其身世遭际，深入理解其内心世界，以展现其"内严外肆"的性格特点。同时又为扮演者提供了两个参照物，一为崔莺莺，一为红拂，称"扮文君者，扮似莺莺不得，扮似红拂又不得。不得似莺莺者，以莺莺是情致所生，不能自禁。文君是义气所感，欲了终身大事者也。似红拂不得者，以红拂越公侍妾，久历风尘。文君是深闺幼女，从未放纵者也。斟酌于二者之间，而文君之真神出矣"。

吴震生的戏曲演剧理论集中体现在《太平乐府玉勾十三种》的《演习凡例》中，针对戏曲场上演出颇具独到见解，尤其在装扮、角色、宾白等方面，多有创见。关于演员的化妆，吴震生认为，不管生旦，只要上台都必须化妆，《演习凡例》曰："古时男子尚且傅粉，今生旦反不傅粉，是大昧"，吴震生对生旦不化妆的现象予以指摘，认为该做法不可取。并且他认为妆容是辨别角色的最好途径，区分一人扮数角者，"惟傅粉之厚薄赤白可别"。关于角色的挑选，《演习凡例》中论曰："因班止数人，不得不用净、丑，拌者意只取其憨佻，绝非取其恶丑"，可见在挑选演员时，吴震生更看重的是演员的神态与内在气质。关于宾白，

---

① （清）朱瑞图：《封禅书》，《古本戏曲丛刊》第 5 集，上海古籍出版社 1986 年版。

吴震生主张根据实际情况灵活掌握，他说："我、俺、哩、了等字，正不必以细分为能，遇苏白处不妨说演戏处土语"①，演戏以观众为中心，对宾白不做死板规定，如能用演戏之处的方言土语则更好，既便于观众理解，增加戏曲的亲和力，又能利用方言土语增加戏曲的戏谑性，提升演出效果。

二、文人传奇的搬演渠道

清中叶文人传奇虽有不少案头之作，但也有相当一部分剧作曾在舞台演出，并取得较为广泛的影响，因此舞台演出是清中叶文人传奇得以在大众范围内传播的重要途径。清中叶文人传奇的搬演主要有两个渠道，一为文人圈子内的私人家班演出，一为面向大众的职业戏班搬演。

（一）家班演出

所谓家班，顾名思义，是隶属于个人及其家族的戏班。家班主人往往是喜爱戏曲的士大夫或富商，他们出于个人喜好或经商、为官的需要而蓄养伶人，以满足个人日常娱乐或社交需要。家班演出不同于职业戏班，他们面对的观众一般为家班主人的亲朋好友或上下级官员、幕僚等。家班演出是明代中后期以来兴起的风尚，明清易代之际，社会动乱，经济萧条，家班遭到重大的破坏。然而，蓄养家班的风气并未彻底消失，家班作为明末遗风而留存下来。随着清朝政权的逐渐稳定，经济的恢复发展，蓄养家班重新成为官僚阶层追求风雅、享受生活的一种风尚。康熙、乾隆二帝皆为昆曲爱好者，统治阶级嗜好昆曲的风气自然影响到其臣子，家班逐渐盛行起来。尤其乾隆朝，由于乾隆帝嗜好昆曲，演剧之风大盛，上行下效，家庭演剧之风盛行。清中叶正处于家班较为

---

① （清）吴震生：《太平乐府》，清乾隆刻本。

繁盛时期。家班主人酷爱戏曲，甚至自己就是戏曲家，如唐英、黄振、程镰；幕僚中不乏戏曲文才出众者，如张坚、金兆燕、沈起凤、朱夰等。目前有文献记载，清中叶较为重要的家班有 18 副之多。①

1. 程镰家班

康熙中后期粤西白州知县程镰的家班。程镰，生卒年不详，字瀛鹤，号华茵听曲人。康熙三十九年（1700）创作传奇《蟾宫操》。康熙四十五年（1706）官粤西白州，康熙四十九年（1710）其家班"十二红"于粤西白州县署演传奇《蟾宫操》。陶璋《题十二红排演蟾宫操传奇》序云："庚寅秋，璋诣白州谒见。八月之望，夫子命十二红演以娱客。"诗曰："歌声缭月夜，舞影乱花丛。一行歌扇冷，小队舞罗空。翘袖初回雪，樱裙乍御风。曼态无双艳，芳名十二红。"② 以诗赞美十二红的歌声与舞姿。

2. 李煦家班

清代康熙中后期苏州织造李煦的家班。李煦（1655—1729），字莱嵩，号竹村，自康熙三十二年（1693）至六十一年（1722）连任苏州织造官长达三十年之久。苏州织造府的重要职责之一就是为皇室供奉昆曲戏班，选送演员，储备优秀戏班以备供奉皇帝南巡时用。而李煦本人也是昆曲爱好者，置有家班，延请曲师教习，在家班演出、衣装花费上相当奢侈。李煦之子尤其迷恋昆曲，经常亲自参加家班的演出，顾公燮在《顾丹五笔记》中记载："织造李煦莅苏三十余年……公子性奢华，好串戏，延名师以教习梨园，演《长生殿》传奇，衣装费至数万。"

---

① 此处清中叶家班，参考吴新雷、杨惠玲研究成果，进行整理。详见吴新雷：《苏州昆班考》，《东南大学学报（哲学社会科学版）》2000 年第 4 期；杨惠玲：《戏曲班社研究：明清家班》，厦门大学出版社 2006 年版。

② （清）程镰：《蟾宫操》，《古本戏曲丛刊》第 5 集，上海古籍出版社 1986 年版。

3.程梦星家班

清康熙末期程梦星在扬州置办的家班。程梦星（1678—1747），字伍乔，又字午桥，号汛江，又号茗柯、香溪、杏溪。安徽歙县人。康熙五十一年（1712）进士，选庶吉士。康熙五十五年（1716），退隐扬州，建造筱园。李斗《扬州画舫录》记载："筱园本小园，在廿四桥旁，康熙间土人种芍药处。……康熙丙申，翰林程梦星购为家园。"购园后，程梦星便花很大精力整治与构筑，"每园花报放，辄携诗牌酒槛，偕同社游赏，以是推为一时风雅之宗"[1]。程氏筱园是文人雅集的重要会所，程氏蓄养家班，每当雅集之时，演剧助兴，成为一时风尚。

4.郑氏休园家班

清康熙年间江都郑侠如创立的家庭昆班。郑侠如为明崇祯十二年（1639）贡生，入清后辞归故里，于休园中诗酒会友，听曲观剧，优游卒岁。李斗《扬州画舫录》记曰："扬州诗文之会，以马氏小玲珑山馆、程氏筱园及郑氏休园为最盛。……一日共诗成矣，请听曲。邀至一厅甚旧，有绿琉璃四，又选老乐工四人至，均没齿秃发，约八九十岁矣，各奏一曲而退。倏忽间命启屏门，门启则后二进皆楼。有红灯千盏，男女乐各一部，俱十五六岁妙年也。"李斗《扬州画舫录》所记为乾隆年间扬州诗文会的情形。马氏小玲珑山馆是当时著名藏书家马曰琯、马曰璐兄弟的藏书楼名。马氏以盐业起家，为扬州巨富。马氏兄弟性嗜诗书，聚四方贤士，如厉鹗、全祖望、陈章、陈撰、金农等。程氏筱园即程梦星所建私家园林。郑氏休园与此二园并称，是当时最负盛名的文人雅集之所。每到诗文集会，汇集四方名流雅士，赋诗撰文。听曲演剧是文人雅集的一项重要内容，即如《扬州画舫录》所记，诗成后听曲，有专门的听曲演剧之厅，中有年老乐工、妙龄伶人。可见，当时程氏筱园和郑

---

① （清）李斗：《扬州画舫录》，中华书局1960年版，第343页。

氏休园中都蓄养有优伶。

5. 唐英家班

清雍正、乾隆年间唐英的家班。唐英于雍正六年（1728）被派驻江西景德镇主持窑务，之后二十多年几乎全部在督陶任上度过。在长期的督陶生涯中，唐英过着"半官半野悠然意，陶榷名衔放诞人"①的生活。唐英性嗜戏曲，置有昆曲家班，公务之余，观看家班演出以自娱宴客。商盘《重至九江晤唐俊公先生》诗自注："是夕征歌达旦"。张开东《九江榷使唐公英招宴观剧》和蒋士铨《唐蜗寄榷使招饮珠山官署，出家伶演其自谱杂剧赋谢》等作品都描写了唐英家班演剧助兴的场面。唐英本就是雍正、乾隆年间的著名戏曲家，有《古柏堂传奇》十七种，尝自称"性嗜音乐"，"戏编《笳骚》《转天心》《虞兮梦》传奇十数部，每张灯设馔，取诸院本置席上，听伶儿歌之"。可见，唐英家班所演戏曲作品多为主人所作，亦有唐英幕僚所作。唐英将张坚视为同调，于乾隆十四年（1749）延邀至幕，"公余之下，分韵微吟，殆无虚日"。唐英对张坚"梦梅怀玉"四种传奇称赏有嘉，认为其"结构新奇，文辞雅艳，被诸弦管，悦耳惊眸，风流绝世"②。据此可知，张坚的四种传奇也曾被唐英家班搬演过。

6. 黄振家班

清代乾隆年间江苏如皋黄振的家班。黄振（1724—1773），字瘦石，别号柴湾村农，家境富有，所筑馆舍名为"斜阳馆"，并蓄养家班女乐。陈松《石榴记题辞》和顾云《石榴记序》中都曾提及其家班中女伶翠竹、小红、月香等，"歌喉圆啭，舞态轻翩"。黄振喜读元明以来的戏曲作品，经常摘出其中的精彩折子交由家班演出。他精通音律，于乾隆

---

① （清）唐英：《唐英集》，辽沈书社 1991 年版，第 225 页。

② （清）张坚：《玉燕堂四种曲》，清乾隆刻本。

三十五年（1770）四月至三十七年（1772）五月，创作完成《石榴记》传奇三十二出，并由其家班排练搬演。

7. 方元鹿家班

清代乾隆年间仪征方元鹿的家庭昆班。方元鹿，字竹楼，一字萃友，号红香词客。安徽歙县人，寄籍仪征。据团维墉《穷交十传》记载，方元鹿"家蓄声伎，有伶名乳莺者，秀慧，尤长《舞盘》诸剧"。后家道衰落，家班解散，很多伶人被同县程南陂家班招去。

8. 程釜家班

清代乾隆年间仪征程南陂蓄养的家庭昆班。程釜，字夔州，号南陂，又号二峰，祖籍安徽歙县，迁居仪征。曾师从方苞，康熙年间进士，官至户部郎中。《嘉庆江都县续志》中有关于程釜的条目，称其"嗜音律，顾曲之精，为吴中老乐工所不及"。方扶南、程晋芳均有诗记述于程家宴观家乐之事。程釜家班曾演出过曹寅的《虎口余生》和程釜自作的杂剧《拂水》。

9. 黄晟家班

清代乾隆年间黄晟的家庭女乐。黄晟，字东曙，号晓峰，别号退庵，安徽歙县人，迁居扬州。以盐业富家，中年后转向藏书、刻书，家有园林曰易园，蓄有女乐家班。据熊之垣《花间笑语》记载："徐园傍为易园，主人黄晟，字东曙，俗称黄大元宝，有槐荫书堂，池面最大，园今半归谢侍郎溶生家，闻当时女乐最佳，得吴门女教师魏大娘所传。"

10. 周昂家班

周昂，字千若，号少霞。乾隆三十年（1765）选贡，授安徽宁国县训导。三十五年（1770）举于乡，三十七年（1772）归乡，著述自娱，寄情词曲，卒于嘉庆元年（1796）以后。乾隆四十年（1775）创作传奇《玉环缘》。姚齐宋在《甑尘纪略》中记载："周昂中年以后，移疾家居，声伎杂进，偶取唐人韦皋轶事，编《玉环缘》传奇，点定宫商，付梨园唱演，音节之妙，四座为之醉心。"朱鹭曾应周昂之邀为其点定曲谱，朱鹭在《玉环缘跋》中称："少霞邀余寓斋头，为谱其全本，遂依律点定宫商，无不按拍上口。"可见，周昂中年家居后，曾蓄养家班，并将自己创作的传奇，经精通音律之人审定后搬演。

11. 王文治家班

王文治（1730—1802），字禹卿，号梦楼。乾隆二十五年（1760）探花及第，授翰林院侍读，乾隆二十九年（1764），出任云南临安知府。未几因事罢归，从此无意仕进，寄情词曲，蓄养家伶。钱泳《履园丛话》、袁枚《随园诗话》对其家班均有记载。王氏家班因伶人多以云字取名，故名曰"彩云班"。《随园诗话》记曰："王梦楼太守，精于音律，家中歌姬轻云、宝云，皆余所取名也。"《履园丛话》载："五云者，丹徒王梦楼太守所蓄素云、宝云、轻云、绿云、鲜云也。年俱十二三，垂髫纤足，善歌舞。……越数年，五云渐长成矣，太守惟以轻云、绿云、鲜云遣嫁，携素云、宝云至湖北送毕秋帆制府，审视之，则男子也。制府大笑，乃谓两云曰：'吾为汝开释之。'乃剃其头，放其足，为童仆云。"王氏五云中有二云为男性，可见彩云班是男女同班同台。彩云班声名甚著，演剧频繁。当时文人诗集中多有记述。顾宗泰《王梦楼太守、茅耕亭学士招同刘云房少宰、查篆仙观察、陈桂堂太守宴集二知堂，观剧席上，即事有作》四首，其三有句云："长斋余事按声歌，快雨堂中妙选多"，并注曰："太守诗文擅海内，不废顾曲。钿卿而后，比日有澹云、微云、拂云者，皆一时妙选，雅迈时伶。"王文治《梦楼诗集》中有诗序云："无锡钱谨岩工为诗歌兼精音律，余携瑶生及钿郎奉过，弹丝品竹，略展闲情。"可见，王氏家班曾在主人家宴待客场所演剧以娱宾，也曾跟随主人出行，赴外交往。王文治喜欢出行，不管远近，必携歌伶相随，因此其家班活动范围很广。李调元在《雨村诗话》中载："王梦楼家有女乐一部，会本县合齮之即，飘然载女乐作扁舟五湖之游。"

王氏家班善演《西楼记》、《长生殿》、《牡丹亭》、《邯郸记》、《南柯记》等名作，亦演时曲新剧，蒋士铨之杂剧《四弦秋》亦在演出之列。除了演剧外，王氏家班还多唱清曲，故不少文人剧作家亦受其邀制曲以歌。姚鼐的《蒋君墓碣》中曾提及王文治家僮唱蒋士铨所为清曲之事："丹徒王侍读有家僮善歌吹笛，而编修工为曲，尝成曲，俾以笛歌，吾曹想从饮酒听歌极乐。"

12.老徐班

乾隆时期扬州盐商徐尚志的家班。尚志为盐业旗号，徐氏家班主人名号无从查考，暂以旗号称之。① 徐氏家班大概于乾隆十六年（1751）为迎接乾隆帝南巡而筹建。徐氏于苏州购买昆伶，筹建家班，以备迎驾演剧。老徐班汇集了一时之名角二十多人，有副末余维琛、老生山昆璧、小生陈云九、老外王丹山、大面周德敷、二面钱云从、老旦余美观、小旦吴福田、叶广平、许天福、马继美、王四喜等。善演《琵琶记》《寻亲记》《西楼记》等经典剧目。

13.黄元德家班

乾隆年间徽籍盐商黄履暹置办的家班。元德为黄履暹的盐行旗号。黄履暹为当时扬州盐商首总。《扬州画舫录》卷十二载："黄氏本徽州歙县潭渡人，寓居扬州，兄弟四人，以盐策起家，俗有四元宝之称。……履暹字仲昇，号星宇，行二，谓之二元宝。"黄履暹与前述黄晟为兄弟，均以盐业起家。乾隆帝第三次南巡时，曾到过黄履暹的四桥烟雨，并赐名为"趣园"，亦为迎銮演剧之备。该班以丑角顾天一而闻名，《义侠记》为其拿手剧目。

---

① 据郑志良《论乾隆时期扬州盐商与昆曲的发展》（《北京大学学报（哲学社会科学版）》2003年第6期）一文中的考证可知，今七大内班名称，除江春班为班主真实姓名外，其余各班均以盐商旗号称之。后面有关内班班主的考证，亦参考该文。

14. 张大安家班

乾隆年间陕西籍盐商张霞置办的家班。大安为张霞的盐行旗号。乾隆年间筹办家班以备迎驾演剧。

15. 汪启源家班

乾隆年间徽籍盐商汪廷章置办的家班。启源为其盐行旗号。汪氏先世即以盐业起家，富甲一方，汪家篠园为扬州名园，旁边修有戏台，名曰熙春台，俗称"大花台"。乾隆帝南巡驻跸扬州时，汪氏熙春台为两淮人士献寿呼嵩之所。

16. 程谦德家班

乾隆年间盐商程谦德置办的家班。程谦德，真实姓名不详，谦德为盐行旗号。乾隆年间筹办家班以备迎驾演剧。

17. 洪充实家班

乾隆年间盐商洪充实置办的家班。洪充实，真名洪丕振，系出徽州望族。乾隆年间置办家班以备迎驾演剧。洪班多半为老徐班旧人。

18. 江春家班

乾隆年间盐商江春置办的家班。江春，号鹤亭，是乾隆年间最著名的盐商。阮元《淮海英灵集·戊集·江春》载："公理盐务四十年中，凡祗候南巡者六，祝皇太后万寿者三，迎驾天津、山左者二，最后入京赴千叟宴。国家有大典礼及工程、赈灾、兵饷捐输，上官有所筹画，惟公是询。"可见，江春虽为盐商，但在相关政务上亦有一席之地。其颇为乾隆帝器重，常谕盐使曰："江广达人老成，可与商办。"广达为江春盐行旗号，乾隆三十三年（1768）后，江春代替黄履暹成为盐商首总。江春家班，又称"德音班"，为乾隆时期著名家班。德音班多是洪班的旧人，又叫江班。之后江春又征召花部艺人组建春台班："郡城自江鹤亭征本地乱弹，名春台，为外江班，不能自立门户，乃征四方名旦如苏州杨八官、安庆郝天秀之类。而杨、郝复采长生之秦腔，并京腔中之尤者，如《滚楼》《抱孩子》《卖悖悖》《送枕头》之类。于是春台班合京秦之腔矣。"① 江春重视戏曲人才，对于技艺高超的艺人十分尊重，以宾客之礼待之。江春家班汇聚了一批技艺高超、艺术素养深厚的艺人，如秦腔著名艺人魏长生，老徐班总管余维琛，出身京师梨园的著名艺人王炳文、沈同标，名旦金德辉、樊大、杨八官、郝天秀等。

老徐班、黄元德家班、张大安家班、汪启源家班、程谦德家班、洪充实家班、江春家班合称为"扬州七大内班"。七大内班虽为家班，但其又有比较特殊的作用。他们是扬州盐商为了迎接圣驾专门筹建的家班。清代扬州盐商因为皇帝南巡，驻留扬州，他们为了奉承皇帝，纷纷组建家班，以备接驾时供奉演戏。其中，汪廷章蒢园旁之戏台熙春台，即为迎驾演剧之所。江春曾迎接圣驾六次，乾隆帝曾有两次驻跸其园林康山草堂。盐商身份特殊，既非政府官员，也不是求取功名的士子，他们可以不受朝廷禁令限制蓄养家班，亦可凭借自身雄厚财力组班献演，同时由于其自身良好的文化艺术素养，其家班往往规模较大，水平较高。乾隆年间，七大内班声势和演艺均居于全国首位，代表了当时昆曲班社的最高水平。

七大内班除了迎銮演出，大部分时间多为私人宴会演出之用，以满足文人士大夫阶层社交需要，如江春德音班即在康山草堂演出。可见，七大内班仍是家庭私人所有，而非营利性戏班。《扬州画舫录》卷五记载一段逸事："纳山胡翁，尝入城订老徐班下乡演关神戏。班头以其村人也，绐之曰：'吾此班每日必食火腿及松萝茶，戏价每本非三百金不可。'胡公一一允之。班人无已，随之入山。翁故善词曲，尤精于《琵琶》。于是每日以三百金置戏台上，火腿、松萝茶之外，无他物。日演《琵琶记》全部，错一工尺，则翁手拍戒尺叱之，班人乃大惭。"② 有学

---

① （清）李斗：《扬州画舫录》，中华书局 1960 年版，第 131 页。
② （清）李斗：《扬州画舫录》，中华书局 1960 年版，第 136 页。

者认为此段证明家班班头有权决定自由对外演出，其实不然，此段不妨作为戏班逸事，聊为一笑。

家班的艺术水准比职业戏班普遍较高。其欣赏对象多为文人士大夫阶层或富商，其文化艺术素质普遍较高，有些家班主人自己就是戏曲家，精于音律，比如唐英、程镳、黄振等。家班演出剧目主要有三类，一是前人或时下的经典流行之作，如《牡丹亭》《长生殿》《邯郸记》等。二是出自家班主人之友人、幕僚手笔的作品，如江春德音班、王文治家班都曾演出蒋士铨新作《四弦秋》和清曲等；唐英家班曾演出其幕僚张坚的《玉燕堂四种曲》诸作。三是搬演家班主人的作品，如程镳的《蟾宫操》、唐英的《古柏堂传奇》、黄振的《石榴记》、周昂的《玉环缘》等都在各自的家班排练搬演。家班成为文人传奇创作的实践演出平台，促进文人传奇由"案头文章"向"场上之曲"靠拢。

家班主人多为爱才好客的官员或富商，以其为中心聚集了大批文学艺术爱好者，家班演剧，则成为文人雅集、私人社交的重要娱乐项目。而文人传奇则在这样的社交环境下得以广泛流传。乾隆时期著名的盐商江春，文学、艺术修养深厚，才学见识超群，在文人中的号召力非同一般，江氏康山草堂是扬州文人雅集的重要场所之一，其别业秋声馆则为文人寓居驻足之所。江春富而爱交名士，他的康山草堂、秋声馆等别业中驻足很多宾客，如袁枚、赵翼、郑燮、蒋士铨、金兆燕、沈大成等人皆在其中，文人饮酒赋诗，余暇则在康山草堂听戏观剧。赵翼曾有诗云："又入扬州梦一场，红灯绿酒奏《霓裳》。经年不听游仙曲，重为云英一断肠。回数欢场岁几更，梨园今昔也关情。秋娘老去容颜减，犹杖声名压后生。"赵翼在这首《扬州观剧》诗中表达了多年后重至扬州的感慨，扬州最让他难忘的即是在江氏园林的听曲观剧生活。乾隆四十三年（1778），蒋士铨作《康山草堂观剧》组诗，记录康山草堂观剧活动的兴盛。不仅如此，家班主人还为文人传奇作家提供了良好的创作环境和广阔的交流平台。蒋士铨长期住在江春别业秋声馆中，其《秋声馆题壁》诗中写道："八九月间成室，二三更后读书。不用玉箫金管，清商萧瑟自如。栏杆字亚字，帘幌波纹蒙纹……主本忘其是客，秋亦何其有声？姑妄听之一笑，四时喧寂分明。秋心何处可遣？文字之友数来。绝胜室歌院落，夜深灯火楼台。"诗中记录了蒋士铨悠闲充实的坐馆生活。自由的活动空间，充裕的读书创作时间，秋声馆几乎成了他心灵的归宿，如此惬意的日子令他几乎忘却了客的身份，全身心地投入读书创作之中。不止如此，馆中常有文友到来，不乏秉烛畅谈的知音。蒋士铨客居秋声馆时期创作颇丰，其中包括传奇《空谷香》、杂剧《四弦秋》等。新剧创作完成后，就由江春家班排练，并于康山草堂演出。唐英既是戏曲家，又是家班主人，每有新作，必由家班排练演出。

（二）职业戏班搬演

除了家班演出，不少文人传奇也曾为职业戏班搬演于大众舞台。文人笔墨品味高雅，文采典丽，自是一般梨园写手所不能比的，加之文人的声誉因素，往往是甫脱稿即为优伶购去搬演，如黄图珌的《雷峰塔》和《栖云石》、张坚的《梅花簪》、金兆燕的《旗亭记》、朱夰的《玉尺楼》等。黄图珌的《雷峰塔》稿甫成，即为伶人搬演，流播甚广。黄图珌在《观演雷峰塔传奇》中提到："余作《雷峰塔》传奇，凡三十二出，自《慈音》至《塔圆》乃已。方脱稿，伶人即坚请以搬演之。遂有好事者，续'白娘生子得第'一节，落戏场之窠臼，悦观听之耳目，盛行吴越，直达燕赵。"《雷峰塔》传奇一脱稿即为伶人购去搬演，盛行吴越，甚至远播至燕赵。然而，由于伶人窜改剧情，令黄图珌十分不悦，故其第二部传奇《栖云石》稿成后秘而不宣，珍藏两年之久。黄图珌在《伶人请新制〈栖云石〉传奇行世》中记载了此事，称《栖云石》稿成后，伶人意欲搬演，"窃恐复蹈前车，反为世所薄，余莫之许"，为避免重蹈《雷峰塔》之覆辙，在伶人请求搬演时，黄图珌果断拒绝。后伶人贿赂其家童，将原本录去，"于是酒社歌坛，莫不熟闻其声"。

张坚《梅花簪》亦为伶人购去，盛演一时。吴禹洛在《梅花簪序》中讲述了该剧盛演一时的情景："稿甫脱即为名优购去，被诸管弦。漱石诹吉列筵，召僚友登场搬演。远迩竞观，靡不愕然称奇，黯然欲绝。先是其家有香橼，萌芽自发二十年成树而不花。是夕花忽大吐，满室皆香。氤氲飘缈，若偕歌声，彩色飞舞席前，众宾咸异。自是结实累累如金，盛至千颗。"①《梅花簪》稿始成即被戏班购去，搬演于舞台。柴次山在评点《梅花簪》时对这一情况进行了更为详细的说明，称该剧被金陵太晟班易名《赛荆钗》搬演，一时风动。该剧不但被职业戏班盛演一时，产生了"远迩竞观，靡不愕然称奇"的轰动影响。更为奇异的是，张家二十年从未开花的香橼老树，当晚花大吐，之后结果累累至千颗。吴禹洛的叙述为《梅花簪》的搬演添加了神秘奇异而又美丽的色彩。

金兆燕《旗亭记》经梨园乐师点定，搬演舞台。卢见曾在《旗亭记序》中记曰："余爱其词之清隽，而病其头绪之繁，按以宫商，亦有未尽协者。乃款之于西园，与共商略。又引梨园老教师，为点版排场，稍变易其机轴，稗兼宜于俗雅。间出醉笔，挥洒胸臆，虽素不谙工尺，而意到笔随，自然合拍，亦有不解其故者。"②金兆燕《旗亭记》稿成，卢见曾阅之并审定修改，清减头绪，点定宫商。又请经验丰富的梨园老教师，为其点版排场，使其成为宜于俗雅、合拍可演之场上佳曲。朱乔精于音律，亦尝删改《旗亭记》，纠正其音律之误，后为卢见曾所闻，将其延至幕中。戴延年曾在《秋灯丛话》中记曰："若下朱公放乔，善指头生活，工铁笔，尤长于填词。乾隆辛巳遇于蒋秋崖有谷堂中，遂与定交。……

---

① （清）张坚：《玉燕堂四种曲》，清乾隆刻本。

② 吴毓华编著：《中国古代戏曲序跋集》，中国戏剧出版社1990年版，第536页。

时卢雅雨榷盐维扬，新谱《旗亭画壁》传奇，传至苏。朱酒后阅之，即大加涂抹，正其谬误。雅雨闻而具礼延致。"戴延年记载中的新谱《旗亭画壁》传奇，即金兆燕所作《旗亭记》，乾隆二十二年（1757），金兆燕入扬州盐务卢见曾幕，创作了《旗亭记》传奇，后《旗亭记》为梨园搬演，广泛传播。传至苏州，朱夰酒后阅之，审定宫商，纠正其不合音律之处。后为卢见曾知晓此事，对朱夰大为欣赏，遂将其延至幕中。乾隆二十六年（1761），朱夰于卢见曾幕中创作《玉尺楼》，并授之梨园搬演。金兆燕、朱夰的传奇作品，都由卢见曾资助刊刻，并推向梨园搬演。

石韫玉、沈亮等都曾提及沈起凤所制传奇在梨园盛演的情况。石韫玉在《沈氏四种传奇序》中称："（沈起凤）辄以感愤牢愁之思，寄诸词曲，所制不下三四十种。当其时风行于大江南北，梨园子弟登其门而求者踵相接。"[1] 沈亮在《赘渔杂著序》中写道："先生为吾乡之才人，在乾隆时名满大江南北，一时公卿咸折节交之。诗古文词皆斐然成一家，尤长于元人乐府，每有所制，梨园子弟辄争先丐之，吴中歌台舞院非先生之传奇不乐观也。"[2] 可见，沈起凤传奇确实曾搬演舞台，而且一时颇为流行。沈起凤自己也曾提到所作传奇被搬演的情形，乾隆三十五年（1770），沈起凤于红芍山房养病，"戏制《泥金带》传奇，为天下悍妇惩妒。演诸宋观察堂中，登场一唱，座中男子无不变色却走"[3]。《泥金带》传奇，今已佚，据沈起凤所言，该传奇曾在宋观察堂中搬演。沈庆萱于咸丰元年（1851）作《赘渔杂著跋》，称："先伯祖桐翙公生平著作富有，惜随手散去，罕有存者。所刊传奇数种，皆得诸梨园故老。"[4] 可见，沈起凤传奇曾被搬演舞台，于梨园广为流传。

---

① 吴毓华编著：《中国古代戏曲序跋集》，中国戏剧出版社 1990 年版，第 522 页。

② （清）沈起凤：《赘渔杂著》，清咸丰刻本。

③ （清）沈起凤：《谐铎》，人民文学出版社 1985 年版，第 38 页。

④ （清）沈起凤：《赘渔杂著》，清咸丰刻本。

三、文人传奇的传播路径

文人传奇经过舞台搬演，其传播范围益广，主要有两条路径：一是向上传播，为统治阶层所欣赏，进入宫廷演剧。二是向下传播，进入大众视野。这两条路径带来的是文人传奇两条完全相反的发展之路。向上流传，进入宫廷的文人传奇越来越雅化，将情节连贯置于首位，重视场面的宏大，带有明显的宫廷演剧特色；向下流传，进入民间梨园，与各种声腔结合，由文人审美转向大众品位，由雅转俗，融入百姓生活。而耐人寻味的是，这两条传播路径在对传奇文人性的淡化上出奇的一致。宫廷演剧和民间演剧都注重舞台场面和故事情节，对于文人传奇原本中作者的主观情感进行淡化处理，有些甚至直接忽略，淡化或消除传奇的抒情性，突显传奇的故事性。

文人传奇的向上传播十分有限，通过考察《故宫珍本丛刊·昆弋本戏》的收录情况可知，《梅花簪》《伏虎韬》《定天山》《合欢图》四部传奇曾在宫廷演出①。《梅花簪》《伏虎韬》均收录全本，略有改编。《合欢图》《定天山》收录于《各种提纲》中。故宫珍本《梅花簪》由原本的四十出改为三十四出，今存十八出。虽然不是全本，但是也能够反映其大致面貌和改编特点。故宫珍本《梅花簪》体现出较为明显的宫廷戏特色，场面更加铺排宏大，唱词说白更加典雅，情节更加连贯细腻。在情节设置上，除了对个别关目进行细微调整外，基本保留了原本的主要故事情节。《伏虎韬》的改编情况与《梅花簪》类似，由原本二十九出改为二十八出，删掉最后一出《结案》，除去四出关目稍有调整外，基

---

① 《故宫珍本丛刊·昆弋本戏》中有《梅花簪》《伏虎韬》，《各种提纲》中有《梅花簪》《定天山》《合欢图》。

本保留了原本的故事情节。

　　另一传播路径为向下流播，盛演于民间梨园，面向以广大平民为主的社会群体，获得更为广泛的传播。清中叶文人传奇中有不少作品在当时即为职业戏班搬演，流传颇广。黄图珌《雷峰塔》中《水漫》《断桥》两出收录于《缀白裘》第七集中，姚子懿《后寻亲》中《后索债》收录于《缀白裘》第一集，《后府场》《后金山》两出收录于《缀白裘》第十集，《一文钱》中《舍财》收录于《缀白裘》第一集，《烧香》《罗梦》收录于《缀白裘》第五集。《缀白裘》为乾隆年间玩花主人编选的戏曲选集。所收戏曲均为当时梨园盛演剧目，以昆曲为主，兼收花部诸腔及时曲小戏。可见上述收录其中的清中叶文人传奇折子戏，在当时颇为流行，盛演于梨园。沈亮在《赟渔杂著序》中记载了沈起凤传奇盛演梨园的情形："先生为吾乡之才人，在乾隆时名满大江南北，一时公卿咸折节交之。诗古文词皆斐然成一家，尤长于元人乐府，每有所制，梨园子弟辄争先丐之，吴中歌台舞院非先生之传奇不乐观也。"①

　　相较于向上传播、宫廷演剧，文人传奇的向下流传更为广泛久远，有些剧目盛演多年，甚至活跃在现代戏曲舞台上。沈庆萱于咸丰元年作《赟渔杂著跋》，称："先伯祖桐翔公生平著作富有，惜随手散去，罕有存者。所刊传奇数种，皆得诸梨园故老。"沈起凤于嘉庆七年（1802）离世，其传奇多创作于乾隆年间，一时风行大江南北，直至咸丰元年（1851）其侄孙沈庆萱整理其著作时，仍可得之于梨园故老手中。可见，沈起凤传奇不仅曾被搬演舞台，盛行一时，而且历经五十年，常演不衰，广为流传。张坚《梅花簪》中《抢亲》《闻嫁》《遣刺》《舟误》四出以折子戏的形式一直活跃于昆曲舞台上，民国年间尚为梨园盛演剧目，被张芬收录于《绘图精选昆曲大全》中。民国时期，《梅花簪》还

---

　　① （清）沈起凤：《赟渔杂著》，清咸丰刻本。

被其他地方剧种改编移植，现有《改正梅花簪》残本存于中国国家图书馆中。《梅花簪》还成为京剧的传统剧目，被收录在《京剧汇编》第八十三集中。直至现代，《梅花簪》一剧仍然活跃于戏曲舞台上。20世纪80年代，广东潮剧院一团将《梅花簪》移植改编为潮剧。孙小华、吴玲儿等著名潮剧演员都曾扮演过《梅花簪》中的杜冰梅一角。孙小华主演的《梅花簪》还被拍摄为录像，获得全国电视节目奖。陕西华县皮影戏中也有《梅花簪》一剧，且为全本戏，2009年陕西华县雨田科技文化传播有限公司雨田社演出了该剧，演出时间长达40分钟。① 吴庞《金不换》至清末尚能演出全本和第十九出《团悟》和第二十一出《心悼》为昆剧常演剧目。石子斐《正昭阳》被改编为京剧《狸猫换太子》，成为盛演不衰的经典剧目。

另外，向下流传，进入大众视野，文人传奇的发展空间更大，与民间文化的交融更深，不少传奇作品在民间流传过程中不断被改编。黄图珌《雷峰塔》稿成即为伶人搬演，颇受大众欢迎，不仅如此，还有人对其进行改编，增加白娘生子得第等情节，以更加符合大众的观赏口味和心理欲求。虽然黄图珌对自己的作品被人窜改的事情耿耿于怀，几次作文怒斥"好事者"，但这恰从另一个方面反映出文人传奇在民间流传的真实情形。文人传奇进入大众视野后，与民间文化深入交融，民间艺人在文人传奇的基础上对其进行加工改编，衍生出更多的戏曲、曲艺作品。《玉蜻蜓》为各地方戏改编演出，至今滇剧、闽剧、婺剧、常锡剧、黄梅戏、绍兴高腔、越剧中仍有《玉蜻蜓》，豫剧、评剧、推剧中的《桃花庵》，汉调二黄的《法华庵》，泗州戏的《金锁记》，川剧的《盘贞认母》等均改编自《玉蜻蜓》。除了为地方声腔改编外，《玉蜻蜓》还为其他艺

---

① 陕西华县雨田科技文化传播有限公司雨田社在2009年10月份的演出剧目表中有该剧。

术样式所改编，如弹词、鼓词、小说、宝卷等。今存琴天阁刻本《玉蜻蜓》弹词，清宣统二年上海书局石印本《玉蜻蜓前后传》弹词，小说《传记玉蜻蜓》，鼓词《桃花庵》，宝卷《玉蜻蜓》。《出师表》一剧，近世京剧有《沈小霞》，一名《出师表》。李曼翁《御炉香》，有弹词改编本。

第三节　文人传奇的移植改编：延续与新生

　　清中叶文人传奇通过家班演出和职业戏班演出两种渠道的传播，分别在上流社会和底层大众中间产生较为重要的影响，从而或向上传播进入宫廷演剧，或向下流播深入民间梨园。在这两种传播路径中，文人传奇不断被改编，根据其面向的观众特点进行调整，使其越来越符合观众口味。在这些改编本中，文人传奇原本已经发生了不同程度的变化，包括唱腔改换、情节增减、曲词变化、宾白调整、科诨设置，甚至立意主旨亦有调整。这些当为清中叶文人在传奇创作之初所不曾想到，甚至极力反对的，比如张坚宁可糊鑚也不愿被改唱弋腔，黄图珌对梨园艺人窜改《雷峰塔》十分不满，但在戏曲发展的洪流中，花雅不断融合，不以任何人的个人意愿为转移。清中叶文人所坚持的昆曲，已在与各种声腔的借鉴交融中继续发展，文人传奇亦在各种改编本中获得延续与新生。

一、故宫珍本《梅花簪》

　　《故宫珍本丛刊》中收录了清代南府与升平署剧本，其中昆弋本戏中有《梅花簪》一剧。但该本不全，仅有十八出，缺少第九至二十四出。虽然不是全本，但是也能够反映其大致面貌和改编特点。昆弋残本《梅花簪》体现出了较为明显的宫廷戏特色，场面更加铺排宏大，唱词说白更加典雅，情节更加连贯细腻。

故宫残本《梅花簪》保留了原本的主要故事情节，对个别关目进行了调整，现将两个本子的关目对比列出，以便考察其改编情况。

表 4-1　乾隆刊本《梅花簪》与故宫残本《梅花簪》关目对比

	乾隆刊本《梅花簪》	故宫残本《梅花簪》
第一出	《节概》	《检贡》
第二出	《告游》	《告游》
第三出	《丑配》	《丑配》
第四出	《交代》	《交代》
第五出	《箴女》	《激变》
第六出	《倭乱》	《涎艳》
第七出	《骇报》	《沸讼》
第八出	《涎艳》	《抢亲》
第九出	《哄讼》	缺
第十出	《抢亲》	缺
第十一出	《疑签》	缺
第十二出	《闻嫁》	缺
第十三出	《遭刺》	缺
第十四出	《舟误》	缺
第十五出	《杀庙》	缺
第十六出	《缢奸》	缺
第十七出	《府讯》	缺
第十八出	《禁侠》	缺
第十九出	《诉情》	缺
第二十出	《降敌》	缺
第二十一出	《天榜》	缺
第二十二出	《泣遗》	缺
第二十三出	《奇捷》	缺
第二十四出	《锦归》	缺
第二十五出	《簪忆》	《诘病》
第二十六出	《空喜》	《店遇》

续表

	乾隆刊本《梅花簪》	故宫残本《梅花簪》
第二十七出	《点监》	《荐贤》
第二十八出	《逃狱》	《市簪》
第二十九出	《诘病》	《醉赘》
第三十出	《遇相》	《悔悟》
第三十一出	《市簪》	《服蛮》
第三十二出	《醉赘》	《复命》
第三十三出	《悔误》	《负荆》
第三十四出	《服倭》	《重圆》
第三十五出	《赏月》	缺
第三十六出	《复命》	缺
第三十七出	《进宝》	缺
第三十八出	《驾辩》	缺
第三十九出	《负荆》	缺
第四十出	《重圆》	缺

从表 4-1 可以看到，故宫残本《梅花簪》的总目次数减少，由原本的四十出改为三十四出。这种调整通过对原有目次的删减和合并完成，就现存十八出来看，故宫残本《梅花簪》删掉了原本的《节概》《赏月》二出，将《进宝》《倭乱》《骇报》整合为《检贡》《激变》两出，将《箴女》并入《涎艳》，将《驾辩》并入《复命》，其余各出都与原本几乎完全一致。故宫残本《梅花簪》对原本情节最大的改动是《检贡》和《激变》两出，将原本中日本的反叛作乱改为日本国王本有意朝贡大明，却遭到广东镇海将军汪直民的无理挑衅，被其诬为借朝贡之名作乱，被逼不得已而叛乱。这样的改编为后面杜冰梅出使日本打下基础，使得未动一兵一卒的招抚更加合情合理。同时，在《检贡》一出中突显日本的恭敬膜拜之意，符合宫廷的欣赏口味。

与原本相比，故宫残本《梅花簪》场面较为铺排宏大。第一出《检贡》是将原本第六出《倭乱》与第三十七出《进宝》合并而成，场面宏大、演员众多，一开始就营造了宏大的演出规模。原本《进宝》中由末、外、生、贴、净、副净、老旦、小丑分别扮日本国使捧宝进献，而故宫残本《梅花簪》中的《检贡》一出，除了这些捧宝进献的国使，另外添加了三十二名蛮兵随从。原本《倭乱》中的日本国王上场仅领了四个倭兵装扮的杂，而《检贡》中的日本国王则在众蛮兵蛮将的簇拥下上场。这些都体现了宫廷戏演员众多，场面宏大的特点。

故宫残本《梅花簪》的唱词说白，在保持原本典雅清丽特色的基础上进行打磨，使其更加细腻圆润。比如《告游》中徐苞的一段唱词：

原本：

[中吕引子] [满庭芳] 有志攻书，无门问字。漫夸笔扫秋烟，鹏程九万，飞去是何年。不羡书中有女，惟待他举案称贤。还只望挂名金榜，花烛喜相联。①

故宫本：

（徐苞上唱）

[满庭芳] 笔扫秋烟，剑磨寒月。萤窗十载堪怜，鹏程九万，飞去是何年。漫道书中有女，奈萧然四壁难全。惟愿得挂名金榜，花烛喜相联。②

两支曲子曲牌相同，内容相似，然而前一支较为直白，后一支略显

---

① （清）张坚：《梅花簪》，《玉燕堂四种曲》，清乾隆刻本。
② （清）张坚：《梅花簪》，《故宫珍本丛刊·昆弋本戏》第1册，海南出版社2001年版，第378页。

含蓄，"萤窗十载堪怜"、"奈萧然四壁难全"等语不但文雅婉转，而且比原本更合曲律。

故宫残本《梅花簪》的说白与原本相比更加书面化、文雅化。如徐苞在拜别父亲和岳父时说道：

原本：

惟愿二位大人，朝夕盘桓，各加保重。①

故宫本：

孩儿别无所虑，但愿二位大人朝夕盘桓，以舒岑寂。②

"岑寂"语出《文选》中鲍照的《舞鹤赋》："去帝乡之岑寂，归人寰之喧卑。"李善注曰"岑寂，犹高静也"，后诗人多用来指寂寥、孤独清冷，唐彦谦《樊登见寄》诗云："良夜最岑寂，旅况何萧条"，刘基《别绍兴诸公》诗云："况有良友朋，时来慰岑寂"。改编者在说白中使用此语，使其更显文词典雅。

故宫残本《梅花簪》作为演出本，为适应舞台演出的需要，对原本进行了相应的改编。剧本中常有唱白杂糅的部分，原本是以大小字体予以区别，故宫残本中则明确标明（唱）、（白）、（科）、（诨）等表演形式，较原本更方便演员表演。故宫残本经常将一支曲子或一段说白分由若干角色共同表演完成，这样做一方面可以平均用力，减轻演员的演唱压力，另一方面有利于吸引观众，避免一个角色长时间表演而带来的枯

---

① （清）张坚：《梅花簪》，《玉燕堂四种曲》，清乾隆刻本。
② （清）张坚：《梅花簪》，《故宫珍本丛刊·昆弋本戏》第 1 册，海南出版社 2001 年版，第 379 页。

燥乏味。如第四出胡维、胡型上场：

原本：

> [三叠引]（副净冠带，净扮公子，领执事行上）好官自我
> 为之矣，笑骂由他何忌。膝下倚娇痴，是公子从来习气。（副
> 净）身居权要出天朝，巡抚山东意气豪。纵乏经猷扶社稷，果
> 然富贵压群僚。①

故宫本：

> （衙役军牢引胡维上唱）[三叠引] 好官自我为之矣，笑骂
> 由他何忌。（胡型上唱）膝下倚娇痴，论公子从来习气。（胡维
> 白）身居权要出天朝，（胡型白）巡抚山东意气豪。（胡维白）
> 纵乏经猷扶社稷，（胡型白）果然富贵压群僚。②

可见，故宫本在角色的演出分配上显然比原本更加清晰合理，不但
明确标明（唱）、（白），而且将唱词和说白分由两个角色完成，使得两
个角色均有表演。另外，让胡维、胡型二人共同来完成这段表演，还起
到为父子二人共同画像的作用，展现了二人共有的骄奢跋扈、无耻卑劣
的嘴脸。又如第三出巫涣的呆佺丑妇成亲的情节：

原本：

> [缕缕金] 你颜如漆，发似焦。金莲刚一尺，十围腰。睁

---

① （清）张坚：《梅花簪》，《玉燕堂四种曲》，清乾隆刻本。
② （清）张坚：《梅花簪》，《故宫珍本丛刊·昆弋本戏》第1册，海南出版社2001
年版，第382页。

起铜铃眼，把人魂唬吊。似酆都城内放来妖。情愿都不要，情愿都不要。①

故宫本：

（巫天成唱）［缕缕金］你颜如漆，发似焦。金莲刚一尺，十围腰。瞪着铜铃眼，把我魂儿唬掉。似酆都城内放来妖。我情愿都不要，情愿都不要。（赵氏虚白，发诨科，白）嗄，新官人。（唱）［前腔］我虽然丑，你不用焦。就里风情事，韵偏高。（白）你说长得俊有什么好处？（巫天成白）俊的倒不好，像你这个样儿的好？（赵氏白）哪。（唱）若是西施貌偏生妒恼。为争风惹出祸根苗。（巫天成白）听听，他倒丑出理来了。（对诨科，赵氏扛巫天成下）②

原本中二人各唱一曲，曲子虽也诙谐幽默，但舞台不够热闹有趣。故宫本中增加两人的科诨，将曲子由单纯的演唱发展到喜剧性的表演，顿时妙趣横生。

故宫残本《梅花簪》在一些细小情节上增加了科白，使得剧情更加完整连贯，表演更加细腻完善，其中不乏诙谐幽默之笔，增加了表演的趣味。如杜诗到徐府闲谈，与徐苞、徐廷臣见面的一段，原本只标明（见介），而故宫本则补充了三人相见时的动作、对白：

（徐苞出问科白）是那个？

---

① （清）张坚：《梅花簪》，《玉燕堂四种曲》，清乾隆刻本。
② （清）张坚：《梅花簪》，《故宫珍本丛刊·昆弋本戏》第1册，海南出版社2001年版，第382页。

（杜诗白）是老夫。

（徐苞白）原来岳丈，家君在堂，就请相见。

（杜诗进科白）嘎，亲翁。

（徐廷臣白）原来是亲翁。

（各揖，徐苞白）岳丈拜揖。

（杜诗白）贤婿少礼。

（徐廷臣白）请坐。

（各坐科）①

改编本中添加的这一段对白，十分符合当时三人见面的情景，使情节更加完整自然。从表演的角度来说，对演员的说白、动作都有较为细致的交代，便于演员在表演时很好地把握。又如第六出《涎艳》，胡型路遇杜冰梅，见其貌美顿起邪心，欲与都来德商议计策，添加了胡型交代随从去请都来德的对白：

（胡型白）小厮们将马带回寓所去，我在前面路口上酒店中，你快请都相公到来，说我有要紧事与他商量，快去。

（院子白）大爷，什么要紧事？

（胡型白）要紧事，嘿，就是要紧事了。

（院子笑科白）要紧、要紧，相思笑领，算不出妙计千条，大爷，到不如销魂一滚。

（胡型白）哇，两滚三滚，与你什么相干！快去，快去。②

---

① （清）张坚：《梅花簪》，《故宫珍本丛刊·昆弋本戏》第 1 册，海南出版社 2001 年版，第 379 页。

② （清）张坚：《梅花簪》，《故宫珍本丛刊·昆弋本戏》第 1 册，海南出版社 2001 年版，第 389 页。

这段对白很好地衔接了胡型见杜冰梅失魂坠马和酒店中与都来德密谋奸计的情节，连用几个"要紧事"，表现了胡型见杜冰梅美貌后急于霸占的心态，更描画出纨绔公子见色起意的丑态，同时又通过院子打诨为表演增加了趣味。

故宫残本《梅花簪》在情节连贯的基础上，将原本中抒情写志的唱词进行删减，突出了戏剧的故事性，这样改编有利有弊，其利在于剧情简洁明朗，叙事性增强，其弊则在于一定程度上减弱了戏剧的抒情性和感染力。张坚在戏曲创作中融入了较为浓厚的身世之感，经常通过人物来表达自己的志向抱负，比如徐苞在向岳父杜诗表明游学之志时唱道："则怕的才卑学浅井窥天，不能够目空宇内腹便便。因此上鸳鸯懒问待鹏抟。小婿若不侥幸一第，誓不完姻。思攀仙桂近婵娟。他年博得个金莲彻御前，也不枉照兰房合欢夜宴。"① 这段唱词再次书写了徐苞求取功名的决心，但是对于剧情的发展并无太大用处，故宫残本《梅花簪》中将其悉数删去，对避免剧情冗长拖沓有一定的益处。然而，在有些地方，抒情性唱词对于增强戏剧的舞台感染力，激发观众的共鸣具有十分重要的作用。原本《抢亲》一出中，杜冰梅与父亲万般无奈之下的几段唱词十分凄婉感人：

[江头金桂] 说什么、沉鱼落雁。芳容与祸连。纵有修眉未画，冶态谁怜。不能够、好夫妻一宿缘。自古道、才子缘悭，佳人命蹇。何不折罚做村夫野妇，到有个久地长天。从今后、倩谁把、断头香再燃。似今生分浅，似今生分浅。愿结做、他生美眷枉痛煎。料难免祸营三窟，惟有招魂赴九原。

[前腔] 不能够、和伊一面。云山四野连。奈没个乌鸦传

---

① （清）张坚：《梅花簪》，《玉燕堂四种曲》，清乾隆刻本。

信，寄与君边。问你可暗心惊，旅梦牵。便把这、秘学精传。救不得彝伦攸变。纵归来莫雁，怕妻难相见。空恨杀久留连。料芳魂不远，料芳魂不远。把山河绕遍，少不得到君前。春风梦里眠蝴蝶，明月山头泣杜鹃。

[前腔]（末）虽则是、灾危不免。全贞一命捐。才似娇花乍吐，嫩蕊堪怜。紧追随绕膝前。忍叫你、误了芳年。思量起越添悲怨。到不如、我先一命早赴幽泉，省见你、生和死苦万千。①

一连三支 [江头金桂] 唱出了杜氏父女的无奈和绝望，杜冰梅的哀怨和无助都是通过唱词来表达的。她虽抱定必死之心，但毕竟是一个弱女子，无端横遭此祸，叫天天不应叫地地不灵，此时她心中对徐苞的怨会自然表露出来，恨"没个乌鸦传信"，问他"可暗心惊，旅梦牵"，怨他"久留连"，这些情感流露得真切、自然，使人闻之心酸。而杜父无力保护弱女，那种眼睁睁看着女儿遭灾受难的痛苦，让人感同身受。因此这三段唱词虽然略长，但是对营造悲痛氛围，激发观众同情、悲愤情绪是十分重要的。而在故宫残本《梅花簪》中将其并为一支曲子，虽然于情节完整无碍，但是感情的表达却远逊于原本。

二、折子戏《梅花簪》

《梅花簪》现存有《昆曲大全》折子戏本，包括《抢亲》、《闻嫁》、《遣刺》、《舟误》四出。《昆曲大全》是民国年间张芬（字余荪，号怡庵）编辑的昆曲折子戏总集，1925 年由上海世界书局出版，共四集、二十四册，曲白俱全，配以工尺谱。集中收录五十种传奇中的折子戏二百出，每部

---

① （清）张坚：《梅花簪》，《玉燕堂四种曲》，清乾隆刻本。

传奇均收四出，每出配以一图，题为《绘图精选昆曲大全》。编者在《凡例》中谈到所选俱为"脍炙人口之曲"，并以梨园演唱本订正①，可见《梅花簪》是当时梨园盛演的剧目之一，而所收的四出折子戏则为梨园演出本。因此，相对于原本具有十分明显的通俗化、表演性的特点。

《昆曲大全》本《梅花簪》选取了原本中关目十分精彩的四出，完全保留了原本的故事情节，只是在唱词科白上略加改动，使其口语化、通俗化，更加适合舞台演出。其一，将原本中的书面语改为口语，使其通俗易懂。如将"休要"改为"不要"，将"自甘一死"改为"只有一死了之"，将"言词激烈"改为"气忿不过"，将"击鼓鸣冤"改为"告状"，将"事已甚迫"改为"事已如此"，将"不知何处是我妻子所在"改为"不知我妻子在哪一只船上"，等等。其二，减少原本中引用的古语、成语，或将其改为通俗语言。如将"明有王法暗有鬼神"改为"难道没有王法的"，将"孩儿闻仁者不以盛衰改节，义者不因常变易心""俺家从无犯法之男、再婚之女""自古常则守经，变则达权。昔者齐景公涕出而女于吴，称为顺天"等古语典故删去，直接叙述故事情节。

《昆曲大全》本《梅花簪》与原本相比，剧本长度减短，剧情简明，叙事性加强，抒情性减弱。现将《昆曲大全》本四出与原本四出的唱段相对照，以便考察其改编特点。

表4-2 原本《梅花簪》与《昆曲大全》本《梅花簪》唱段对照表

目次	原本	《昆曲大全》本
《抢亲》	[中吕引子][菊花新]—[过曲][好事近]—[南吕过曲][香柳娘]—[前腔]—[前腔]—[前腔]—[双调过曲][江头金桂]—[前腔]—[前腔]—[前腔]—[川拨棹]—[前腔]—[卜算子]—[园林好]—[尾声]	[引]—[工调][香柳娘]—[前腔]—[正调][江头金桂]—[工调][川拨棹]—[园林好]

---

① 参见（清）张芬:《绘图精选昆曲大全·凡例》，世界书局1925年版。

目次	原本	《昆曲大全》本
《闻嫁》	[双调过曲] [步步娇] — [江儿水] — [五供养犯] — [前腔] — [玉交枝] — [前腔] — [川拨棹] — [前腔] — [隔尾] — [中吕过曲] [尾犯序] — [前腔] — [前腔] — [前腔] — [鹧鸪天]	[工调] [步步娇] — [五供养] — [玉交枝] — [川拨棹]
《遣刺》	[普贤歌] — [前腔] — [雁儿舞] — [前腔]	[普贤歌] — [前腔]
《舟误》	[引子] [十二时] — [正宫过曲] [锦缠道] — [南吕过曲] [懒画眉] — [前腔] — [前腔] — [前腔] — [醉宜春] — [锁窗绣] — [大节节高] — [浣溪沙] — [东瓯莲] — [尾声]	[懒画眉] — [前腔] — [前腔] — [大节节高] — [东瓯令]

从表 4-2 可以看出，《昆曲大全》本《梅花簪》一出最多有六支曲子，与原本每出十几支曲子相比，数量大大减少，戏的长度大大减短，体现出演出本与案头本的明显不同。演出本显然以舞台、观众为出发点进行编排，在保持原本基本故事情节的基础上，从音乐和内容两方面进行简化，最大限度地节省时间，令剧情简单明晰。《昆曲大全》本将曲牌组合化繁为简，使其更适合舞台演出。通过表 4-2 对比，可以看到，原本《梅花簪》的曲牌复杂变幻，比如《舟误》一出使用 [十二时]、[锦缠道]、[懒画眉]、[醉宜春]、[锁窗绣]、[大节节高]、[浣溪沙]、[东瓯莲] 八个曲牌，如果按照原本演出，会给演员带来较重的负担，因此《昆曲大全》的演出本中将其简化，仅使用了 [懒画眉]、[大节节高]、[东瓯令] 三个曲牌。《昆曲大全》本对原本内容进行了简化，重视主干情节，突出叙事性，将抒情性强、反复渲染情绪的曲子删去。这样改动有利有弊，其利在于简化了情节，缩短了表演时间，突出了中心情节；其弊则在于降低了戏曲的抒情性和感染力。比如原本《抢亲》中的 [好事近] 是杜冰梅自述贞节的曲子，《昆曲大全》本将其删去，对情节发展并无影响。又如原本《抢亲》中杜氏父女在面对突然灾祸、无助绝望时一连演唱了四支 [江头金桂]，有对徐苞远游不归的哀怨，有对胡型强

霸的愤怒，更有面对突如其来的灾祸的无奈，四支曲子反复渲染无助、绝望、凄凉的情感，令人动容。而在《昆曲大全》本中将其删减合并为一支曲子，用来叙述故事情节，完全丧失了原本戏曲渲染情绪、激发观众情感共鸣的作用。另外，以说白取代唱词是《昆曲大全》本《梅花簪》对原本的一个重要改动。如《闻嫁》一出中，徐苞在得知杜冰梅被奸贼强娶后，不顾父亲阻拦执意寻找的剧情是通过徐苞父子连唱四支［尾犯序］进行交代的，而《昆曲大全》本中却是全部以说白来叙述故事情节的。又如《遣刺》一出，胡型派家仆胡鹰去刺杀徐苞的情节也全部使用说白，而将原本中胡型、胡鹰对唱的两支［雁儿舞］删去。《昆曲大全》本对原本的这些改动与陆萼庭在《昆曲演出史稿》中对清康、乾时期昆曲演出情况的考察是一致的。早期的文人戏曲以填词作曲为主，说白较少，改编说白成为艺人修改文人案头本的重要内容。张坚戏曲相对于其他文人戏曲来讲，对说白艺术具有较好的把握，善于利用说白叙述剧情，刻画人物，但是即使这样，对于登场搬演来讲，仍然有删改的空间，从作为演出本的《昆曲大全》本《梅花簪》中可以十分清晰地看到这个特点。

三、京剧《梅花簪》

《梅花簪》被京剧吸收改编，成为京剧传统剧目之一。北京市戏曲编导委员会收集整理的《京剧汇编》保存了大量的京剧传统剧目，其中就有金世禾藏本《梅花簪》。京剧《梅花簪》共四十九场，虽然沿用了原本《梅花簪》的主要故事情节，但是在细节、剧本体制、音乐、曲词、说白等各方面均有较大的改动。

京剧《梅花簪》保留了原本的结构和主要情节，删减了一些小的枝蔓，比如第三十五出《赏月》、第三十七出《献宝》等，从而更加突出了中心情节，适宜搬演。其中最明显的改动，是对原本中刻意强调伦理纲常的内容进行了修改删减。如原本第五出《箴女》中杜冰梅自称"五车遍览，必以孝经女史为先；百技咸通，惟知刺凤描鸾为重"，京剧《梅花簪》第五场将其改为"针黹而外，百技咸通；经史之余，诸子遍览"，并唱道"虽是女裙钗明诗知礼，诵三坟论五典不让须眉"。这两段都刻画了杜冰梅才华出众的特点，但是侧重点却完全不同，前者强调的是她有才，但更懂得遵守妇道纲常，刻意将其置于"烈女""节妇"的概念之中；后者则毫不掩饰地表现她既有才华，而且与众不同，将前者的"孝经女史、刺凤描鸾"等束缚女子的东西换成本不在女子了解范围之内的"诸子、三坟、五典"，从一开始就透露出这个女子的不一般。原本还有一段杜冰梅翻阅《列女传》后对明妃赞叹不已的情节，而京剧《梅花簪》中将此情节一笔带过，直接写其对明妃的欣赏和赞颂。这样改动，淡化了封建伦理纲常对杜冰梅这一形象的束缚，强调了她的卓尔不群，预示了其日后对"烈女""节妇"形象的超越。又如原本第十一出《疑谶》中有一段徐苞游学江浙与诸生讲学的情节，无非是宣扬性理、纲常、五经、四书的内容，对故事情节的发展没有作用，反而有文人"掉书袋"之嫌，京剧《梅花簪》将其悉数删去。张坚在《梅花簪序》中曾经明确表示创作该剧是为了言可风之情，并在剧中某些地方刻意强调封建纲常，宣扬节妇、义夫、忠臣、侠士，但是随着故事的发展，渐渐挣脱了最初作者规定的封建正统思想的束缚。剧中最引人注目的是杜冰梅这个奇女子，从封建伦理纲常下的守贞节妇形象蜕变为立志高远的女英雄，这已经突破了封建纲常对女子的定义，只是作者在刻画这个形象时主观上为她扣上了"烈女""节妇"的帽子，在某些情节刻意的强化这本已经没有意义的东西，着实有些滑稽。而京剧《梅花簪》则单纯从故事出发，抛开了这些所谓的思想意义，反而还原了一部有情有义的真实《梅花簪》。这也是京剧《梅花簪》对原本最成功的改动。

京剧《梅花簪》在剧本体制上对昆曲《梅花簪》的改动主要有以下

几个方面：第一，删除昆曲常用的"家门"即由末讲述故事大概的第一出。第二，删除下场诗。第三，简化人物上场程式。除了主要角色首次出场使用引子和上场诗外，其他角色均以两句或四句上场诗出场，而且主要角色所唱的引子也较原本简洁许多。比如徐苞的出场：

原本：

> [中吕引子] [满庭芳] (生儒巾上) 有志攻书，无门问字。漫夸笔扫秋烟，鹏程九万，飞去是何年。不羡书中有女，惟待他举案称贤。还只望挂名金榜，花烛喜相联。(鹧鸪天) 止道男儿事可期，几年未肯下书帏。羞弹阮籍穷途泪，耻效荆人抱璞悲。年还富，学正宜。探奇秘笈事全非。要知宇内文章广，大水名山尽是师。①

京剧改编本：

> (徐苞上) (引) 黄卷青灯，问何年，振翼鹏程。(诗) 男儿立志占高魁，几年未肯下书帏。堪叹阮籍穷途泪，耻效荆人抱璞悲。②

原本《梅花簪》中徐苞出场先唱引子 [满庭芳]，又吟诵 (鹧鸪天) 一词，而京剧改编本中徐苞出场只有一句引子，一首上场诗，简单交代人物身份和志向，然后快速引出剧情。

原本《梅花簪》人物出场较为复杂，不但所有人物首次出场配以

---

① (清) 张坚：《梅花簪》，《玉燕堂四种曲》，清乾隆刻本。
② 北京市戏曲编导委员会编：《梅花簪》，《京剧汇编》第八十三集，北京出版社1960年版，第2页。

引子和上场诗，而且主要人物的每次上场几乎都有引子和上场诗。京剧《梅花簪》改变了昆曲的这种体制，主要角色只有首次出场配以简洁的引子和上场诗，而对于一些不太重要的角色，如徐廷臣、杜诗、都来德、韦有耀等，仅以几句上场诗引其出场而已。

京剧《梅花簪》在音乐方面的改动，是其与昆曲《梅花簪》的最大区别。京剧《梅花簪》将昆曲的曲牌体改为京剧的板腔体，所有唱词几乎重新填写，文词风格也大为改变。如杜冰梅得知公公徐廷臣退婚后的一段唱词：

原本：

> [双调过曲][江头金桂][五马江儿水]（旦哭唱）红丝割断，不由人血泪涟。又不曾犯了七出之愆，为甚写离书如等闲？我晓得了。[柳摇金]他怕我不贤，将豪门欣恋。自古道、一丝为定，千金不移。虽未同衾共枕，一般的意重情坚。怎忍把结发夫妻生弃捐。[桂枝香]俺柏舟勤念，俺柏舟勤念。此心无变恨绵绵。且看松柏凌霜劲，休认杨花逐水颠。①

京剧改编本：

> 杜冰梅（唱）一霎时似狂风把红丝吹断，满眼中血和泪痛洒胸前。他只道慕虚荣豪门欣美，怎知我贞节硬过金坚。②

对比两段唱词，可以看出，第一，音乐形式简单化。原本采用较为

---

① （清）张坚：《梅花簪》，《玉燕堂四种曲》，清乾隆刻本。
② 北京市戏曲编导委员会编：《梅花簪》，《京剧汇编》第八十三集，北京出版社1960年版，第21—22页。

复杂的曲牌［江头金桂］，同一段唱词中变换三个曲牌，而京剧改编本采用了西皮原板来演唱，简洁爽利，一改昆曲繁复华丽的特点。第二，文词简短化。同是表达无故被休的怨恨和立志贞节的内容，原本有八句之多，京剧改编本只用了四句。第三，语言通俗化。原本唱词中语言文雅含蓄，讲究押韵对仗，如"同衾共枕"与"意重情坚"，"松柏凌霜劲"与"杨花逐水颠"等，并引用古语、成语、典故，如用"一丝为定，千金不移""柏舟勤念"等，而京剧改编本则采用了通俗直白的语言。第四，抒情直白化。原本的情感表达蕴藉含蓄，不管是对公公写退婚之书的哀怨不满，还是自己誓死守贞的决心，都是以引征、象征等委婉含蓄的手法进行表达的，而京剧改编本则抛开那些蕴藏情感的意象，直抒胸臆，直截了当地表明被无情退婚后的哀痛和情比金坚的决心。后面三种的改编都是随着音乐的变化而自然产生的。

京剧《梅花簪》大量删减唱段，将原本以唱词为主、说白为辅改编为以说白为主、唱词为辅。原本中一出戏中演唱的曲子少则三四支，多则十几支，曲词既用来抒情，也用来叙事，而京剧《梅花簪》一场戏中的唱段最多不过五六处，有的甚至全为对白，并且唱段的长度大为减短。以巫素媛簪忆一段为例，略作分析。原本《梅花簪》第二十五出《簪忆》主要描写巫素媛因梅花簪而相思成病，是一出诉情戏，其主要唱段如下：

　　［中吕引子］［过曲］［榴花泣］天台云断，萍水昧生平。叫得人羞答答直恁关情。莫不是浮槎误入到仙庭。把别人错唤卿卿。临流细听紧，呼声辨不出名和姓。难道把牛马风遥，直当作鸥鹭寻盟。［前腔］好似曲终不见，江上数峰青。向何处更追寻，分明是杜鹃啼月断肠声。不由人代惜惺惺。痴情顿生，则怕冤家前世多缠定。有什么宿分难消，到而今

一见伤情。

> ［喜渔灯犯］怎知我愁眉怕展如耽病，有甚喜欣。又不是醉眼朦胧向星前错认。又不是山中野鹤无名姓。又不是梦里罗浮仙境。又不是诈疯癫失路罹灾眚。又不是天台迷问津。叫唤的齿角分明，不由人心儿自领。哭泣的哽咽伤情，不由人心儿自悯。看花簪双头相并，细省凣的不有心掷向梳楔，似把相思订盟。①

这出戏中，唱词占到了绝大比重，说白仅是起到连贯情节的作用。而这些唱段也以抒情为主，小旦连唱四支曲子来表达思念之情，曲词伤感缠绵，情真意切。通过几支曲子展现了一个情窦初开的少女形象，因此，这些唱段也起到塑造人物形象的作用。然而，从演出的角度来看却并不适合，抒情唱段过于冗长，影响剧情进展，而且一个演员连唱四支曲子，对于演员来讲，压力过大；对于观众来讲，容易厌烦。京剧《梅花簪》的这场戏则是以说白为主，其中仅有一处唱段：

> 巫素媛（唱）我与他未相逢怎知名姓，又缘何绕船只错唤卿卿？梅花簪岂轻投相思缠定，似哀猿啼不住直恁痴情。想必是宿世冤今生报应，不由人情脉脉暗自伤心。②

京剧《梅花簪》将原本中的四段唱词浓缩于一处，虽然缺乏原本的缠绵多情，却也情真意切，只是经过如此改编，该场戏已不再以诉情为主，这段唱词在整场戏中只起到辅助交代剧情的作用。通过这个例子可

---

① （清）张坚：《梅花簪》，《玉燕堂四种曲》，清乾隆刻本。
② 北京市戏曲编导委员会编：《梅花簪》，《京剧汇编》第八十三集，北京出版社1960年版，第45页。

以看出，京剧《梅花簪》在改编中注重以说白推进情节发展，对唱词尤其是抒情性唱段大加删减，体现出明显的以情节为重、以叙事为主的特点。

四、《改正梅花簪》残本

中国国家图书馆存有《梅花簪》的另一改编本，名为《改正梅花簪》，不见著录于任何戏曲文献。该剧残缺，不著编者，亦未标明年代和剧种，装订简陋，以废用纸张的背面作为封面和封底。封面是货物运销的调查表格，上面的日期为廿六年一月；封底为四川财政厅的一份文件，时间为中国民国十七年十月廿九日。据此，可以粗略推断，该剧的年代为民国时期。《改正梅花簪》的刊刻十分粗糙，经常出现错字、简化字，如"我公爷乃是才神菩萨"的"才"，"父师奶为民之父母"的"奶"，"他家生长玉麒林"的"林"，"瀛了官司酬谢我"的"瀛"，"倘若打落一根孔毛，要当中柱陪"的"陪"，"纯索一根把贼诸"的"诸"都是错别字，"光阴已满十六正"的"正"，"对门有个王烧火，他的媳妇像妖么"的"么"等则属于简化字。剧本中有明显漏字的地方，如"将他拿在鬼关"漏"门"字，"犯抢去难脱祸"漏"女"字等。《改正梅花簪》不标关目，不分场次，只于一段情节结束时标明"过场"，提示角色唱白科介的字一般用小字体、双行，字序有的为从右至左，有的为从左至右，较为混乱，甚至有的用大字体，与唱词、说白混同不辨。总体来看，该本的刊刻粗糙、简易，可以初步判断，为出自梨园写手的演出本。《改正梅花簪》不用曲牌，不标宫调，只有少数唱段标"唱排子"或"吹"，往往在一段唱词结束时，标"齐板"，全部唱词为整齐的七字句式，很明显，该剧的音乐结构体式为板腔体，但无法确切得知该剧的剧种。《改正梅花簪》的语言直白俚俗，具有民间文化气息，如徐廷程祭奠杜斯的一段唱词："孽镜台前元神现，一党狗子问刀悬。磨推锯解稀巴烂，扇子一扇又还原。二世来把猪狗变，长大交与屠户牵。杀死又被千刀砍，死后永远入阴山。"这段祭奠之词带有浓厚的俗文化色彩，用语粗俗，如"狗子""稀巴烂""猪狗"等，读来更像是民间村夫对仇人的诅咒。另外，该剧中甚至还有十分粗鄙的谩骂语言，如胡行对都来得说起路遇一女生得十分美貌，问可否与他方便时，都来得骂道："呀呸，吃蓝巴窝稀屎放你娘的月白屁"，如此粗俗的谩骂之语，定然不会出自文人之手，同时也说明了该戏当是流传在村里乡间的地方小戏。

《改正梅花簪》体现出较为明显的演出本特点，结构短小、情节简单、节奏紧密，适宜演出。从仅存的"遇美定计""强断抬亲""大哭坟台""坐监结拜"四个部分来看，《改正梅花簪》虽然沿用了《梅花簪》的主体情节，即杜冰梅和徐苞的爱恨离合，但是并没有涉及《梅花簪》中的另一条线索，即倭国叛乱、杜冰梅改扮逃狱、伏倭立功的故事，所以《改正梅花簪》为单线结构，主要讲述徐苞和杜冰梅之间的爱恨离合。单线结构使得故事线索更加清晰，戏剧冲突更加集中，宜于演员表演和观众接受。《改正梅花簪》残本包括"遇美定计""强断抬亲""大哭坟台""坐监结拜"四部分，包括了《梅花簪》中的《涎艳》《哄讼》《抢亲》《闻嫁》《遣刺》《舟误》《杀庙》《缢奸》《府讯》《禁侠》《诉情》等出的情节，几乎涵盖了《梅花簪》上卷二十出的主要情节，大大缩短了故事的长度，避免了"曲未终而夕阳已下，剧方半而鸡唱忽闻"结构方面的尴尬。《改正梅花簪》的戏剧冲突高度集中，将原本中的《节概》《告游》《丑配》《交代》《箴女》《倭乱》《骇报》《疑签》等出删去，没有多余的情节枝蔓延伸，开场即为胡行（即《梅花簪》中的胡型）前往定海县汪芝明（即《梅花簪》中的汪直民）处完婚途中，垂涎杜冰梅的美色，与当地衙中讼师都来得（即《梅花簪》中的都来德）定计骗婚；而《梅花簪》的情节发展较为缓慢，更注重铺垫，在《涎艳》之前有对徐苞、杜冰梅、胡型等人家世背景的交代，以及对主要人物行为活动的叙述，为《涎艳》一出作铺垫。相比之下，《改正梅花簪》偏重于场上表演，以较为激烈的戏剧冲突吸引观众进入剧情。

　　《改正梅花簪》虽然有作为演出本的优点和长处，但是其改编较为粗糙，其艺术性远逊于《梅花簪》。首先，缺乏对主要人物形象的塑造。《改正梅花簪》对于剧中主要人物形象徐保、杜冰梅等几乎没有任何刻画和描述，仅从人物上场时的念白或唱词中简单透露人物的性格和品行。《梅花簪》用《箴女》一出重点塑造杜冰梅的形象，有正面直接描写，如"溶溶一貌羞花，淡淡双眉妒月""性厌妖淫，妆惟本色""五车遍览，必以孝经女史为先；百技咸通，惟知刺凤描鸾为重"，刻画了杜冰梅貌美性贞的特点；也有侧面间接描写，如其作《明妃怨》曰："明妃不出塞，颜老汉宫秋。红粉无人问，丹青空自羞。娥眉希帝宠，凤颈落边愁。命薄芳名重，琵琶一曲留"，间接透露了杜冰梅对问题的独到认识和高远的志向。这些描写一方面塑造了丰满的舞台形象，另一方面预示了杜冰梅日后的作为，柴次山在评点中特别提出："以列女传隐括守贞，以明妃传击射和戎，此出乃冰梅一生结果，即全书一部纲领也。"① 而《改正梅花簪》中将这些悉数删去，杜冰梅仅以一首唱词出场亮相："搞野菜，奉亲庭。搞野菜，奉亲庭。心忙手快不住停。不幸爹爹染病症，但愿得苍天怜悯，遇扁鹊万病回春。"从其唱词中可以看到她对父亲的担忧和孝顺，但是对于其自身的性格、品质却没有任何描述，造成舞台形象单薄，缺乏个性。再如徐保（即《梅花簪》中的徐苞）这一形象，《梅花簪》在《告游》中刻画了他好学进取的青年学子形象，在《闻嫁》中塑造了他执意寻找冰梅的痴情形象，而《改正梅花簪》中的徐保仅为一个普通书生，形象过于平面化、简单化。

---

　　① （清）张坚：《梅花簪》，《玉燕堂四种曲》，清乾隆刻本。

其次，对原本中精彩情节的删减，大大降低了戏剧的舞台感染力。《梅花簪》中的《抢亲》一出是该剧的精彩关目之一。写胡型联合地棍都来德诬告杜家悔婚后，杜诗再次上诉未果，徐廷臣由于畏惧胡型的权势，违心退婚。杜氏父女面对突如其来的厄运，无计可施，陷入绝望之中。全出以杜氏父女二人的对白、对唱为主，现举杜冰梅决意自尽全节，杜诗不忍，欲先赴黄泉的一段为例：

> [江头金桂] 不能够、和伊一面，云山四野连。奈没个乌鸦传信，寄与君边。问你可、暗心惊旅梦牵。便把这、秘学精传。救不得彝伦攸变。纵归来莫雁，怕妻难相见。空恨杀久留连。
>
> （旦哭介）爹爹善保暮年，你女孩儿不能奉你终身了。
>
> （旦撞地末抱住哭介）孩儿休便如此。
>
> [前腔] （末）虽则是、灾危不免。全贞一命捐。才似娇花乍吐，嫩蕊堪怜。紧追随绕膝前。忍叫你、误了芳年。思量起越添悲怨。到不如、我先一命早赴幽泉，省见你、生和死苦万千。（末撞地旦抱住哭介）爹爹休要如此。我不能扶伊衰倦，我不能扶伊衰倦，忍累你更糟危难。（合）痛冤缠，宁甘抱恨同香碎，怎忍含羞独瓦全。①

杜冰梅面对突来的危难，只能以死抗争，前一支曲子表达了杜冰梅对徐苞的爱与怨，她期待与徐苞相见，怨恨徐苞远游，愈加显得无助可怜。既然她决定自尽全贞，那么对于相依为命的老父亲就无法尽孝，所以杜冰梅的心里除了哀怨之外，还充满了对父亲的愧疚。然而，作为父亲，无力帮助女儿，只能任其遭受灾祸，杜诗的心里亦万分悲怨。这段

---

① （清）张坚：《梅花簪》，《玉燕堂四种曲》，清乾隆刻本。

唱词和对白将杜氏父女无奈、怨恨、绝望的情绪表达得淋漓尽致，颇具舞台感染力。而《改正梅花簪》中没有对杜氏父女面对灾难时心理和情绪的描述，将抢亲的过程处理得十分粗糙：

> （都白）胡具，来到他家，前去叫门。
>
> （具白）是了。杜老爷开门来。
>
> （杜白）开门来，公爷请进。
>
> （丑介）随同公爷进去。上是岳父。
>
> （杜介）狗子，谁是你的岳父。
>
> （丑介）当官所断，谁敢不尊？乱棍打死勿论。这老狗不遵断令。你与我打。
>
> （旦上，具白）打不得了，倘若打落一根孔毛，要当中柱陪。
>
> （旦白）哎呀，清平世界，打死一个廪生，难道恕这狗子无罪？
>
> （丑介）当官所断，莫啥来头。
>
> （旦白）当官所断，那一个是都来得先生？
>
> （丑介）不才是我。
>
> （旦介）奴不便还礼。闻听先生一双好妙手，何不伸来奴看。
>
> （丑介）小姐还会看相？
>
> （旦介）略知一二。我两家俱亏先生费心了。
>
> （都介）为着小姐公爷之事也说不得了。
>
> （旦咬丑手）哎呀，哎呀。①

《改正梅花簪》将原本悲愤无奈的情节改编得戏谑可笑，不但失去

---

① 佚名：《改正梅花簪》，民国抄本。

了原本的舞台感染力，而且对情节的安排让人哭笑不得，无法理解。杜斯面对找上门的灾难，竟然还想着"关门做个避祸人"；对于垂涎女儿的奸徒，竟然还为其开门，请其入户。杜冰梅眼看着父亲被人打死，竟然还能站在一旁说"打死一个廪生，难道恕这狗子无罪"；面对设计陷害的帮凶都来得，竟然还能顾得上讽刺。而杜冰梅咬都来得手的情节，根本不符合父亲被人害死、自己被人强抢的悲愤情绪，反而增添了插科打诨的戏谑轻松气氛。所以原本一段感人至深的情节被改编成了一场戏谑可笑的闹剧，不仅于情理不合，而且丧失了戏曲的感染力。

再次，有些情节重复拖沓，出现大段唱词相似、重复的现象。比如对于徐杜两家联姻，胡行从中作梗，陷害诬婚，县官受贿乱判的事情，反复出现在杜斯、徐廷程和杜冰梅的唱词中。如"强断抬亲"中的杜冰梅唱道：

> 想爹爹当年读孔圣，翁父同窗习五经。二家亲亲皆有孕，指腹为婚割衫襟。两家生男真喜幸，同窗攻书作昆仑。两家生女无别论，秀阁姊妹一般亲。一家男来一家女，定作同床共枕人。苍天赫赫安排定，十月满足临了盆。女儿生成菜子命，他家生长玉麒林。光阴已满十六正，只说银河度双星。谁知平地风波滚，半空降下炸雷霆。女儿搞菜奉亲命，遇着胡行过园门。着人他就看一顿。论礼就该挖眼睛。胡行狗子少品幸，平空白地霸婚姻，买贿都监作媒证，呈子告到波罗县。波罗县官心不正，铺堂得了二百银。公堂之上把案问。他把亲事断仇人。爹爹上台去告禀，官官相为太丢情。照着原案来堪问，刑法加于读书人。四十大板真凶狠，可怜皮破鲜血淋。

接下来杜斯上场，所唱内容与前段杜冰梅唱词几乎完全一样：

　　想当初名山考业美情分，赛过管鲍与雷陈。指腹为婚把亲定，二家结就山海盟。生男同窗念书本，生女同楼绣花针。一家男来一家女，鸾凤双双共和鸣。他家生男享福命，我家生下女钗裙。秦楼品出凤宵韵，伫看仙郎到寒门。不料逢年运不正，女儿搞菜遇胡行。胡行狗子心肠狠，怙占婚姻起祸根。波罗县中未审问，有理官司输与人。二次上台伸冤忿，四十大板不容情。徐家亲翁软了劲，哑气吞声退红根。钞通圣路真个狠，黑天冤枉辨不清。

　　而在"大哭坟台"中这段徐杜两家的渊源再次被徐廷程提起：

　　"大哭坟台"（徐廷程唱）想起当年读孔圣，朝同笔砚夜同眠。割衫襟留下情念，要把好事来周全。我家生男结姻眷，你家生女效良缘。男才女貌皆如愿，两家大小都喜欢。胡行狗子心不善，遇着媳妇搞菜园。都家本是国子监，安成媒证在中间。呈子告入波罗县，赃官得银昧心田。指腹为婚他不算，亲事断在恶人边。二次上台把冤喊，官官相为礼不端。倒地挨了四十板，公堂之上黑了天。那时贫亲无主见，才把庚帖来退还。①

　　这几段唱词虽然语言稍有不同，但是内容几乎完全一样，都是讲述徐、杜两家的渊源与胡行强行霸婚的恶行。第一段是杜冰梅在得知徐家退婚后的一番哀叹之词，第二段是杜斯在杜冰梅唱完之后紧接着的唱段，所唱内容与前面杜冰梅所唱内容几乎完全一样。紧连着的两个唱段

---

　　①　佚名：《改正梅花簪》，民国抄本。

就出现这样的重复，实为改编中的败笔。第三段是在徐廷程祭奠杜斯时所唱，好友暴亡，追忆以往岁月，本是理所当然的事情，但是徐廷程所唱的内容与前面两段唱词重复，无甚新意，令剧情显得拖沓啰唆。类似的唱段在戏中反复出现，且没有特殊的叙事或抒情作用，于整个剧本有害而无益。

总而言之，通过对《改正梅花簪》的版本情况分析以及从艺术角度的考量，可以看出该改编本并非出自文人之手，而是流传在地方乡间的较为粗鄙的小戏。然而，这也反映出《梅花簪》的流传十分广泛，不仅被板腔体的地方戏曲吸收改编，而且直到民国时期仍然在民间搬演。

五、梨园抄本《玉狮坠》

《玉狮坠》除了目前流传较广的刊本外，吴兴刘氏嘉业堂还藏有抄本。该本共六册，每册首页钤有"吴兴刘氏嘉业堂藏书记"和"胡氏子岐墨赏"之印。该抄本清晰工整，无边框、介栏，每半页八行，行二十一字。从其版本情况来看，该抄本当为梨园演出本，原因有五：第一，该抄本为昆弋合演本，除第一出《明大义开场始末》外，每出戏都标明韵部和唱腔，如"卷上第二出尽交情祖饯杯觞鱼模韵昆腔"，"卷上第三出脱烟花完璧归舟家府韵弋腔"。《玉狮坠》原本为昆曲剧本，而此抄本为昆弋结合，并且标明每出的韵脚，显然是经过梨园改编的演出本。第二，曲词均标明"句、读、韵"，并以红笔点衬字，宾白以红笔点断。原本不别正衬，不标句读，而此本区分甚细，当为方便演出所作。第三，没有下场诗，这是梨园演本的普遍特征。第四，对演员穿戴、科介、道具设置等交代甚详，如黄损与众好友饯别的情节：

原本：

（生儒服飘巾上）……（副净上）……（虚下）……（末、小生、净、丑同上）……（生见介）……（各出酒肴介）……（生）那要列位破钞，小弟已备得酒筵在此，瘸老儿可取去，看酒过来。（副净取下）……（末、小生、净、丑出笙、笛、鼓板介）……（共坐吹弹同饮介）①

抄本：

（生扮黄损，戴巾穿青素圆领，系帘带、持扇子上，系玉狮扇坠从上场门上）……（中场设椅，转场坐科）……（副扮瘸老，戴毡帽，穿道袍，系褡包，从下场门上）……（起，随撤椅科，同从下场门下）……（生扮金白焕，杂扮卜知非、刘拓国、骆得禧，各戴毡帽穿道袍，执笙、笛、鼓板、胡琴、竹筐、酒壶、手盒，同从上场门上）……（瘸老从下场门取酒壶，随上）……（场上设桌椅，桌上安手盒、酒钟，各坐科，瘸老作送酒科，众起吹弹科）②

可见，原本仅是大致交代角色上场、下场，而抄本对于角色的穿戴、场上的道具设置、角色的动作安排等都有十分详尽的指示，甚至区分角色上场的方位，使得在演出时有章可循。第五，对曲牌分类细致，标注详尽。刊本将曲牌分为引子、过曲和尾声，标注为宫调＋牌名，尾声一般不再细加划分，通用［尾声］。抄本则对过曲细分为只曲、正曲和集曲，如［仙吕调只曲］［混江龙］、［双角只曲］［沽美酒带太平令］，集

---

① （清）张坚：《玉狮坠》第二出《狃钱》，《玉燕堂四种曲》，清乾隆刻本。
② （清）张坚：《玉狮坠》，民国嘉业堂抄本。

曲又分别标注所集曲牌的起止，如《归舟》(《脱烟花完璧归舟》) 中的 [金络索]，刊本仅标为 [过曲]、[金络索]，而抄本则标为 [商调集曲]、[金络索]，并以小字标明"金梧桐首至五"、"东瓯令二至四"、"针线箱第六句"、"解三醒第七句"、"懒画眉第三句"、"寄生子合至末"；对于尾声，也详细标注牌名，如 [不绝令煞]、[三句儿煞]、[尚按节拍煞]、[庆余]、[有结果煞] 等。

该抄本的年代无法确考，但从张坚传奇的创作流传情况以及该本昆弋结合的特征来看，其极有可能产生于乾隆初期。《玉狮坠》的创作时间大致在张坚游幕齐、鲁、燕、豫之时，最晚不迟于乾隆四年（1739），该剧创作完成之时恰逢昆弋相争之际。张坚于乾隆四年至九年（1739—1744）客居北京，其时北京梨园已经唯好"秦、弋、罗罗"，《梦中缘》曾被弋腔戏班购去意欲搬演，所以也不排除《玉狮坠》流传至民间，被弋腔戏班搬演的可能。

抄本对原本的故事结构和情节完全承袭沿用，现将两个本子的关目列出以便分析。

表 4-3 《玉狮坠》刊本与《玉狮坠》抄本关目比较

关目	《玉狮坠》刊本	嘉业堂藏《玉狮坠》抄本
第一出（卷上第一出）	《词意》	《明大义开场始末》
第二出（卷上第二出）	《狎钱》	《尽交情祖饯杯觞》
第三出（卷上第三出）	《归舟》	《脱烟花完璧归舟》
第四出（卷上第四出）	《权倖》	《市官爵当权行乐》
第五出（卷上第五出）	《苗逆》	《梗化顽苗夸狷健》
第六出（卷上第六出）	《并泊》	《泊湖行棹恰奇逢》
第七出（卷上第七出）	《闻筝》	《巧闻筝意寄新词》
第八出（卷上第八出）	《情晤》	《喜停舵缘投初会》
第九出（卷上第九、十出）	《失坠》	《千金不惜为娥眉》
		《一宝忽遗成遘客》

续表

关目	《玉狮坠》刊本	嘉业堂藏《玉狮坠》抄本
第十出（卷上第十一出）	《追订》	《订美约烈女留情》
第十一出（卷上第十二出）	《伏狮》	《伏神狮上仙作美》
第十二出（卷上第十三出）	《侦艳》	《死爱妾贪官侦艳》
第十三出（卷上第十四出）	《胶筝》	《待才郎贞女停筝》
第十四出（卷上第十五出）	《胁美》	《胁美空依权要势》
第十五出（卷上第十六出）	《留幕》	《留宾喜得故交才》
第十六出（卷下第一出）	《仙渡》	《度龙女现身说法》
第十七出（卷下第二出）	《授坠》	《幻渔婆授宝弭灾》
第十八出（卷下第三出）	《抚苗》	《扫谗枪苗蛮拱服》
第十九出（卷下第四出）	《毁奁》	《毁妆奁节操完全》
第二十出（卷下第五出）	《逾垣》	《夜逃幕府本情钟》
第二十一出（卷下第六出）	《病入》	《病入留仙还气苦》
第二十二出（卷下第七、八出）	《信讹》	《遇盟弟细诉离愁》
		《醉船家误传凶信》
第二十三出（卷下第九出）	《狮现》	《神惊奸相保贞姬》
第二十四出（卷下第十出）	《误祭》	《误祭孤坟伤墨迹》
第二十五出（卷下第十一出）	《还朝》	《欣献凯绩奏元戎》
第二十六出（卷下第十二出）	《重爵》	《大登科忠纠奸佞》
第二十七出（卷下第十三出）	《化医》	《化医生非爱奸臣》
第二十八出（卷下第十四出）	《遣祟》	《遣妖祟巧成好事》
第二十九出（卷下第十五出）	《奇圆》	《凑天缘团圆奇幻》
第三十出（卷下第十六出）	《坠仙》	《收至宝指示昭明》

从关目来看，嘉业堂藏《玉狮坠》抄本与刊本完全一致，除了将《失坠》、《信讹》分别拆分为两出外，关目的顺序、情节的发展没有进行任何改动，完全沿用了原本的结构和关目，是《玉燕堂四种曲》中所有改编本与原本情节最接近的。

在保留原本结构情节的基础上，抄本对原本的曲词、宾白进行了细微的调整，令其语言更加通俗易懂，简洁明了。如第二出《狎饯》中的瘸仆表示愿追随黄损出门求取功名时说道："咳，相公此意极是，想先太老爷弃世之后，家道渐渐凋零，若相公到彼，早遇机缘，博得利名到手，何愁不复起门庭，只是万里程途，跋涉非易，老奴虽身带残疾，少不得挣挫同行，方才放心得下。"其中"复起门庭""万里程途，跋涉非易""方才"等语较为文雅，与瘸仆的身份略显不符，而抄本改为："咳！当日先老爷留下家童数百，今见世业凋零，都已散去，止有老奴一人，相公今日远行，老奴如何放心得下，就是身带残疾，少不得挣挫前去。"语言直白，表意更加清晰，也更符合瘸仆身份。

抄本对原本的曲牌格律有所调整，较原本更为严格合律，适合演唱。如第三出《归舟》中以词牌〔采桑子〕为引子，本为明清传奇之常例，抄本将其改为曲牌〔金菊对芙蓉〕，将曲词稍作改动，即达到更好的演出效果。又如第二十出《逾垣》中〔庆时丰〕："说什么花灯满挂明烟火。恁玩筵开处列笙歌。则无奈佳节客中过。甚心情玉盏相酬酢。（宾白略）我身如系岁易过。一天好事枉耽搁。似这灯月夜成间阔。相思相望恨偏多。"[1] 关于曲牌〔庆时丰〕，《南词定律》《九宫大成》《南北词简谱》皆标其格律为7+7+7+7，《玉狮坠》刊本中〔庆时丰〕与此格律不合；而《南词定律》中另有羽调犯调〔庆丰歌〕一体，格律为庆时丰全7+7+7+7排歌合至末3+3+7+3+3+7，刊本中〔庆时丰〕亦于此不合。抄本将此曲的后四句独立出来，标为〔又一体〕，使其合于曲律。又如第六出《并泊》中的刊本有〔山渔灯犯〕，实为《南词定律》《九宫大成》所载〔渔灯插芙蓉〕一体，抄本将其略作调整，改为〔山渔灯〕，使其唱腔产生变化。总之，抄本对原本的曲牌进行了合律的改动，或者换用

---

① （清）张坚：《玉狮坠》第二十出《逾垣》，《玉燕堂四种曲》，清乾隆刻本。

曲牌，改变唱腔，或者针对原本不合律的地方进行修改，使其合律适演，可以看出抄本的改编者亦是精通曲律之人，而绝非普通艺人①。

综上可见，清中叶文人传奇在流传过程中，根据舞台演出实际不断被改编，其改编者或为宫廷乐师，或为民间梨园写手。在宫廷与民间的两方流传中，这些改编本呈现出明显的两极式变化，宫廷改编本更加雅化，注重场面与情节，曲词宾白典雅，品位高雅；梨园改编本更加俗化，以大众文化水平和品位为出发点，注重舞台效果与情节，增加宾白、科诨，语言通俗易懂。通过移植改编，文人传奇与地方戏曲融合，通过梆子、京剧、乱弹等唱腔保存至今。同时，通过对改编本与原刊本的细致比较考察，可以看出各种改编本都不同程度地沿用了原本的结构和情节，最多的改动主要集中在删减曲词、改变唱腔、增加叙事成分等方面。这些改编本从侧面反映出清中叶文人传奇在结构、情节、排场等方面的优长。

---

① 参见李俊勇《嘉业堂藏抄本〈玉狮坠〉及其牌律考辨》(《中国昆曲论坛 2008》)一文中有关曲牌考辨的内容。

参考文献

一、著述类

1.（清）朱瑞图：《封禅书》，清康熙秘奇楼刻本。

2.《保定府祁州束鹿县志》，清刊本。

3.（清）王昶：《蒲褐山房诗话》，清稿本。

4.（清）张坚：《玉燕堂四种曲》，清乾隆刻本。

5.（清）张坚：《玉狮坠》，民国嘉业堂抄本。

6.（清）吕公溥：《弥勒笑》，清乾隆四十六年稿本。

7.（清）沈起元：《敬亭文稿》，清乾隆刻本。

8.（清）夏秉衡：《诗中圣》，清乾隆刻本。

9.（清）吴恒宣：《义贞记》，清乾隆刻本。

10.（清）宋廷魁：《介山记》，清乾隆刻本。

11.（清）刘可培：《槎合记》，清乾隆抄本。

12.（清）张锦：《新西厢》，清乾隆刻本。

13.（清）吴震生：《换身荣》，清乾隆刻本。

14.（清）吴震生：《地行仙》，清乾隆刻本。

15.（清）吴震生：《太平乐府》，清乾隆刻本。

16.（清）王筠：《繁华梦》，清乾隆刻本。

17.（清）周昂：《玉环缘》，清乾隆刻本。

18.（清）永恩：《双兔记》，《漪园四种》，清乾隆刻本。

19.（清）蔡廷弼：《晋春秋》，清嘉庆刻本。

20.（清）潘炤：《乌阑誓》，清嘉庆刻本。

21.（清）顾森：《回春梦》，清道光刻本。

22.（清）戴延年：《秋灯丛话》，清道光刻本。

23.（清）沈起凤：《蠹渔杂著》，清咸丰刻本。

24.（清）韩锡胙：《渔村记》，清光绪刻本。

25.（清）沈起凤：《沈氏四种曲》，清宣统刻本。

26.佚名：《改正梅花簪》，民国抄本。

27.（清）张芬：《绘图精选昆曲大全·凡例》，世界书局 1925 年版。

28.（先秦）老子：《道德经》，《诸子集成》，中华书局 1954 年版。

29.（汉）王充：《论衡》，《诸子集成》，中华书局 1954 年版。

30.（清）刘献廷：《广阳杂记》，中华书局 1957 年版。

31.（清）李斗：《扬州画舫录》，中华书局 1960 年版。

32.北京市戏曲编导委员会编：《梅花簪》，《京剧汇编》第八十三集，北京出版社 1960 年版。

33.（清）昭梿：《啸亭杂录》，中华书局 1980 年版。

34.（明）汤显祖：《汤显祖诗文集》，上海古籍出版社 1982 年版。

35.（清）袁枚：《随园诗话》，人民文学出版社 1982 年版。

36.（清）金埴：《不下带编·巾箱说》，中华书局 1982 年版。

37.（清）随缘下士：《林兰香》，《明清善本小说丛刊》，天一出版社 1985 年版。

38.（清）沈起凤：《谐铎》，人民文学出版社 1985 年版。

39.（清）许廷录：《五鹿块》，《古本戏曲丛刊》第 5 集，上海古籍出版社 1986 年版。

40.（清）许廷录：《两钟情》，《古本戏曲丛刊》第 5 集，上海古籍出版社 1986 年版。

41.(清）张澜：《万花台》，《古本戏曲丛刊》第 5 集，上海古籍出版社 1986 年版。

42.（清）李应桂：《小河洲》，《古本戏曲丛刊》第 5 集，上海古籍出版社 1986 年版。

43.(清）张埏：《锡六环》，《古本戏曲丛刊》第 5 集，上海古籍出版社 1986 年版。

44.(清）程镳：《蟾宫操》，《古本戏曲丛刊》第 5 集，上海古籍出版社 1986 年版。

45.（清）朱瑞图：《封禅书》，《古本戏曲丛刊》第 5 集，上海古籍出版社 1986 年版。

46.（清）徐珂编撰：《清稗类钞》第十一册，中华书局 1986 年版。

47.（清）唐英：《古柏堂戏曲集》，上海古籍出版社 1987 年版。

48.（清）夏玑：《花萼吟赠言》，《中国古典戏曲序跋汇编》（三），齐鲁书社

1989 年版。

49.（清）夏纶:《花萼吟自跋》,《中国古典戏曲序跋汇编》(三),齐鲁书社1989 年版。

50.（元）佚名:《三分事略·三国志平话》,《古本小说集成》,上海古籍出版社 1991 年版。

51.（清）唐英:《唐英集》,辽沈书社 1991 年版。

52.（清）蒋士铨:《忠雅堂集校笺》,邵海清校,李梦生笺,上海古籍出版社1993 年版。

53.（元）马致远:《吕洞宾三醉岳阳楼》,王学奇主编:《元曲选校注》,河北教育出版社 1994 年版。

54.（清）唐英:《天缘债》,《明清抄本孤本戏曲丛刊》,线装书局 1996 年版。

55.（清）唐英:《转天心》,《明清抄本孤本戏曲丛刊》,线装书局 1996 年版。

56.（清）唐英:《巧换缘》,《明清抄本孤本戏曲丛刊》,线装书局 1996 年版。

57.（清）赵翼:《瓯北集》,上海古籍出版社 1997 年版。

58.（清）李绿园:《歧路灯》,中州古籍出版社 1998 年版。

59.（清）余怀:《板桥杂记》,上海古籍出版社 2000 年版。

60.（清）张坚:《梅花簪》,《故宫珍本丛刊·昆弋本戏》,海南出版社 2001 年版。

61.（清）孔尚任:《桃花扇》,岳麓书社 2002 年版。

62.（清）蒋士铨:《雪中人》,《不登大雅文库珍本戏曲丛刊》,学苑出版社2003 年版。

63.（清）蒋士铨:《一片石》,《不登大雅文库珍本戏曲丛刊》,学苑出版社2003 年版。

64.（清）蒋士铨:《采樵图》,《不登大雅文库珍本戏曲丛刊》,学苑出版社2003 年版。

65.（清）蒋士铨:《空谷香》,《不登大雅文库珍本戏曲丛刊》,学苑出版社2003 年版。

66.（清）蒋士铨:《冬青树》,《不登大雅文库珍本戏曲丛刊》,学苑出版社2003 年版。

67.（清）蒋士铨:《香祖楼》,《不登大雅文库珍本戏曲丛刊》,学苑出版社2003 年版。

68.（清）夏纶:《瑞筠图》,《不登大雅文库珍本戏曲丛刊》,学苑出版社 2003 年版。

69.（清）刘廷玑：《在园杂志》，张守谦点校，中华书局 2005 年版。

70.（清）李渔：《闲情偶寄》，《历代曲话汇编》清代编第 1 集，黄山书社 2008 年版。

71.（明）凌濛初：《谭曲杂劄》，《历代曲话汇编》明代编第 3 集，黄山书社 2008 年版。

72.（清）孔尚任：《桃花扇凡例》，《历代曲话汇编》清代编第 1 集，黄山书社 2008 年版。

73.（清）黄图珌：《[南大石调·花月歌] 伶人请新制〈栖云石〉传奇行世》，《历代曲话汇编》清代编第 2 集，黄山书社 2008 年版。

74.（清）黄图珌：《[南大石调·赏音人] 观演〈雷峰塔〉传奇》，《历代曲话汇编》清代编第 2 集，黄山书社 2008 年版。

75.（清）董榕：《芝龛记凡例》，《历代曲话汇编》清代编第 2 集，黄山书社 2008 年版。

76.（清）金兆燕：《旗亭记凡例》，《历代曲话汇编》清代编第 2 集，黄山书社 2008 年版。

77.（清）方成培：《雷峰塔自序》，《历代曲话汇编》清代编第 2 集，黄山书社 2008 年版。

78.（清）蒋士铨：《临川梦自序》，《历代曲话汇编》清代编第 2 集，黄山书社 2008 年版。

79.（清）蒋士铨：《芦花絮题辞》，《历代曲话汇编》清代编第 2 集，黄山书社 2008 年版。

80.（清）王奕清：《钦定曲谱凡例》，《历代曲话汇编》清代编第 3 集，黄山书社 2008 年版。

81.（清）叶宗宝：《缀白裘六集序》，《历代曲话汇编》清代编第 3 集，黄山书社 2008 年版。

82.（清）铁桥山人、问津渔者、石坪居士：《消寒新咏》，《历代曲话汇编》清代编第 4 集，黄山书社 2008 年版。

83.（清）梁廷楠：《曲话》，《历代曲话汇编》清代编第 4 集，黄山书社 2008 年版。

84.（清）欧榘甲：《观戏记》，《历代曲话汇编》近代编第 1 集，黄山书社 2008 年版。

85.赵尔巽：《清史稿》，中华书局 1977 年版。

86.孟瑶：《中国戏曲史》，传记文学出版社 1979 年版。

87. 中国第一历史档案馆编:《清代档案史料丛编》第三辑,中华书局1979年版。

88. 陆萼庭:《昆剧演出史稿》,上海文艺出版社1980年版。

89. 钱实甫编:《清代职官年表》,中华书局1980年版。

90. 谭正璧编:《中国文学家大辞典》,上海书店1981年版。

91. 上海艺术研究所、中国戏剧家协会上海分会编:《中国戏曲曲艺词典》,上海辞书出版社1981年版。

92. 蒋星煜:《中国戏曲史钩沉》,中州书画社1982年版。

93. 周贻白:《周贻白戏剧论文选》,湖南人民出版社1982年版。

94. 庄一拂编著:《古典戏曲存目汇考》,上海古籍出版社1982年版。

95. 戴不凡:《戴不凡戏曲研究论文集》,浙江人民出版社1982年版。

96. 中国大百科全书编辑委员会编:《中国大百科全书戏曲曲艺卷》,中国大百科全书出版社1983年版。

97. 王卫民编:《吴梅戏曲论文集》,中国戏剧出版社1983年版。

98.《清实录》,中华书局1985年版。

99. 蒋星煜:《中国戏曲史探微》,齐鲁书社1985年版。

100. 彭隆兴编著:《中国戏曲史话》,知识出版社1985年版。

101. 孙俍工编:《中国文艺辞典》,上海书店1985年版。

102. 唐文标:《中国古代戏剧史》,中国戏剧出版社1985年版。

103. 张慧剑编著:《明清江苏文人年表》,上海古籍出版社1986年版。

104. 赵景深:《中国戏曲丛谈》,齐鲁书社1986年版。

105. 王钟翰点校:《清史列传》,中华书局1987年版。

106. 赵景深、张增元编:《方志著录元明清曲家传略》,中华书局1987年版。

107. 周妙中:《清代戏曲史》,中州古籍出版社1987年版。

108.《太上洞玄灵宝无量度人上品妙经注》,《道藏》,文物出版社、上海书店、天津古籍出版社1988年版。

109. 蒋星煜:《中国戏曲史索隐》,齐鲁书社1988年版。

110. 张次溪编纂:《清代燕都梨园史料》,中国戏剧出版社1988年版。

111. 曾白融主编:《京剧剧目辞典》,中国戏剧出版社1989年版。

112. 蔡毅编著:《中国古典戏曲序跋汇编》,齐鲁书社1989年版。

113. 胡忌、刘致中:《昆剧发展史》,中国戏剧出版社1989年版。

114. 王永健:《中国戏剧文学的瑰宝——明清传奇》,江苏教育出版社1989年版。

115. 张庚、郭汉城主编:《中国戏曲通论》,上海文艺出版社1989年版。

116. 张玉奇编：《蒋士铨研究论文集》，江西人民出版社 1989 年版。

117. 石峻等编：《中国佛教思想资料选编》，中华书局 1989 年版。

118. 故宫博物院掌故部编：《掌故丛编》，中华书局 1990 年版。

119. 吴毓华编著：《中国古代戏曲序跋集》，中国戏剧出版社 1990 年版。

120. 孙楷第：《戏曲小说书录解题》，人民文学出版社 1990 年版。

121. 郭英德：《明清文人传奇研究》，北京师范大学出版社 1992 年版。

122. 胡世厚、邓绍基主编：《中国古代戏曲家评传》，中州古籍出版社 1992 年版。

123. 于曼玲编：《中国古典戏曲小说研究索引》，广东高等教育出版社 1992 年版。

124.《中国戏曲志·江苏卷》，中国 ISBN 中心 1992 年版。

125.《中国戏曲研究书目提要》，中国戏剧出版社 1992 年版。

126. 徐朔方：《汤显祖评传》，南京大学出版社 1993 年版。

127.（后秦）鸠摩罗什译：《法华经今译》，张新民、龚妮丽注译，中国社会科学出版社 1994 年版。

128. 王学奇主编：《元曲选校注》，河北教育出版社 1994 年版。

129. 许金榜：《中国戏曲文学史》，中国文学出版社 1994 年版。

130. 邓涛、刘立文编著：《中国古代戏剧文学史》，北京广播学院出版社 1994 年版。

131. 李国钧等：《中国书院史》，湖南教育出版社 1994 年版。

132. 南京师范大学古文献整理研究所编著：《江苏艺文志·镇江卷》，江苏人民出版社 1995 年版。

133. 南京师范大学古文献整理研究所编著：《江苏艺文志·无锡卷》，江苏人民出版社 1995 年版。

134. 南京师范大学古文献整理研究所编著：《江苏艺文志·南京卷》，江苏人民出版社 1995 年版。

135. 白新良：《中国古代书院发展史》，天津大学出版社 1995 年版。

136. 江巨荣：《古代戏曲思想艺术论》，学林出版社 1995 年版。

137. 赵山林：《中国戏剧学通论》，安徽教育出版社 1995 年版。

138. 钱仲联主编：《中国文学家大辞典》清代卷，中华书局 1996 年版。

139. 周传家：《中国古代戏曲》，商务印书馆 1996 年版。

140. 郭英德编著：《明清传奇综录》，河北教育出版社 1997 年版。

141. 齐森华等主编：《中国曲学大辞典》，浙江教育出版社 1997 年版。

142. 李昌集：《中国古代曲学史》，华东师范大学出版社 1997 年版。

143. 李修生主编:《古本戏曲剧目提要》,文化艺术出版社 1997 年版。

144. 郑传寅:《中国戏曲文化概论》,武汉大学出版社 1998 年版。

145. 陈谷嘉、邓洪波主编:《中国书院制度研究》,浙江教育出版社 1997 年版。

146. 赵山林:《中国古典戏剧论稿》,安徽文艺出版社 1998 年版。

147. 张扬之等主编:《中国历代人名大辞典》,上海古籍出版社 1999 年版。

148. 郭英德:《明清传奇史》,江苏古籍出版社 1999 年版。

149. 苏国荣:《戏曲美学》,文化艺术出版社 1999 年版。

150.《十三经注疏》整理委员会整理:《十三经注疏·礼记正义》,北京大学出版社 1999 年版。

151.《十三经注疏》整理委员会整理:《十三经注疏·尚书正义》,北京大学出版社 1999 年版。

152.《十三经注疏》整理委员会整理:《十三经注疏·周易正义》,北京大学出版社 1999 年版。

153. 廖奔、刘彦君:《中国戏曲发展史》,山西教育出版社 2000 年版。

154. 徐慕云:《中国戏剧史》,上海古籍出版社 2001 年版。

155. 李治亭主编:《清史》,上海人民出版社 2002 年版。

156. 林叶青:《清代戏曲家散论》,江苏古籍出版社 2002 年版。

157. 施旭升:《中国戏曲审美文化论》,北京广播学院出版社 2002 年版。

158. 周华斌:《中国戏剧史论考》,北京广播学院出版社 2003 年版。

159. 郭英德:《明清传奇戏曲文体研究》,商务印书馆 2004 年版。

160. 廖奔:《中国戏曲史》,上海人民出版社 2004 年版。

161. 吴新雷、朱栋霖主编:《中国昆曲艺术》,江苏教育出版社 2004 年版。

162. 马西沙、韩秉方:《中国民间宗教史》,中国社会科学出版社 2004 年版。

163. 谭帆、陆炜:《中国古典戏剧理论史》,华东师范大学出版社 2005 年版。

164. 姜子夫主编:《道行般若经》,大众文艺出版社 2005 年版。

165. 杜桂萍:《清初杂剧研究》,人民文学出版社 2005 年版。

166. 杨惠玲:《戏曲班社研究:明清家班》,厦门大学出版社 2006 年版。

167. 卢前:《卢前曲学四种》,中华书局 2006 年版。

168. 王芷章:《清升平署志略》,商务印书馆 2006 年版。

169. 赵山林:《中国戏曲传播接受史》,上海人民出版社 2008 年版。

170. 程华平:《明清传奇编年史稿》,齐鲁书社 2008 年版。

171. 邓长风:《明清戏曲家考略全编》,上海古籍出版社 2009 年版。

172. 钱仲联等编主总:《中国文学大辞典》,上海辞书出版社 2009 年版。

173.（日）青木正儿：《中国近世戏曲史》，王古鲁译，中华书局 2010 年版。

174.樊兰：《张坚及〈玉燕堂四种曲〉研究》，人民出版社 2014 年版。

二、论文类

1. 林叶青：《论蒋士铨的戏曲创作》，南京大学 1994 年博士学位论文。

2. 杨毅：《宗教与戏剧的文化交融——元杂剧宗教精神的全面解读》，福建师范大学 2005 年博士学位论文。

3. 黄勇：《道教笔记小说宗教思想研究》，四川大学 2005 年博士学位论文。

4. 徐国华：《蒋士铨研究》，华东师范大学 2005 年博士学位论文。

5. 钟芳：《汤显祖的"情至说"》，北京大学 2005 年博士学位论文。

6. 郭强：《晚明南京戏曲活动研究》，南京师范大学 2008 年硕士学位论文。

7. 项晓瑛：《唐英及其戏曲创作》，华东师范大学 2008 年硕士学位论文。

8. 姜春青：《唐英与蒋士铨戏曲之比较研究》，山东大学 2008 年硕士学位论文。

9. 陈国学：《〈红楼梦〉的宗教书写分析与探源》，南开大学 2009 年博士学位论文。

10. 相晓燕：《清中叶扬州曲家群体研究》，浙江大学 2010 年博士学位论文。

11. 黄胜江：《乾隆时期文人剧作研究》，福建师范大学 2010 年博士学位论文。

12. 潘培忠：《论张坚及其〈玉燕堂四种曲〉》，福建师范大学 2010 年硕士学位论文。

13. 王娟娟：《程梦星研究》，安徽大学 2010 年硕士学位论文。

14. 贺文婷：《沈起凤戏曲研究》，华东师范大学 2010 年硕士学位论文。

15. 郑锦燕：《昆曲与明清江南文人生活》，苏州大学 2010 年博士学位论文。

16. 黄蓓：《清代剧坛"花雅之争"研究》，武汉大学 2010 年博士学位论文。

17. 邓雯超：《黄图珌戏曲研究》，南京师范大学 2011 年硕士学位论文。

18. 张惠思：《文人游幕与清代戏曲》，北京大学 2011 年博士学位论文。

19. 赵丽莹：《唐英戏曲研究》，陕西师范大学 2011 年硕士学位论文。

20. 张畅：《夏纶传奇戏曲研究》，黑龙江大学 2014 年硕士学位论文。

21. 张丽丽：《清代前中期扬州徽商园林与文学》，安徽大学 2014 年硕士学位论文。

22. 陈日峰：《汤显祖与蒋士铨戏曲比较研究》，华东理工大学 2014 年硕士学位论文。

23. 王雅静：《黄之隽戏曲研究》，南京师范大学 2015 年硕士学位论文。

24. 李紫旭：《清代女作家王筠研究》，湖南科技大学 2015 年硕士学位论文。

25. 张晓芳:《吴震生及其戏曲研究》, 南京师范大学 2017 年硕士学位论文。

26. 韩郁涛:《清中期戏曲家王筠研究》, 南京师范大学 2017 年硕士学位论文。

27. 朱家溍:《清代的戏曲服饰史料》,《故宫博物院院刊》1979 年第 4 期。

28. 吴长庚、韩钟文:《蒋士铨〈藏园九种曲〉研究》,《上饶师范学院学报》1982 年第 4 期。

29. 王永健、徐雪芬:《清代戏曲家张坚生平考略》,《文学遗产》1985 年第 3 期。

30. 王永健:《"江南秀才"唱"情至":简论张坚〈玉燕堂四种曲〉》,《光明日报》1985 年 7 月 30 日。

31. 林叶青:《论唐英剧作的艺术特色》,《艺术百家》1996 年第 3 期。

32. 吴新雷:《南京剧坛昆曲史略》,《艺术百家》1996 年第 3 期。

33. 吴新雷:《扬州昆班曲社考》,《东南大学学报(哲学社会科学版)》2000 年第 1 期。

34. 吴新雷:《苏州昆班考》,《东南大学学报(哲学社会科学版)》2000 年第 4 期。

35. 郭英德:《至情人性的崇拜——明清文学佳人形象诠释》,《求是学刊》2001 年第 2 期。

36. 纪德君:《明末清初小说戏曲中佳人形象的文化解读》,《明清小说研究》2003 年第 1 期。

37. 上官涛:《引俗入雅——试论蒋士铨花雅时期的戏曲创作》,《艺术百家》2003 年第 1 期。

38. 郑志良:《论乾隆时期扬州盐商与昆曲的发展》,《北京大学学报(哲学社会科学版)》2003 年第 6 期。

39. 徐文武、刘崇德:《清代弦索时剧与昆曲》, 高福民、周秦主编:《中国昆曲论坛 2005》, 苏州大学出版社 2006 年版。

40. 胡婷:《引俗入雅——雅俗文化对流中的唐英戏曲创作》,《吉林艺术学院学报》2006 年第 3 期。

41. 丘慧莹:《乾隆初期江西地区花部戏曲初探——从唐英与蒋士铨戏曲作品谈起》,《戏曲研究》2002 年第 1 期。

42. 孔培培:《"姑娘腔"考辨》,《戏曲研究》2007 年第 1 期。

43. 徐国华:《蒋士铨戏曲与江右民俗文化》,《戏剧文学》2007 年第 12 期。

44. 吴光正:《神道设教:明清章回小说叙事的民族传统》,《文艺研究》2007 年第 12 期。

45. 王永宽:《清代戏曲的雅俗并存与互补》,《东南大学学报(哲学社会科学版)》2008 年第 3 期。

46. 李颖:《汤显祖"情本体"文艺美学思想略论》,《辽宁大学学报（哲学社会科学版）》2008 年第 5 期。

47. 李俊勇:《嘉业堂藏抄本〈玉狮坠〉及其牌律考辨》,高福民、周秦主编:《中国昆曲论坛 2008》,苏州大学出版社 2009 年版。

48. 李婵娟:《黄图珌的戏曲创作理论》,《戏剧文学》2008 年第 11 期。

49. 苟波:《明清小说中神仙形象的"社会化"与道教的"世俗化"》,《四川大学学报（哲学社会科学版）》2009 年第 3 期。

50. 张晓兰:《论清代戏曲的案头化倾向——以戏曲文学为本位》,《戏剧文学》2009 年第 8 期。

51. 魏和冰:《乾隆京腔消歇及魏长生秦腔色情戏兴盛的原因》,《文化艺术研究》2009 年第 1 期。

52. 时俊静:《"花雅之争"研究中的歧见与困境》,《戏剧艺术》2014 年第 6 期。

53. 王银洁:《许廷录生平、家世及〈五鹿块〉传奇创作考》,《戏曲艺术》2015 年第 1 期。

54. 王永恩:《接纳与俯视——论唐英对花部剧目的重写》,《戏曲艺术》2018 年第 3 期。

后　记

　　此书为河北省社会科学基金项目（项目编号：HB13WX022）的最终成果，是清代戏曲研究领域之新作。

　　囿于既有观念，学界对于清中叶戏曲关注不够，且部分评价较为偏颇，如"花雅之争""情理之争""案头化"等问题，尽管颇有争议之处，却似乎成了学界公论。五年前，拙作《张坚及〈玉燕堂四种曲〉研究》对个别争议问题就进行了另外一个角度的探讨，提出了"花雅融合"等全新的观点，受到了学界的关注。随着近年来对清中叶戏曲认识的不断加深，进一步辨析厘清有关思想与概念，重新勾勒清中叶文人传奇发展脉络的想法愈发强烈，遂有这部小书的刊印问世。

　　本书提出并辨析了"清中叶文人传奇""花雅融合"等概念，首次将清中叶文人传奇作为一个整体进行系统研究，分析花雅两部以融合为主要态势的戏曲发展状况。在花雅融合的视域下，审视清中叶文人传奇作家的创作之路；从情理消长的视角中，考察清中叶文人传奇"情理合一"的思想特点；从案头场上的流播中，揭示清中叶文人传奇的衍变过程。一家之言，期待方家指正。

　　书稿付梓之际，感慨良多。感恩父母无怨无悔的付出，是他们的包容和支持，给了我强大的后盾，让我能够潜心学术。感激人民出版社和

264

王怡石女士的鼎力支持，面对出版市场化的情况，仍能够为学术作品保驾护航，令人感动。也感慨自己一如既往的坚持，做学术的艰辛与清苦，不仅在于抵挡外界利益与诱惑，更重在内心的坚韧与平和。

韶光易逝，不觉已人至中年，将自己从各种琐事中剥离出来，实属不易，在几分唏嘘感慨中愈觉时不我待。书成，研究之路未尽；才短，探索之心不息。清中叶戏曲研究方兴未艾，只愿能尽自己的绵薄之力。

樊兰

2019 年 11 月